Johannes Mario  1924, em Viena. Seu pai, ..., um judeu alemão, era químico, e a mãe, Lisa Schneider, trabalhava no estúdio de cinema Wien-Film. Quando os nazistas anexaram a Áustria, em 1938, a família se mudou para a Inglaterra, mas Johannes e sua mãe acabaram voltando e passando os anos da guerra em Viena, enquanto o pai permaneceu em solo inglês.

Depois de se formar em engenharia química, trabalhou numa empresa de telecomunicações. E, no final da guerra, exerceu as funções de tradutor e intérprete para as autoridades norte-americanas, mas logo depois se voltou para o jornalismo. Em 1946, publicou seu primeiro livro de contos, *Encontro no nevoeiro*, muito bem recebido pela crítica por sua originalidade e linguagem poética. E, dois anos depois, o romance *Amanhã é outro dia*. Em 1950, se tornou correspondente na Europa e nos Estados Unidos para a revista *Quick*, sediada em Munique; nesse mesmo período começou a se estabelecer como escritor. Entre suas influências se encontram Hans Fallada, Graham Greene e Georges Simenon. O trabalho na revista lhe forneceu material para um de seus grandes sucessos, *Matéria dos sonhos* (1971). Na mesma época, passou a escrever roteiros para o cinema.

Seu primeiro grande sucesso foi *Nem só de caviar vive o homem* (1960), best-seller que vendeu mais de trinta milhões de exemplares em todo o mundo e que lhe trouxe reconhecimento internacional. O romance conta a história de como o banqueiro Thomas Lieven se transforma em agente secreto, tendo como pano de fundo a Segunda Guerra Mundial e as crescentes tensões entre a União Soviética e os Estados Unidos. A Segunda Guerra Mundial e a espionagem na Guerra Fria foram também temas de *Pátria amada* (1965), ambientada em Berlim logo após a construção do muro, e *E Jimmy foi ao arco-íris* (1970), um best-seller de setecentas páginas sobre um assassinato durante a guerra e o comércio de armas biológicas. Outros grandes sucessos foram *Ninguém é uma ilha* (1975), *Ainda estamos vivos* (1978) e *Ocultos na escuridão* (1985), além dos infantojuvenis *Um ônibus do tamanho do mundo* (1947), *É proibido chorar* (1948) e *Mamãe não pode saber* (1950).

Liberal e pacifista, ao mesmo tempo em que criou obras de grande apelo popular, J.M. Simmel não se furtou a discutir grandes problemas sociais. Manifestou muitas vezes sua opinião política por meio do enredo de seus romances, que ficaram conhecidos por fazer uma crônica do seu tempo e uma crítica à sociedade da época.

Recebeu diversos prêmios na Alemanha e na Áustria, e foi homenageado pela ONU por seu trabalho no combate ao racismo. Seu último romance foi *Liebe ist die letzte Brücke* (1999).

Ao longo de toda a carreira vendeu mais de 73 milhões de livros, traduzidos para mais de trinta idiomas. Graças a sua obra, que reúne mais de trinta romances, livros de contos e infantis, é um dos autores de maior sucesso em língua alemã do século XX. J.M. Simmel morreu na Suíça, em 1º de janeiro de 2009, aos 84 anos.

Livros do autor publicados pela **L&PM** EDITORES:

Amanhã é outro dia
Nem só de caviar vive o homem

J.M. SIMMEL

Amanhã é outro dia

Tradução de ERIKA F. ENGERT RIZZO

www.lpm.com.br

Coleção **L&PM** POCKET, vol. 1256

Texto de acordo com a nova ortografia.
Título original: *Mich wundert, dass ich so fröhlich bin*

Primeira edição na Coleção **L&PM** POCKET: setembro de 2017

Tradução: Erika F. Engert Rizzo
Capa: Ivan Pinheiro Machado. *Ilustração*: iStock
Preparação: Marianne Scholze
Revisão: Jó Saldanha

CIP-Brasil. Catalogação na Fonte
Sindicato Nacional dos Editores de Livros, RJ

S611a

Simmel, J.M., 1924-2009
    Amanhã é outro dia / J.M. Simmel; tradução Erika F. Engert Rizzo. –
Porto Alegre [RS]: L&PM, 2017.
    352 p. ; 18 cm.   (Coleção L&PM POCKET, v. 1256)

    Tradução de: *Mich wundert, dass ich so fröhlich bin*
    ISBN 978-85-254-3637-5

    1. Ficção austríaca. I. Rizzo, Erika F. Engert. II. Título. III. Série.

17-43297   CDD: 833
                             CDU: 821.112.2-3

© 1993 by Droemersche Verlagsanstalt Th. Knaur Nachf. GmbH&Co,
München.
www.droemer-knaur.de
Este livro foi negociado através da Ute Körner Literary Agent,
Barcelona – www.uklitag.com

Todos os direitos desta edição reservados a L&PM Editores
Rua Comendador Coruja, 326 – Floresta – 90220-180
Porto Alegre – RS – Brasil / Fone: 51.3225.5777 – Fax: 51.3221.5380

Pedidos & Depto. comercial: vendas@lpm.com.br
Fale conosco: info@lpm.com.br
www.lpm.com.br

Impresso no Brasil
Primavera de 2017

Para minha mãe

Em substituição a um prefácio

Em 21 de março de 1945, por volta do meio-dia, aviões de combate americanos vindos da base do Mediterrâneo atacaram Viena, atingindo, além das vastas instalações da região industrial a sudeste, diversos edifícios do centro da cidade. O céu estava encoberto; caía uma chuva fina. Desviados do alvo por violento fogo de artilharia e ansiosos por saírem da camada de névoa mortífera, impregnada de estilhaços de aço, que pairava sobre as regiões a serem bombardeadas, os tripulantes de alguns aviões soltaram todo o seu carregamento de bombas a esmo, destruindo assim alguns prédios do 1º Distrito. Dois dos aparelhos atacantes foram atingidos; centenas de pessoas perderam a vida.

Um edifício do Mercado Novo, perto da Plankengasse, foi totalmente destruído pelas bombas, e o fato causou certa sensação nas imediações. Sabia-se que a construção possuía um porão centenário e que algumas pessoas tinham se abrigado lá tão logo começara o ataque aéreo; imediatamente, foram empreendidas tentativas para libertá-las dessa prisão, tentativas que a princípio foram inúteis. Era impossível retirar tão rapidamente todo o entulho da entrada do subsolo, de modo que se pudesse libertar os soterrados ainda com vida. O velho porão não tinha ligação alguma com o edifício vizinho. Havia meses fora iniciada a abertura de uma passagem, mas ainda estava inacabada. Acreditava-se que os soterrados, se ainda estivessem vivos, iriam trabalhar na finalização da referida passagem; por isso decidiram auxiliá-los cavando ao seu encontro, a partir da parede do edifício vizinho. Tal empreendimento foi, no entanto, dificultado por uma grave infiltração de água provocada por um segundo ataque aéreo, ocorrido no dia seguinte. Em consequência dos abalos, uma grande massa de terra próxima à cratera aberta pelas bombas se deslocou, reduzindo a zero os esforços de vinte e quatro horas. Assim, embora todos tivessem trabalhado sem cessar para o resgate dos soterrados, passou-se mais um dia e uma noite antes que se pudesse estabelecer contato com eles.

Lá estavam três mulheres de idades diferentes, três homens e uma menininha que não passaram fome nem sentiram falta de ar, pois o porão era imenso e, por sorte, eles tinham levado uma boa quantidade de víveres. Mesmo assim, ocorreram fatos com essas sete pessoas que nenhuma delas teria imaginado ao entrar naquele abrigo antiaéreo; alguns trágicos, da maior gravidade, e outros de uma beleza sem igual, capazes de fazer uma alma se reerguer e criar novas forças. O conflito surgido foi provocado por estarem presos e impossibilitados de solucionar o problema de maneira satisfatória para todos. Eles tentaram realmente – de acordo com o caráter de cada um deles – por puro instinto, por bondade, pela força ou por mero bom senso. Tentaram com uma ingenuidade infantil, com amor, com confiança no Deus Todo-Poderoso. No final, entretanto, só conseguiam ouvir a si mesmos, já que eram incapazes de se transportar para o mundo lá de fora, e isso lhes foi fatal. A falta de solidariedade humana, em consequência da Grande Guerra, lançou também sua sombra sobre o relacionamento dos componentes desse grupo.

Um homem inteiramente alheio ao ocorrido, e que acabou por lhes restituir a liberdade, encontrou o grupo na maior aflição. Sem saber o que estava fazendo, apenas impelido por um obscuro pressentimento, ele teve um gesto profundamente humano. Mesmo assim, não conseguiu mais desfazer o que já estava feito. Uma louca ansiedade levara-o a procurar saber o que se passara entre aquelas sete pessoas presas no subsolo, trazendo assim a paz para sua alma dilacerada.

Devagar, com muita cautela, conseguiu erguer o véu que encobria o mistério daquele soterramento. Não falou com ninguém sobre seus esforços ou resultados, e encontrou finalmente a paz ao entender que nada neste mundo ocorre por acaso, sem um motivo; tudo tem um segundo sentido. E é ele que nos revela a verdade por que tanto ansiamos.

Capítulo I

I

Às dez horas e vinte e oito minutos, a primeira formação de aviões quadrimotores de combate, vinda do sul, alcançou a fronteira austríaca perto do Mureck. A essa hora, o céu estava apenas parcialmente coberto.

Em Klagenfurt o sol ainda brilhava. Os bombardeiros operavam a grande altitude, deixando um rastro branco atrás de si. Sobrevoavam a área 103 da carta aérea oficial, com curso nordeste para a área 87, passando pela cidade de Graz. Essa carta fora obtida por um traçado de círculos concêntricos sobre o país, que o subdividira, com a ajuda de raios, em 168 setores, tendo Viena como centro. Guiando-se por ele, os habitantes do norte da Áustria eram avisados da aproximação de aviões inimigos.

O bombardeiro quadrimotor foi seguido de mais dois outros que, ao passarem por Villach, mudaram o curso para Marburg, sobrevoando-a. Cerca de dez aviões leves de caça precediam-nos velozmente. As pessoas que àquela hora trabalhavam nos campos, nos arredores da cidade, ergueram rapidamente a cabeça, protegendo os olhos com as mãos. Logo depois, voltaram às suas tarefas. Aparelhos de radiogoniometria foram postos a funcionar. Calcularam a altura de voo das formações e transmitiram os resultados às estações militares de rádio, que em seguida enviaram suas mensagens, em código, às baterias antiaéreas espalhadas pelo país. Vozes femininas falavam em diversas faixas de ondas curtas.

A primeira unidade de aviões quadrimotores de combate, com proteção de caças, já tinha alcançado a área 71 e continuava seu voo para o norte. Centenas de pessoas seguiram seu rumo; por enquanto não caíam bombas nem canhões atiravam no límpido céu. A rádio de Viena transmitia um concerto de música popular moderna. Um saxofone acompanhava uma cantora numa canção sentimental. Nas fábricas e oficinas da cidade as máquinas trabalhavam. Diante das padarias, pessoas se aglomeravam para comprar pão.

Às quinze para as onze, o sol desapareceu atrás das nuvens que corriam rápidas pelo céu. Esfriou. O céu ficou encoberto. Pouco tempo depois, começou a cair uma chuva fina. Diante das padarias, algumas pessoas abriram os guarda-chuvas.

As primeiras unidades de combate que se aproximavam já tinham alcançado a cidade de Mürzzuschlag, coberta por uma grossa camada de neblina. O ruído dos pesados aparelhos soava como um trovejar distante, fazendo o ar vibrar. Em todas as aldeias, nas praças por onde os bombardeiros passavam, a população era advertida por sirenes ou instrumentos sonoros mais precários. Apenas uma minoria, no entanto, procurava um abrigo ou os porões. A maioria, já acostumada, continuava seu trabalho sem se importar com o ruído dos motores daqueles aviões invisíveis. A unidade de ataque passou por Mürzzuschlag e chegou à área 55. A essa altura, a emissora de Viena interrompeu seu programa. Um locutor anunciou que sairia do ar em breve, aconselhando os ouvintes a sintonizarem seus rádios na estação local, que transmitiria mais notícias.

Nas ruas, notava-se agora uma movimentação nervosa. Veículos aumentavam a velocidade, pessoas apressavam-se para chegar às suas casas. A segunda emissora da cidade começou a funcionar. Pelas janelas abertas, ouviam-se as batidas monótonas do marcador de sinais; de repente, silenciou. Uma voz feminina leu a primeira mensagem.

Dizia ela que uma unidade de combate, vinda do sul, havia atingido a área 55 e seguia na direção norte. Se mantivesse a rota, poder-se-ia contar em breve com o alarme antiaéreo. A mensagem foi repetida. Depois o tique-taque recomeçou. Uma chuva fina caía do céu cinzento e encoberto sobre as empoeiradas ruas de Viena.

II

Therese Reimann completara 63 anos em janeiro de 1945. Possuía um pequeno apartamento num prédio do Mercado Novo. De sua janela, podia-se ver o poço no meio da praça e a fachada destruída do Hotel Krantz, cuja restauração fora iniciada logo após o bombardeio. Therese Reimann acompanhava as obras com interesse e simpatia. Ver as paredes se erguerem lentamente aumentava-lhe a confiança e a convicção de que o futuro incerto dos próximos meses já não estaria mais sob o signo da destruição; muito pelo contrário, estaria marcado pela reconstrução pacífica.

Como seria a última fase da guerra, isso era assunto que não preocupava muito Therese. Ela preferia dar crédito às notícias de rádio, tranquilizadoras, de um otimismo inabalável, e aos artigos dos jornais que exortavam o povo a ter confiança, e muito oportunamente lembravam que a cidade de Viena também no passado resistira ao assalto de hordas guerreiras e sempre saíra fortalecida e recuperada de todos os males.

Therese Reimann passara por seis anos de guerra sem sofrer qualquer dano no corpo ou na alma, e esperava, com a ajuda de Deus, passar também ilesa por esse tão discutido período de fim de guerra. Dois traços de sua personalidade eram responsáveis por sua fé. Desde a infância fora muito religiosa, de uma confiança cega na onipotência e na bondade de Deus. Ia com assiduidade à igreja e levava uma vida dentro dos preceitos cristãos; graças a isso, conseguira levar uma existência honesta, despreocupada, embora também sem grandes riscos. Com muito cuidado, soubera preservar o coração de qualquer emoção maior, e, na idade de 63 anos, podia dizer com toda a honestidade que jamais, por fraqueza ou desalento, fora vítima de qualquer paixão.

Therese Reimann não tinha parentes. Não se interessava por política. Era incapaz de odiar as pessoas por falhas praticadas ou estimá-las por suas boas ações. O único ser por cujo bem-estar e paz de espírito ela realmente se interessava era sua própria pessoa. Cumpria suas devoções religiosas na convicção inconfessada de agradar ao Todo-Poderoso. Dava dinheiro aos pobres, na esperança de que sua caridade fosse um dia recompensada com uma velhice despreocupada.

A segunda característica responsável por sua confiança era uma enorme precaução. Dizia ela que quem se metia em apuros era por eles devorado. Durante seis décadas, ela conseguira, com grande êxito, não se expor a nenhum perigo. Nem conseguia imaginar que alguém pudesse dar pouco valor à própria vida e ainda se orgulhar disso.

Certa vez, um conhecido seu lembrara uma citação clássica que afirmava que só a alta nobreza ia para o inferno, os outros ficavam na porta se aquecendo. Therese Reimann achara essa observação completamente absurda. Por que motivo então todo mundo aspirava a pertencer a essa alta nobreza? Para chegar exatamente ao mesmo lugar destinado a hereges, assassinos, alcoólatras e criminosos? Os eleitos, os escolhidos, não podiam estar destinados ao purgatório, mas sim aqueles que não entendem que, lá no céu, Deus é o Senhor Todo-Poderoso, não admitindo outros deuses a seu lado.

A velhinha aceitara a guerra como um castigo para aqueles que elegiam seus próprios ídolos, e uma provação para os bem-intencionados. Esta era já a segunda guerra a que ela assistia cheia de devoção e, quando irrompeu, sentiu um grande dissabor. Era preciso tentar, com a ajuda de orações e atos piedosos, manter a desgraça afastada da porta de sua própria casa, pensava ela, e se vangloriava de nunca ter sucumbido às loucuras do amor ou ter sido mãe. Essa época era cheia de preocupações e desespero para quem tinha família ou parentes. Para quem estivesse só no mundo, bastava saber se manter afastado daquele louco atropelo, que nenhum mal lhe ocorreria. Assim pensava Therese Reimann, que de manhã e de noite agradecia a Deus pelo carinho e bondade com que a protegia.

Preservar sua saúde e seus bens, esta lhe parecia sua única missão na vida. Vivia de acordo com as orientações de um velho médico da família e não sofria de nenhum mal. Era modesta, e por isso os mantimentos que recebia, de acordo com seus cartões, bastavam para ela. Conseguia até economizar de vez em quando um pouco de farinha, gordura e açúcar, para no fim do mês fazer um bolinho, que à tarde saboreava sossegada, sozinha, numa hora de descanso, enquanto o relógio de porcelana com pêndulo dourado tiquetaqueava sem parar, e da rua soavam as vozes dos operários que trabalhavam na fachada destruída do Hotel Krantz. Esse hotel já fora danificado anteriormente por ocasião de outro ataque aéreo. Tal fato levara Therese Reimann a transportar parte de seus bens, guardados em malas e caixotes, para o subsolo do prédio. Talvez um dia, pensava ela, sua casa fosse atingida, e embora não pudesse imaginar perfeitamente tal acontecimento, parecia-lhe acertado atenuar as consequências ao máximo. Arrumou seus vestidos escuros e antiquados com o maior cuidado, os sapatos de missa, os livros e utensílios domésticos. Deixou na casa apenas aquilo de que necessitava diariamente, como o relógio de porcelana com pêndulo dourado, presente de seu pai, que levava com o maior cuidado para o abrigo toda vez que soavam as sirenes. Quanto às suas modestas joias, guardava os poucos brincos, anéis e correntes num açucareiro de prata cuja tampa, por motivo desconhecido, tinha um cadeado. A chave, a velhinha trazia-a pendurada ao pescoço, presa numa fita de veludo. Por isso, o relógio de pêndulo e o estranho açucareiro desceram inúmeras vezes ao escuro subsolo que se tornara para Therese Reimann o máximo da segurança. Sua profundidade (descia três andares), suas paredes de um metro de espessura, escurecidas pelo tempo e pela umidade, seu teto em abóbadas a impressionavam mais do que tudo o que já vira quando da procura por um lugar onde ficar durante os ataques aéreos. Assim que lá entrava, sentia-se abrigada. Ali nada poderia lhe acontecer, pensava ela, ouvindo, nervosa, o ruído misterioso das explosões que soavam até aquelas profundezas. Quando a luz elétrica, como quase sempre acontecia, começava a oscilar durante o ataque, ou então se apagava, ela acendia seu lampião de querosene; colocava-o em cima de um caixote vazio, no meio do piso quase circular do terceiro subsolo, e, de mãos postas, fazia uma oração.

Preocupada com seu conforto pessoal, foi, aos poucos, levando uma série de objetos para aquele subsolo. Uma cadeira de vime, cobertores, poltronas, remédios, um garrafão de querosene sobressalente, mantimentos, panelas e finalmente um balde de água, cuja função exata, em caso de eventual catástrofe, ela ainda ignorava. Por fim, comprou uma daquelas camas frágeis, desmontáveis, feitas exatamente para este fim e que podiam ser adquiridas na época. Juntando todos esses objetos, as malas e os caixotes, arrumou o que chamava carinhosamente de "seu cantinho".

Costumava ficar sentada nesse cantinho, com os ombros estreitos enrolados numa coberta e os olhos fixos na chama do pequeno lampião. Quase sempre movia os lábios em silêncio. Acalmava-a rezar nessas horas. Rezava pelos infelizes que viviam nas zonas industriais afastadas da cidade e não dispunham de abrigo; pelos homens da artilharia, pelos soldados nas torres de defesa antiaérea e por aqueles que estavam nos enormes aviões prateados. Rezava pelas mulheres, pelas crianças e pelos animais. Quando assim rezava, seu coração ficava cheio de ternura e confiança, de uma compaixão fraterna por amigos e inimigos, e seus lábios mudos imploravam: "Senhor, faça com que acabe depressa!". Normalmente havia apenas poucas pessoas naquele subsolo, nem mesmo os moradores do prédio o procuravam quando podiam evitá-lo, pois espalhara-se que a grande desvantagem daquele excelente abrigo era seu completo isolamento. Devido a sua profundidade, não fazia nenhuma comunicação com os outros subsolos e, caso fosse atingido, as pessoas ficariam presas dentro dele como numa ratoeira. Essa desagradável ideia levara o proprietário do prédio a incumbir uma companhia construtora da abertura de uma passagem, trabalho que avançava, no entanto, muito lentamente. As paredes do velho subsolo, uma parte das quais de pedra maciça, eram de uma resistência extraordinária. Cada pedaço era arrancado com dificuldade, e a abertura feita tinha que ser logo escorada. Therese Reimann acompanhava o andamento da obra com interesse, embora sem grande entusiasmo. A relativa solidão do abrigo lhe parecia muito desejável, e ela não chegava a apreender as dificuldades de quem ficasse preso ali. Achava-se protegida dos perigos verticais de toda espécie, e fazia questão de não pensar em suas consequências. A profundidade do subsolo era decisiva para ela. Seu isolamento pouco lhe importava. Já em criança tivera por hábito esticar-se na cama na hora da tempestade, convencida de que os raios que caíam verticalmente não poderiam causar nenhum mal a seu corpo em posição horizontal. Por isso, o subsolo lhe parecia um lugar inteiramente seguro, tendo como vantagem ainda ser pouco frequentado. O ganir dos cachorros, o choro de crianças, nada lhe vinha perturbar o silêncio angustiante daquelas horas em que, com o fogo e com a morte, Deus chamava a si os pecadores. Enquanto havia luz, Therese acompanhava com interesse as informações da rádio local. Tinha um daqueles rádios pretos fabricados em série pelo Estado, e, assim que soava o alarme, levava o receptor para o abrigo juntamente com o relógio de porcelana, o pote de joias, documentos, chaves, cartões de mantimentos e sua apólice de seguro. Para receber no subsolo as notícias dos ataques aéreos com maior nitidez, imaginara um sistema muito especial. Enquanto segurava com a mão direita a ponta do fio de cobre que colocara como fio-terra do aparelho, encostava cuidadosamente a esquerda na parte externa do receptor, pois descobrira que assim conseguia aumentar o volume. Com o interesse de um general, acompanhava o desenrolar das operações inimigas, e com o passar do tempo chegara até a antecipar os movimentos e os objetivos dos aviões inimigos. Os esquadrões de bombardeiros que passavam por Mariazell no rumo noroeste, para atingir o Danúbio na altura de Melk, costumavam mudar surpreendentemente de rota e atacar a cidade pelo lado dos bosques de Viena. Os aviões isolados que ficavam sobrevoando Stockerau eram quase sempre a indicação de um violento ataque às regiões industriais do nordeste. Quando a jovem locutora anunciava uma formação que se aproximava do centro da cidade, vinda de oeste ao longo da estrada de ferro, o rosto de Therese Reimann crispava-se ligeiramente e ela sentia cãibras no estômago. Ficava imóvel, até perceber pelas explosões e pela luz vacilante que os bombardeiros realmente estavam se aproximando do centro da cidade. Seus dedos úmidos apertavam, então, o fio de cobre e ela começava a rezar. Rezava pelas mulheres, pelos soldados, pelas crianças, pelos animais, pelos desprotegidos e desamparados.

Dona Therese não sentia pavor diante dos horrores desconhecidos da morte que passava em colossos de aço acima dela, atravessando as nuvens velozmente; ela era apenas tomada de uma imensa compaixão para com todas as criaturas que numa hora daquelas estavam menos abrigadas, em lugar menos seguro, menos perto de Deus, o Senhor, do que ela. A morte para ela não representava sofrimento, seu poder de abstração não conseguia dar-lhe uma imagem concreta. Enquanto estivesse viva, a morte não existia; e, se um dia ela morresse, caberia ao Todo-Poderoso, em quem confiava, libertá-la de suas presas... Se depois de caídas as primeiras bombas nos arredores longínquos de seu subsolo, em alguma parte se rompia um cabo elétrico e a luz se apagava, Therese Reimann interrompia por um instante suas preces, para acender com as mãos alvas o lampião de querosene em cima do caixote emborcado.

– "Ainda que eu ande pelo vale da sombra da morte" – murmurava ela –, "não temerei mal nenhum... O Senhor é meu pastor: nada me faltará. Ele me faz repousar em pastos verdejantes. Leva-me para junto das águas tranquilas..."

Os olhos escuros de Therese fixavam corajosamente a penumbra do subsolo, e ela dizia às poucas pessoas que nele haviam procurado refúgio:

– Fiquem sossegados. Nada nos acontecerá. Ele nos protege. – E para si mesma dizia: – Calma, coração.

Assim era a fé inabalável dessa senhora, a quem 63 anos de uma vida sem incidentes, duas guerras terríveis, a desgraçada miséria de seus semelhantes e a fome de muitos em nada tinham conseguido afetar, pois confiava em Deus e amava a si mesma sobre todas as coisas.

Na manhã de 21 de março de 1945, tendo voltado da missa matinal em uma igreja próxima, Therese Reimann começou a arrumar calmamente seu pequeno apartamento. Varreu cuidadosamente o chão, tirou o pó dos móveis e regou alguns vasos de plantas. Desceu os três andares para comprar uma pequena quantidade de mantimentos e colocar algumas cartas na agência do correio da Krugerstrasse. Costumava comprar seus selos isoladamente, ou então apenas na quantia exata de que precisava no momento. Ao voltar, encontrou na esquina um grupo de prisioneiros russos que, levados por um soldado armado, marchavam lentamente, arrastando os pés, em direção à Ópera.

"Como estão sujos", pensou ela, "sujos e cansados!" Iria incluí-los em suas orações, prometeu a si mesma, e, fortalecida por suas piedosas intenções, apressou o passo. Chegando em casa, guardou os mantimentos na cozinha e olhou para o relógio. Eram dez e quinze: hora de ligar o rádio. Therese Reimann detestava qualquer tipo de música moderna, e sacudiu reprovadoramente a cabeça quando ouviu os primeiros acordes de uma melodia popular. Como, no entanto, também este programa de rádio de todas as manhãs fazia parte de seu esquema de conservação da vida, sentou-se perto da janela sem dar ouvidos à odiosa música e começou atentamente a cerzir um par de meias. Às dez horas e cinquenta e cinco minutos ouviu, impassível, a voz do locutor que anunciava que a estação sairia do ar, e viu, com alguma satisfação, o seu pressentimento confirmado: esperava-se um ataque aéreo a Viena. Therese Reimann interrompeu o trabalho, separou com toda a calma tudo o que pretendia levar para o abrigo, colocou em cima da mesa e continuou a cerzir as meias. Dez minutos depois, ao ouvir que em breve seria dado o alarme, desligou o rádio e guardou-o, juntamente com o pote de joias e os documentos, dentro de um grande saco de compras. Muito carregada, com o relógio de porcelana de pêndulo dourado debaixo do braço, deixou então a casa, trancando a porta cuidadosamente. Desceu devagar as escadas, encontrando muita gente que passava apressada por ela. Com muita cautela, seguia pé ante pé. Na entrada, encontrou o padre de uma igreja próxima, homem alto, de cabelos brancos e rosto corado. Chamava-se Reinhold Gontard e há muito tempo vinha também usando o subsolo de seu prédio.

– Bom dia, reverendo – disse a velhinha. Ele cumprimentou-a com a cabeça e seguiu a seu lado.

– O alarme vai soar daqui a pouco – continuou ela.

– É – fez o padre. – Diz o rádio que vêm muitos aviões. – Pegou-lhe a bolsa. – Posso ajudar?

– Obrigada – respondeu Therese Reimann. Tinham chegado à entrada do subsolo. Juntos, desceram a estreita escada que levava ao fundo.

III

Aos olhos de muitos membros de sua comunidade, Reinhold Gontard era um homem que, por influência da guerra, se modificara para pior.

Essa transformação, no entanto, só era percebida por aqueles que o conheciam há mais tempo, pois foi acontecendo aos poucos, muito lentamente. Modificado ele estava. Percebia-se isso perfeitamente pela falta de entusiasmo e concentração com que vinha ultimamente cumprindo suas obrigações religiosas. Nas missas, nas interpretações de passagens bíblicas, até mesmo no confessionário, em todo o seu procedimento notava-se uma tensão nervosa, um desequilíbrio emocional que na verdade ninguém conseguia penetrar. Parecia que Reinhold Gontard estava atormentado por um forte desgosto, ou tinha deparado com um grande dilema para o qual não achava solução. Como um sonâmbulo, cumpria o ritual de sua profissão. Sempre que prestava algum serviço à Igreja, dava a impressão de estar com a cabeça em outro lugar, muito longe, ocupado com problemas nada reconfortantes. Não havia dúvida de que durante a primavera de 1945 Reinhold Gontard foi um mau sacerdote, fato que afligia a muitos que naquela época de desgraça e tormenta se dirigiam a ele à procura de novas forças.

Reinhold Gontard bebia. Bebia há meses, e se o fizera a princípio disfarçadamente, usando da maior precaução, nos últimos tempos já não lhe importava o que pensassem dele. Ainda conseguia se recolher altas horas da madrugada após ter consumido grande quantidade de fortes bebidas alcoólicas e se levantar às seis e meia da manhã para celebrar a primeira missa, embora com os olhos vermelhos e uma violenta dor de cabeça. Quem, no entanto, olhasse para seus dedos ao segurar um fósforo aceso, não precisava ser médico para descobrir a que vício burguês Gontard se entregara. O padre, no entanto, não bebia por prazer; bebia por motivos muito mais concretos. Quem gosta de bebida alcoólica e bebe por prazer, assim como se come por prazer, nunca será um beberrão.

A garrafa de aguardente causa repugnância ao verdadeiro alcoólatra; até o cheiro da bebida e sua consistência já lhe dão aversão. Para ele, o copo à sua frente contém remédio, um remédio tão horrível como o óleo de fígado de bacalhau para as crianças. Ele não bebe para se distrair; bebe para esquecer. O verdadeiro alcoólatra tem um motivo para o vício, motivo por vezes até muito sério. O padre, por exemplo, se revoltava contra Deus, em quem não mais conseguia acreditar, mas a quem era obrigado a servir. Entregara-se ao álcool devido a esse estado de coisas insuportável para uma pessoa de sua formação.

Para entendê-lo melhor, é preciso saber que vinha de uma velha família de camponeses de Elsass, perto de Kolmar. Era desejo de sua mãe que ele fosse padre. Tendo terminado o ginásio, e perfeitamente de acordo com a carreira para ele escolhida, entrou para um seminário, tornando-se padre conforme a vontade materna. O que em breve o destacou aos olhos de todos foi a intensidade de sua fé em Deus, em Sua Bondade e Suas leis insondáveis. Reinhold Gontard acreditava nas palavras da Sagrada Escritura e nos profetas; acreditava na vida eterna e na ressurreição dos mortos, na recompensa às boas ações, no perdão de nossas dívidas, no amor de Deus aos homens e na justiça divina. De acordo com estas duas últimas concepções, pelo amor de Deus a tudo e a todos, pela justiça do céu, Reinhold Gontard traçou as diretrizes de sua vida. Educou-se para ser tolerante, amigo da verdade e dos seus semelhantes. Sempre se esforçava para ser honesto e paciente. Sendo por natureza uma pessoa de muito bom senso, parecia que a Igreja, a divulgadora dos ensinamentos de Cristo, havia encontrado nele um sacerdote de valor, que a ela dedicava sua vida. Em 1939, o padre completara 48 anos, e seus olhos sempre atentos tinham visto tanta coisa que à noite, quando cerrava as pálpebras para dormir, as imagens captadas se reproduziam em sua mente em colorido caleidoscópio e o atormentavam. Tinha visto homens na forca, mulheres com rostos machucados e corpos ensanguentados; igrejas em chamas e hóstias vilipendiadas. Vira cartazes ultrajantes, massas humanas desesperadas e bandeiras. Bandeiras e mais bandeiras!

    O padre, então, começara a rezar com todo o fervor de sua alma. Rezava à noite quando estava só; rezava de dia com os fiéis. Pedia paz. Pedia justiça. Pedia que todos os homens fossem salvos da fome e da angústia. Pedia justiça. Justiça! Orou durante seis anos. Milhares de pessoas oraram com ele. Durante dois mil dias e duas mil noites Reinhold Gontard fizera suas orações. Ele sabia que não só em sua igreja, mas em todas as igrejas da cidade, em todo o país, em toda a Europa, em todos os continentes, e em todo o mundo, mãos se erguiam em prece. Milhares de pessoas de todas as raças e nações pediam ao Criador dos Céus e da Terra que fizesse justiça. Só isso, nada mais. O poderoso coro de orações ergueu-se às estrelas distantes, perdeu-se no espaço e voltou como eco dos confins do cosmos.

"Ajudai-nos, Senhor", rezavam os fiéis.

E aqueles que haviam perdido a fé por uma ou outra razão oravam também: "Ajuda-nos, Senhor, se existes".

Deus, no entanto, nada ouvia; não ajudava a justos nem a injustos.

Meditando, Reinhold Gontard, por vezes, pensava que, naquela época em que ele implorava por justiça, talvez estivessem acontecendo coisas na Criação Infinita que ultrapassavam de muito em importância a sua própria miséria. Quais, ele na realidade não conseguia imaginar. Se Deus, no entanto, era todo-poderoso, se existia uma força do bem capaz de dominar aquele caos, era difícil conceber que, por falta de tempo ou por urgência, um planeta fosse desprezado em detrimento de outro.

"Os moinhos de Deus moem lentamente", pensava Gontard. "A paciência é a maior de todas as virtudes humanas. Há de chegar o dia em que tudo isto terá um fim... mas por que esperar seis anos? Os moinhos de Deus moem lentos. Por que não moem mais rápido, podendo com isso salvar a vida de milhões de pessoas? Qual o sentido deste mundo caótico? Qual?"

Reinhold Gontard era uma pessoa simples. Por isso ficava confuso com a aparente falta de sentido daqueles acontecimentos, com a bárbara fúria destruidora, a cega ânsia de matar, a profunda insensatez. Que sentido tinha a guerra? Criar um mundo melhor? Mas já não fora a intenção da última tornar as guerras impossíveis para sempre?

E o padre repetia suas preces sem parar. Por vezes, chegava a ficar irado; outras, chorava diante da própria fraqueza. Deus, o Todo-Poderoso, continuava mudo...

Certa noite, num subúrbio, ao voltar para casa, encontrou um bêbado. Em meia hora este lhe deu sua opinião amarga sobre a pessoa de Deus, o Senhor.

– Um criminoso – dizia ele. – Criminoso... ou idiota. – Deu um soluço e segurou-se no ombro do padre, que vestia um casaco.

– Eu fui soldado – continuou o bêbado. – Você entende? Estive na Polônia, na França, até na Rússia. Perdi um pulmão nesta maldita guerra. Por isso estou aqui agora, em casa. Poderia muito bem ter ficado em Kiev, pois dentro de alguns anos estarei debaixo da terra de qualquer maneira. A mim ninguém conta nada. Passei por coisas que nunca consegui entender, pior ainda... E eu lhe digo uma coisa: ou Deus é um criminoso ou é um idiota. Ou ele não tem força para acabar com esta guerra... e neste caso ele não é o Todo--Poderoso, mas um idiota, ou não quer, e então só pode ser criminoso.

Os moinhos de Deus moem, lentos. Os moinhos de um criminoso; de um idiota. Idiota. Criminoso. Em pé, debaixo das árvores despidas da Alameda Grinzinger, ao lado do bêbado inválido de guerra, o padre ria... Rezar, ele já não conseguia mais.

Na manhã seguinte, no confessionário, ouviu, murmurados a seus ouvidos, através de uma fina cortina de veludo vermelho, os pecados de Therese Reimann. Falava em pensamentos horríveis, em atos pecaminosos, em desejos nefastos. Os pecados da velhinha eram mínimos, e naqueles dias o padre nem conseguia concebê-los como pecado.

– Está perdoada – disse ele, e Therese se afastou a passos miúdos, movendo os lábios em piedoso agradecimento. Pouco tempo depois o padre começou a beber. A princípio moderadamente; bebia só quando a aflição era muito grande e ele queria esquecer. Esquecer que duvidava de Deus. Sua vida não era tão ruim naquela época, pois a bebida acalmava seu sistema nervoso, agia como tranquilizante. Ao acordar de manhã, com a luz do sol batendo em sua cama e um pássaro cantando no pequeno jardim atrás do convento, o padre, às vezes, levava algum tempo até constatar que estava ameaçado de perder a alma. Logo, porém, vinham--lhe à memória as palavras daquele homem que sacrificara um pulmão sem saber para quê; do homem que blasfemava contra Deus não acreditando em mais nada, e Gontard via-se obrigado a beber de novo.

Alguns meses dessa vida dominada pelo álcool trouxeram-lhe a certeza de que ele não mais podia ser um servo de Deus, pois faltava fervor em sua alma, convicção em suas palavras. A única coisa que ainda sabia fazer era cantar ladainhas em latim, dar os santos sacramentos a moribundos, livrar as velhas de seus pecadinhos ridículos, sem ter que pensar muito. Isso ele conseguia; mas trazer, através da anunciação e da interpretação da verdade divina, o verdadeiro consolo aos oprimidos e infelizes, aos doentes e desesperados, isso ele já não conseguia.

Um dia a guerra acabaria; as forças das trevas seriam derrotadas por curto ou longo tempo, mas nem mesmo a paz conseguiria trazer a salvação para Reinhold Gontard. Ele ficara impaciente, extremamente impaciente, e não queria mais esperar. Uma prece que só era atendida quando já estava tudo perdido, quando a desgraça irremediável já tinha acontecido, não tinha mais sentido; era inteiramente dispensável. O padre não conseguia perdoar a Deus, o Todo-Poderoso, por não ter atendido a tempo as preces vindas do fundo de sua alma, mas ter deixado as coisas seguirem calmamente seu curso. Não conseguia perdoá-Lo, nem continuar a servi-Lo com devoção. Devido a sua educação ortodoxa, não conseguia rebelar-se contra Ele, afligia-se apenas, achando que Ele lhe causava grande sofrimento. Meditava. Queixava-se dos tempos e da humanidade infeliz, e foi perdendo a fé. Mais nada.

Apenas o estado de embriaguez trazia-lhe ainda alguma tranquilidade. Só assim a existência lhe parecia uma parábola dos céus. Os limites entre o dia e a noite se confundiam, ele conseguia dar vida aos vultos criados por sua imaginação e construir um mundo de acordo com seus anseios. Na fantasia dessas horas, acreditava, por vezes, compreender a grandeza e a sabedoria ocultas nos acontecimentos do presente, emprestando-lhes um sentido. No entanto, como um sonhador a quem o milagre se revela no sono, ele nunca conseguiu salvar suas percepções, transportando-as para a realidade, para a vida. Elas não lhe valiam de nada, mas o tornavam feliz pelo curto tempo de sua embriaguez. Por isso, o padre se entregou à bebida e vagava perdido em meio à realidade de um impiedoso dia a dia. Por isso, alguns membros de sua comunidade achavam que a guerra o modificara para pior.

Meses se passaram. A guerra incendiou outras regiões, outras cidades e aldeias florescentes, fazendo centenas de milhares de pessoas perderem a vida de maneira terrível e cruel... Para Reinhold Gontard tudo isso acontecera sem um sentido mais profundo, de maneira caótica e assustadora ou, em seus delírios, simbolicamente.

A 21 de março de 1945, por volta de onze e quinze, ao tomar conhecimento de um iminente ataque aéreo, deixou impassivelmente sua sala de trabalho, sem alegria, sem temor, sem reação alguma. A guerra para ele se passava apenas num palco, de acordo com a vontade de um diretor imprevisível, cujo humilde servo ele outrora havia sido. Diante do portal da Igreja de São José encontrou uma grande massa humana que, à procura de proteção, se comprimia para entrar no abrigo dos capuchinhos. Mulheres, moças, velhos e crianças.

Barulheira e gritaria; tolice e vaidade, pensou Gontard. Por que se proteger? Era tudo em vão. Devagar, atravessou a praça molhada, olhou rápido para o alto, para as nuvens, de onde caía uma chuva fina. Um garoto chorava. Gente passava correndo por ele. "Para que essa pressa?", pensou o padre. "Para que correr? Um dia, em algum lugar, a alguma hora absurda, a morte alcançará cada um de nós. Pois também ela está sob a lei de um Deus que em nada participa dos acontecimentos deste mundo."

Na entrada do velho edifício cujo subsolo ele vinha usando há algum tempo, o padre encontrou Therese Reimann. Juntos desceram para o abrigo iluminado.

– Quem será que acendeu as luzes? – Therese perguntou, admirada.

– Talvez alguém já tenha descido antes de nós – disse o padre.

– Mas este sempre foi um abrigo particular – retrucou Therese Reimann, amuada. – Um estranho não pode entrar aí sem mais nem menos.

– Por que não? – retrucou Gontard. – O subsolo é grande.

Ao chegarem ao terceiro subsolo, viram, no meio do abrigo, sentada numa frágil cadeira, uma mulher ainda jovem e, em pé, a seu lado, uma menininha.

– Desculpem termos entrado aqui – disse a estranha. – O subsolo é tão fundo, podemos ficar? – Em seus olhos estava estampado o pavor. A menina brincava com uma boneca. Vencida, Therese Reimann apenas inclinou a cabeça e, lembrando-se de uma passagem da Sagrada Escritura que dizia que devemos ajudar aos que estão em apuros não só com palavras, mas também com ações, retrucou:

– Por favor, fique aqui conosco. Há lugar para todos.

IV

Anna Wagner passara o último dos seus 35 anos de vida em estado de medo constante, infindável. Desde o dia, em maio de 1944, em que o marido partira para voltar à sua unidade no front leste, essa paralisante sensação de pavor não a deixou mais. Quando dormia, apertava-lhe o peito como num pesadelo, segurava-a pela nuca, sacudia-a como se fosse marionete.

A vida de Anna Wagner estava subordinada a esse pavor, ela existia apenas como uma sombra, pálida, trêmula, desamparada. Primeiro foi a solidão, a saudade do marido que lhe fazia temer o futuro e odiar o presente. Tudo se relacionava com o marido que se encontrava em qualquer lugar entre Cherson e Poltawa, deitado na lama atrás de uma metralhadora, matando homens que ele não conhecia.

Quando vinha de licença, Peter Wagner, que era suboficial, lhe assegurava, consolando-a, que não se preocupasse, ele saberia se proteger dos perigos da guerra. Ela sentia, no entanto, que essa era uma promessa vã. Não era possível lutar na Rússia e manter-se a salvo da destruição e do perigo da morte. Na última noite que Anna passou com o marido antes de ele deixar a cidade de trem, o medo tocou-a pela primeira vez com dedos gélidos. Apertando-se violentamente contra o corpo do marido, que dormia a seu lado, soluçou no travesseiro até ele acordar.

– Por que você tem que partir... – balbuciava ela, em lágrimas. – Por quê?

– Eu volto – garantiu o suboficial, que era torneiro mecânico por profissão e odiava a guerra. – Não pode durar mais muito tempo. Calma, Anna. Eu volto.

Ela se agarrou a ele, apertando o rosto contra o seu.

– Não vá, não! – sussurrava ela em desespero. – Fique comigo. Por favor, fique comigo.

Ele ficou calado, alisando com as mãos pesadas as costas da mulher. Lá fora na escuridão, diante das janelas, soava o triste apito de uma locomotiva que passava pela estrada de ferro próxima. Peter fechou os olhos.

– Eu volto – disse ele. – Volto logo, Anna.

Partiu na manhã seguinte. Desde aquele dia, Anna Wagner sucumbira ao medo. Medo constante, implacável. Não comentava o fato com ninguém, nem com Evi, sua filhinha, nem com a mãe. Em suas cartas para Peter Wagner nunca mencionou uma só palavra a esse respeito.

"Meu querido", escrevia ela. "Estamos todos bem. Pensamos sempre em você. Aqui o tempo já está bem quente e o parque está todo em flor. Eu o adoro. Sua mulher." Desincumbia-se de seus afazeres, levava Evi para o jardim de infância, ajudava a sua velha mãe. Mas o medo estava sempre lhe apertando a garganta. Na primavera e no verão; de dia e de noite. Banhada em suor, acordava aos gritos, após sonhos confusos. Via Peter ensanguentado, sem pernas, morto na neve. Quando ia ao cinema e ouvia as fanfarras do jornal falado, mordia os lábios para não gritar de dor. Ao ouvir o noticiário de guerra pelo rádio, seu coração batia forte quando falavam em resistência tenaz, em avanços destemidos das tropas alemãs do leste. Ela não se interessava pelo desfecho da guerra, pouco lhe importava quem iria ganhar ou perder, só queria ter o marido de volta, são e salvo ao seu lado. Recusava-se a discutir justiça e injustiça, a necessidade de uma guerra e a certeza da vitória final; uma intuição obscura lhe dizia que tudo isso não existia. Desde o início dos tempos, os trabalhadores de todos os países, os pobres e humildes, estavam condenados a lutar e morrer pelos outros, sem saber por quê, sem poder perguntar por quê. Condenados a morrer por pessoas que antes da guerra não sentiam medo, como Anna Wagner, pessoas que acreditavam que nada poderia acontecer à união internacional contra a morte que tomava conta do mundo.

Mas quem eram esses outros? Onde viviam eles?

Anna imaginava que eles se ocultavam, disfarçavam-se aqui e ali, sem nunca poderem ser alcançados. Sem nunca poderem ser responsabilizados por essa guerra ou pela anterior, ou por aquela que ainda viria. Para ela e seus semelhantes, pensava Anna, o jogo estava perdido de qualquer maneira, hoje e sempre. Resignada, dando, na verdade, pouco valor à vida, Anna Wagner começou a ter medo da morte quando, no verão de 1944, constatou que estava grávida.

As bombas caíam então sobre Viena, e com grande espanto verificou que a desgraça nunca é tão grande a ponto de não mais lutarmos pela vida.

Morava num grande prédio perto da ponte, a Reichsbruecke. Entre o rio e a rua corriam os trilhos da estrada de ferro. Trens infindáveis, carregados de material bélico, passavam por eles e, das chaminés das usinas vizinhas, subia uma fumaça escura, misturada à noite com centelhas de fogo.

O primeiro ataque a essas instalações fez com que Anna Wagner, trêmula e quase morta de medo, grávida, encolhida no úmido subsolo do edifício, ouvindo o louco estrépito das bombas que caíam, tomasse a decisão de escapar à morte que naquele dia lhe parecia mais do que certa. Decidiu procurar um lugar seguro para ela e os dois filhos, o que já nascera e o que ainda estava por vir, escapar dessa caldeira do inferno que era a área industrial. Por isso, toda vez que anunciavam a aproximação de aviões inimigos, ela logo se preparava para ir para o centro da cidade. A princípio, ainda havia bondes, as pessoas tinham consideração por seu estado, arrumavam-lhe um lugar para sentar; podia-se confiar nas advertências do rádio. Mais tarde, quando todos aqueles trilhos retorcidos apontavam para o céu, quando a água da chuva se acumulava nas crateras das ruas, os milhares de pessoas que, como Anna, faziam aquela mesma peregrinação ficaram na dependência de motocicletas, caminhões e carroças. O tempo corria. Já não havia mais consideração. As sirenes soavam de repente, sem o menor aviso. Ninguém sabia se ainda conseguiria chegar até o centro da cidade, saindo de casa ao soar no rádio aquele execrável grito de pássaro, que era o primeiro sinal de advertência.

Anna Wagner decidiu, então, fazer sua romaria todos os dias, pelas nove da manhã, em companhia de Evi, com chuva ou com sol. Quando tinham sorte, um carro as levava até o Praterstern ou até a Schwedenbruecke. Quase sempre, no entanto, tinham que andar. Não lhe importava. Já não tinha pressa. Tendo-se acostumado a esse estilo de vida, toda pressa era desnecessária. Os ponteiros do relógio se moviam com mais calma, até parte do medo desaparecia, já que se preparava com tanta cautela para o encontro com a morte. Levando a filhinha pela mão, Anna andava devagar pelas ruas sujas, para se poupar, não ficar extenuada. Às vezes parava, descansava e pensava com saudade no marido, enquanto gotas de suor brotavam em sua fronte pálida.

E assim Anna Wagner passava o dia: acordava a filha por volta das sete horas, dava-lhe banho, vestia-a com capricho, arrumava o apartamento, tomava o café da manhã com toda a calma. Logo depois, enchia uma marmita com comida preparada na véspera e guardava-a numa velha maleta marrom, juntamente com o dinheiro, documentos, alguma roupa quente e a boneca predileta de Evi. Abria todas as janelas, fechava os bicos de gás, trancava a porta de entrada. Depois, seguida dos olhares dos que ficavam, as duas saíam de casa. A menininha despreocupada e alegre, pulando pelo leito da rua destruída, a mãe grávida e altiva, pois sentia que suas peregrinações eram comentadas por muitos.

Na rua principal incorporava-se à fila de fugitivos vindos do Danúbio. Havia muitas mulheres e crianças, levando mochilas, carrinhos, sacolas, malas e embrulhos. Sem se importar com a existência nômade que levavam havia semanas, todos eles seguiam na mesma direção de ontem e anteontem, de amanhã e depois de amanhã, de todos os dias. O medo da morte era grande. Maior do que ele era a força do hábito, que fazia com que suportassem essa vida ridícula, indigna, horrenda, desprezível, mas tão amada. Assim que Anna chegava à Schwedenbruecke com a filhinha e atravessava a ponte, sentia-se segura. Por baixo de todo o 1º Distrito, estendia-se uma vasta e profunda rede de abrigos, à qual se tinha acesso por diversos lados. Ali havia espaço para milhares de pessoas, e sempre cabia mais um. Com a maior calma, ela seguia pelo cais Franz-Joseph, dobrava na Rotenturmstrasse, parava diante das vitrinas das lojas que expunham suas mercadorias. Admirava as peles com suas etiquetas proibitivas, os vestidos de seda, sapatos, joias, livros, quadros e brinquedos. Seguia devagar, com seu casaco azul já bastante usado, pelas ruas cheias de gente; olhava os cartazes de cinema e sentia-se maravilhosamente tranquila.

Seu filho devia nascer no fim de março, e o médico lhe reservara uma vaga numa maternidade no campo, perto de Alland. Essa clínica, pela paisagem, era um refúgio de paz seguro. O hospital destacava-se nitidamente pela grande cruz vermelha em cima do telhado e pela quantidade de bandeiras. E como, além disso, ficava distante da zona industrial, dificilmente seria alvo de ataques aéreos. As mulheres grávidas iam para lá uma semana antes de darem à luz, e ficavam até quinze dias depois, para se restabelecer. Anna Wagner devia se internar no dia 22, e esperava esse dia com ansiedade. Conseguira permissão para levar a filha, e estava convencida de que a estada em Alland, mesmo que fosse só por três semanas, iria livrá-la do medo, deixá-la tranquila e satisfeita. Com essa esperança fazia as suas últimas peregrinações, já bastante cansativas para ela, sabendo que a cada dia ficava mais perto o 22 de março.

Quando o dia era bonito, a essa hora, do lado da praça, o sol brilhava diante da Stephanskirche. Por vezes, Anna sentava-se aí junto com os outros que também esperavam pelo ataque. Instaladas em cadeirinhas baixas, as mulheres liam ou tomavam uma primeira refeição tardia com seus familiares. Para elas não havia pressa; não havia mais obrigações. Em meio ao grande pavor tinham como única tarefa preservar a vida, evitar a morte que todo novo dia poderia trazer. Viam-se poucos homens entre elas. Crianças, sim; brincavam ao redor, despreocupadas e alegres; divertiam-se, mudando de brincadeira de acordo com o lugar.

Evi Wagner tinha herdado muito pouco do medo da mãe. Para ela a ida diária à cidade era um acontecimento excitante, cujo sentido mais profundo ainda não captara. Estava feliz por poder se livrar da maçante obrigação de um jardim de infância, feliz com aquela liberdade surpreendente em que agora vivia. No íntimo, esperava que essa situação de bem-aventurada independência ainda durasse muito. Evi tinha seis anos.

Na manhã de 21 de março, enquanto a mãe estava sentada ao sol, de olhos fechados, Evi conheceu um menino que causava sensação em meio à garotada de sua idade. O jovem conseguia imitar de maneira perfeita, embora desproporcional quanto ao volume, o som das sirenes, das bombas e dos canhões antiaéreos. Conseguia juntar todos esses ruídos, produzindo uma barulheira tão infernal, que deixava a assistência arrepiada de pavor. Com olhos arregalados, Evi contemplava o garoto, invejando-o por suas habilidades, às quais ainda acrescia outra: com incrível realismo, o rosto contorcido, jogando os braços para o alto, soltando um gemido horrível, caía ao chão, fingindo ter sido mortalmente atingida.

Por duas vezes, a mãe teve que chamá-la, sem que Evi ouvisse. Fascinada, lançou um último olhar ao genial imitador e foi juntar-se à mãe, que já seguia com a mala e a cadeirinha de dobrar.

– Temos que andar – disse Anna Wagner. – Daqui a pouco vão soar as sirenes. – De repente, ficou de novo nervosa e apressada, embora já tivesse praticamente alcançado a sua meta. Todos os abrigos desse bairro eram igualmente bons, por toda parte havia entradas para a grande rede subterrânea.

Naquele momento, porém, à espera das odiosas sirenes, veio novamente o medo, fazendo-a respirar com dificuldade. As sirenes... mais um ataque... ia morrer gente daí a pouco... em uma hora, talvez! Ninguém sabia quem estava marcado para a morte. "Você, talvez", pensava ela, esbarrando nas pessoas que passavam, "ou você... ou eu... e Evi..."

Anna Wagner sentia o suor gelado escorrendo-lhe pelas costas. A cada alarme antiaéreo, a cada novo dia, ela morria um pouco. Essa repetição sem fim, esta tensão nervosa fazia com que a morte lhe parecesse cada vez mais horrenda. Dizem que só se morre uma vez. Anna, porém, já morrera milhares de vezes e continuava viva.

Só hoje, pensava ela, só hoje pedia a Deus para não acontecer nada. Amanhã já estaria em segurança. Só por hoje Deus deveria ser misericordioso, ter piedade de sua aflição... Tomada de grande desespero, seguia apressada pelas ruas com Evi. Não conseguia entrar no mesmo abrigo pela segunda vez, estava sempre à procura de outros, de um local melhor onde se proteger. Mesmo durante os ataques, ficava como uma errante debaixo da terra, pálida, trêmula, digna de compaixão. Empurrou a filha para a entrada de um prédio onde se aglomerava muita gente. Logo depois, porém, mudou de ideia e disse:

– Venha. Vamos procurar outro lugar.

Desceram rapidamente a Spiegelgasse e chegaram ao Mercado Novo.

– As sirenes vão começar daqui a pouco? – perguntou a criança.

– Vão – respondeu a mãe infeliz. – Daqui a pouco.

Reparou num prédio de portão de ferro batido. Ali ela nunca estivera antes... Entrou.

– Pra onde vamos? – quis saber a menina.

– Lá para baixo – respondeu a mãe. – Talvez seja bem fundo. – Passando a mão pela parede úmida da escura descida, encontrou um interruptor.

– Vá correndo na frente – disse ela para a criança que, cantando, descia rápido as escadas. No primeiro subsolo Anna Wagner parou, olhando para trás.

– É ainda mais embaixo – gritou Evi.

Desceram para as profundezas mal iluminadas. Anna respirou fundo e foi tomada de uma estranha sensação de bem-estar.

– Vamos ficar aqui – disse ela em voz alta. – Aqui nada poderá nos acontecer.

– Por que não pode acontecer nada?

– Porque é muito fundo.

– Vamos ouvir as sirenes?

– Não – disse Anna Wagner. – Não vamos ouvir nada. Vai continuar tudo em silêncio.

– Como numa sepultura! – exclamou a menina, que, satisfeita com a ideia, começou a rir alegremente. – Numa sepultura! Estamos dentro de uma sepultura!

Anna colocou a mala no chão e ficou escutando.

– Silêncio! – disse ela. – Vem gente aí.

Lá de cima vinham vozes que, à medida que se aproximavam, ficavam mais altas. Duas sombras se projetaram na parede do abrigo. Logo em seguida, surgiram duas pessoas: Therese Reimann e o padre Reinhold Gontard.

V

Walter Schroeder, o químico, estava dominado pela ideia de que com seu trabalho poderia influenciar decisivamente o curso dos acontecimentos atuais.

Decidira-se a isso durante os últimos meses, e por esse motivo o especialista em química inorgânica, de 35 anos, dispensado de servir na guerra devido à sua profissão, negligenciara sua vida particular. Schroeder trabalhava no laboratório de uma grande fábrica de aparelhos radiotécnicos no sul de Viena. Era um dos poucos químicos da firma. Sua seção era encarregada da produção de todo tipo de fontes de energia elétrica por processos químicos.

Naqueles oito anos de atividade, adquirira conhecimentos especializados nesse setor e conseguira chegar a resultados assombrosos, usando apenas material de segunda categoria. A pirolusita, por exemplo, o componente químico de maior importância na fábrica, só era obtida em quantidades mínimas e de muito baixa qualidade. Após meses de experiência com carvão ativo e grafite, Schroeder conseguiu uma combinação que substituía perfeitamente aquela de que ele necessitava. Sal amoníaco e cloreto de magnésio, agentes usados no preparo da eletrólise, chegavam aos laboratórios congelados e em estado impuro, misturados com carvão, terra e partículas de ferro, substâncias capazes de provocar sérias alterações nos preparados químicos. Walter Schroeder construiu um precipitador no qual esses corpos estranhos se depositavam rapidamente. Descobriu um método de elevar o ponto de amolecimento da massa de betume, fator importante para seu trabalho. Conseguiu substituir parcialmente o pó branco da cola eletrolítica por outro elemento, e imaginou um processo prático para reduzir o tempo de corrosão dos recipientes de zinco. Ficou satisfeito com as possibilidades que a ciência lhe proporcionava e, mais ainda, ao saber que as curvas de descarga de seus eletrodos e elementos estavam acima das normas fixadas para as compras do exército. Era uma pessoa calma e modesta; depois de encerrado o trabalho, ficava fazendo experiências no laboratório, sempre sujo de carvão e fuligem. Nas horas de folga lia os filósofos clássicos, fazendo anotações a lápis em sua caderneta. Schroeder era alto e meio gordo. Seus olhos estavam sempre escondidos atrás das grossas lentes de uns óculos de armação escura. A testa alta, o nariz reto e fino tornavam seu rosto interessante. Sua característica principal era o porte sempre impecável. Não era arrogante, mas todos os que o viam reparavam nele imediatamente. Tinha mulher e dois filhos pequenos, que há um ano mandara para um pequeno hotel num lago no sul da Áustria, onde os visitava ocasionalmente. Há cerca de catorze meses vivia só em Viena, aos cuidados de uma velha caseira. Até o verão de 1944 era uma figura inteiramente normal, que em nada se destacava. Participava com interesse dos acontecimentos políticos da época e estava convencido de que uma guerra perdida seria o fim de uma existência construída com tanto trabalho. Por isso, não dava ouvidos a qualquer rumor que pudesse alimentar algum pessimismo destrutivo, e condenava severamente qualquer atitude negativa, quer vinda de experiências próprias, quer divulgada secretamente pelas emissoras estrangeiras. A atitude dos homens que, ao contrário dele, desejavam que a guerra terminasse de maneira desfavorável escapava-lhe por completo. Considerava-os tolos e irresponsáveis, pois via claramente que não tinham a menor ideia do que os esperava. Também ele percebia na estrutura e na natureza do regime ao qual servia pontos que lhe pareciam injustos. No íntimo chamava-os de "pontos extremos de sombra", iguais aos que aparecem em toda parte onde a luz é muito forte, e esperava que com o tempo eles fossem enfraquecendo, neutralizando-se.

De resto, devido ao medo que sentia, ele não via no presente as causas ou motivos de um futuro capaz de tudo destruir, e encarava com simpatia qualquer regime de força que pudesse evitar esse pavor futuro. Acreditava incondicionalmente em tudo o que seus colegas de partido lhe diziam ou inculcavam, e estava sempre disposto a seguir suas instruções, por mais absurdas, mais cruéis ou destruidoras que lhe parecessem.

Schroeder não tinha consciência. Era "um homem sem coração", quando se tratava de pessoas que ele e os seus classificavam de "inimigos do Reich". Era "um homem sem coração", que praticava a injustiça com a maior simplicidade, pois acreditava nela, era parte dela.

Pela descrição de seu caráter nesta página e nas seguintes, pode-se ter a impressão de que a força de Schroeder estava no fato de ele acreditar cegamente que agindo assim levaria alguma vantagem sobre os seus semelhantes e que sua fé poderia servir de motivação e desculpa para tudo o que fazia, de causa para tudo o que idealizava.

Opor-se a essa concepção seria o desejo mais profundo do autor, embora isso esteja apenas parcialmente em seu poder. O leitor é que poderá fazê-lo; pois deve reconhecer por si que uma ação má não se converte em boa pelo simples fato de acharmos que assim seja. É melhor não acreditar em nada do que crer na injustiça; não são a frieza nem a falta de sensibilidade que nos podem ajudar, mas o calor humano e uma profunda misericórdia para com todas as criaturas desta estranha terra.

Em agosto de 1944, Walter Schroeder partiu para Berlim, onde passou três dias. Durante a sua estada foi-lhe confiado, por alguns oficiais de posição militar destacada, o desenvolvimento rápido de um elemento que, com o mínimo de volume, conseguisse transmitir o máximo de corrente. Deram-lhe a entender que, tendo em vista seus trabalhos anteriores, depositavam grande confiança nele, e o encarregaram de criar um aparelho que seria parte de uma invenção maior, capaz de contribuir decisivamente para o desfecho da guerra. Walter Schroeder sabia que naquela época fora organizado um sistema de descentralização para a produção de aparelhagens importantes, em que se distribuía a fabricação de peças isoladas entre firmas de cidades diferentes. Isso visava por um lado evitar os ataques aéreos, que se tornavam cada vez mais perigosos, e, por outro, dificultar que pessoas não autorizadas tomassem conhecimento do desenvolvimento de armas secretas.

Uma fonte de energia que com um mínimo de espaço conseguisse transmitir um máximo de corrente... Walter Schroeder sabia perfeitamente o que isso significava. Lera o suficiente a respeito de foguetes e bombas teleguiadas para saber que sua propulsão e seu voo, além de forças impulsoras, necessitavam também de impulsos orientadores para que o alvo fosse atingido.

Ao tomar conhecimento das medidas exatas do aparelho a ser idealizado e das exigências técnicas, ficou convencido de que realmente estava trabalhando num projeto muito especial. O pedido vinha acompanhado de certa urgência, que devia convencer os colaboradores de sua importância, abrindo-lhes muitas portas.

Munido de uma carta com diversos carimbos, uma ordem de pagamento para o Banco Alemão e diversas cópias heliográficas, Walter Schroeder, num estado de excitação febril, deixou Berlim pela estação destruída. Já no trem, começou a arquitetar planos. De volta a Viena lançou-se imediatamente ao trabalho, junto com um jovem assistente, a quem logo encarregou de verificar na biblioteca do Primeiro Laboratório Químico da Universidade o que existia ali em literatura específica e em possíveis patentes estrangeiras. Nesse meio tempo, ele mesmo se encarregou de arranjar um certo preparado orgânico chamado opanol, um éter especial de cheiro desagradável, que por suas propriedades parecia estar destinado a ser usado no caso. Sabia que uma fonte de energia química aumentava de intensidade na proporção de sua superfície. Isso significava que só era possível obter uma corrente muito forte a partir de um componente pequeno quando a superfície dos eletrodos era ampliada de alguma maneira. Schroeder e seu assistente, um homem que desanimava facilmente, gastaram dias e semanas com o problema dos pequenos elementos. Construíram uma série de aparelhos auxiliares, desenharam gráficos de descarga, repetindo as mesmas experiências horas a fio. À tardinha, Schroeder ficava só no laboratório entulhado, impossível de ser arrumado, procurando uma solução para o problema. Trabalhava numa mesa repleta de resistências, voltímetros, amperímetros e uma enorme quantidade de aparelhagens químicas. Às vezes, nem ia para casa, dormia vestido numa espreguiçadeira no canto da grande sala. O cheiro de benzeno, no qual dissolvia os vários tipos de opanol para obter a viscosidade comum necessária, acabou, após alguns dias, por lhe provocar uma constante dor de cabeça e de estômago. A solução de amoníaco que era obrigado a manipular a toda hora inflamou-lhe as mãos, que ficaram vermelhas, racharam e começaram a arder. Viu-se obrigado então a usar finas luvas de borracha. Nas noites abafadas de agosto, Schroeder ficava sentado sob a luz elétrica, em mangas de camisa, debruçado sobre escalas e fiéis de balança, barbado, todo sujo por trabalhar quase unicamente com pós pretos, com o cabelo desalinhado, os olhos congestionados e torturado por um enjoo constante. Lá fora os guardas faziam sua ronda na negra escuridão. Ele nada ouvia. Todos os seus sentidos estavam dirigidos para os pequeninos volumes feios e úmidos que pingavam em cima da mesa abarrotada, amarrados com fita isolante, papel de alumínio e arame. Eles eram o centro do seu pensamento; suplantavam todo o resto. Tiranizavam-no. Transformaram em fanático o simples químico de uma fábrica. "Tenho que solucionar este problema", pensava o homem de rosto macilento e olhos inflamados, enquanto gotas de suor lhe escorriam pela testa coberta de fuligem. "Tenho que solucionar." Mas não solucionou.

O verão passou. Vieram o outono e o inverno. Schroeder continuava debruçado sobre os elementos inúteis, destruídos por curtos-circuitos e quedas de voltagem, e que em sinistra obstinação se recusavam a atender às exigências feitas. Era como se a matéria estivesse conspirando contra seus planos; ela havia se decidido a não ser utilizada para a destruição de composições formadas da mesma matéria... era uma cabala fantasmagórica dos elementos inanimados.

Na química, no entanto, não existem tais conspirações. A química é uma ciência. Leis, e somente elas, decidem o curso dos acontecimentos. Conhecendo essas leis, pode-se predizer aqueles. Walter Schroeder conhecia as leis. Sabia que sua ideia era viável. Por isso, continuou a trabalhar... Veio o Natal. Ele passou as festas sozinho. Em 27 de dezembro, estava de volta ao laboratório preparando novas experiências. O fato de elas todas falharem chegava até a lhe dar alguma satisfação. Com a persistência característica de quem leva as coisas a sério, suportava os fracassos, dizendo para si que ainda não tinha achado o caminho certo, afinal. A divisão de aperfeiçoamento do exército em Berlim se achava na obrigação de mandar, de vez em quando, longos telegramas para Viena, exigindo, com muita urgência, que pusessem um ponto final às experiências e apresentassem algum resultado positivo. Walter Schroeder tomava conhecimento do conteúdo, com um misto de altivez e pavor secretos. Já era químico há bastante tempo, e desprezava as pessoas que ficavam apressando um representante de sua profissão, exigindo milagres ou sensações, sem terem a menor ideia da complexidade e da dificuldade das reações invisíveis que se processam no interior da matéria. Por outro lado, percebia nas entrelinhas das mensagens telegrafadas uma súplica, que traduzida em palavras seria: "Se não aparecer logo qualquer solução decisiva, estaremos perdidos!". O sujo laboratório em Meidling parecia um depósito. As faxineiras, encarregadas de limpar a sala duas vezes por semana, falavam com a maior indignação, em linguagem pitoresca, das loucuras de Schroeder. Desaprovavam inteiramente seu trabalho, e em seus ataques à pequena estação experimental, destruíam impiedosamente todo o material pegajoso, malcheiroso e deformado que lhes caísse nas mãos, provocando em geral verdadeiras crises de loucura no patrão, sujo e tresnoitado. Finalmente foi colocado um cartaz na porta do laboratório, proibindo terminantemente a entrada de pessoas estranhas. Schroeder e seu desinteressado assistente passaram a se encarregar da ordem e da limpeza. Evidentemente não tinham tempo para isso. Em fins de janeiro Schroeder começou a fazer experiências com um produto sintético, o trolitol, que dissolvia em agentes orgânicos e usava para a impregnação de suas pequenas baterias. Esse trabalho foi finalmente coroado de êxito. Em 28 de janeiro, tarde da noite, os dois homens, que trabalhavam tiritando de frio, conseguiram obter o primeiro elemento útil dentro das condições calculadas. O milagre, que não era milagre, tinha acontecido. O insignificante cassete com seu conteúdo pouco apetitoso fornecia em cinco minutos uma quantidade enorme de corrente, enquanto a voltagem baixava para a metade. Schroeder passou todo o mês de fevereiro construindo uma série de elementos experimentais perfeitos, enviados por um emissário a Berlim, onde foram examinados e aprovados. Embora a essa altura a divisão de aperfeiçoamento do exército já estivesse convencida de que mesmo as invenções mais revolucionárias dificilmente teriam qualquer influência no desenrolar dos acontecimentos, Schroeder recebeu palavras elogiosas de reconhecimento, sendo encarregado de começar rapidamente a produção em larga escala. Ninguém admitia a realidade da situação militar. Todos se esforçavam febrilmente para dar uma impressão de otimismo e confiança, atrás dos quais se ocultava o mais negro desespero. Quem sabe ainda viria a sensacional reviravolta de que falava a revista *Das Reich*. Quem sabe ela viria. Mas quando, e como, ninguém sabia.

Walter Schroeder decidiu não se importar com a ameaça de uma derrota. Em conversa com estranhos, negava veementemente qualquer receio e conseguia criar ao seu redor uma atmosfera de extraordinária admiração. Diante desse trabalhador de convicção inabalável, os fatalistas tomavam consciência de sua própria mesquinhez. Os que esperavam ansiosamente pelo fim da guerra davam de ombros. Pobre fanático, pensavam eles, abusavam irresponsavelmente de sua admirável tenacidade... idealista infeliz, que por cegueira apostara no cavalo errado e não admitia reconhecer o erro.

Schroeder pouco se importava. Convencera-se de que sozinho, através de sua invenção, poderia interferir decisivamente no desfecho da guerra. Sua casa foi destruída durante um ataque aéreo. Conseguiu salvar dos destroços uma parte de seus bens e mudou-se para a casa de um amigo. Seus colegas de trabalho eram exortados pelos superiores a seguir o exemplo de Schroeder: dois dias depois de perder todos os seus bens, ele apareceu na fábrica empertigado e apressado, amável como sempre, para continuar o trabalho.

No começo de março ficaram prontas as máquinas de furar e prensar que serviriam para armar seu pequeno elemento. Começou a produção. De Berlim, chegavam novos planos, instruções e prescrições. A aparelhagem de administração do Reich continuava a funcionar. Por todo o país, cientistas continuavam a trabalhar na manufatura de hediondas armas. Testavam-nas em laboratórios subterrâneos, em desertas ilhas do norte, nos vales dos Alpes, na costa do Báltico. Diante da tensão e do interesse pessoal em suas tarefas, esqueciam, por vezes, o verdadeiro sentido de sua missão. O tempo não mais existia para eles. A noite e o dia lhes eram igualmente familiares; viviam num torpor febril do qual acordavam, muito raramente, assustados, para refletir e se perguntar: aonde estamos querendo chegar? Walter Schroeder, o químico, pertencia a este grupo de homens que viviam longe da realidade, para quem a guerra não existia, para quem não havia nem o bem nem o mal, justiça ou injustiça, mas apenas retortas, tabelas, escalas, máquinas, problemas específicos e suas soluções.

Na manhã de 21 de março ele foi ao escritório, no Mercado de Carvão, de um especialista em resinas sintéticas. Às onze horas já estava de volta. Seguia rápido e distraído pelas ruas estreitas do centro da cidade, sem tomar conhecimento da agitação em seu redor. Levava consigo uma grande pasta de couro, cheia de planos e documentos. Saindo de um alto--falante invisível, chegou a seus ouvidos o sinal de advertência da emissora do serviço de ataque antiaéreo. Ele ficou escutando alguns segundos, até que o significado daquele ruído lhe pareceu, de repente, claro. Alguma mensagem estava sendo transmitida. Parou e procurou entendê-la.

"...se a formação mantiver a rota", dizia uma voz feminina, "poderemos contar em breve com um ataque aéreo..."

Schroeder tinha que escrever duas cartas urgentes. O alarme lhe proporcionaria uma boa ocasião para isso, pensou ele. Olhou para o relógio. Eram onze horas e dezessete minutos.

Podia muito bem começar logo, pensou. Não tinha sentido ficar correndo pelas ruas. Daí a pouco os bondes iriam parar de qualquer maneira...

Sem hesitar, entrou no prédio diante do qual estava parado, e enquanto descia os primeiros degraus para o subterrâneo iluminado, apalpou o bolso do paletó para verificar se tinha caneta. Ouviu passos. Virando-se, viu uma jovem de casaco claro que o seguia, hesitante.

– Isto aqui é um abrigo público? – perguntou ela.

Walter Schroeder olhou para ela, distraído. Será que alguém no laboratório ia se lembrar de guardar o grande voltímetro Siemens? Era o único aparelho novo que tinham. Sua perda seria irreparável...

– Isto aqui é um abrigo público? – repetiu a moça. Schroeder teve um sobressalto.

– Como? Não sei. Também sou estranho aqui – disse ele. – Vamos descer.

VI

Susanne Riemenschmied acordou na manhã de 21 de março com a feliz convicção de que aquele dia seria o mais importante de sua vida, que se destacaria brilhantemente de todos os outros, como rara pedra preciosa. Vestiu-se cantarolando uma canção. Deu um maço de cigarros racionados ao carteiro, que, ofegante em sua asma, entregara-lhe a correspondência, e preparou uma enorme tigela de leite quente para o gatinho. Por volta das nove horas foi até uma floricultura próxima e comprou um ramo colorido de flores primaveris. Ao voltar para casa, acenou e sorriu feliz para um rapaz que, passando de bicicleta, assoviou para ela.

Aos dezesseis anos, Susanne Riemenschmied perdera os pais num desastre de trem e fora entregue à tutela de uma tia excêntrica. Esta, pela indiferença total às leis de uma moral rigorosa, quando jovem tinha sido apontada à sua geração como um mau exemplo, como uma advertência. Isso, no entanto, em nada modificou seu estilo de vida.

Continuou solteira e passava a velhice na maior paz de espírito, pintando, por passatempo, quadros absurdos, fumando charutos, nunca se deitando antes da meia-noite. Susanne cresceu em meio a dançarinos, escritores, desocupados, que primavam por debates vazios sobre a arte e a vida, a guerra, a morte, a ciência, e também pelo consumo razoável de bebidas alcoólicas. Desde que podia se recordar, havia hóspedes em casa da tia, pois esta não gostava de ficar só, principalmente nas primeiras horas da madrugada. Bebiam e discutiam com entusiasmo sobre concepções de difícil definição, e se calavam, finalmente, para ouvir, solenes, um concerto de Brahms dos discos que a tia colocava no gramofone. Tinha bom ouvido para música; por isso esses concertos lhe davam um prazer enorme e a protegiam das horas de solidão anteriormente mencionadas.

Aos dezessete anos, Susanne decidiu ser atriz, tendo o total apoio de sua única parente viva. Começou, então, a tomar aulas com um dos mais famosos atores de teatro da cidade. Susanne tivera uma adolescência feliz. Rodeada por música, livros e quadros, a jovem crescera num meio de bom nível intelectual. Era de uma total ignorância em relação aos acontecimentos da época, mas possuía um charme irresistível. "Não existe nada mais atraente do que uma pessoa verdadeiramente inteligente", costumava dizer-lhe a tia. Já a sobrinha, depois de tudo o que tinha visto, lido e sobretudo ouvido, chegara a outra conclusão: "Não existe nada mais atraente do que um indivíduo realmente bom". Seus progressos artísticos prenunciavam um grande talento, que necessitava apenas ganhar forma. Em 1942, a tia teve um ataque apoplético e morreu logo em seguida, sem o menor sofrimento, com um estranho sorriso nos lábios fortemente pintados. A mansão em Hietzing foi vendida, e Susanne Riemenschmied mudou-se para uma pequena casa na periferia da cidade. Não tinha mais nenhum parente. A venda da casa rendeu-lhe uma grande quantia em dinheiro, que estava guardada num banco. Ficou, assim, livre de todas as dificuldades financeiras, podendo dedicar-se inteiramente aos estudos. A essa altura, representava os mais diversos papéis no palco experimental do Seminário de Schoenbrunn.

Seus parceiros notavam na jovem uma extrema sensibilidade, que se revelava, por vezes, quando o papel que representava a fazia esquecer-se de si mesma.

Susanne era de estatura mediana, muito magra, de longos cabelos castanhos. Quando falava, sorria de maneira cordial; tinha uma voz sonora e profunda. Costumava apresentar suas ideias de maneira decidida, que fazia supor saber o que queria e aonde queria chegar. Mesmo assim, era tímida e distante. Não fazia a menor ideia de seu futuro. Estava satisfeita com a vida simples e movimentada que levava; gostava da profissão por ela mesma escolhida e ficava feliz quando tinha alguma oportunidade de se apresentar. Representava por prazer; não precisava do público. Não conheceu a espera impaciente por um primeiro sucesso. Vendo-a, um diretor percebeu a sua pouca ambição e resolveu ajudá-la. Por seu intermédio, Susanne conseguiu representar uma série de papéis secundários em diversos teatros, e aos poucos despertou nela o desejo de papéis mais importantes, de grandes papéis. Seu trabalho se tornou mais consciente; ela foi se modificando.

Por essa época, soldados russos atravessavam o Dniepr e tropas de aterrissagem lutavam pela cidade de Arnheim. Em Viena, estavam passando os filmes *Devaneio* e *Sinfonia de uma vida*. Susanne Riemenschmied assistiu a ambos e chorou de emoção. Aos poucos, começou a tomar conhecimento do que se passava a seu redor, e verificou que a Europa estava cheia de injustiças, sofrimentos, medo e perseguições. Achava insuportável, de uma total irresponsabilidade, levar uma vida como a de sua falecida tia, jogar levianamente com as palavras, apenas por diletantismo, sem antes colocá-las na balança; e esta, agora, já transbordava de lágrimas. Achava ser sua obrigação levar a arte como uma esperança ao caos da atualidade, como uma luz muito fraca que trouxesse ânimo a alguns aflitos. Sentia que uma culpa coletiva reunia a todos numa comunidade fatídica, cujo crime era ter silenciado por muito tempo, não ter tido coragem, ter sentido muito medo. Ninguém conseguiria se excluir dessa comunidade e, inocentando-se, lavar as mãos como Pôncio Pilatos no sangue dos mortos. Era mais difícil e mais importante do que nunca levar uma vida honesta.

Susanne decidiu não se deixar desencorajar pelo ceticismo dos falsos justos, pelo escárnio daqueles que, não tendo sofrido, alegravam-se zombeteiramente com o desfecho fatal que se aproximava. Sabia que todo esse esfuziante sarcasmo nada tinha em comum com a esperança infinita de alguns, para quem a fé na vitória da humanidade era o único esteio em que se apoiavam. Resolveu não aderir às vantagens daquele momento que em breve se converteriam no extremo oposto. Não menosprezaria o passado pelo qual não lutara, nem se regozijaria com o futuro, cujos frutos colheria sem ter lançado as sementes. Liberta de uma falsa alegria, da submissão e do medo, assim Susanne pretendia enfrentar a última fase da guerra. Impaciente, sim, mas não disposta a proclamar opiniões sobre as quais silenciara no passado; esperançosa, sim, mas decidida a não se deixar arrastar pela onda geral de um oportunismo barato. Era difícil recuperar o que ela e os outros haviam perdido, mas carregaria com dignidade sua parte dessa culpa coletiva, de maneira discreta mas sem ser submissa, procurando assim ser melhor do que já fora.

Nesse conhecimento de si mesma, Susanne encontrou a paz. Continuava a sorrir com frequência, mas seu sorriso agora estava nos olhos e não mais nos lábios. Lia muito, representava de vez em quando, esforçando-se por conseguir um estilo pessoal, de grande simplicidade. No início de 1945, uma associação cultural pediu-lhe para ler diante de um auditório de jovens o poema de Rilke "Melodia do amor e da morte". Aceitou com a maior alegria. Aí estava uma oportunidade, pensava ela, de despertar novamente na alma de alguns um pouco da fé na verdade e no amor que a guerra havia destruído. O recital deveria ser no salão de festas da Câmara da Indústria, tendo sido marcado para o dia 21 de março. Quanto mais se aproximava o dia, mais feliz ficava Susanne pela tarefa que lhe coubera. Ficava alegre e satisfeita ao pensar nesse acontecimento, na realidade sem grande importância, pois dificilmente falaria para um grande público. Para ela, no entanto, aquela noite significava mais do que uma glória pessoal. Esperava ansiosamente por ela. A expectativa lhe trouxe uma imensa e tranquilizante sensação de segurança. As sombras do desespero e da fraqueza se dissiparam, e, contente como uma criança, ela antecipava a alegria de poder contribuir com sua parcela em prol daquela fé. Ao sair de casa, a 21 de março, para uma última entrevista com o patrocinador do recital, levava na mão apenas o texto. Andava depressa. A chuva caía na sua cabeça descoberta. Como não se lembrasse do endereço exato da pessoa a quem devia procurar, ligou de um telefone público perto do Mercado Novo. A própria pessoa atendeu imediatamente, dizendo-lhe que em breve soaria o alarme, que bombardeiros americanos estavam se aproximando da cidade.

– Venha me ver depois do ataque – disse ele.

– Não seria possível falar com o senhor agora?

– Infelizmente não – respondeu ele. – Minha mulher espera por mim em Waering e quero tentar me encontrar com ela de alguma maneira.

– Que pena! – lastimou-se Susanne. Mas notando pelo tom de voz que ele estava apressado, acrescentou apenas: – Bem, então vou procurá-lo logo mais.

– Muito bem – retrucou ele. – Até logo mais, então.

A moça saiu da cabine e olhou para o céu escuro. A chuva aumentara. "Daqui a pouco vão soar as sirenes", pensou ela, e decidiu procurar um abrigo para não ficar exposta ao vento e poder ler em paz. Atravessou a rua e notou um homem com uma pasta grande que acabava de entrar num velho prédio. Quando chegou à entrada, ele já estava descendo os primeiros degraus para o subsolo. Susanne fechou a porta de ferro batido atrás de si e seguiu-o.

VII

Entre os passageiros que, na manhã daquele dia, chegaram cedo à cidade pelo Ostbanhnhof, estava um soldado de 25 anos que não trazia no uniforme nenhum emblema nem distintivo que pudesse indicar sua patente. Carregava uma sacola de pão, uma barraca de lona enrolada sobre os ombros, um capacete de aço preso no cinturão, mas estranhamente não tinha fuzil. Seus lábios comprimidos formavam o centro de um queixo barbado. Os olhos eram de um cinza muito claro, um pouco tristes, com pequenas rugas nos cantos, que se aprofundavam quando ele sorria. O cabelo castanho, penteado para trás, estava um tanto comprido e cobria-lhe a nuca. Andava distraído, meio largado, dando a impressão de estar muito cansado. O nome desse soldado que não saiu da estação ferroviária pelo portão principal, mas por uma brecha aberta no muro por uma bomba, era Robert Faber. Ao chegar à rua, parou um instante para olhar atentamente à sua volta. Viu as fachadas destruídas das casas devoradas pelo fogo, os fios do bonde partidos e pendurados e a escura massa humana que chegara de trem com ele. Parecia, no entanto, não ter encontrado o que procurava. Chegou ao fim da Prinz--Eugen-Strasse e começou a andar em direção à cidade. Com as botas sujas, passava descuidadamente pela lama, por cima de vidros e pedras. O prédio em ruínas com a porta de entrada deslocada, os carros destroçados na beira da rua impressionavam-no tão pouco quanto o capim que crescia alto entre as pedras do calçamento destruído. Seus olhos estavam por toda parte e em parte alguma. Procuravam qualquer coisa que não achavam, e não se interessavam por outras paisagens.

Um oficial carregando uma mala vinha andando ao longo do muro que cercava o Jardim Belvedere. O soldado de olhar cansado hesitou um instante, depois cumprimentou o superior respeitosamente mas sem grande exagero, levantando a mão para o "cumprimento alemão". A maneira como o fez poderia levar um observador a supor que Robert Faber dava grande importância àquela saudação, executando-a com calculada rotina. Virou-se um instante e ficou olhando para o oficial, que continuava seu caminho ao longo do muro danificado. O rosto fino do soldado estava agora mais despreocupado, mais jovial. Atravessou a Schwarzenbergplatz, e um transeunte lhe pediu um fósforo. Enquanto acendia o cachimbo, o estranho começou a puxar conversa.

– De licença? – perguntou ele.
– É – fez Faber.
– Muito tempo?

O soldado respondeu que acabava de chegar a Viena.

– Bem na hora do ataque aéreo, hein? – retrucou o transeunte.

Ficaram ambos olhando para a fila de carros do exército que atravessavam a grande praça em direção ao Ring.

– Obrigado pelo fósforo – disse o estranho. Faber fez um sinal com a cabeça.

Os pesados carros tinham parado. Alguns homens saltaram e se reuniram. O soldado de botas sujas dobrou para a esquerda e começou a andar ao longo dos trilhos do bonde até chegar à Kaerntnerstrasse. Levantou a gola do casaco para se proteger da chuva fina que caía sobre a cidade. Ao chegar ao cruzamento em frente à Ópera, parou mais uma vez como quem pensa no que deve fazer. Finalmente, atravessou os trilhos e seguiu pela Kaerntnerstrasse, olhando em volta, curioso e interessado, como se fosse novo na cidade e tivesse receio de se perder. Não tinha pressa; não parecia ter destino. Só os olhos tinham perdido a expressão de cansaço; iam constantemente de um lado para outro, fixavam-se por segundos, interessavam-se um instante por alguma pessoa, não tinham sossego.

Faber passou pelo Hotel Sacher e ia chegando à igreja, à Malteserkirche, quando um grupo de três soldados vindo da Johannesgasse entrou na Kaerntnerstrasse de fuzil no ombro. Era uma patrulha encarregada de verificar os documentos de identidade das pessoas. Faber os reconheceu imediatamente. Seu rosto ficou impassível, o olhar perdeu a inquietação, tornando-se duro. Sem hesitar um segundo, deu meia-volta e entrou direto na loja em frente de onde estava. Por um espelho na parede lateral da vitrina viu, ao fechar a porta, surgirem os três soldados. Dois conversavam entre si; o terceiro olhava para o nada, entediado. Uma moça, provavelmente a vendedora, aproximou-se.

– Boa tarde – disse ela amavelmente. Faber entrou mais para o interior da loja, só então reconhecendo que se tratava de uma delicatessen. Enfeites de papel colorido, garrafas e vidros de conserva estavam nas prateleiras. Pão, alguns legumes, uma bola de manteiga... A moça ficou olhando para ele, curiosa.

– Deseja alguma coisa?

Os policiais estavam agora parados bem em frente à loja, examinando os papéis de um civil. A moça repetiu a pergunta.

– É – fez Faber –, na verdade nem sei se a senhora pode me arranjar o que desejo. Fui convidado para uma festa hoje à noite e gostaria de levar qualquer coisa para beber.

Falava agora com tanta fluência que ele mesmo se surpreendeu. Os soldados lá fora não se mexiam. Enquanto um fazia perguntas, o outro examinava os documentos.

– Eu pensei... – disse Faber –, pensei que talvez a senhora pudesse me dar uma ajuda.

– Bebidas alcoólicas estão racionadas – retrucou a moça.

– Eu sei. Mas estou chegando a Viena hoje e ainda não tive tempo de arrumar cartões de mantimentos. – Faber sentia gotas de suor lhe escorrerem pela testa.

– Bebida nem tem aparecido ultimamente – disse a moça, satisfeita em poder prolongar a conversa. – Conhaque é muito difícil de arranjar. Antes, ainda podia ser importado da França, mas agora...

O soldado barbado apertou os lábios, mas continuou a sorrir. "Droga de conhaque, porcaria desgraçada", pensou Faber. "Há cinco minutos, nem pensava nisso. Não preciso dele. Não existe nada que eu precise menos do que conhaque. Uma festa em casa de amigos! Gostaria de saber em casa de quem. Não conheço ninguém aqui em Viena. Calma", disse ele para si mesmo, "muita calma. É a única saída. Calma. Não se esqueça de sorrir. Veja se consegue esticar a conversa."

– E a senhora não poderia abrir uma exceção para um soldado, vendendo-lhe alguma coisa que não existe? – perguntou ele.

– Vai ser um bocado caro – disse ela, alisando o vestido com a mão.

– Não importa – retrucou o soldado. O preço não importava. Nada importava. Nada? Só uma coisa... uma só. Virou-se. O civil abordado gesticulava nervosamente. Jogava os braços para o alto, sacudia a cabeça. Um dos três homens uniformizados começou a rir. Pelo espelho, Faber viu nitidamente seus dentes cariados.

– Vou perguntar ao patrão – disse a vendedora.

– Ótimo – retrucou Faber.

– Quantas garrafas deseja?

– Duas. – Meu Deus do céu, será que estes desgraçados não vão embora?

A vendedora desapareceu. Ele ouviu-a falar com alguém. Uma voz masculina respondeu. Depois, ouviu barulho de garrafas. Alguém tossiu. Sem entender direito, Faber leu um aviso da polícia sobre cachorros na loja. Era proibido por motivos de higiene... Motivos de higiene! Seus lábios se contraíram. Deu uma risada.

– Por motivos de higiene – disse Faber baixinho, e riu. A moça voltou. Trazia duas garrafas na mão.

– Aqui está – disse ela. – Seus amigos vão ficar satisfeitos.

– Se vão – respondeu Faber. Na rua, os soldados tinham acabado a inspeção. O civil abordado tirou o chapéu. Os três homens de uniforme seguiram adiante. Sumiram do espelho, onde restou apenas a imagem do asfalto molhado.

– O senhor tem sacola?

– Tenho. – Tirou a grande sacola de pão do ombro.

– É melhor ninguém ver as garrafas. O senhor entende, não é?

– Claro. Quanto é?

Ela disse o preço e ele pagou.

– Muito obrigado – agradeceu Robert Faber.

– Ora, não tem de quê. Foi um prazer poder ser útil.

– Útil? – repetiu ele. – A senhora me salvou a vida, moça.

– Ora – disse ela. – Foi mesmo? – E ambos começaram a rir.

– Até logo! – disse a moça quando ele já estava na porta.

Faber ficou olhando os soldados seguirem devagar em direção à Ópera. Depois atravessou rapidamente a rua. Tenho que sumir daqui. Depressa. As garrafas batiam-lhe nos quadris. Passou correndo por cima de um monte de lixo, atravessou uma ruela estreita e chegou ao Mercado Novo. "Não posso ficar na rua", pensou Faber. "Um café, uma barbearia, um abrigo, qualquer coisa serve. Só não posso é ficar na rua."

De repente sentiu os joelhos fraquejarem. Suas têmporas começaram a latejar. Sem pensar, abriu rapidamente o portão de um prédio e entrou no corredor silencioso. Esgotado, sentou-se na escada de pedra que dava acesso aos andares superiores. Seu coração martelava. Encostou a cabeça na parede. Com as mãos trêmulas, pegou uma das garrafas, arrancou o selo que cobria a rolha e tentou tirá-la com os dentes. A cortiça macia rachou e partiu-se. Mordera os lábios; cuspiu um pouco de sangue. Olhou em redor como que procurando alguma coisa. Na extremidade do corrimão havia um arremate de ferro. Levantou-se, apertou o gargalo da garrafa contra o ferro em forma de umbela. Empurrou a rolha para dentro da garrafa. Um pouco de conhaque respingou-lhe o casaco. O soldado de botas enlameadas e olhar inquieto tomou um farto trago. Lá fora, na rua, as pessoas passavam correndo. Não entendia o que gritavam. O álcool o fez voltar a si no mesmo instante, dando-lhe forças às pernas.

– Que beleza de manhã! – exclamou em voz alta. Quando levou a garrafa aos lábios pela segunda vez, as sirenes começaram a soar.

Capítulo II

I

"A primeira unidade de aviões de combate quadrimotores, com proteção de caças, alcançou a área 22 e encontra-se no momento entre Pottendorf e a Cidade Nova", anunciava a voz da locutora. "Foi dado alarme antiaéreo para Viena. São agora onze horas e vinte e um minutos. Mais notícias daqui a pouco."

O som das sirenes chegou bem fraco no prédio do Mercado Novo, onde estavam as seis pessoas. Therese Reimann estava ocupada ajeitando os pertences ao seu redor. Com todo o carinho, guardou o açucareiro antigo sob o colchão da cama frágil; colocou o relógio de pêndulo em cima da mala emborcada e depois, enrolada em grossas cobertas, instalou-se numa cadeira de jardim. Dona Therese era baixa e muito delicada. Seu rosto ossudo e magro apresentava traços de nobreza; as mãos, que agora apertavam o fio de cobre do rádio, eram alvas e bem-tratadas. Usava um vestido preto fechado até o pescoço que contrastava com o cabelo branco penteado, liso, para trás. Seus lábios finos e trêmulos moviam-se muito pouco quando falava.

– O tempo hoje não está nada favorável para o inimigo – observou ela baixinho.

– Nem para nós – respondeu Reinhold Gontard, sentado ao seu lado em cima de um caixote vazio. A mulher acompanhada da menininha remexia nervosamente a bagagem. O outro homem estava instalado em cima de um balde emborcado, escrevendo uma carta. Encostada à parede, a moça lia um livro. A luz da lâmpada incidia sobre ela, e o padre reparou que tinha belos cabelos castanhos, um pouco escorridos por causa da chuva. Ele sentiu frio e se encolheu na batina. O sinal do rádio foi interrompido.

"Atenção, atenção!", dizia a voz feminina. "Vamos dar agora a posição dos aparelhos: vinda do sul, uma segunda unidade de pesados aviões de combate chega ao Semmering, seguindo rumo ao norte. A primeira unidade dirige-se para oeste e está, neste instante, sobrevoando Berndorf. Aviões isolados ao sul da cidade."

Gontard virou-se. Alguém vinha descendo a escada. Um vulto apareceu na arcada da entrada baixa. Era alto e magro e usava uniforme de soldado do exército. O padre viu que segurava na mão uma garrafa aberta.

– Posso ficar aqui? – perguntou o soldado.

– Claro que pode – respondeu Gontard, antecipando-se a dona Therese, que ia dizer alguma coisa.

– Obrigado – disse Robert Faber. Tirou a sacola do ombro e pendurou-a num prego. Em seguida, pendurou a lona enrolada e o capacete, sentou-se no último degrau da escada e acenou para a menininha, que, deixando a mãe, foi-se chegando para perto dele.

– Você ouviu alguma coisa lá em cima? – perguntou Evi.

– Não, está tudo quieto.

– Eu ouvi as sirenes. Você não tem medo?

– Não – respondeu ele, puxando-a para junto de si.

– Eu também não. Lá na Engerthstrasse eu sempre tinha. Mas daqui eu gostei. O abrigo é muito fundo?

– É, sim – respondeu o soldado. – Não existe outro mais fundo.

– Uma bomba pode chegar até aqui?

– De jeito nenhum.

– Você já ouviu barulho de bomba que vem caindo?

– Já.

– Muitas vezes?

– Algumas – respondeu Faber.

— O barulho é alto? Muito alto?

— Às vezes é muito alto — disse ele. — Às vezes quase não se ouve.

— A gente tem medo quando as bombas caem?

— A maioria das pessoas tem.

— Você teve?

— Tive, e muito — respondeu ele.

O rádio trouxe mais notícias.

"Uma unidade de combate circundou Viena, chegou a Stockerau, rumando para o sul. Permaneçam em seus abrigos", advertiu a locutora. "Espera-se um ataque a Viena."

— Você ouviu? — perguntou a menina. — Espera-se um ataque a Viena.

— Ouvi.

— Mas aqui nós estamos seguros, não é?

O soldado concordou.

— Como é seu nome?

— Evi — respondeu a menina. — E o seu?

— Eu me chamo Robert Faber.

— Você se parece com meu pai — declarou a menininha. — Ele também é soldado.

— Todos os soldados se parecem.

— Mas tem uns que são magros e outros que são gordos.

— Lá isso tem — respondeu Faber. Evi olhou para ele.

— Meu pai está na Hungria — informou ela. — Por que você não está na Hungria?

— Eu também já estive lá — respondeu ele. — Estou chegando de lá agora.

— Quando?

— Hoje de manhã.

— Por que você voltou? — perguntou Evi.

— Para visitar meus pais.

— Eles moram aqui em Viena?

— Não. Moram muito longe daqui.

— Onde?

— Em Bregenz — disse Faber. — Uma cidadezinha junto a um grande lago.

O homem que escrevia uma carta, sentado debaixo da lâmpada, levantou os olhos, distraído, e abaixou a caneta.

– Você viu meu pai na Hungria? – perguntou a criança.
– Acho que não.
– E por que não?
– A Hungria é muito grande. Tem muito soldado lá.
– Vai ver que você viu meu pai e nem sabe.
– É bem possível – retrucou o soldado.
– Você vai ficar com seus pais?
– Só vou visitá-los.
– E depois de visitar, o que você vai fazer?
– Ainda não sei – respondeu ele.
– Vai voltar pra Hungria?
– Talvez.
– Não vai mais ficar em casa?
– Só quando a guerra acabar.
– E quando é que ela vai acabar?
– Espero que não demore – disse Faber. Olhou para a moça que estava encostada na parede e tinha fechado o livro. Ela virou-se, e ele a olhou nos olhos. Eram escuros, e pareceu-lhe que sorriam ligeiramente. A senhora sentada ao lado do rádio levantou a mão pedindo silêncio.

"A unidade de combate que está sobre Stockerau alcançou o sudeste de Viena e se encontra neste instante sobre as áreas 5 e 6", disse a locutora da emissora de serviço de ataque antiaéreo. "Aviões isolados sobrevoam a cidade. Artilharia antiaérea em ação no sul de Viena."

– Eles agora estão por cima de nós? – perguntou a menina.
– Não – disse Faber –, estão muito longe daqui...
– Onde? – insistiu ela. Antes que ele pudesse responder, a luz começou a piscar e depois voltou ao normal.
– Onde é que eles estão?
– Talvez em Schwechat – respondeu ele.

"Bombas estão sendo lançadas a sudeste da cidade", anunciou o rádio. "Novo ataque à área 5. Parte de uma unidade sobrevoa Stockerau e o Danúbio."

Por um instante fez-se silêncio no abrigo. Apenas o relógio continuava seu tiquetaquear.

"Atenção!", disse a voz feminina. "Novos ataques sobre as áreas 4, 5 e 6. Violento fogo antiaéreo ao sul de Viena. Uma unidade de combate sobrevoa a cidade de Melk."

Um ronco fundo e prolongado chegou até eles.

– Que é isso? – perguntou a menina.

– Fogo antiaéreo – respondeu o soldado. – Eles estão atirando.

Novamente a luz começou a piscar. O rádio começou a apitar. O barulho da detonação foi se aproximando para depois se afastar novamente.

– O que há na garrafa? Aguardente?

– Conhaque – disse Faber.

– É outra coisa?

– É, mas o gosto é parecido.

– O que você faz com conhaque?

– Bebo – respondeu ele. – Quer provar um gole?

– Não – disse ela.

A moça aproximou-se.

– E você? – perguntou o soldado. – Quer experimentar?

– Você tem copo? – perguntou Evi.

– Não. Mas vai sem copo mesmo.

Susanne Riemenschmied pegou a garrafa e levou-a aos lábios. A pele de seu pescoço era muito branca. Faber levantou-se.

– Obrigada – disse Susanne. – Estava bom.

O soldado sorriu e olhou em volta.

– Mais alguém? – perguntou ele.

Therese Reimann sacudiu a cabeça, mal-humorada. Sua mão esquerda segurava a parte lateral do pequeno rádio, que vinha dando uma notícia atrás da outra. A primeira unidade tinha partido para o sul; uma segunda unidade sobrevoava os subúrbios a leste. Bombas caíam nas áreas 4 e 5; aviões isolados sobrevoavam Klosterneuburg... Therese Reimann achava absurdo beber conhaque numa hora dessas. Irritada, contemplava os cinco estranhos que hoje perturbavam o sossego de seu abrigo. Por que tiveram que vir logo para cá? O olhar de Therese Reimann ia de um visitante a outro. O homem que escrevia usava óculos, e o ambiente em volta lhe era totalmente indiferente. Dona Therese simpatizara com ele, mas não aprovava o cigarro aceso que segurava entre os dedos e cuja fumaça subia para o teto. Era proibido fumar em abrigos, mesmo que fossem amplos e profundos, pensou ela. Aquele homem estava realmente consumindo uma quantidade muito grande de oxigênio, mas como dizer isso a ele? As pessoas eram tão sensíveis! Seu olhar passou para outro. A menina falava demais e usava roupa muito leve. Todas as crianças falavam demais. Devia ser questão de educação. As mães é que eram responsáveis por isso. Daquela ali, coitada, não se podia esperar grande coisa. O jeito de ela ficar enroscada naquela cadeirinha, apoiando a cabeça nas mãos e balançando as pernas nervosamente, não indicava nada de bom. Faltava-lhe, pensou ela, tranquilidade, paz interior, confiança em Deus. Ainda por cima estava grávida! Pobre criatura, tão antipática! A moça que conversava com o soldado aceitara o convite de beber da garrafa de conhaque! Isso era coisa que dificilmente podia ser desculpada. Na sua época, moças não tomavam conhaque, e muito menos na garrafa. Além disso, usava-se alguma coisa na cabeça para sair à rua, e não se levantava simplesmente a gola do casaco. Finalmente, ainda, não ficava bem puxar conversa com um estranho, mesmo em se tratando de um soldado que acabava de voltar da Hungria.

Therese Reimann não sabia explicar por quê, mas aquele rapaz chamado Robert Faber lhe era simpático. Seu aspecto não era nada recomendável. Seu rosto estava barbado; suas botas estavam imundas. Trazia bebida alcoólica e sentava-se em degraus de pedra. Entretanto, havia qualquer coisa nele que inspirava confiança, que dava uma sensação de segurança. Pensando bem, aquele seu convite pouco delicado era até perdoável. Ele não devia ter feito por mal.

Mais uma vez ouviu-se o barulho de detonações. Dona Therese inclinou-se para a frente, tocando no rádio com devoção. A mãe de Evi estava cada vez mais encolhida.

"A segunda unidade de combate", anunciou a locutora, "alcançou a área 6 e com isso o centro da cidade, entrando em Viena pelo sul. Uma segunda unidade, vinda de oeste, aproxima-se da área 45."

Ouviu-se agora, baixo mas distintamente, uma série de explosões.

– Evi! – chamou a mulher, nervosa, de sua cadeirinha. – Venha pra cá! – e apertou a filha contra si, respirando ofegantemente. O homem que escrevia interrompeu de vez sua ocupação, guardou diversos papéis na pasta e murmurou uma série de palavras, das quais dona Therese entendeu apenas "repugnante". O soldado e a moça continuavam imóveis junto à escada, olhando um para o outro. Ele colocou a mão em seu ombro, e ela teve um sobressalto, pois uma violenta detonação abalou o subsolo.

– Não é nada – disse ele. – Não é nada. É a artilharia antiaérea.

– Sempre é a artilharia, quando a gente quer acreditar que seja.

– Olhe só – disse Faber –, a maioria das pessoas assume uma atitude inteiramente errada. Num temporal, por exemplo, você tem medo do raio ou do trovão?

– Do trovão – respondeu ela.

– Aí está. O trovão é apenas a consequência inofensiva do raio. Quando se ouve o trovão, já não pode acontecer mais nada. A mesma coisa acontece com as bombas. Quando se ouve a detonação e continua-se vivo, não é preciso dar nenhuma importância ao barulho.

– Mas a bomba seguinte pode me atingir – disse a moça. – A que vem depois. – Ele se abaixou e apanhou a garrafa do chão.

– Tome mais um pouco – sugeriu ele. Ela tomou.

– Onde arranjou o conhaque?

– Comprei.

— Especialmente para o ataque? — ela riu.

— Não — disse Faber. — Não mesmo. Comprei até contra a minha vontade. Nem precisava dele.

— Sempre se pode precisar de conhaque — declarou Susanne Riemenschmied.

Ouvia-se ao longe o ronco constante dos motores dos aviões, intercalado de explosões. A moça olhou para o rosto indiferente do soldado.

— A artilharia está atirando de novo — disse ela, esboçando um sorriso. Ele sacudiu a cabeça.

— Você fuma?

— Fumo — respondeu ela. Faber meteu a mão no bolso do casaco e tirou um maço de cigarros. Enquanto acendia o cigarro para a moça, a locutora voltou a falar. Ficaram atentos à notícia.

"Parte da primeira unidade continua voando para o sul. Uma unidade de combate sobrevoa a cidade. Bombas caem a sudeste de Viena. A terceira formação de aviões inimigos encontra-se nas áreas 42 e 43, mudando constantemente de rumo."

O homem da carta levantou-se e disse:

— É a Nova. — Esfregou as mãos e começou a andar de um lado para o outro.

— Como? — perguntou Therese Reimann.

— Estão atacando a Nova — respondeu Walter Schroeder. — A grande companhia de petróleo.

— Em dezembro ela já foi quase totalmente destruída — observou Gontard. — Daquela vez em que as bombas caíram no cemitério.

— Mas ela continua a funcionar — declarou Schroeder. — Estive lá há alguns dias.

Therese Reimann fechou os olhos.

— Que horror! Essa pobre gente! — comentou ela.

— A gente pode morrer tanto lá como aqui, se assim estiver determinado — retrucou o padre.

— Existe uma segurança relativa — contestou o químico. — A probabilidade de um indivíduo isolado perder a vida num ataque aéreo é mínima. E aqui, evidentemente, é muito menor ainda que em Schwechat.

– Não existe segurança relativa – respondeu o padre, irritado –, não adianta a pessoa se proteger.

– Por que então o senhor não ficou em casa? – perguntou Schroeder com toda a calma. – Por que veio também procurar um abrigo?

O padre deu de ombros.

– De medo. Ou o senhor acha que padres são imunes a ele?

– Silêncio! – pediu dona Therese. – Vão dar outra notícia.

Abaixou-se em direção ao rádio. Neste instante uma explosão longínqua abalou o abrigo. A luz se apagou.

– Evi! – chamou Anna Wagner. – Fique aqui comigo. Eles estão por cima de nós.

– Não estão, não – ouviu-se a voz do soldado no escuro. – Não estão por cima de nós. Partiu-se um cabo em qualquer lugar, mais nada. Alguém tem uma vela?

– Lampião. Eu tenho um lampião – respondeu dona Therese. – O senhor quer vir até aqui, por favor, e trazer um fósforo?

– Já vou – disse Faber. No caminho, esbarrou na moça.

– Segure a garrafa – pediu ele.

Ela a pegou com as mãos frias, e ele sentiu-lhe a respiração no rosto.

– Aqui – disse dona Therese –, ande em linha reta e vai chegar exatamente onde estou.

Faber acendeu um fósforo. A pequena chama tremulou, inquieta; Therese Reimann retirou o vidro do lampião de querosene e aumentou o pavio. Depois colocou-o em cima do rádio emudecido.

– Viva a liberdade relativa! – disse Faber.

Schroeder riu e, apontando com o dedo, perguntou:

– Que latões estranhos são estes?

O soldado olhou na direção indicada e viu uma porção de vasilhames empilhados.

— Parece gasolina.

— É gasolina – disse a velhinha. – O dono de uma garagem, irmão do proprietário do prédio, guardou-a aí.

— É um bocado – disse Schroeder, dirigindo-se à outra extremidade do subsolo e levantando a tampa de um dos latões. Um pouco do líquido pingou no chão e logo se entranhou na terra.

— É gasolina que dá até para... – Schroeder calou-se; deixou a frase por terminar, mas já era tarde.

Anna Wagner levantou-se e, com os olhos arregalados, fixou os latões.

— Se houver fogo aqui, vamos morrer todos queimados! – exclamou ela.

— Tolice – disse Schroeder. – Fogo, como?

— As bombas...

— As bombas não chegam até aqui – retrucou ele.

— Acalme-se.

Anna Wagner procurava controlar as lágrimas.

— O senhor tem que compreender – disse ela, com esforço. A sombra de seu corpo disforme refletiu-se na parede úmida. O rosto simples e liso se crispou. O cabelo caía-lhe desordenado na testa. – O senhor tem que compreender... Moro à margem do Danúbio. Nós ali passamos por muita coisa. As fábricas da Siemens foram atingidas; o pátio de manobras também. As casas do outro lado da rua foram quase todas destruídas...

— Eu sei – disse Schroeder –, mas pode ter certeza...

— Estou esperando um filho – continuou ela, sem dar atenção a Schroeder. – Amanhã vou sair daqui de Viena. Eu tenho medo... O senhor tem que compreender.

— Aqui não vai lhe acontecer nada – retrucou Schroeder. – Aqui a senhora está segura.

— Só queria que o ataque chegasse ao fim – murmurou ela. – Tenho tanto medo!

— Não vai demorar – observou o soldado. – Vou dar uma olhada lá em cima. – Tateando, chegou até a escadaria e olhou para Susanne.

– Você vem? – perguntou.
Ela concordou.
– Então deixe que eu carregue a garrafa.

II

A rua estava quase deserta.

Viam-se algumas pessoas em pé diante da entrada do Hotel Meissl & Schadn. Um velho passeava com seu *fox-terrier* na coleira. Usava um casaco de gola de pele e ia solenemente de um poste a outro. Ia e vinha... A chuva parara, mas o céu ainda estava encoberto. Um carro passou pela Kaerntnerstrasse. O ruído dos motores destacava-se do silêncio que reinava na praça. Ao longe ouvia-se um ronco surdo. Faber parou na entrada do prédio, esperando pela moça, que vinha logo atrás.

– Aqui está bem melhor. Não gosto de abrigos.
– Vamos até a rua? – sugeriu ela.

Ele ficou pensando, como se a pergunta fosse de importância decisiva.

– Vamos – disse, finalmente. – Sempre há tempo para correr de volta.

Atravessaram a rua e deram uma volta no poço, no Donnerbrunnen.

– Ridícula, esta garrafa – disse Susanne. – Por que a trouxe?

– Para beber. Não posso pô-la na sacola porque está sem rolha.

O velho com o cachorro passou por eles e examinou-os, curioso. Faber acenou com a garrafa, perguntando:

– Quer tomar um trago conosco?

Ele primeiro hesitou, mas depois aceitou calmamente:

– Tomo, sim. – Encostou a garrafa nos lábios e fechou os olhos.

– Anis? – perguntou, quando conseguiu falar de novo.
– Como?

– Tem gosto de anis – declarou o velho de casaco de gola de pele.

– Ah – fez Faber. – Pode ser.

– Por que empurrou a rolha pra dentro?

– Estava com pressa. Não tinha faca.

O velho balançou a cabeça e olhou para as nuvens.

– Tudo muito tranquilo, hoje.

– Ainda não acabou – disse a moça.

O velho olhou para o cachorro.

– Não vai acontecer nada, não – disse ele. – Eu sinto; tenho quase certeza. Um ataque que começa assim também termina assim. Falo por experiência. Além do mais, confio no cachorro. Ele tem uma intuição notável. Quando fica nervoso, sei que estamos ameaçados. Hoje ele está tão tranquilo...

– Um grande dom – disse a moça. – Eu não nasci com ele.

– Ora – retrucou o velho –, não é dom, não. A sensibilidade, a gente educa. Temos que adquiri-la como se adquire o conhecimento de línguas ou qualquer outra cultura. Fizemos uma espécie de curso. Bem rigoroso, até.

– O senhor morou em Berlim? – perguntou Faber.

– Não – respondeu o velho. – Em Colônia. Desde então, nada nos impressiona. – Tirou o chapéu, despedindo-se. – Não quero incomodá-los mais. Lá do outro lado da Kaerntnerstrasse tem um alto-falante, se isso lhe interessa. Deve funcionar com bateria, pois não para nunca.

Ficaram olhando para o velho, que andava duro e devagar atrás do fox-terrier. Depois de alguns passos, ele se virou:

– O cachorro também esteve em Colônia, é claro!

– Claro – repetiu Faber educadamente, O velho acenou e continuou seu caminho. Susanne sentou-se num canto seco à beira do poço.

– Espero que tudo dê certo. Amanhã é outro dia. Aí já não importa tanto.

Faber olhou para ela.

– Por que não? Que diferença faz?

– Você vai achar ridículo se eu lhe contar.

– Não vou, não – prometeu ele.

A moça ficou olhando para as mãos de Faber.

– Hoje à noite vai acontecer uma coisa com a qual eu sonho há muito tempo.

Ele sentou-se a seu lado.

– Vai viajar?

Ela sacudiu a cabeça.

– Algum amigo que chega?

– Não tenho amigos.

– Então não sei – disse ele.

– Conhece a Câmara da Indústria?

– Conheço. Passei por lá quando vinha da estação.

– É lá que vou ler Rilke esta noite.

Ele não entendeu logo.

– Esta noite – repetiu ele. – Rilke...

– Sim. Diante de um público só de jovens – disse ela.

– Você é artista?

– Sou.

– Ah – fez ele. – Uma noite de recital.

– A primeira – declarou ela. – Estou tão contente!

– Vai ler o quê?

– "A canção do amor e da morte" – disse ela. Faber se ajeitou, encolhendo as pernas.

– Li esse poema pela última vez, por acaso, quando voltava da Hungria. Uma edição de bolso. Faz alguns dias.

– Ainda tem o livro?

– Não. Perdi perto da fronteira, quando eu... – emudeceu de repente.

– Quando você... – repetiu a moça.

Faber sacudiu a cabeça.

– Tive que largar quase tudo o que era meu na beira de uma estrada – contou Faber, e a moça percebeu que ele estava realmente dizendo a verdade. – O caminhão em que viajávamos foi atingido. Saímos correndo pelo campo, e, como a minha bagagem estava me atrapalhando, joguei fora.

– Sorriu, pois ela não tirava os olhos dele. – Era uma edição barata. Papel ordinário; todo sujo. Beba mais um pouco.

– Obrigada – disse Susanne. – Para mim chega. – Colocou a mão em cima da de Faber. – Você deve estar muito cansado.

– Eu? Nem um pouco. Estou muito bem.

– Mas você dormiu pouco a noite passada.

– Pelo contrário – retrucou ele. – Dormi muito bem. Arranjaram para nós um carro especial, que também levava feridos.

A moça passou a mão na testa, afastando uma mecha de cabelo.

– Quando segue para Bregenz?

– Bregenz – repetiu ele, sem entender.

– Sim. Para a casa de seus pais... Você não contou que era de Bregenz? A cidadezinha junto ao grande lago?

– Sou – disse Faber. – Mas ainda não sei. Não tenho pressa.

– Que vai fazer esta noite?

– Nada. Talvez peça uma carona até Linz ou Salzburgo. Por quê?

– Por que não vai até a Câmara?

– Até que gostaria, mas não sei se será possível.

– E por que não?

– Porque... – ele sacudiu a cabeça. – Não posso explicar. Mas pode ter certeza de que gostaria muitíssimo de ouvir você.

– Vou reservar uma entrada para você – disse a moça. – Gostaria muito que pudesse ir. Como é mesmo seu nome?

– Robert Faber. E o seu?

– Susanne Riemenschmied – respondeu ela.

Faber olhou rapidamente para a moça e disse:

– Você é muito bonita, Susanne. Foi um prazer conhecê-la, mas agora tenho que ir. Adeus.

Levantou-se, cumprimentou-a rapidamente e foi andando. Seu rosto estava cinzento e cansado. Quando chegou à calçada, ouviu passos atrás de si. Virou-se.

Era Susanne.

– Que foi? – perguntou Faber.

– Eu queria... – A moça procurava encontrar as palavras. – É que... Você esqueceu o conhaque. Aqui está a garrafa.

– Não preciso dela.

– Nem eu. O que faço com isso?

Uma mulher que ia passando virou-se, curiosa.

– Sei lá. Acabe de tomar. Jogue fora... – Ele sorriu. – Agora tenho que ir. Adeus, Susanne.

Ela esticou a mão e segurou-o pela manga da camisa.

– Por favor, fique. Só até as sirenes darem o segundo sinal.

– Estou com pressa – disse o soldado, virando-se. – Tenho muito pouco tempo para resolver tudo o que tenho a fazer.

– Você não disse que não tinha programa? – estranhou ela, e foi andando a seu lado. – Você não disse...

– Disse, mas de repente me lembrei que já perdi muito tempo. Minha licença é curta.

Ela barrou-lhe o caminho. Sem soltar-lhe o braço, com olhos enormes e escuros, disse:

– Estou com medo.

– Me largue – disse Faber rispidamente. – O que você quer? O ataque, se é que foi um ataque, já passou. Não vai lhe acontecer nada. Se está com medo, por que não volta ao abrigo?

– Não tenho medo dos aviões –- respondeu ela baixinho. – Eu queria é que você ficasse comigo. Só mais um pouco.

– Escute – disse o soldado, empurrando a moça para o lado –, não posso lhe dar nenhuma ajuda.

– Por favor! – pediu a moça, – Um pouquinho só. Só para conversar.

– Não sou boa companhia. Você não me conhece. Se ficasse, não ia ser bom para você; eu só trago desgraça.

– Não é verdade.

67

– É, sim. Você não sabe nada sobre mim. – Olhou sério para ela e bateu com a mão no peito. – Estou dizendo a verdade. Por isso quero ir embora. Se você soubesse quem eu sou, concordaria comigo.

– Não quero saber quem você é. Quero é que fique comigo.

Faber não respondeu. Do outro lado da rua passou o homem do cachorrinho. O soldado deixou cair os braços, desanimado.

– Você nem sabe como eu gostaria de ficar...

Pegando-o pela mão, ela o levou de volta ao poço.

– Sei, sim.

O troar da artilharia emudeceu. Dos portões dos diversos prédios saiu gente. Começaram a conversar. A moça e o soldado passeavam em volta da praça. No subsolo do prédio onde morava dona Therese, o lampião de querosene refletia nas paredes úmidas os cinco visitantes. O padre adormecera. Anna Wagner segurava um livro na mão e lia para a menina, que ouvia atentamente a história do Sapo-Rei.

– "Nos velhos tempos" – contava ela –, "quando os desejos ainda se realizavam, vivia um rei cujas filhas eram todas bonitas. A mais moça, porém, era tão linda que o próprio Sol, que já vira tanta coisa, se admirava toda vez que via o rosto da princesa..."

"Que silêncio", pensou dona Therese. "Ouvem-se até os pingos que escorrem da parede!" Ajeitou a coberta em volta dos ombros e cruzou as mãos. Quando ainda era moça, e quando era criança, também liam histórias para ela. Lembrava-se tão bem daquele tempo, da voz da ama gorda e bondosa que cuidava dela... Nas tardes escuras de outono, quando voltavam, friorentas e excitadas, de um passeio, ouviam embevecidas os contos de fada, de reis e suas filhas, de ladrões malvados... Lembrava-se da história de uma menina que ganhava a vida sacudindo almofadas enormes para uma tal de sra. Holle; de João Sortudo, que trocara uma bola de ouro do tamanho de sua cabeça por objetos de valor cada vez menor e ficava cada vez mais feliz; do homem que partira para conhecer o medo das maneiras mais incríveis; do anãozinho de perna torta que vivia na mata pulando numa perna só, satisfeito e feliz, porque ninguém descobria seu verdadeiro nome...

Gostava de recordar aqueles tempos... Era o fim do século XIX, ainda havia luz de lampião e bondes puxados por burros; surgiam, então, os primeiros telefones. A vida seguia leis bem mais simples, pensava ela; as pessoas eram mais francas, mais tolerantes. Resolviam seus problemas pacificamente e aos domingos iam à missa com toda a família. Therese suspirou e continuou a ouvir a história do Sapo-Rei... Do rei cuja filha era tão linda que até o Sol ficava admirado. O rei estava enfermo e nenhum médico mais conseguia ajudá-lo. Lembrou-se então de um poço que ficava num jardim e cuja água ele acreditava poder curá-lo. Uma de suas filhas foi apanhar um copo daquela água, mas achou-a muito turva. Um sapo apareceu no meio do capim e lhe propôs namoro. Prometeu que em troca, com seu poder mágico, tornaria a água clarinha. Se ela não aceitasse, a água ia ficar escura, escura. A primeira e a segunda filha recusaram a proposta do horrendo sapo. A terceira, porém, aceitou-a. O rei tomou a água cristalina e sarou. Um dia, então, o sapo apareceu no castelo e pôs-se a coaxar em frente ao quarto da princesa mais moça, lembrando-lhe sua promessa.

"Abra a porta, princesinha linda! Abra a porta!", chamava ele. "Você não se lembra mais do que prometeu quando eu estava lá no fundo do poço?"

A princesa sabia muito bem o que havia prometido; abriu a porta e o sapo saltou para sua cama. Três dias ele ficou deitado a seus pés, e depois se transformou num belo príncipe, pois tinha sido enfeitiçado por uma fada má... Aí começa a tragédia amorosa dos dois. O livro fala num pano com inscrições mágicas; conta a viagem da jovem princesa que, disfarçada de homem, acompanhou o amado às escondidas, em pé, atrás da carruagem, enquanto ele, esquecendo-se dela, decidira casar-se com outra. De tristeza parte-se o coração da preterida. "Heinrich!" (era este o nome da princesa depois que se vestira de homem). "Heinrich!, a carruagem está quebrando!", disse o príncipe, ao ouvir os estalos. E o cocheiro disfarçado respondeu: "Não, meu amo, não é a carruagem. É o meu coração que se partiu de aflição...".

Therese Reimann fechou os olhos. Da fria manhã de primavera de 1945, transportara-se para a mocidade, quando tinha um bando de amigas com quem compartilhava seus segredos; apaixonara-se por um tenor, cantor de ópera; tinha um livrinho encadernado em couro para dedicatórias sentimentais e epigramas ornados de guirlandas, em cuja capa, em letras douradas, lia-se a palavra Souvenir. Lembrou-se de que tomava aulas de violino e ia a festas; passava o verão no campo e o pai lhe dizia: "Em sociedade, minha filha, a pessoa educada não fala em arte, política ou religião". Em silêncio, ficou olhando para a luz amarela do lampião enfumaçado e de repente sentiu-se só, muito só... Começou a remexer na bolsa velha e grande e chamou a menininha, que, fazendo uma mesura, ficou olhando para ela, esperançosa.

– Você gosta de chocolate? – perguntou a velhinha.

– Gosto, sim, senhora – respondeu a menina. Dona Therese estendeu-lhe um pedaço de chocolate embrulhado em papel prateado que há muito trazia consigo.

– Obrigada – disse Evi.

– Eu também já fui criança como você – disse ela, baixinho –, e sei que todas as crianças gostam de chocolate. Não é mesmo?

III

Às doze horas e sete minutos, os reservatórios de óleo da Nova, perto de Liesing, já estavam em chamas e o fogo começava a se propagar pelos prédios da administração. Alguns soldados puxavam as mangueiras do hidrante da rua principal até o local do incêndio; outros retiravam os feridos de um Bunker desmoronado. O violento fogo de artilharia e a camada de nuvens que cobria o céu fizeram com que muitas bombas atingissem alvos não esperados, caindo nos arredores de Schwechat, na estrada e nos campos abandonados a leste.

A rádio do serviço antiaéreo informava que as duas primeiras levas de aviões inimigos que haviam deixado a zona urbana de Viena rumo ao sul estavam agora de volta. A terceira unidade de combate continuava a sobrevoar Krems; devia estar esperando instruções da base de pouso. Pequenos grupos de bombardeiros de caça encontravam-se já há algum tempo na região fronteiriça da Hungria, atacando as novas linhas de defesa, as estradas de ferro e a fila de carros que se dirigiam para oeste. Na segunda e quarta áreas, registravam-se bombardeios isolados, mas, ao que tudo indicava, o ataque visava as instalações da Nova. Homens e mulheres em seus postos subterrâneos do comando de defesa antiaérea de Viena, com experiência bastante para opinarem, achavam que o ataque não fora bastante violento. Acreditavam que a unidade que sobrevoava Krems não iria tardar a mudar de curso e provavelmente atacaria mais uma vez a companhia de petróleo, pondo assim um fim à operação.

A transmissão anunciava:

"Não há perigo de ataque iminente a Viena".

Três ambulâncias passaram a toda a velocidade, de sirenes ligadas, sobre o calçamento irregular da rua principal, em direção ao norte. Os motoristas usavam capacetes de aço e levavam os feridos para o Rudolfsspital. Bondes vazios da linha 71 estavam parados nos trilhos. O ar estava impregnado do cheiro de óleo queimado, cuja fumaça negra subia ao céu. A polícia isolara a área ao redor da refinaria. Soldados em marcha atravessavam Schwechat. Passavam por cima de montes de escombros para chegar às entradas dos abrigos debaixo dos prédios destruídos. Alguns começaram a trabalhar com pás e enxadas, enquanto outros, em fila indiana, iam passando o resto dos escombros rapidamente de mão em mão para desobstruir as entradas. Cartazes vermelhos foram colocados nas portas, árvores e postes telegráficos. Neles lia-se o aviso escrito em quatro idiomas: "Quem saquear será fuzilado!".

Uma casa de camponeses ardia em chamas. A água espirrava das juntas da mangueira, inundando a rua. Numa vala jazia um cavalo morto e ao lado estavam os corpos de duas mulheres, cobertos com jornal. Um grupo de pessoas, de rosto enegrecido e roupas rasgadas, vinha dos campos. Pararam no meio da rua e, mudos, olharam para as chamas. Eram poloneses, ucranianos, eslovacos e gregos. Alguns correram em direção à cidade na tentativa de escapar ao horror de um novo ataque. Carregavam sacos, malas e trouxas. Havia gente descalça e em mangas de camisa. O vento que soprava levava a malcheirosa fumaça de óleo para noroeste.

Um soldado de motocicleta veio ao encontro dos fugitivos. Freou. Os pneus cantaram.

– Voltem para o abrigo! – gritou ele, virando rapidamente a moto. – Uma nova unidade vai atacar a cidade!

– Não vamos voltar, não! – berrou um homem. – Preferimos morrer aqui a ir para aquele abrigo imundo!

– Façam o que quiserem – respondeu o soldado, e cuspiu no chão. – Na rua vocês vão ser vistos pelos aviões de voo rasante. – Tossiu. – Um de vocês pode vir comigo. Depressa! – Uma moça subiu rapidamente na moto e, segurando-se nos ombros do soldado, encolheu as pernas. A motocicleta afastou-se roncando.

O bando de gente suja e maltrapilha, com o pavor estampado nos olhos, seguiu-os apressado. Ao chegarem ao cemitério central, alguns pularam o muro e se instalaram em cima das sepulturas. Pela rua principal ainda soavam as sirenes das três ambulâncias.

IV

No silêncio do abrigo, dona Therese Reimann lia o oitavo capítulo do Apocalipse de São João, no qual se fala da abertura do sétimo selo, do "anjo que tomou o turíbulo, e o encheu do fogo do altar, e o lançou sobre a terra: e se fizeram vozes e trovões, e relâmpagos e um terremoto. E os sete anjos, que tinham as sete trombetas, se prepararam para tocá-las.

"E tocou o primeiro anjo a trombeta: e houve saraiva e fogo misturados com sangue, e foram lançados na terra: e queimou-se inteiramente a terça parte das árvores, e queimou-se inteiramente toda a erva verde..."

A velhinha abaixou a Bíblia e ficou olhando pensativamente para o padre Gontard, que dormia todo encolhido. Sua respiração era pesada e irregular, sua cabeça repousava nos braços cruzados. Dona Therese gostaria tanto de conversar com ele! Queria que ele lhe falasse do Apocalipse, do leão, do lago que arde com fogo e enxofre, dos homens com o selo de Deus na fronte. Mas o padre dormia. O homem de óculos andava, impaciente, de um lado para outro. A jovem mãe conversava baixinho com a filha. De mãos postas no colo, dona Therese começou a rezar baixinho por todos aqueles por quem a morte havia passado naquela hora.

– Seja feita a Tua vontade – murmurava ela. – Ó Deus que criaste o mundo segundo a Tua vontade, Deus onipotente e misericordioso, que podes nos arrancar das garras das trevas para que possamos entrar no Teu reino, protege os verdadeiros filhos da Tua Igreja, os doentes, os velhos, os moços, os fracos e os inocentes. Compadece-Te dos que blasfemam e dos que negam o Teu nome; sê tolerante com os que por atos ofendem as palavras da Santa Escritura; livra-nos de todo mal. Auxilia aqueles que nesta hora necessitam de Ti, os desprotegidos e os que são obrigados a se expor ao perigo. Ajuda os soldados, pois são apenas crianças e não matam por prazer. Ajuda às esposas e às jovens cujos corações estão agora cheios de temor, apavoradas diante da morte prematura; protege-as e guarda-as da destruição e da dor. Passei a vida inteira fiel às Tuas palavras e confiante na Tua sabedoria. Espero por um bem-aventurado fim, mas não tenho medo. Não receio por mim, mas por meus semelhantes, e Te peço, ó Deus, põe fim a esta matança e dá-nos a Paz. – Assim dizia dona Therese em sua oração ao

Deus Todo-Poderoso. – Desperta a consciência nos povos e mostra-lhes o caminho para sair do caos destes longos anos cheios de morte. Não permitas que este Teu maravilhoso mundo venha a sofrer pela vaidade e orgulho de uma minoria, pois existem, além dela, muitos que ainda vivem seguindo as leis da Sagrada Escritura, esperando pela Tua salvação. Eu Te peço, ó Deus, ajuda a todos os que partem desta vida, faze com que todos encontrem a glória eterna. Isto eu Te peço, ó Deus. Isto e a paz.

Dona Therese hesitou um instante.

– Protege os animais – continuou ela a rezar –, os pássaros, os cachorros, os gatos, cavalos e bois. Eles não tomaram parte em toda esta profanação; foram arrastados por este louco turbilhão e não conseguem se proteger destes horrores. Também os bichos têm alma, sentem como nós e sofrem como nós. Mas sofrem em silêncio e, quando morrem, são enterrados em qualquer canto do campo. Protege esses animais, ó Deus. Amém.

A velhinha começou a rezar o padre-nosso. Seu coração sentiu-se plenamente aliviado; em seu rosto via-se a brandura, o abandono total.

A oeste dos bosques de Viena, duas baterias antiaéreas começaram a atirar. A terceira unidade de combate aproximava-se da cidade. Os motores cantavam sua canção grave e ritmada que, junto com as preces de dona Therese, subiam aos céus encobertos, em cujo infinito, conforme dizia uma lenda antiga, morava o Deus Todo-Poderoso.

V

Walter Schroeder passou por cima das pernas esticadas do padre, que dormia, e atravessando a penumbra do abrigo chegou até a escada. A mulher grávida levantou os olhos.

– Estou com pressa – disse Schroeder. – Tem muito serviço esperando por mim.

– Mas as sirenes ainda não deram o sinal.

Ele deu de ombros e apoiou a mão na parede úmida.

– Eu sei, mas acho que mesmo assim o perigo já passou. O ataque com certeza não visava a cidade. – Cumprimentando, tirou o chapéu. – Não se preocupe – disse ele –, daqui a pouco tudo estará terminado. Adeus.

Schroeder começou a subir a escada estreita, acendendo de vez em quando um fósforo para conseguir se orientar. O bonde ainda devia demorar a funcionar; era sempre assim nessas horas. Talvez pudesse pedir alguma carona que o levasse até a Mariahilferstrasse ou mais adiante ainda. Eram doze horas e dezoito minutos. Chegou à entrada do prédio. Estava atrasadíssimo. Tolice ter procurado um abrigo. Havia perdido um tempo precioso, muito precioso.

Tinha que preparar um relatório final para Berlim. O assistente na certa se esquecera de aprontar os desenhos necessários. Às cinco horas estava marcada a visita de um encarregado da Escola Técnica, e à noite, finalmente, Schroeder queria dedicar-se ao exame de uma bateria de construção especial que fora encontrada junto aos restos de uma bomba e enviada a seu laboratório para exame. Devido ao seu formato fora do comum, achavam que devia ser parte de um aparelho desconhecido. Talvez até pernoitasse na fábrica, para poder dormir de manhã até mais tarde. Seria mais cômodo. Chegando à rua, tomou a direção da Ópera e, no caminho, encontrou a moça e o soldado, que já haviam deixado o abrigo antes. Vieram a seu encontro a passos lentos; pareciam entretidos em uma conversa séria.

– Aqui me despeço – disse Schroeder. – Acho que está tudo calmo. – O soldado olhou para ele. Schroeder sacudiu nervosamente a cabeça. – Tudo isso não passou de uma tentativa bem-sucedida de procurar impedir qualquer trabalho regular. Não há um dia em que não percamos tempo desta maneira estúpida. Às vezes os bombardeiros nem atacam; apenas nos sobrevoam, fazendo todo mundo correr para os abrigos.

– Não acho que esta correria seja sem sentido – retrucou Faber. – Ao menos para os outros.

– Já pensou nas preciosas horas de trabalho que perdemos? – disse Schroeder, obstinado. – É demais!

– É melhor perder tempo do que perder a vida – retrucou o soldado.

Schroeder ajeitou a pasta debaixo do braço.

– Uma coisa poderia ter a outra por consequência – insistiu ele. – Nossa situação é muito séria. Até logo.

– Passe bem – disse Faber.

Nesse instante, surgiu do outro lado da praça o velho com o cachorro, vindo ao encontro deles. Estava excitado e andava depressa.

– Pare aí! – gritou ele para Schroeder, que se virou. – Espere um instante!

– O que houve? – perguntou Susanne.

– Uma nova unidade sobrevoou Viena e está agora voltando de sudeste.

– É a Nova – disse Schroeder com indiferença. – Vão deixar cair algumas bombas na refinaria. Pela manobra, isso é evidente. Não pretendo ficar aqui esperando que tudo acabe.

O cachorrinho começou a puxar a coleira e deu um latido curto.

– Alguma coisa me preocupa – disse o velho, meio nervoso. – Tem alguma coisa no ar.

– Bobagem – respondeu Schroeder. – Agora, uma hora depois das sirenes?

O velho levantou a mão. Ficaram escutando e ouviram ao longe o som abafado de detonações.

– Artilharia – disse o velho – e bombas. Voltem para o abrigo; estamos em perigo.

– Ridículo! – exclamou Schroeder. – A artilharia já atirou antes e muito mais alto até.

– Nós estamos em perigo – respondeu o estranho, seguindo apressadamente, puxado pelo cachorro, que gania.

Schroeder ficou olhando para ele até que desaparecesse na entrada do Hotel Meissl & Schadn.

– Espere – disse o soldado.

– Por quê?

– Um instante. Não está ouvindo alguma coisa?

– Não – respondeu Schroeder.

Susanne Riemenschmied levantara a cabeça.

– Estou, sim – disse ela. – Estou ouvindo os motores, bem baixinho.

– Eu também – declarou Faber. – O barulho está aumentando.

A rua estava novamente deserta. O ronco dos bombardeiros que sobrevoavam as nuvens se aproximava. Até Schroeder ouviu. Seguiu os outros devagar em direção ao portão de ferro batido e entrou no hall. Ao ouvir tiros de artilharia da torre do quartel, estremeceu. Ouvia-se distintamente o ruído dos motores... De repente, Schroeder escutou um assobio agudo, que foi se transformando num rumor estranho; o estalido que lembrava o barulho de chuva caindo em telhado de zinco. Susanne olhou espantada para a rua.

– Que é isso? – perguntou ela. O soldado deu meia-volta e, rápido, pegou a moça pela mão e foi empurrando Schroeder, que parara atento ao barulho, em direção à escada do abrigo. – Depressa! – gritou o soldado.

Cambaleando, os três foram descendo as escadas; tinham chegado ao primeiro patamar quando uma violenta explosão os empurrou para a frente, jogando-os no chão. Uma forte pressão passou por cima deles. O ar estava cheio de poeira, as paredes tremiam. Logo após a fantástica explosão, ouviu-se novamente o assobio agudo e trêmulo. Faber ergueu-se primeiro, pegou Schroeder pelo casaco e, colocando-o de pé, empurrou-o pela escuridão abaixo. Sentiu Susanne agarrar-se a ele. Ergueu-a e, carregando-a, saiu cambaleando, escorregando, procurando não perder o equilíbrio, descendo sempre mais para o fundo. Lá de baixo ouviu a voz de uma mulher gritando alto, histérica. E foi aí que tudo aconteceu.

Uma mão gigantesca surgiu, violenta, arremessando-o para o fundo. Suas mãos seguraram firme as de Susanne, e ele foi atirado pelos últimos degraus abaixo para a escuridão caótica do abrigo. O cabelo da moça cobriu-lhe o rosto. Ela respirava rápido. Uma corrente de ar frio, misturada com terra e poeira, invadiu o recinto. Por cima de sua cabeça, Faber ouviu um estrondo infernal! Sabia que o prédio havia sido atingido. O chão oscilou. Novo fragor abalou as paredes. Depois, o silêncio... Um silêncio como Faber nunca sentira antes. Nada se movia, nada se ouvia. Nada. Até a moça parecia não mais respirar. O soldado pensou que tivesse ensurdecido, tão completo era aquele silêncio fantástico, até que a vozinha calma da menina perguntou no escuro:

– E agora, morremos?

Capítulo III

I

Quando morreres, quando tua alma imortal abandonar teu corpo, serás colocado dentro de um ataúde após alguns preparativos e serás levado para um jardim imenso com grama alta, onde cantam os rouxinóis.

Descer-te-ão à sepultura, jogarão terra sobre teu corpo e erguerão uma lápide com teu nome. Nem todas as pessoas morrem de maneira tão distinta; algumas simplesmente ficam jogadas em qualquer lugar e ninguém se importa com elas; outras, pelo fim que levaram, escapam a qualquer ocupação póstuma com seus restos mortais. A maioria, no entanto, encontra uma sepultura. Algum sacerdote faz uma oração; às vezes alguém chora antes que fiques só. Prometem que nunca serás esquecido, o que não deixa de ser um consolo, mas também um tanto ridículo... pois tudo se esquece depois de algum tempo. Tudo.

Quando morreres terás o teu próprio paraíso. Ninguém mais poderá importunar-te em tua sepultura. Descansarás em paz.

O vento sopra, as nuvens passam; o dia passa, a noite chega. O verão se despede, a neve e a chuva fria te cobrem. Tudo isto já não te importa, repousas lá no fundo. O ano acaba. Mais uma vez chega a primavera e volta o verão. É o mesmo sol que brilha, que ilumina o teu túmulo; sempre o mesmo.

Se, como dona Therese Reimann, tiveres levado uma vida temendo a Deus, então confiarás em que o Todo-Poderoso há de receber-te em Seu reino celestial, onde os anjos tocam harpas, e terás a bem-aventurança infinita.

Se, como Walter Schroeder, tiveres criado para ti uma visão do mundo baseada na física, acreditarás que os componentes orgânicos de teu corpo, transformados em ácido carbônico e amoníaco, irão se espalhar pela terra seguindo a lei da difusão, servindo para o nascimento de plantas e árvores. Por isso acreditas que toda flor e todo animal contêm uma parte do teu corpo. A substância inorgânica do teu corpo, os sais de cálcio e de fósforo se desintegrarão, dissolvendo-se na chuva e na água das correntes. A energia contida em teu corpo sairá dele, transformando-se em calor, e formará parte da energia do mundo.

Esta será a verdadeira ressurreição da morte, para quem, como Walter Schroeder, levou uma vida dedicada à química. Nesta convicção, viverás em paz com o que está por acontecer, sabendo que a morte nada mais é do que uma consequência necessária de toda a vida.

Nunca somos os mesmos. Com a morte, no entanto, sofremos nossa maior transformação. Muita coisa acontece quando morremos. Nisto crê dona Therese Reimann e crê também Walter Schroeder. Mas não é tão fácil morrer.

II

Dona Therese acordou de um rápido desmaio com uma sensação de quem está sufocando. Engoliu com dificuldade; um líquido forte de gosto amargo desceu-lhe pela garganta. Tossiu; ergueu-se e, com os olhos cheios d'água, procurou respirar. À luz do lampião de querosene novamente aceso, percebeu o vulto do jovem soldado inclinado sobre ela, de garrafa na mão.

– Cuidado – disse Faber –, não cuspa fora este precioso líquido. De qualquer maneira, já perdemos muito. Temos que economizar.

– O que aconteceu? – perguntou dona Therese, baixinho.

– A senhora desmaiou.

– Eu sei – disse ela. – Mas antes... o que foi aquilo? Nós... o... o prédio foi atingido?

— Foi — respondeu o soldado. A velhinha arregalou os olhos; sua respiração falhou. Caiu deitada na cama.

— O prédio foi atingido — murmurou ela. — E o meu apartamento. Por uma bomba!

Deitada de costas, olhava em silêncio para o teto escuro. Seus lábios se moveram. De um canto da boca escorreu um filete de saliva. Dona Therese perguntou:

— O meu apartamento foi destruído?

— Não sei — respondeu Faber.

— Ele fica no terceiro andar — informou a velhinha. — Ele foi atingido?

— Não vi.

— E por que não?

— Não estive lá em cima.

Dona Therese ergueu-se, insegura.

— Para onde vai?

— Vou lá ver. Tenho que ver o que aconteceu com o meu apartamento. — Apoiou-se no braço do soldado. — Venha comigo.

— Espere — disse ele.

— Não — retrucou a velhinha. — Preciso ver.

— A senhora não pode subir agora.

— Não posso? E por que não?

— Porque... — Faber a conduziu de volta até a cama e conseguiu que ela se sentasse. — Porque a saída do abrigo está fechada.

Dona Therese olhou para ele sem entender.

— Fechada como?

— Caiu muito entulho na frente. Com as bombas; parte do prédio deve ter ruído.

— Quer dizer, então, que não podemos sair?

— No momento, não.

— Estamos presos aqui dentro?

— É — disse Faber —, mas daqui a pouco vão nos tirar.

Dona Therese irrompeu em lágrimas.

— Soterrados! — exclamou ela, soluçando. — Estamos soterrados! — Seu corpo frágil e magro se sacudia, sob o

vestido desalinhado. – Soterrados! – repetia ela, aos gritos.
– Estamos soterrados aqui dentro e o meu apartamento foi destruído...

Apertou o rosto contra a parede suja e, com voz estridente, gritava e esperneava:

– Meu Deus, meu Deus, por que me abandonaste? – Bateu com a cabeça na parede. – Sempre Te servi fielmente! – exclamou, em seu desespero. – Orei a Ti, confiei em Ti, e agora o meu apartamento foi destruído e eu tenho que morrer aqui dentro!

– A senhora não vai morrer – disse o soldado.

– Vou, sim! – exclamou ela. – Vou morrer aqui, eu sei.
– Seu corpo se contorcia numa crise de histerismo. Debatia-se violentamente e batia com a cabeça contra a parede. – O meu apartamento! – gritava ela. – Minha casa! A única coisa que tenho neste mundo... meu Deus! Meu Deus, a minha casa!

Faber segurou-a pelos ombros e jogou-a, relutante, em cima da cama. Ela cuspiu nele, quis acertá-lo com os pés.

– Me largue! – gritou ela. – Me largue! Eu quero morrer!

– Calma – disse ele.

– Calma nada!

– Calma, a senhora não está só.

– Não quero ter calma – continuou ela a berrar, procurando morder-lhe a mão. Com voz estridente gritava por socorro. Faber prendeu-lhe as mãos contra o peito e lhe deu um violento tapa no rosto. O queixo de dona Therese caiu. Ela ficou olhando horrorizada para ele. Calou-se. Seu corpo se abateu e ela começou de novo a soluçar baixinho. O soldado apanhou a garrafa do chão e colocou-a cuidadosamente em pé ao lado. Depois inclinou-se para a velhinha.

– Fique aqui – disse ele. – Volto já.

Quando ele ia saindo, ela o segurou.

– Por favor – murmurou –, mande o padre vir até aqui.

Faber concordou e foi até o segundo andar, onde já se encontravam os demais. Estavam em frente à escada destruída. Pedras enormes, vigas rachadas e terra amarela cobriam o local. Com a lanterna do padre, Schroeder iluminou o local do desastre. Ao ouvir o soldado, virou-se.

– A coisa está séria – disse ele. – Acho que a escadaria toda desmoronou. A passagem não era larga. Se as pedras também foram deslocadas, vai ser difícil sair daqui.

– Sorte que o teto aguentou – disse Faber. Virou-se e apontou para o padre. – A velhinha quer vê-lo.

– A mim? – perguntou Gontard.

– É – respondeu o soldado. – Vá até lá. – O padre deu de ombros e foi. Susanne saiu do escuro e ficou em pé diante de Faber, no foco da lanterna.

– O abrigo não tem outra saída. Estamos soterrados, não é?

Ele concordou.

– Mas não por muito tempo. O pessoal de fora vai nos encontrar.

– Podíamos cavar ao encontro deles. Pela passagem que foi começada lá do outro lado. – Faber abraçou Susanne. Seu corpo relaxou-se e ela se encostou nele. Schroeder iluminou as paredes e viu Anna Wagner abaixada. A menininha estava ao seu lado.

– Está sentindo alguma coisa?

– Foi o susto... – A mulher grávida estremeceu, nervosa. – Pensei que meu coração fosse parar. Vai demorar muito até que eles nos achem?

– Espero que não.

– Estou me sentindo muito mal – disse ela. – Amanhã de manhã eu devia ir para a maternidade, imagine só! Já tenho até a passagem de trem... Lá eu estaria segura. – Sacudiu a cabeça e segurou a barriga. – Por favor, moça, venha até aqui, quero falar com você.

Susanne afastou-se do soldado, que seguiu Schroeder para a outra ponta do abrigo para examinar as galerias ali existentes. Uma cratera da altura de um homem havia sido aberta na parede. Diversas traves de madeira escoravam o teto, evitando o desmoronamento. Viam-se outras no chão, juntamente com pás e enxadas.

– Acho que seria melhor continuarmos a cavar aqui – observou Schroeder. – Afinal, a parede não pode ser tão larga assim. Além disso, devem começar a cavar lá de fora também. O que acha?

O soldado concordou.

– Sem dúvida – disse ele. – A saída de cima não dá passagem. Se o prédio ao lado não tiver sido atingido também, vamos conseguir sair por aqui.

– Segure a lanterna – disse Schroeder, abaixando-se e pegando a enxada. – Quero ver se a terra é muito dura.

Deu uns passos à frente, ergueu a ferramenta e bateu com toda a força contra a parede. A lâmina da enxada ficou presa; não conseguiu soltá-la. Schroeder praguejou.

– Pedra – disse ele, e com um arranco soltou a enxada. – Pedra e barro. Não vai ser fácil cavar aí.

Faber pegou uma alavanca.

– Vamos ter que soltar a pedra – disse ele – e depois cavar no buraco.

– Como?

– Aqui está uma marreta. – O soldado pendurou a lanterna no botão do casaco e deu a alavanca a Schroeder. Este a fixou na parede, enquanto Faber batia na ponta rombuda do ferro até sentir que estava bem fixa, bem presa à terra.

– Chega?

– Não – respondeu Faber. – Ainda não. – Deu um passo atrás e começou a bater com toda a força na alavanca. – Pronto – disse ele, depois de ter enterrado um bom pedaço. – Agora vamos tentar. – Começaram a forçar a ponta que estava do lado de fora, empurrando-a para lá e para cá. Faber afastou as pernas, deu um pulo e se pendurou no ferro, que cedeu, rangendo. Uma pedra de tamanho regular rolou para o chão. – Eu acho que assim vai – disse ele, enxugando a testa.

– Vai ser difícil – disse Schroeder, metendo a cabeça no buraco. – Se o abrirmos mais, um de nós vai ter que entrar para poder continuar o trabalho.

– É – fez o soldado. – Suponhamos, no entanto, que a parede tenha alguns metros de espessura. Neste caso, não teria sentido abrirmos um buraco pequeno, pois não vamos conseguir nos mexer. Mas, se ele for maior, vamos ter que escorá-lo para que o teto não nos caia na cabeça.

– Madeira tem por aí – retrucou Schroeder –, serrote também. – Coçou a cabeça. – O único jeito é este mesmo, mas vai ser um serviço duro para duas pessoas.

– Para três – retrucou Faber. – Você esqueceu o padre.

– Acha que ele vai ajudar?

– E por que não? É só tirar a batina para não atrapalhar os movimentos.

– Muito bem – disse Schroeder –, então somos três. Em primeiro lugar, vamos precisar de mais luz. Esta lanterna de pilha não vai durar muito. – Apagou-a e o abrigo ficou envolto em escuridão. Faber ouviu as vozes das duas mulheres que conversavam baixinho. – Lá embaixo tem um lampião de querosene. A questão é se temos combustível suficiente. Lampião sempre dá para improvisar.

Faber ficou pensando.

– Temos bastante gasolina. Acham que poderíamos aproveitá-la?

Schroeder sacudiu a cabeça.

– Pura, não. Mas podemos misturá-la com querosene. – Olhou em volta. – O abrigo é grande, tem bastante ar mesmo que o infestemos com gasolina. – Acendeu a lanterna de novo e iluminou ao longo da parede.

– Ali tem mais gasolina – disse ele para Faber, que o seguia. Desatarraxou a tampa de um dos latões e cheirou o líquido. – Só gostaria de saber por que começaram a abrir a passagem aqui e não lá embaixo.

– Provavelmente os abrigos em volta são menos fundos.

– Deve ser.

Schroeder sentou-se em cima de um dos latões, olhando fixo para o chão.

– O que foi?

– Deve haver um modo mais fácil de sair daqui, ao invés de se usar essa maldita passagem. Eu não sei qual é. Poderíamos sair em questão de horas. Se a gente soubesse!

– Ora bolas – disse Faber, irritado –, você já não examinou o abrigo inteiro, canto por canto, fresta por fresta, sem achar uma saída? Quanto mais cedo começarmos a cavar o túnel, mais cedo estaremos livres.

Schroeder levantou-se.

– Bem, por ora você tem razão – disse ele. – Deixe-me pensar um pouco, vou achar uma solução. Vou achar outra saída. Tenho certeza. Primeiro vamos lá falar com Therese. Acho que ela mora aqui no prédio.

– Mora, sim, e com toda certeza perdeu o apartamento.

– E como está ela?

– Bastante histérica, o que é perfeitamente compreensível. O padre está lá com ela.

Schroeder foi andando até a escada.

– Meu Deus – disse ele –, ficar preso aqui neste buraco escuro é de enlouquecer! Tenho tanta coisa para resolver! E você, está perdendo suas férias.

– Não tenho pressa – disse Faber. Schroeder olhou para ele.

– Devíamos seguir o nosso instinto, sempre. Eu queria ir embora. Lembra-se? Se tivesse ido, não estaria aqui agora.

– Talvez estivesse morto – disse Faber. – Não podemos mudar o que aconteceu. – Ouviu Susanne chamá-lo.

– Já vou – respondeu ele.

Schroeder iluminou as duas mulheres com a lanterna. A grávida estava sentada no chão e a outra, acocorada à sua frente.

– Vão abrir a passagem? – perguntou Susanne.

– Vamos – respondeu Faber.

– Vai levar muito tempo?

– Depende. Se cavarem ao nosso encontro, ou se a parede não for muito grossa...

Susanne levantou-se.

– Temos que nos apressar. Ela está grávida.

– É – disse Schroeder –, já vi.

– Eu ia embora amanhã – contou Anna Wagner, sentada no chão –, ia embora logo de manhã... imaginem só, amanhã estaria tudo terminado, o medo, os ataques, tudo... e agora estou aqui... – Começou a tremer.

– Escute – disse Schroeder, em voz baixa, para Susanne –, você acredita... você acha possível que...

– Não sei – respondeu ela, aproximando-se do soldado e tomando-lhe a mão. – Pode ser... não entendo nada disso...

– Levei tamanho susto quando a bomba caiu – disse Anna. – Pensei que fosse morrer. – Baixou a cabeça e ficou olhando para baixo. Depois, com a ajuda de Schroeder, levantou-se com dificuldade.

– A senhora devia ficar deitada para descansar – disse ele.

– No chão?...

– Que bobagem... – respondeu Schroeder. – Claro que não. Lá embaixo há uma cama. Eu vi. Cama e cobertores. Vai se sentir melhor.

– A cama é de Therese. Não posso tirar o lugar dela, de jeito nenhum.

– E por que não? – perguntou Schroeder. – Ela não está doente. Tem cadeiras. Vamos lá falar com ela. – Conduziu-a até a escada.

– Mas eu não quero incomodar ninguém – insistiu Anna Wagner. – É que eu me assustei tanto! Se o meu marido estivesse aqui... Ele é soldado, está na Hungria, o senhor sabia?

– Sei – Schroeder conduziu-a com cuidado escada abaixo. A menina seguiu-os em silêncio. Susanne ficou só com Faber. A luz da lanterna de Schroeder foi se afastando.

– E se ela tiver que dar à luz aqui... aqui nesta escuridão...

– Nós vamos conseguir sair logo – disse ele. – Nossa prisão é por pouco tempo.

– E quando estivermos livres? – perguntou ela. – E aí? O que vai ser?

Faber abraçou-a, mudo, e beijou-lhe suavemente os lábios.

III

Dona Therese estava sentada de pernas encolhidas em sua cama e, aos soluços, dizia:

– Perdi a minha casa...

Repetia-o pela quinta vez, e Gontard, em pé à sua frente, começava a ficar irritado.

– Perdi a minha casa... – disse ela mais uma vez, torcendo as mãos. – A única coisa que eu tinha neste mundo! Tudo o que eu tinha! Perdi tudo... – Lamentando-se, olhava para o padre. – Será que esta foi a vontade do Todo-Poderoso? – O padre continuou em silêncio. Preferia não responder a essa pergunta. Em vez disso, pegou a garrafa aberta que o soldado havia deixado ali perto e levou-a aos lábios.

– O senhor, bebendo? – reprovou-o dona Therese. – Não tem vergonha?

– Não – respondeu o padre. – Já deixei de ter vergonha há muito tempo.

– O senhor está muito mudado – declarou a velhinha. Ele sentou-se na beira da cama. Com os olhos cheios de lágrimas, ela continuou: – Isto aqui é tudo o que me resta – e apontou com o queixo para os poucos caixotes e malas. – Perdi tudo!

– Talvez seu apartamento não tenha sofrido nada.

– Mas o prédio não desmoronou?

– Parece que desmoronou – disse ele. – Não sei. Talvez só tenha caído uma parte.

Dona Therese deitou-se.

– Por quê? – perguntou ela. – Me responda. Por quê?

– Por que o quê?

– Por que logo a minha casa teve que ser atingida?

– É o acaso – disse o padre, cansado. Quantas vezes já dissera isso...

– E a Providência? – sussurrou dona Therese. – Não existe uma Divina Providência, reverendo?

– Não – retrucou Gontard. – Não existe.

– Reverendo! – exclamou a velhinha, indignada. – Isso é pecado!

Ele sacudiu a cabeça.

– Não me chame de reverendo, meu nome é Reinhold Gontard.

Dona Therese olhou horrorizada para ele. Além do ar de tristeza, seu rosto exprimia um enorme pavor.

– Por que fala assim? Mandei chamá-lo pensando que pudesse me dar algum consolo.

– Não – respondeu ele. – Não posso.

– Mas o senhor sempre conseguiu. Nas missas, nos sermões...

– Há muito não o consigo mais. É apenas impressão sua.

– Não entendo.

– Dona Therese, não pretendo discutir com a senhora as modificações que se passaram dentro de mim. A senhora mandou me chamar, e eu entendo perfeitamente o golpe que deve ter sido a perda de sua casa. A senhora pode contar comigo, estarei sempre pronto a ajudá-la a arrumar qualquer coisa de que necessite. Talvez até seja possível salvar parte de seus bens. Ajudarei como puder. Mas, por favor, esqueça a época em que eu conseguia lhe dar conforto. Ela acabou.

Perdida, dona Therese sacudiu a cabeça e continuou a torcer as mãos automaticamente.

– O senhor é um sacerdote da Igreja – disse ela, sinceramente entristecida, enquanto Gontard pigarreava. – Eu repito, um sacerdote da Igreja, e tem por obrigação levar-me de volta para os caminhos de Deus, a mim, que comecei a duvidar da sabedoria divina.

– Não posso fazê-lo – disse ele, levantando-se e andando nervosamente de um lado para o outro. Da cama até o caixote emborcado.

– Não pode por quê? – perguntou a velhinha, nervosa.

– Porque não creio na sabedoria de Deus. Entende agora por quê? Não acredito que neste mundo exista justiça ou qualquer pessoa de bom coração que não seja logo assassinada por algum cretino.

A chama do lampião estremeceu com o movimento da batina do padre.

– Eu confio – disse a velhinha –, confio na palavra da Sagrada Escritura, e vou continuar a confiar sempre. Por um instante estive fora de mim e blasfemei. Agora vejo tudo claramente. Deus quer nos tentar. Ele nos envia provações e tormentos, para que possamos provar que somos dignos Dele na hora da aflição. O senhor está amargurado, reverendo, não sabe o que faz. – Com um esforço heroico e admirando-se até de sua própria magnanimidade e firmeza, ela estendeu as mãos para Gontard. – Venha, reverendo, vamos rezar juntos.

– Não – retrucou o padre. – Não quero rezar.

– Precisa rezar – insistiu ela com toda a calma. – Eu o farei pelo senhor, já que se nega. Mas isso tem que ser feito. Deus o exige de nós. Esta é a hora de nossa provação.

Ele parou em frente dela e encarou-a, zangado.

– Isso tudo é bobagem – disse ele. – É tudo bobagem. Ninguém se interessa por suas orações. Deus não as ouve; não quer ouvi-las. As preces hoje valem tanto quanto as lágrimas ou a morte. Não servem para nada.

Therese Reimann chegara ao fim de seu autocontrole. Fazia meia hora que estava tentando controlar a imensa dor, suportar com resignação a perda de seus pertences queridos. Com um esforço comovedor resolvera continuar a confiar em Deus, a não culpá-lo pelo que lhe havia ocorrido. As blasfêmias do padre, no entanto, fizeram com que se desesperasse novamente. Enterrou o rosto nas mãos, sacudiu os ombros violentamente e soltou um grito estridente e absurdo que perdurou enquanto teve fôlego. Depois, arquejando, berrou:

– Isto é mentira! É mentira! É o Diabo que fala por sua boca! – Com um grito grotesco, quase perdendo a voz, exclamou: – Meu Deus, por que me abandonaste?

– Esta é uma pergunta antiga – retrucou o padre, inabalável. – Já foi feita muitas vezes. Respondida é que nunca foi. Após um estudo muito detalhado do assunto, a senhora poderá verificar, dona Therese, ser a qualidade preponderante de Deus, o Pai, abandonar as pessoas na hora que mais precisam Dele. Ele nunca conseguiu explicar este Seu modo de agir. Deixa para aqueles que acreditam Nele, apesar de tudo, encontrarem uma justificativa. – Levantou os olhos e viu que a velhinha apertava a cabeça entre as mãos, em desespero.

– Não adianta tapar os ouvidos – disse ele. – Não adianta fechar os olhos nem trancar a boca, pois assim será apenas a imagem da sua realidade, da sua e de nós todos; da que nos trouxe até onde estamos.

Dona Therese ficou imóvel. Parecia não ter realmente entendido o que o padre dissera.

Gontard ouviu os outros descerem a escada. O homem de óculos apareceu primeiro. Conduzia a mulher grávida pelo braço. A menininha vinha ao seu lado.

– Minha senhora – disse Schroeder, dirigindo-se a dona Therese –, será que permite que a dona Anna use sua cama?

– A minha cama? – perguntou a velhinha em voz alta. – Minha cama? E eu, onde vou dormir? Por favor, me diga!

– Temos cadeiras – respondeu Schroeder. – Todos nós certamente teremos que nos deitar no chão quando a noite chegar.

– No chão! – exclamou dona Therese. – Já tenho idade. Não posso me deitar no chão frio. O que o senhor está pensando? Eu não estou passando bem.

– Dona Anna está grávida – retrucou Schroeder. – Precisa mais da cama do que a senhora.

– Mas a cama é minha! Fui eu quem mandou trazer para cá. Isto aqui é um abrigo particular. Que culpa tenho eu se todo mundo veio usá-lo?

Anna Wagner afastou-se.

– Desculpe. Não queria incomodá-la. Eu me ajeito. Tenho um cobertor na mala.

– Nada disso! – retrucou Schroeder, furioso. – Ora bolas, isso não é assim. A senhora precisa da cama, logo, ela vai ser sua.

Aproximou-se de dona Therese, que levantou o braço pensando por um instante que ele fosse realmente lhe bater.

– A senhora não tem filhos, não é?

– Não – disse ela, encarando-o firmemente. – Graças a Deus, não.

– Então é realmente muito difícil colocar-se na situação de dona Anna.

– Não é isso. Eu a entendo muito bem, até. Só que o senhor não pode pedir que eu me deite no chão.

– Eu acho que a senhora ainda não entendeu o que está acontecendo – disse Schroeder. – Nós estamos soterrados. Estamos todos soterrados. A senhora quer ficar aqui dentro para sempre?

– Eu não – respondeu dona Therese.

– E como a senhora acha que vamos sair daqui?

– Vão nos achar. Com a ajuda de Deus.

Ele riu.

– Foi com a ajuda de Deus que viemos para cá.

– O senhor não tem o direito...

– Tenho, sim – disse Schroeder. – Tenho todo o direito. Cada um de nós tem. Deus não nos ajudará se nós não ajudarmos a nós mesmos. Não existe propriedade particular. Dona Anna necessita da cama mais do que a senhora, por isso ela vai ficar com a cama.

Desolada com o que ouvira, a velhinha assoou o nariz. Quanta blasfêmia já ouvira nesse dia, quanta hostilidade! Ultrapassava até sua capacidade de compreensão.

– Reverendo – disse ela aos soluços para o padre que tudo ouvia, impassível. – Me ajude! Não posso dormir neste chão úmido! O que posso fazer?

– A senhora é uma boa cristã – retrucou Gontard. – Ceda a cama a dona Anna, Deus lá no céu há de recompensá-la. – Ela olhou para ele com insegurança, pois não sabia ao certo se ele estava zombando dela ou não.

– Dê a cama para ela – insistiu Schroeder – e não se comporte como se estivesse só no mundo.

– Eu estou só – respondeu ela, obstinada. Mas Schroeder conseguiu convencê-la a se instalar numa grande cadeira de vime.

– Ninguém está só no mundo – respondeu ele. – Todos somos membros de uma comunidade, a comunidade dos homens. Temos que nos ajudar uns aos outros.

– Perdi a minha casa! – exclamou dona Therese e, recordando a catástrofe, irrompeu novamente em lágrimas. – Vocês deviam ter pena de mim e não me repreender.

Schroeder abriu a boca para explicar que a casa dele também já fora destruída, mas desistiu. A menininha aproximou-se de dona Therese, dizendo:

– Por favor, deixe minha mãe ficar aí. Talvez até haja lugar para a senhora também...

O lábio inferior de dona Therese começou a tremer.

– Meu Deus – disse ela. – Meu Deus, que... – levantou, tocou no ombro de Anna Wagner e disse: – Desculpe, não fiz por mal. É só... é só porque estou completamente desesperada.

– A senhora precisa da sua cama...

– Não preciso, não – retrucou ela. – Deite-se, por favor. – E ela corria, nervosa, de um lado para outro. – Aqui tem duas cobertas... e aqui, uma almofada. Fique com a cama, e desculpe meu comportamento absurdo. – Acomodou cuidadosamente Anna Wagner, que ainda hesitava. – Está confortável? Os colchões são bem macios, não acha? Espere um pouco, vou ajeitar as almofadas...

Dona Therese falava muito e rapidamente. Estava envergonhada.

– Obrigada – disse Anna Wagner.

A velhinha dirigiu-se a Schroeder:

– Desculpe – murmurou ela.

– Talvez a cama até dê para as duas.

– Eu nem quero – contestou ela. – Já me ajeitei com a cadeira de vime. Espero também que não fiquemos aqui muito tempo.

– Muito, não; uma noite, talvez.

– Começaram a abrir uma passagem na semana retrasada.

– Vamos terminá-la. Sabe aonde ela vai sair? Será que vai dar no prédio da Plankengasse?

– Não – respondeu ela –, mais adiante, na Seilergasse.

– Será que já começaram a trabalhar do outro lado também?

– Isso eu não sei; mas é bem capaz. Devem vir cavando ao nosso encontro.

– Se o outro lado não tiver sido soterrado também.

Ela se assustou.

– Seria horrível!

– Quem disse que foi? – observou Schroeder, arrependido de ter-se manifestado. – A mim me pareceu que só caíram umas duas ou três bombas. Além disso, mesmo que do outro lado houvesse gente soterrada, eles iriam começar a cavar também, pois sabem tanto a nosso respeito quanto nós a respeito deles.

– Mas isto de nada nos adianta – disse Anna Wagner baixinho.

– Vocês já tentaram se comunicar com os nossos vizinhos por meio de sinais, batendo na parede? – perguntou dona Therese, a quem esta ideia acabara de ocorrer.

– Nosso trabalho fez mais barulho do que qualquer sinal.

– E eles ouviram alguma coisa?

– Não – disse Schroeder. – Por enquanto, não.

O padre Gontard, que ficara sentado no caixote em silêncio, levantou-se e tomou um gole da garrafa de conhaque aberta.

– Tim-tim – disse ele a Schroeder.

– Tim-tim – retrucou este.

– Só espero que o dono deste delicioso líquido não tenha nada contra a minha arbitrariedade.

– Eu pensava que sacerdotes não bebessem.

– Não sou sacerdote – respondeu Gontard. – Não se deixe iludir pela batina branca que uso.

– Que quer dizer com isso?

– Não entendeu? – Gontard colocou a garrafa novamente no lugar. – Eu já lhes disse, não sou sacerdote. A piedosa dona Therese pode lhes explicar melhor.

– Não deem ouvidos a ele – disse a velhinha. – Ele não sabe o que diz.

Gontard sentou-se.

– Sei, sim – afirmou ele. – Sei perfeitamente o que digo. Não sou sacerdote. Não acredito no consolo da religião. Não acredito em nada. – Apoiou a cabeça nos braços cruzados. A menininha ficou olhando para ele atentamente e depois perguntou:

– O que ele tem?

– Ele está cansado – disse Schroeder.

O soldado e a moça vieram descendo a escada.

– Conseguiu improvisar um lampião? – perguntou Faber. Schroeder virou-se.

– Ainda não. Estou procurando uma garrafa vazia.

– Aqui tem uma – disse Faber. – Acabamos de achá-la. Eu a perdi quando caímos escada abaixo. O conhaque se derramou todo.

– Para que dois lampiões? – perguntou dona Therese.

– Para trabalhar lá em cima. Nós precisamos de luz, e a senhora não pode ficar sentada aqui no escuro para sempre.

Schroeder apanhou um pedaço de estopa do chão, enrolou-a e verificou se o pavio improvisado cabia no gargalo da garrafa.

– Quanto querosene a senhora tem, dona Therese?

– Uns três litros.

– Muito bem – disse Schroeder –, então vamos misturá-lo com a gasolina. – Foi até os latões, abriu um deles e encheu a garrafa até a metade. Depois acrescentou a mesma quantidade de querosene e sacudiu a garrafa. Por fim, torceu a estopa para dentro do gargalo estreito, deixando uns três centímetros do lado de fora. O pavio embebeu-se rapidamente.

– Não vai fazer muita fumaça? – perguntou Susanne.

– Vai – retrucou Schroeder –, mas também vai dar muita luz. O abrigo é grande. Temos ar de sobra. – Riscou um fósforo e aproximou-o do pavio úmido. A chama acendeu. Era realmente muito clara.

– Não é lá muito bonito – disse Schroeder –, mas serve.

– Podem levar o outro lampião também – disse Anna Wagner. – Não precisamos de luz. Deixem só os fósforos.

– Eu fico aqui com você – disse dona Therese.

– Eu também! – exclamou Evi. – Vou ficar com você, mãe.

Schroeder pegou o lampião de querosene.

– Muito bem – disse ele para o soldado. – Mãos à obra.

Faber dirigiu-se ao padre.

– O senhor vem conosco?

– Para onde?

– Lá para cima. Ajudar a abrir a passagem.

Gontard cruzou as pernas e disse:

– Não. Não vou ajudar, não.

– Como? – perguntou Faber.

– Não vou ajudar – repetiu o padre. – Nem pense nisso.

– O senhor enlouqueceu?

– Por quê?

– Quer ficar aqui dentro, por acaso?

Gontard concordou. Seu corpo pesado estava arriado. Os olhos claros daquele rosto grande fixavam o soldado com uma expressão do mais profundo desânimo.

– É – disse ele –, vou ficar, sim. Aqui ou em qualquer lugar. Tanto faz. Podem cavar o túnel. Eu lhes desejo boa sorte. Só quero que me deixem em paz.

Faber olhou para Schroeder.

– São os nervos – disse este.

– Não. – O padre se animou. – Não são os nervos coisa nenhuma! Sei muito bem o que estou dizendo. O bombardeio nada tem a ver com isso. Aliás, eu estava dormindo quando o prédio ruiu.

– O que é, então? – perguntou Schroeder.

– Você não vai entender – respondeu Gontard, encolhendo-se na batina. – Você não consegue perceber. Para você só existem o branco e o preto. É uma pessoa essencialmente prática.

– Bobagem.

– Você se engana se acha que eu sou um histérico – retrucou o padre. – O que eu digo também não é bobagem. Tenho motivos muito justos quando afirmo que estou farto, que a vida para mim não tem mais o menor sentido.

– E quem está falando na sua vida? – perguntou Schroeder. – O senhor por acaso acredita que estamos preocupados exclusivamente com seu bem-estar? Ainda existe muita gente além do senhor.

– Eu já percebi – disse o padre.

– E o senhor não vai ajudar os outros?

– Que diferença faz? Por que não ficamos aqui? Por que vocês todos estão ansiosos para abrir o túnel?

– Porque queremos viver – disse Susanne.

– Viver? – perguntou Gontard. – E o que chama de viver? Comer e dormir, e ter medo do dia de amanhã? É isso?

– Não – respondeu ela. – Não é isso.

– Para mim agora viver é apenas isto. Até a morte já me parece interessante.

– Ah! – fez Schroeder. – Um místico. Que bonito! É exatamente do que precisávamos. Meus parabéns.

– Façam o que quiserem – respondeu Gontard. – A mim pouco importa.

– Vamos acabar com esta bobagem – disse o soldado, virando-se. – Se não quiser vir conosco, então fique. Eu vou.

– Eu também – disse Susanne, seguindo os dois.

Dona Therese ficou olhando para eles, sacudindo a cabeça e alisando o cabelo da menininha.

– Posso ir lá pra fora? – perguntou Evi.

– Agora não.

– Nunca mais?

– Daqui a pouco.

– Você sabe se lá em cima está fazendo sol?

– Talvez – respondeu dona Therese. – Talvez também esteja chovendo. – Suspendeu o lampião improvisado e perguntou:

– Vamos apagá-lo? Assim gastaremos menos ar. A escuridão a incomoda?

– A mim, não – respondeu Anna Wagner.

– E ao senhor?

Reinhold Gontard não respondeu. Dona Therese apagou o lampião.

IV

Schroeder tinha tirado o casaco e os óculos e batia com a marreta na extremidade da alavanca que Faber segurava contra a parede. Tinham começado a cavar na parte superior da abertura, tirando uma pedra após a outra.

– Se tivermos sorte – disse Faber –, daqui a pouco chegaremos ao barro.

Juntos forçaram a alavanca, que não se movia. Schroeder praguejava. Pendurou-se, encolheu as pernas e começou a balançar. Finalmente a pedra cedeu e caiu. Faber pegou uma escavadeira e começou a cavar em volta do buraco aberto. Tirou um pouco de terra da abertura e logo encontrou outra pedra.

– Eu tinha razão quanto ao padre – disse ele.

– Ele já é velho. É bem provável que o susto o tenha abalado. Só espero que ele não vire a cabeça das mulheres lá embaixo.

Schroeder parou um instante; arrancou a gravata do pescoço e abriu o botão do colarinho. Arfando, levantou depois a marreta. À luz do lampião de querosene atrás deles, a terra úmida brilhava, escura.

– Vamos primeiro tirar uma camada de pedra por igual em toda a abertura – sugeriu Schroeder. – Talvez tenhamos a sorte de encontrar barro macio. – Pegou a alavanca e entregou a marreta a Faber. – Cartucho de dinamite – disse ele, absorto, enquanto o soldado marretava a cunha improvisada para dentro da parede. – Existe um tipo especial de cartucho, de efetivo vertical.

– Existe, sim – confirmou Faber. – Eu conheço.

– Se tivéssemos alguns – continuou Schroeder, pensativo –, era só conseguir enfiar a alavanca bem fundo, tirar de novo, encher o buraco de cartuchos e fechar.

– Mas não temos – disse Faber, pegando a pá.

– Seria tão bom – insistiu Schroeder –, tão bom se tivéssemos! Talvez esta maldita parede viesse abaixo... – Agachou-se e foi jogando as pedras para fora.

– Talvez o teto despencasse na nossa cabeça, também – disse Faber.

Continuaram a trabalhar por algum tempo em silêncio. De repente, Schroeder perguntou:

– Por que você não tem fuzil?

– Perdi no trem, devido a um ataque de voo rasante – respondeu Faber, rápido como se tivesse decorado. – Tenho pistola.

– Que calibre?

– 7.65.

– Com munição?

Faber continuou a trabalhar.

– Sim – disse ele –, com munição.

Schroeder ajoelhou-se para segurar a alavanca.

– Espere um momento, será que isso não é uma solução?

– O quê? Abrir buracos na parede à bala?

– Não – respondeu Schroeder –, mas se tirássemos as balas das cápsulas com uma faca, iríamos conseguir uma boa quantidade de pólvora...

Faber riu.

– Quantas balas você tem?

– O pente não está nem cheio. – Cavando, Faber chegara ao barro. – Além disso – disse ele –, mesmo que tirássemos a pólvora das cápsulas, não iria adiantar nada. Ela iria apenas queimar.

– Também não era nisso que estava pensando – retrucou Schroeder, cavando metodicamente em volta de uma grande pedra. – Teríamos que fechá-la e depois fazê-la explodir.

– Como? Você não sabe que a espoleta só reage a pancada?

– Ao calor também – disse Schroeder, com o suor escorrendo-lhe pela testa. – Se colocamos um cartucho no fogo, ele explode.

– Não temos fogo.

– Temos gasolina. Muita gasolina. Talvez...

– Ora – disse Faber –, isso é um absurdo. Mesmo que arranjássemos um jeito de esquentar os cartuchos, a única coisa que iria acontecer é que as balas seriam projetadas para fora. O melhor é continuarmos a cavar.

Schroeder não respondeu. Pegou a enxada e bateu algumas vezes violentamente contra a pedra exposta, até que ela começou a se soltar.

– Está bem – disse ele, ajoelhando-se –, então desse jeito não dá. Mas deve haver alguma maneira. Tenho certeza.

– Vamos conseguir – disse Faber.

– Claro, mas quando? Já imaginou ficar aqui dentro dois dias? A mulher lá embaixo não pode dar à luz neste buraco. Temos que nos apressar. Cada hora que passa é preciosa.

– Não vai levar dois dias.

– Espero que tenha razão. – Schroeder bateu em cima da alavanca e depois xingou o padre.

– Você não pode forçar ninguém a trabalhar – disse Faber, continuando a remover a terra com a pá.

– Posso – declarou Schroeder.

– Aqui dentro, não – retrucou Faber.

– Devia poder! Afinal, estamos todos na mesma situação. Por que aquele sujeito fica lá embaixo se lastimando, em vez de ajudar?

– Não sei. Há seis anos estamos em guerra. Ninguém mais é perfeitamente normal.

– Bobagem! – Irritado, Schroeder bateu com a enxada na parede dura. – O que iria acontecer se cada um seguisse seus caprichos? A você também ninguém perguntou se queria carregar um fuzil ou não.

– Isso é outra coisa – disse o soldado. – Se eu me recusasse, seria fuzilado com a minha própria arma. Já aqui no abrigo, cada um pode fazer o que quiser. Aqui cada um trata do seu próprio bem-estar. Se preferir, pode ficar aqui até morrer, ninguém vai proibir.

– Não estamos sós! – exclamou Schroeder. – Pense na jovem mãe, na velhinha... temos que ajudá-las. Por que você está aí cavando?

– Porque quero sair.

– Acontece que o padre vai querer sair depois, do mesmo jeito que nós, mesmo que não tenha ajudado a abrir a passagem...

– Sim. E daí? Vai querer obrigá-lo a ficar?

– Seria um castigo bem merecido.

Furioso, Schroeder arrancou a pedra.

– Hipocondríaco desgraçado! Ele tem é preguiça. Agora só faltava ele se deitar e dizer que está com dor de dente.

– Ora, existem pelo menos duas maneiras de encararmos as coisas. Duas, no mínimo – disse Faber.

– Todo mundo tem que cumprir a sua obrigação – declarou Schroeder. – A obrigação do padre seria trabalhar aqui conosco.

– A você parece que é.

– A mim e a todos. Dependemos uns dos outros. Somos apenas membros de uma comunidade.

– Que nada! – declarou Faber em voz alta.

– Como?

– Não existe comunidade – respondeu o soldado. – Todos somos sós neste mundo. Acredita que poderia ter havido uma guerra se fôssemos uma comunidade e se as pessoas estivessem dispostas a ajudar umas às outras?

– Nosso povo é uma comunidade – retrucou Schroeder. – Estamos em guerra.

O soldado ajoelhou-se segurando a alavanca. Schroeder marretava em cima.

– Exatamente – respondeu ele. – Quantas comunidades existem então? Duas ou três? Ou cento e sessenta e cinco? Não existe é nenhuma.

– Por que então atira em todo aquele que veste outro uniforme?

– Porque, se eu não atirar nele, ele atira em mim.

– Nada disso! É porque ele é inimigo da comunidade de seu povo.

– Ora, eu nem o conheço!

Continuaram a cavar em silêncio.

Enquanto isso, Susanne examinava o subsolo. Com a lanterna de bolso de Gontard, iluminava as paredes que pingavam de umidade. Do grande recinto redondo, passagens tortuosas iam dar em outros menores, que pareciam celas de convento. Alguns estavam vazios, outros cheios de caixas, cestos, vidros vazios, garrafas, sacos velhos, utensílios quebrados. Todas aquelas passagens sinuosas iam dar de novo no abrigo grande. Sentia-se perfeitamente no ar aquele cheiro estranho que se espalha depois da explosão de uma bomba. Cheirava a poeira, principalmente a poeira. Também a madeira queimada, quando a água acaba de apagá-la. Susanne voltou até a escada desmoronada e ficou contemplando aquela massa de escombros. Correu o facho da lanterna pelas paredes rachadas, pelo entulho, pelas vigas despedaçadas. Abaixou-se e ficou contemplando as fibras de madeira desfiadas. Na madeira rachada, as fibras eram como agulhas, lisas e macias, impecavelmente limpas. Era estranho, pensou a moça, que tivessem resistido à força poderosa que impiedosamente havia derrubado as paredes e matado gente, resistido àquele súbito impacto que movimentava as camadas de ar. Em cima de uma das vigas, passeava, na maior calma, um besouro comprido, a quem os acontecimentos das últimas horas em nada haviam afetado. Seu reino não era deste mundo. A ele pouco importava se de manhã ainda passeava no sótão da casa e agora estava sob os seus escombros. O barulho da explosão ultrapassava em milhares de vezes sua capacidade de percepção, e a viga em cima da qual estava era tão grande, que ele tomava tão pouco conhecimento de sua viagem quanto nós do movimento da Terra em torno do Sol.

Para ele, cujo mundo era aquela viga, nada havia se modificado. Continuava como antes, na sua rotina, passeando por lá, encontrando uma companheira, caçando outros insetos. Sua pequenez o resguardava de participar da miséria dos homens. As catástrofes destes eram grandes demais para o pequenino besouro; a ordem hierárquica entre as espécies era tão distante, que não dava nem para ele perceber. Para cada espécie, pensava Susanne, devia haver um limite de percepção. A nossa desgraça deve se restringir a um certo campo, fora do qual nada sentimos nem percebemos. Se é pequena, nem lhe damos o nome de desgraça, mas apenas de um contratempo, de um incidente desagradável. Para os seres de ordem inferior, no entanto, essa catástrofe poderia até ultrapassar sua capacidade de percepção. Por outro lado, é bem possível também que aconteçam fenômenos no cosmo que nós, homens, nem percebemos, pois ultrapassam a nossa escala em milhares de vezes. Os livros falam em planetas que se chocam, em partes líquidas que se desprendem do Sol, e os homens aceitam tudo como fenômenos da natureza. Talvez haja, no entanto, alguma criatura a quem esses incidentes afetem de tão perto quanto um ataque aéreo, a guerra e a morte afetam o gênero humano. Um ser diante do qual nós não passamos de formigas, de micróbios. Quem poderia ter tamanha riqueza de emoção e um campo de percepção tão infinitamente vasto? Que criatura poderia sentir ao mesmo tempo as dores e as aflições dos pequenos seres e dos gigantes? Para tal criatura o universo não passaria de uma viga rachada e a humanidade toda se restringiria a um verme de inúmeras patas.

Susanne levantou-se e continuou a andar. Viu alguma coisa brilhando no escuro. Era um pedaço de espelho de um palmo, já todo descascado, cheio de pontas, pintado de preto por trás. Iluminando seu rosto com a lanterna, ela se mirou nele. Dois olhos enormes a contemplaram, estranhos e velados. À luz, pareciam estar lá no fundo das órbitas, com imensas olheiras em volta. Susanne ficou se contemplando por muito tempo, procurando ver se reconhecia a si mesma. Tentou sorrir. Os olhos no espelho embaçado continuaram sérios e impassíveis.

"Mas como, se estou sorrindo?", pensou ela. "É, eu estou sorrindo! Este não é o meu rosto." Levantou as sobrancelhas; a imagem não mudou; continuava a ser a de uma estranha. Susanne examinou-lhe a boca, os lábios, os dentes. Depois passou para as faces, o nariz, a testa, o cabelo úmido. Uma teia de aranha pendia do pedaço do espelho.

"Deve ser defeito do vidro, ou então a película metálica que está descascando deforma a imagem no espelho. Talvez também já esteja há muito tempo aqui no escuro e reflita apenas as trevas. Espelho vive de luz. Onde não há luz, ele perde o sentido." Jogou o espelho no chão e pisou-o com o salto do sapato. Rangendo, ele se estilhaçou.

As vozes dos dois homens que trabalhavam chegaram até ela. À luz do lampião de querosene, ela via suas silhuetas refletidas na parede iluminada. Faber ergueu a marreta. Sua sombra se estendia do chão até o teto molhado. A cada marretada, a imagem da ferramenta passava como um raio pela parede de pedra úmida. Susanne acompanhava-a com o olhar. Pela primeira vez teve consciência do que havia acontecido. Com a lanterna apagada na mão, ficou parada, imóvel e pequenina, no escuro, olhando para os homens que arrancavam pedra após pedra da parede.

Eram três horas. Daí a cinco horas ela deveria estar iniciando sua leitura de Rilke. Daí a cinco horas haveria gente reunida no salão para ouvir a "Canção do amor e da morte" (recitada por Susanne Riemenschmied). Assim dizia o programa, e assim tinha sido combinado. Combinado com quem? Com os senhores Huber e Kesselring, os patrocinadores do recital.

Susanne, no entanto, não iria comparecer ao salão da Câmara da Indústria. Nem hoje, nem amanhã. Estava soterrada num abrigo no Mercado Novo. Os senhores Huber e Kesselring nada podiam contra a força do destino. As toneladas de entulho que fechavam a entrada pesavam mais do que qualquer combinação. Nessa noite ela não poderia comparecer. Lamentava muitíssimo, mas nada podia fazer. Via na sua frente a sala com o público esperando. O relógio marcava oito horas e quinze minutos. Alguns convidados começavam a ficar impacientes. Susanne via tudo com grande nitidez na parede iluminada, animada por sombras, enquanto ela, desanimada, com os braços pendentes, estava ali em pé na escuridão. Alguém subiu ao palco, ergueu a mão e o público silenciou.

"Meus senhores e minhas senhoras", disse o homem de terno azul, "lamento comunicar-lhes que o recital de Rilke programado para esta noite não será realizado. Por motivos desconhecidos, nossa declamadora não pôde comparecer." Inclinou-se. Quando se virou, Susanne viu-lhe o rosto. Era Robert Faber. Seus olhos sorriam, tristes. Logo o quadro desapareceu. A moça respirou fundo. Devagar foi voltando para junto de Schroeder e Faber.

V

Em meio ao silêncio do terceiro andar, ouviam a voz fraca de dona Therese, que, com as mãos no colo, estava sentada muito empertigada em sua cadeira de vime, ao lado da cama de Anna Wagner.

– Os talheres de prata e a preciosa louça de meus pais – contava ela – eu ainda consegui salvar a tempo. Aqui nesta caixa há um aparelho completo de porcelana inglesa Worcester para seis pessoas e outro de porcelana alemã Meissner. Tenho também um tapete persa, embrulhado em sacos. Consegui ainda salvar a minha biblioteca; não é grande, mas gosto muito de meus livros. O piano, infelizmente, um belíssimo piano de cauda marca Boesendorf, era grande demais para ser transportado e ficou lá. Certamente deve estar em pedaços.

Dona Therese falava devagar. Procurava se dominar; não queria perder o controle. De vez em quando, por respeito próprio, via-se obrigada a fazer uma pausa entre as frases, pois sentia que um soluço lhe subia à garganta.

– Meu pai – disse ela – costumava tocar piano. Tinha muito bom ouvido. Eu ainda me lembro, morávamos na nossa velha e grande casa; ele convidou alguns membros da Ópera Estadual, e tocou um concerto para piano de Chopin. Foi muito aplaudido... – A velhinha perdia-se em recordações. – Era um piano de cauda muito bonito – disse ela, usando o passado do verbo para indicar que a sua perda era mais que certa. – Infelizmente, esqueci de guardar os objetos de uma cristaleira... Você teria gostado dela, Evi.

– O que é uma cristaleira?

– Um armarinho de vidro – explicou dona Therese. – Tinha coisas lindas lá dentro! Bonequinhas, pulseiras, medalhões. Até um coração de pão de mel. Não havia nada de grande valor – disse ela, virando-se para Anna Wagner –, mas era tudo tão bonito! Eu tinha uma flauta do século XVIII, potes gregos antigos de cerâmica esmaltada, uma borboleta toda de pérola e pedras semipreciosas, um barco a vela dentro de uma garrafa, um jogo chinês antigo com uma porção de pedras coloridas. Tudo isso deve estar destruído – disse ela, com imensa tristeza. – Estava comigo havia muitos anos. Algumas peças pertenceram a meus pais, que, por sua vez, já as haviam herdado dos meus avós. Foi uma pena ter perdido aquela cristaleira... Devia ter trazido para cá. Devia mesmo...

Falava, na verdade, consigo mesma, sentada ali no escuro. Passada a rápida crise de histerismo, com a boa vontade e a solicitude de sua idade, conformara-se com o irremediável e suportava sua infelicidade com dignidade, um pouco envergonhada até de não ter conseguido se controlar. Inclinava-se humildemente, diante do destino, que mais uma vez mostrava-lhe sua força. Só restava demonstrar firmeza. Acariciava a menininha encostada em seus joelhos, resolvida a reparar, como boa cristã, tudo o que fizera de mesquinho e indigno num momento de fraqueza.

– Está bem acomodada? – perguntou a Anna Wagner.

– Muito bem. E muito obrigada por tudo.

– Não tem o que agradecer. Afinal, não fiz nada. – Hesitou e depois disse palavras muito estranhas: – Sou apenas uma velha. Você já deu à luz uma filha; é mãe e está em aflição. Eu sempre pensei só em mim. Talvez por isso Deus agora tenha me castigado. – Calou-se, envergonhada, pensando que dificilmente teria coragem de repetir o que acabara de dizer. A escuridão modifica as pessoas. Acreditam estar a sós quando não se veem e ousam dar vazão a ideias que, à luz do dia, lhes pareceriam absurdas. Dona Therese estranhava até a própria voz.

– Quer brincar comigo? – perguntou a menininha.

– Ora, Evi – disse a mãe –, você não pode incomodar a senhora.

– Não incomoda, não – contestou dona Therese, sentando a menina no colo. – De que você quer brincar?

– Você sabe brincar de "Eu vejo o que você não vê"?

– Sei. Mas como vamos fazer? Está tão escuro que não dá para enxergar nada.

– Por que não acendemos a luz?

– O lampião não é bom; gasta muito oxigênio.

– Oxigênio? – repetiu Evi. – O que é isso? Oxigênio...

– É o que você precisa para respirar.

– Eu não preciso de nada.

– Precisa, sim. De ar.

– Ar? – perguntou a menininha, espantada. – Ar tem em toda parte. Posso respirar onde estiver. Pela boca. Pelo nariz. Ou pelos dois.

– O ar, você sabe – explicou a velhinha –, é um gás...

– Como o do fogão?

– Mais ou menos. É outro tipo. Nós não vemos o ar, mas precisamos dele para viver. O oxigênio também é um gás. Um gás contido no ar. Quando você inspira, o oxigênio entra em seu corpo, e quando expira, ele fica lá dentro.

Por causa disso, aqui embaixo vai existindo cada vez menos oxigênio, porque o ar não pode ser renovado. Por isso é melhor não acendermos o lampião, pois ele também gasta oxigênio, entendeu?

– Não – respondeu Evi. – E o que acontece quando não tem mais oxigênio?

– Nós adormecemos – explicou dona Therese, com muita precaução.

– E dói?

– Nem um pouco.

– Adormecemos de verdade?

– De verdade.

– Mas isso eu faço toda noite, quando estou com sono.

A velhinha refletiu e chegou à conclusão de que qualquer explicação só iria criar confusão na cabeça da criança. Poderia provocar-lhe medo, e ela continuaria sem entender nada. Resolveu, pois, mudar de assunto.

– Se não podemos brincar de "Eu vejo o que você não vê" por causa do escuro, vamos tentar outro jogo. Você pensa em alguma coisa que nós conhecemos, e eu tenho que adivinhar o que é.

– Isso! – exclamou a menina. – Mas o que você conhece?

– Ora, eu conheço muita coisa. Bonde, girassol, o Menino Jesus...

– Você conhece mel turco? – perguntou Evi, excitada.

– Acho que sim.

– É branco, mela muito e é doce.

– Você já o comeu muitas vezes?

– Só uma. Lembra, mãe? Lá no parque, no Prater, no dia em que o papai foi embora.

– Lembro, sim – respondeu a mãe.

– Naquele dia eu comi mel turco – contou a menina –, e chocolate também.

– Quando foi isso?

– Ontem. Não, não foi ontem, não. Acho que foi... sexta-feira. – Evi calou-se, angustiada. Percebeu que havia penetrado no fantástico reino do cálculo do tempo, do qual não entendia nada. Era muito comum confundir ontem com amanhã, e por vezes fazia perguntas como: "Quando é que eu fiz anos de novo?" ou "Amanhã choveu?"... Realmente dona Therese não iria conseguir uma resposta satisfatória à sua pergunta.

– Quando é que o papai foi embora, mãe?

– Em 1941 – respondeu esta. – No outono.

– No outono! – Evi animou-se. – Era um dia de sol, lembra?

– Lembro – disse Anna Wagner fechando os olhos, com vontade de chorar. O vulto de Peter lhe apareceu na frente, rindo. Ria tanto... Todas as fibras de seu corpo ansiavam por ele, clamavam por ele. Apertou o peito com as mãos, suspirando. Desejava tê-lo ali a seu lado naquela hora... por um instante... por um dia... para sempre.

– É – repetiu ela –, eu me lembro.

Devagar e solene, a criança, no colo de dona Therese, disse:

– No outono de 1941.

– Faz tanto tempo assim que seu pai foi embora?

– Ele vem de licença...

– Já veio três vezes – disse Anna Wagner. – Vem todos os anos. Só este é que não.

– Ele veio de licença todos os anos – disse Evi, muito séria –, mas nunca mais eu ganhei mel turco.

– Eu acho que nem existe mais – observou dona Therese.

– E por que não? – perguntou a menina. – Por que não existe mais mel turco?

– Porque... porque... – Dona Therese ficou pensando. Por que não haveria mais mel turco? Não existia açúcar... havia o bloqueio dos Aliados... Não, o bloqueio tinha sido em 1918. Hoje... – Porque estamos em guerra – respondeu em voz alta. – Temos guerras. Muito mais guerras do que mel turco... – Que bobagem!

– E por que temos guerra? – perguntou Evi.

– Ora, filhinha – retrucou dona Therese rindo, sem saída. – Eu sei lá por quê!

– Você sabe, mãe?

– Não – respondeu Anna com amargura –, eu também não sei.

– Quem sabe, então?

Para espanto seu, um vergonhoso sentimento de culpa impediu dona Therese de mencionar o Todo-Poderoso.

– Venha – disse ela –, vamos brincar.

Evi concordou imediatamente e esqueceu a pergunta. Apertou as mãos fechadas contra os olhos.

– Que foi?

– Estou pensando – declarou a menina. – Pronto. Já sei. Pode começar.

– Muito bem – e dona Therese começou: – É gente?

– Não.

– É bicho?

– Não.

– Tem vida?

– Não.

– Então é uma coisa.

– Sim.

– Uma coisa útil?

– Não.

– É grande?

– Muito.

– Uma casa?

– Não.

– E você tem certeza de que eu conheço essa coisa?

– Claro!

– Pode-se sentar em cima?

– Ah, ah, ah! Pode, sim.

– É quadrado?

– Não.

– Então é redondo.

– É.

– Um balão de gás? – sugeriu dona Therese.

– Claro que não. Balão é coisa útil...
– É maior?
– Muito maior. E mais pesado também.
– É redondo como uma bola?
– Mais ou menos... Não, é, sim. Às vezes é. Talvez...

"É bem capaz de ser a Terra", pensou dona Therese. Se a menina sabia que a Terra era redonda, podia muito bem ser. Mas será que a Terra era alguma coisa de inútil aos olhos de uma criança de seis anos? Talvez, levando em conta que não havia mais mel turco, apenas guerra. Talvez não. De qualquer maneira, a Terra era maior do que uma casa, disto não havia dúvida. Logo, não entrava em cogitação. Dona Therese se esforçava para se lembrar de outros objetos redondos.

– Não sei – disse ela, finalmente. – Você tem que me ajudar.
– Será?
– Não vou conseguir adivinhar nunca, se você não disser.
– Olhe só – começou Evi a explicar –, faz um barulhão. Mais barulho que qualquer outra coisa.
– Ora, balão quando estoura também faz barulho – argumentou a velhinha.

O estouro de um balão não era nada em comparação àquele em que ela estava pensando, afirmou Evi. Além disso, ninguém tinha medo de balão.

– E da coisa em que você está pensando a gente tem medo?

Evi disse que sim.

– Espere um momento. É redondo como um balão. Não é tão grande quanto uma casa, e não é útil. Faz um barulho e a gente tem medo. Vem lá de cima? – perguntou dona Therese, apreensiva.
– Vem. Vem lá do céu. Agora você já sabe?
– Acho que sei – respondeu ela, meio triste. – É uma bomba, não é?

Evi balançou energicamente a cabeça.

– Mas eu tive que ajudar, senão você não ia acertar nunca.

– Não ia mesmo.

– Agora é a sua vez – declarou Evi. – Agora é você quem pensa em alguma coisa, mas não pode ser difícil.

Dona Therese ficou pensando, imaginou alguma coisa que não fosse mais difícil de adivinhar do que uma bomba. Qualquer coisa que uma criança de seis anos, ou melhor, uma criança de 1945 devia conhecer. Não era tão fácil assim. A velhinha estava até se achando ridícula, e finalmente resolveu que ia ser a boneca de Evi, que estava em cima da cama da mãe.

– Pronto? – perguntou Evi.

– Pronto.

– É gente?

– Não.

Evi fez mais perguntas. De onde estava, deitada quieta na cama macia, Anna Wagner ouvia as vozes dos outros e o barulho que faziam. Escutava as batidas regulares da pesada marreta, o arrastar da pá e ocasionalmente o ruído surdo de uma pedra que caía.

"Quanto tempo?", pensou ela. "Quanto tempo será que vai demorar? Um dia? Dois? Amanhã, às nove horas, parte o meu trem. Será que vou conseguir pegá-lo? Talvez lá do outro lado estejam cavando ao nosso encontro. Mas pode ser também que o outro abrigo esteja soterrado. E aí? Peter", pensou a mulher... "meu querido Peter... Onde você está? Por que você não vem? Por que tenho que ficar deitada aqui no escuro sem saber se você ainda está vivo?" Anna Wagner não se mexia. Imóvel, ouvia, atenta, as marteladas de Faber prendendo a alavanca na parede.

Eram quatro e meia da tarde. Por detrás da dura camada de pedra onde começavam a cavar, encontraram barro macio, fácil de remover. Schroeder trabalhava depressa com a pá. Enquanto o soldado soltava algumas pedras, Susanne segurava o lampião de querosene. O rosto de Schroeder estava sujo, coberto de suor.

— O tempo — disse ele, excitado —, agora só o tempo é que decide. A guerra se tornou uma corrida contra o tempo. Se conseguirmos aguentar mais seis meses, a vitória será nossa.

— Já aguentamos seis anos — disse Faber.

Schroeder enterrou a pá na parede.

— Seis anos — repetiu Schroeder. — Seis anos! E sabe o que tem sido preparado nestes seis anos? Tem alguma ideia de tudo o que foi inventado neste ridículo espaço de tempo?

— Para mim não foi um ridículo espaço de tempo. Para mim foram os anos mais longos da minha vida.

— Você fala em termos pessoais. Falta-lhe o conhecimento das grandes descobertas. Graças a meu trabalho, eu tenho conhecimento de uma pequena parte delas, e posso lhe dizer que existem coisas que estão se aproximando da fase conclusiva, coisas com as quais você nunca sonhou. Li relatórios de patentes. Conversei com cientistas. Conhece, por acaso, algum aparelho que lhe permita, na mais negra noite, ver ao seu redor como se fosse dia?

— Não — disse Faber.

— Uma luneta — continuou Schroeder —, uma simples luneta munida na extremidade dianteira de um refletor de selênio capaz de captar a luz infravermelha, liberar os elétrons e os projetar sobre um segundo refletor, na outra extremidade do aparelho, com carga elétrica e fluorescente? Temos aí a imagem perfeita de tudo o que a luneta focaliza no escuro. Sabe como funciona esse instrumento? Tenho quase certeza que não, mas eu sei. Com um gerador que eleva a voltagem de uma pilha de lanterna a quinze mil volts! O motor não é maior do que uma noz e executa dez mil rotações por minuto! Será que consegue imaginar tal coisa? Descobriram também um tipo especial de óleo de parafina clorado que o mantém em funcionamento por três mil horas...

— Muito bem — disse Faber —, e daí?

Schroeder não ouviu. Tinha descansado a pá e falava em voz alta. Em seus olhos ardia a chama da loucura.

– Você talvez considere as bombas voadoras sinistras. Você nem tem ideia do que ainda está por vir. Possuímos hoje mais de cem tipos de explosivos teleguiados. Eles funcionam através do rádio, com aparelhagem de ondas curtas, com campos magnéticos, impelidos a jato... Construímos bombas de mais de trinta metros de comprimento, pesando mais de doze toneladas! Voam com uma velocidade três vezes maior do que a rotação da Terra na linha do equador. São mais velozes que o som! Em pouco tempo poderemos enviar bombas aqui da Europa a Nova York em quarenta minutos... Construímos torpedos acústicos que nunca erram o alvo, pois se orientam pelo ruído da hélice dos navios, explodindo diretamente por baixo deles. Temos helicópteros a jato! Conhecemos aparelhos que alcançam a estratosfera em quatro minutos... Eu sei que você não acredita, mas é verdade. Espere mais seis meses e verá. Verá a terra estremecer de pavor... – Schroeder pegou novamente a pá e recomeçou a trabalhar. – A guerra ainda não acabou – disse ele. – Agora é que ela está começando. Precisamos de tempo, mais nada. Só tempo.

Faber sacudiu a cabeça.

– E se tivermos tempo? Se continuarmos a lutar por mais seis meses?

– Teremos vencido a guerra – disse Schroeder, contemplando Faber com os olhos míopes. – Não existe cidade no mundo que não possamos destruir em questão de horas. Não existe escapatória para nossas armas. Não há defesa contra elas! Ninguém poderá suportar seu horror.

– Será? – retrucou Faber, duvidando. – O homem consegue suportar um bocado de coisas.

– Mas existe um limite – declarou Schroeder.

– E por que está querendo destruir o mundo? – perguntou Faber, absorto.

– Para ganhar a guerra.

– E depois de ganhar a guerra?

– Não existe nada que não possamos reconstruir num prazo mínimo.

— Não — contestou Faber, rebatendo furiosamente. — As coisas não vão se passar assim. Para toda arma sempre foi inventada outra capaz de destruí-la. Os sobreviventes irão imaginar dispositivos capazes de tornar os foguetes inofensivos. As pessoas passarão a viver debaixo da terra. Os navios se moverão em silêncio. A escuridão será iluminada artificialmente, para que a luz infravermelha não possa surpreender ninguém. Não haverá limite para toda esta loucura.

— Quando atacarmos será tarde demais para isso tudo — retrucou Schroeder.

— E como pode saber que os outros não estão também trabalhando em invenções desse gênero?

— Eu sei que estão. Por isso temos que ficar prontos antes deles. Temos que trabalhar... Trabalhar muito! Para derrotá-los... para ganhar esta corrida... para sermos os vencedores!

— Não vale a pena — disse Faber.

— Claro que vale! — exclamou Schroeder, apaixonadamente. — Vale, sim! Se perdermos, seremos destruídos.

— E se ganharmos?

Schroeder olhou espantado para o soldado.

— Como, se ganharmos?

— Você fala em raios infravermelhos — explicou Faber —, em aviões a jato e explosivos fantásticos... Será que é mais difícil conseguir a paz do que construir uma bomba atômica? Será que é mais fácil acreditar que se possa chegar à estratosfera em quatro minutos do que crer que somos todos iguais?

Schroeder começou a cavar impacientemente o buraco.

— Isso tudo soa muito bonito, mas no fundo é uma grande bobagem. Sempre haverá guerra.

— Não — contestou Faber. — Não é verdade.

Schroeder deu uma curta gargalhada.

— É, sim. Não pelo fato de nascermos desiguais, mas simplesmente porque nos multiplicamos muito rápido. Pode-se chamar isso de lei da natureza ou de outra coisa qualquer. Se não houvesse guerra, em algumas décadas o mundo estaria tão superpovoado que haveria catástrofes de proporções muito maiores ainda.

– De qualquer maneira – disse Faber, que trabalhava abaixado –, ainda existe uma segunda solução.

– Qual é?

– Conseguir que nasça menos gente. Apenas um simples controle de natalidade. Qual é o favor que fazemos aos nossos filhos deixando-os vir ao mundo para depois matá-los? Não acha que é um procedimento inteiramente antieconômico? O controle seria uma maneira de simplificar tudo enormemente e causar muito menos sofrimento.

Schroeder enxugou o suor da testa.

– Esta sua ideia tem um senão: é impossível de ser posta em prática.

– Projetos muito mais importantes já foram postos em prática, embora na verdade todos visassem à destruição.

– Como você imagina que possa funcionar um sistema de controle destes? – perguntou Schroeder. – Como imagina conseguir convencer milhares de jovens asiáticos a não terem filhos?

– E vocês, como fazem para tirar os filhos dos milhares de europeus?

– Isto é outra coisa – insistiu Schroeder. – Aliás, esta conversa já está se tornando ridícula. Seu projeto é absurdo. Prova apenas que você não vê saída.

– Prova – disse Faber – que é mais simples iniciar uma guerra do que se empenhar para conseguir a paz.

– A paz neste mundo só poderá ser um estado passageiro.

– E a guerra um estado constante, pelo que parece – disse Faber. – Você pode ser franco, Schroeder. Seu ponto de vista é outro. A diferença entre nós é que você pode perfeitamente usar a guerra para a sua profissão de fé, enquanto eu...

– Você? – perguntou Schroeder.

– ...enquanto eu nunca consegui me acostumar com ela.

– E você, qual é a sua profissão de fé? Será que tem alguma?

– Tenho, sim – respondeu Faber. – Tenho, mas não a exponho aos olhos de todos, por isso facilmente podem ter a impressão de que eu não acredito em nada, e de que você tem uma personalidade mais firme, de maior valor, por conseguir acreditar e eu não.

– Na verdade, você não consegue acreditar em nada.

Faber coçou a cabeça.

– Consigo, sim – disse ele bem devagar. – Até que consigo.

– Acreditar em quê?

– Na verdade – respondeu Faber – e na justiça. Creio que nascemos todos iguais e que devemos nos ajudar como se fôssemos irmãos.

– A diferença provavelmente está no fato de que eu estou pronto para morrer pelas minhas ideias e você, não.

– Eu – retrucou Faber – estou pronto principalmente a viver por elas.

Schroeder continuou a trabalhar com a pá. Nada respondeu. Os braços lhe doíam, sua respiração estava ofegante, a camisa colara-se-lhe ao corpo, mas ele não parava de trabalhar. O soldado balançava uma pedra enorme. Susanne estava em pé, muda entre os dois, segurando o lampião.

Por volta de cinco horas resolveram escorar a caverna por eles aberta. Cortaram duas vigas e colocaram-nas em pé dentro da abertura. Depois, com a marreta, fixaram uma terceira, na posição horizontal, apoiada nas outras duas. Haviam escolhido propositadamente uma de tamanho menor para que ficasse bem enterrada na parede.

– Santa Maria! – exclamou Schroeder ao abaixar a marreta. – Que fome!

– Eu também. Na minha sacola tem pão. Vamos até lá embaixo.

Schroeder saiu da caverna e jogou o casaco por cima dos ombros. O soldado, ao descer, passou o braço pelos ombros de Susanne.

– Esta noite você vai ler Rilke para mim, Susanne – pediu ele baixinho.

Ela aquiesceu e tomou-lhe a mão.

VI

O relógio de porcelana de pêndulo dourado marcava cinco horas e quinze minutos. O lampião de querosene estava agora em cima do caixote, ao lado da cama de Anna Wagner. Seis pares de olhos seguiam com interesse as mãos de Faber, que esvaziava a sacola. Dona Therese estava tão interessada quanto Schroeder e a pequena Evi. Todos estavam igualmente com fome. O infortúnio de repente desperta o apetite, assim como qualquer atividade física. Mesmo sem fazer nada, comer é sempre imprescindível.

Faber colocou um grande pão de fôrma quadrado em cima do caixote vazio e um enorme pedaço de carne, três ovos e duas latas de peixe em conserva.

– Quem estiver com fome sirva-se à vontade. – Tirou uma faca da sacola, cortou uma grossa fatia de pão, cobriu-a com carne e estendeu-a a Susanne.

– Antes de começarmos a comer – observou Schroeder –, tenho que lembrar que alguns dentre nós não trouxeram nada para comer, como eu, por exemplo. Não vamos prejudicar os outros.

– Tudo será igualmente dividido – disse Faber. – Não acha, dona Therese?

– Claro – retrucou esta, ansiosa por ser agradável. Suas boas intenções não conseguiram impedir, no entanto, que acrescentasse: – Só espero que dê para todos.

– Isso mesmo – disse Schroeder, levantando, com a ajuda de um lenço, a manga do lampião para acender um cigarro. – É exatamente o que eu ia dizer. E se tudo der certo, amanhã conseguiremos sair daqui. Não creio que demore mais.

– Eu também não – respondeu Faber –, principalmente se os de fora ajudarem.

— Temos que contar, portanto, com vinte e quatro horas — disse Schroeder. — Para maior garantia seria melhor contarmos com trinta e seis. Assim ficaremos a salvo de surpresas desagradáveis. A questão é, portanto: quanto podemos comer?

— Se vocês acharem melhor — disse dona Therese —, posso colocar tudo o que tenho aí em cima do caixote também.

— É uma boa ideia — observou Schroeder. — Alguém mais trouxe alguma coisa?

— Eu — disse Anna Wagner. — Evi, apanhe a nossa mala.
— A menina apanhou-a. — Abra — disse a mãe. Evi abriu o fecho da mala marrom de fibra com os cantos já gastos, e colocou em cima do caixote dois recipientes de alumínio com tampas presas com elástico.

— Sabe o que tem aí dentro? — perguntou ela a Schroeder.
— O que é?
— Batata e feijão. Já prontos. Você gosta de feijão?
— Muito — respondeu Schroeder.
— Mas é feijão preto...
— Gosto mais ainda.

Ela olhou para ele muito espantada.

— É verdade mesmo ou você está mentindo?
— Feijão preto é meu prato predileto, Evi — respondeu Schroeder.

Ela riu envergonhada.

— Eu não gosto; mas a minha mãe quer que eu coma. — Tirou uma garrafa térmica da mala, dizendo: — Chá com sacarina.

— E você sabe o que é sacarina?

— É açúcar — afirmou Evi. — Só que os pedaços são menores e é muito mais doce. Também não se pode comer pura. É uma pena! Aqui tem pão — declarou, com a seriedade de uma dona de casa. — Uma bisnaga inteirinha, mas é de ontem. Gosto mais de pão fresco.

— Pão dormido satisfaz mais — observou Schroeder.

— Mamãe sempre diz isso. — Evi pegou um limão e colocou em cima do caixote. — Aqui neste saco tem açúcar em cubinhos. Mamãe até contou, porque eu vivo roubando. Quantos cubinhos são mesmo?

– Vinte e cinco – respondeu Anna Wagner.

– Temos vinte e cinco cubinhos de açúcar – constatou Evi. – Isso é muito?

– Muitíssimo – disse Faber, continuando a fazer seus sanduíches. De repente, Evi emudeceu. Segurava uma lata redonda com rótulo colorido e contemplava-a cheia de tristeza.

– Que foi? – perguntou Schroeder.

Evi hesitou. Olhou para Schroeder muito infeliz, depois se levantou e foi para junto da mãe.

– Quero lhe contar um segredo.

– Aqui ninguém tem segredos. Pode falar alto.

– Eu... eu... Mãe, eu tenho que dar o leite condensado também?

– Eu não sei – respondeu Anna Wagner. – Você não vai querer comer carne e peixe também?

– Mãe! – implorou a menina. – Eu não quero comer nada. Não estou com fome. – Evi se virou para Schroeder e perguntou: – Você quer um pouco do meu leite condensado?

– Deus me livre! – respondeu este. – Por nada deste mundo! Detesto leite condensado.

– E você? – perguntou ela a dona Therese.

– Muito obrigada – agradeceu a velhinha.

Evi fez a mesma pergunta aos demais. Susanne agradeceu, não apreciava o conteúdo rico em carboidrato daquela latinha. Faber também não quis, acrescentando que leite açucarado sempre lhe provocava a maior dor de barriga. Restava apenas o padre Gontard, que dormia na penumbra, num canto distante do abrigo, ou ao menos fingia dormir.

– Você acha que ele vai querer?

– Pergunte a ele.

– Não tenho coragem. Pergunte você.

– Reverendo – disse Schroeder bem alto –, o senhor aceita?

Gontard não respondeu.

— É — disse Schroeder —, ele também não quer do seu leite.

— Mas ele nem disse nada!

— Eu sei que ele não quer. Padre não toma leite condensado.

— Tem razão — disse dona Therese, zangada —, padre toma é conhaque.

— Toma mesmo — confirmou Faber. — Bem, então você pode ficar com a lata. Quer que eu abra?

— Não, obrigada. Ainda não. Só na hora de dormir. Tem que fazer dois furos...

— Isto mesmo — concordou Faber. — Para poder entrar ar.

— Ar? — Evi apoiou o dedo no nariz. — É oxigênio que tem que entrar na lata?

— Que nada. É só ar. Mais nada; entendeu?

— Entendi — respondeu Evi muito confusa. — Só ar. Mais nada.

— Ar — dizia Evi, mas não entendia. Não entendia nada.

Enquanto isto, dona Therese colocou mais alimentos em cima do caixote já bastante carregado. Tinha um terceiro pão que não era quadrado nem comprido; era um pão de leite lustroso e com um formato bonito; colocou também dois pedaços de queijo embrulhados em papel prateado, um vidro de geleia e um saco de açúcar em cubos.

— Meus senhores — disse Faber —, que banquete! Nem o rei da Inglaterra tem igual.

— Não tem mesmo? — perguntou Evi.

— Garanto que não. Nem a metade.

— Sinto muito não poder contribuir em nada para esta refeição — disse Susanne, ainda segurando o pão que Faber lhe dera.

— Que bobagem! — respondeu Schroeder. — Eu também não. A culpa não é sua.

— O que tem aí dá para todos — observou dona Therese.

Schroeder levantou-se.

– Na minha pasta tenho uma maçã. – Apanhou-a, deu um polimento com a manga da camisa e ofereceu a fruta a Evi.

– Olhe aí! É para você.

– Mas ela é sua.

– Minha amiga – respondeu Schroeder –, você nem sabe como gostaria de comê-la. Não posso. Não adianta.

– E por que não? – perguntou Evi, curiosa.

– As sementes ficam presas na minha garganta – disse Schroeder, lastimando-se. – Você entende? Depois tenho que tossir. Tossir horas a fio. É um horror! E você, o que faz com as sementes?

– Eu? Cuspo fora – disse Evi, mordendo a maçã.

Faber colocou a faca em cima do caixote.

– O que acha? Vamos começar a comer? – Puxou duas malas e uma cadeira de vime, e sentou-se ao lado de Susanne.

– Eu aconselharia a começar pelo feijão, antes que ele azede.

– Aprovado – disse Faber. – Tenho até uma colher.

– E pratos? – lembrou dona Therese. – Nós não temos pratos. Querem que eu tire alguns do aparelho?

– Pelo amor de Deus! – disse Schroeder. – Nós comemos da lata mesmo. Cada um uma colherada, em círculo.

– E isso dá? – Pela primeira vez naquele dia, dona Therese emitiu um ruído com uma nota alegre.

– A senhora vai ver como dá – garantiu Faber. – Dá maravilhosamente. – Aproximou-se de Gontard e sacudiu-o.

– Que é? – perguntou este.

– Venha comer. Estamos esperando.

– Não estou com fome. – Gontard apoiou a cabeça novamente nos braços.

– Claro que está.

O padre levantou as mãos em punho.

– Por favor, me deixe em paz! – gritou ele. – Ouviu bem? Quero que me deixe em paz! Quero ficar sozinho! Será que não entende?

Faber deu um passo para trás.

– Desculpe – disse ele. – Se mais tarde ficar com fome, está tudo em cima do caixote.

– O velho não vem, não? – perguntou Evi, quando Faber voltou para junto dos outros.

– Não – respondeu Faber. – Mas nós agora vamos começar.

– Querem que eu reze?

– Quero – respondeu dona Therese.

– Vou rezar por vocês todos – declarou Evi. Olhou para Schroeder e acrescentou: – Você tem que juntar as mãos.

– Desculpe – disse ele, obedecendo. Evi abaixou a cabeça e rezou rapidamente: – Vem, Senhor, à mesa Te sentar, e a nossa refeição abençoar. Amém. Bom apetite.

– Bom apetite – responderam todos. Depois começaram a comer. As duas latas de feijão preto e batata passaram em círculo. Faber fez mais sanduíches e cada um ganhou um cubinho de açúcar. O lampião de querosene, em cima do caixote coberto de comida, iluminava o rosto dos comensais. Quando chegava a vez de dona Therese, ela mexia ruidosamente dentro da lata, declarando que acabara até esquecendo sua própria desgraça por ter sido tão bem aceita no meio de todos e que nunca se divertira tanto comendo feijão preto e batata. Quando todos estavam satisfeitos, e a comida tinha sido guardada, Schroeder declarou querer participar alguma coisa.

– O momento me parece propício – disse ele –, pois o que tenho a dizer interessa a todos.

– De que se trata? – perguntou Faber, ainda sentado ao lado de Susanne.

– Do túnel que começamos a cavar. De quanto tempo vamos precisar para terminá-lo?

– Estou bastante cansado – declarou o soldado. – Você também deve estar. Se trabalharmos hoje ainda uma ou duas horas, e levantarmos cedo amanhã, devemos acabar à noitinha.

– Um dia inteiro, portanto.

— Mais ou menos — disse Faber... — Talvez um pouco mais. Depende. Não sabemos se vamos encontrar barro ou pedra.

Schroeder aquiesceu e aumentou o pavio do lampião.

— Um dia é muito tempo, não acham? Dona Anna deve pegar o trem amanhã cedo. Também para a senhora — disse ele, voltando-se para dona Therese — a permanência aqui neste abrigo não deve fazer muito bem. Eu mesmo tenho muita coisa a resolver. Nós todos, aliás, estamos com pressa — continuou ele, olhando em volta.

— Eu não — retrucou Faber. — Não tenho pressa nenhuma.

— E você?

— Eu tinha — respondeu Susanne.

Schroeder cruzou as mãos.

— Trata-se em primeiro lugar, então, de dona Anna — disse ele. — Ela deve estar em segurança o mais cedo possível.

— Amanhã à noite ela vai poder sair daqui.

— Certo — disse Schroeder —, mas por que esperar até amanhã à noite se ela pode ficar livre antes?

Anna Wagner ergueu-se.

— Como? Eu não estou entendendo.

— Existem duas maneiras de sair do abrigo — explicou Schroeder, andando de um lado para o outro. — Uma delas consiste em cavar a passagem. É a mais demorada. A outra...

— Não existe outra — declarou Faber. — Nós já discutimos isso uma vez.

Schroeder parou diante dele.

— Existe, sim! Ocorreu-me enquanto estávamos trabalhando. Querem ouvir?

— Quero — disse Susanne. Schroeder sentou-se novamente.

— Temos aqui no abrigo uma quantidade enorme de gasolina. Como todos devem saber, este líquido é altamente inflamável e sob certas condições até explosivo. Minha ideia é a seguinte: nós abrimos um buraco estreito e fundo na parede, enterramos nele algumas latas de gasolina e as fazemos explodir. É bem provável que a parede venha a desmoronar. O que acha?

Durante alguns instantes ninguém se manifestou. Depois Faber disse:

– A mim, a ideia não agrada.

– E por quê? – quis saber Schroeder. – Podemos estar livres em algumas horas.

– Como vai fazer a gasolina explodir?

– Despejamos meio latão dentro do buraco – disse Schroeder. – Depois esvaziamos uma parte dos latões que vamos usar para que se possa produzir neles bastante vapor de gasolina. Ateamos fogo à gasolina espalhada: a chama irá esquentar os latões, a pressão do vapor da gasolina aumentará e finalmente todos os latões irão explodir.

– Sim – disse Faber –, e depois?

– Depois, o quê?

– Toda a gasolina vai pegar fogo. O abrigo todo também...

– Não, se enterrarmos os latões devidamente – respondeu Schroeder.

– Se enterrarmos os latões devidamente, não será possível aquecê-los pelo fogo.

– Temos que achar um jeito.

– Eu ainda não terminei – disse Faber. – Quantos latões pretende usar?

– Uns três ou quatro, talvez.

– Talvez – disse Faber. – Se usar cinco, talvez dois tivessem sido suficientes, mas talvez também precisássemos de dez.

– Isso não vem ao caso.

– Santo Deus, como não vem ao caso? Se a explosão for fraca demais, incendiaremos todo o abrigo e estaremos expostos às chamas sem poder apagá-las. Se usarmos gasolina demais, talvez todo o teto vá pelos ares e nós ficaremos soterrados debaixo dos escombros. Como vai fazer para calcular a quantidade exata?

Impaciente, Schroeder deu de ombros.

– Claro que existe um risco. É por isso que estou expondo meus planos para todos.

– Além disso – insistiu Faber, que parecia não ter ouvido Schroeder –, é impossível prever os efeitos da explosão. Talvez ela se processe dentro da parede, mas poderá também ocorrer bem aqui no meio do abrigo.

– Na hora, nós evidentemente não vamos ficar lá em cima, mas aqui embaixo. Podemos ficar aqui até o fogo se apagar...

– Isto, se o teto não nos cair na cabeça. Não esqueça que todas as paredes do prédio ficaram abaladas pelas bombas.

– Não estou esquecendo nada. Muito pelo contrário. Exatamente por essa razão vai ser mais fácil ainda fazer a parede ruir.

– Imaginemos agora – disse Faber – que tenha gente do outro lado cavando ao nosso encontro. Eles não têm a menor ideia do que estamos fazendo aqui. Se explodirmos a parede haverá um massacre. Eles não vão conseguir se salvar.

Schroeder não respondeu logo.

– Nisto eu não pensei – disse ele, finalmente. – Devemos então trabalhar à noite, quando o pessoal lá fora estiver descansando.

– Talvez eles não descansem.

– Eu já disse uma vez que meu plano é arriscado, mas quem não arrisca não petisca.

– Isto é apenas um ditado.

– Mas é verdadeiro!

– De qualquer maneira, deverá ser aplicado apenas em circunstâncias em que só você arrisca alguma coisa, só você tem algo a ganhar.

– Mas o plano pode também não oferecer perigo nenhum! – exclamou Schroeder. – É bem provável até que a massa que desmoronar abafe logo qualquer chama.

– Provável, mas não certo. Por que não seguir um caminho mais seguro e cavar o túnel?

— Porque eu tenho que sair daqui! Porque a dona Anna tem que sair! Porque dispomos de um meio de nos libertar imediatamente; é só lançar mão dele. Entendeu?

— Não — retrucou Faber. — Não entendi.

— Ora, droga, para que então temos toda essa gasolina aqui? — perguntou Schroeder.

— Porque alguém a trouxe para cá.

— E isso para você é puro acaso?

— Claro. — E Faber olhou para ele muito espantado. — O que seria, então?

— Para mim sua existência é simbólica. Isso salta aos olhos de qualquer um! Ali estão os latões. Todos estamos vendo... e eles nos dizem muito claramente: "Usem-nos se vocês quiserem se libertar!".

— Não — respondeu Faber. — A mim eles não dizem nada disso.

— O que lhe dizem, então?

— Nada. Latões não me dizem nada.

— Deixe de ser idiota! — Schroeder levantou-se, irritado. — Eu estou falando a sério.

— Eu não sou idiota. Apenas me nego a interpretar símbolos. Acho perigoso demais.

— É — disse Schroeder com sarcasmo. — Já percebi tudo. Para você só existe uma saída: cavar o túnel; ir arrancando pedra por pedra da parede. Uma pá de terra após outra; horas a fio. Sempre a mesma coisa. Hoje. E amanhã. Até enlouquecermos.

— Até atravessarmos — retrucou Faber.

— Mas será que não entende — gritou Schroeder — que esse método é idiota, estúpido?

— Não — respondeu Faber. — Não entendo, não.

— Um método indigno.

— Indigno de quem?

— Indigno de nós — retrucou Schroeder. — De nós, que dispomos de conhecimentos técnicos para imaginar uma coisa mais inteligente. Qualquer homem da caverna, qualquer cretino consegue cavar um túnel com as próprias mãos.

Nós, no entanto, devíamos aceitar o risco, nos erguer acima dele, provando assim que, além de inteligência, possuímos também coragem.

– Não é assim que se demonstra coragem – disse Faber. – Isso é apenas temeridade. E temeridade nem sempre indica uma grande inteligência.

– Você me surpreende. Pensei que fosse soldado.

– Esta é uma observação de muito mau gosto. Eu talvez seja tão valente ou tão covarde quanto você. Não acha?

– Acho – concordou Schroeder. – Tem razão. Desculpe. Mas você dá um valor exagerado à segurança, à preservação da própria vida. Existem coisas mais importantes.

– Não existe nada mais importante do que a vida humana.

– Tem tanta certeza disso?

– Tenho. Certeza plena.

Schroeder começou de novo a andar de um lado para outro.

– Não nos desviemos do assunto. Não é hora para discussões ideológicas. Eu expus a minha ideia. Na minha opinião, sou a pessoa indicada para executá-la... para o bem de todos.

– Sr. Schroeder – disse Faber, muito sério –, aqui neste abrigo todos têm o mesmo direito de decidir sobre o nosso futuro e cada um pode dispor de sua vida. Todos devemos nos lembrar disso. Mesmo que tivesse mil vezes razão com sua teoria, devia renunciar a ela assim que houvesse objeções.

– Mas eu sei que a explosão iria nos livrar! Não me pergunte por que sei... sei perfeitamente que sou muito idiota, mas não posso fazer nada. Eu sei. Sou químico. Posso ter pouco conhecimento da matéria morta, mas tenho uma espécie de intimidade sentimental com ela. Sim, é isto! E esta intimidade me permite dizer: sei que minha teoria pode ser posta em prática; não só é possível, como perfeitamente viável!

– Talvez seja – disse Faber. – Você afirma que sente ser possível. Mas pode garantir?

– Claro que não.

– Está vendo? E todos nós individualmente temos o direito a uma garantia, temos que estar perfeitamente convictos da perspectiva de êxito, antes de lhe dar a permissão de pôr seus planos em prática. Se um de nós duvidar deles, como é o meu caso, eles deverão ser esquecidos. Todos nós temos o mesmo direito à segurança.

– Meu Deus – disse Schroeder, agitado –, se tem alguém que vê uma saída, uma saída real como eu vejo (pois nunca iria me meter a fazer experiências com as nossas vidas), se existe alguém plenamente convencido da exatidão de seu ponto de vista, da certeza de ser melhor do que todas as outras soluções, por que não pode demonstrá-la?

– Demonstrá-la, sim – respondeu Faber. – Pôr em prática, não. Todos nós não passamos de seres humanos. E errar é humano.

– Isso também não passa de um ditado – disse Schroeder.

– Só que ele se aplica a uma comunidade. Eu mesmo gostaria de sair daqui antes de amanhã, e sei que a dona Anna anseia por esse momento. No entanto, é melhor esperar um dia do que ser morto.

– Qual é a sua proposta, então?

– Que você pergunte – sugeriu Faber –, pergunte a cada um de nós a sua opinião. A minha você já sabe. Mas lembre-se bem, isto não é uma votação. Não é uma questão que possa ser decidida pela maioria de votos. Se todos concordassem, mas a pequenina Evi tivesse medo de seu plano, esse medo teria que ser levado em consideração.

– Que sentido tem, então, eu perguntar? Você de saída é contra, o que já anula tudo.

– Mesmo assim, pergunte. Talvez eu seja o único. Nesse caso eu refletiria mais um pouco para verificar se não estou enganado...

– Muito bem – disse Schroeder, voltando-se para dona Therese.

– Eu tenho medo – disse ela. – Prefiro ficar mais um dia aqui e sair com segurança a me expor ao perigo de uma experiência. Vamos ficar aqui juntos, esperando pacientemente a noite de amanhã.

Dona Therese calou-se e assoou o nariz.

– E a senhora, dona Anna? – perguntou Schroeder. A mulher grávida segurou-lhe o braço.

– Quero segurança para meu filho que está por nascer. Ele tem que vir ao mundo. Por meu marido. O senhor pode me garantir que não vai acontecer nada a meu filho se explodirem a parede?

– Posso, quase.

– Não pode me dar certeza?

– Não – disse Schroeder –, isso eu não posso.

– Então – retrucou Anna Wagner se recostando – prefiro ficar aqui esperando.

– Evi – perguntou Schroeder –, você entendeu o que nós estamos falando?

– Não – respondeu ela. – Mas eu faço o que a minha mãe faz. Você vai ficar zangado comigo?

– Claro que não – respondeu Schroeder. – E a senhora, dona Susanne, creio que é da mesma opinião que Faber.

– Gostaria de não precisar passar esta noite aqui – disse ela. – Pelo menos era o que eu sentia horas atrás. Agora tudo mudou. Talvez... – e Susanne se perdeu, confusa – eu acho... acho que prefiro esperar também até a noite de amanhã.

Faber deu um cigarro à moça, colocou um na boca e acendeu os dois.

– Obrigada – disse ela, sorrindo.

– Hum – fez Faber, levantando as mãos –, parece que estamos todos decididos a esperar pacientemente.

Schroeder ficou furioso.

– Eu não estou para brincadeiras!

– Eu também não – retrucou Faber. – Isso, no entanto, não é motivo para encarar as coisas com maior seriedade do que é necessário. Tudo tem o lado bom e o lado mau, sabia?

– Eu estou falando para as paredes – disse Schroeder. – Para você isto tudo não tem o menor significado.

– Que bobagem! – Faber levantou-se e se aproximou de Schroeder. – Eu entendo você perfeitamente.

– Sr. Schroeder – disse Susanne contemplando, pensativa, os dois homens. – Será que não pode esquecer a sua ideia? Tem que voltar sempre a ela?

O químico moveu a cabeça, e a luz do lampião revelou um brilho em seus olhos que apavorou Susanne. Era frio e desumano.

– Tenho, sim – respondeu ele com uma voz que se esforçava por soar controlada. – Tenho que voltar sempre a ela! Não consigo esquecê-la. Vocês todos são indolentes demais para me entenderem. E esta atitude um dia será a nossa derrota. Por causa dela ainda vamos acabar perdendo a guerra. Pensamos demais e arriscamos muito pouco. – Virou-se e se afastou do soldado sem ter aceitado o cigarro que este lhe estendia. Chegou-se para o padre:

– E qual é a sua opinião? Que acha o senhor do meu plano? Diga alguma coisa – insistiu ele ao ver Gontard calado. – Deixe de fingimento; sei perfeitamente que não está dormindo.

O padre levantou a cabeça.

– Deixe-me em paz! Será que não entende que eu não quero nada com você? Será que ainda tenho que explicar? Para mim pouco importa o que vai fazer. Tanto faz cavar o túnel como não cavar. Pode fazer o abrigo ir pelos ares. Pode discursar. Demonstrar sua força. Sabe o que você significa para mim?

– Posso imaginar.

– Um vomitório – declarou Gontard –, um vomitório heroico.

Schroeder riu.

O padre deitou novamente a cabeça sobre os braços.

– Vá embora – pediu ele –, por favor, vá embora! Será que não entende? Eu quero que me deixem em paz!

– Reverendo – disse Faber –, a garrafa de conhaque está aí em cima da mesa. – Gontard nada respondeu.

Schroeder afastou-se.

Odiava a todos. Todos eram seus inimigos. Prendiam-se àquela mísera vida... enquanto, para ele, ela não valia um vintém. A vida dos outros. A sua também não. Para Robert Faber, a vida era um milagre. Para Walter Schroeder, uma merda. Para Faber, o ataque aéreo e o abrigo soterrado haviam criado uma situação diante da qual era preciso mostrar responsabilidade. Para Walter Schroeder, esta situação nada mais era do que uma tola, fria e desumana obrigação a cumprir. O primeiro era um homem; o segundo, um homem-máquina. Um homem-máquina a serviço de uma poderosa força negativa, cujo alvo era a destruição de tudo o que era belo. O fim do mundo...

Schroeder insistia em explodir a saída não por visar a segurança de seus companheiros presos ali com ele ou a sua própria liberdade. Embora ele acreditasse que assim fosse. Na realidade, os acontecimentos destas últimas horas haviam-no transformado no protótipo ao qual ele mesmo se condenara, no indivíduo que colocava o ódio adiante do amor, a obrigação à frente da misericórdia, a demagogia à frente do bom senso, e a força adiante da justiça. A ele não importava a preservação da vida humana, que lhe parecia inteiramente indiferente. Embora ele mesmo não o percebesse, o que importava para ele era o que importava aos chefes que o conduziam: ter sempre razão e ficar com o poder, a todo custo... a todo custo, também, ser o mais forte agora e para sempre, mesmo que todos os que lhe dessem ouvidos fossem exterminados como ratos. Apenas isto, nada mais.

– Venha comigo!

Faber olhou para ele.

– Fazer o quê?

– Continuar a cavar – respondeu Schroeder. – O que você estava pensando que fosse?

– Antes de ir – disse Faber – vamos tomar um gole. – Beberam da garrafa aberta.

– *Les extrêmes se touchent* – disse Susanne.

Schroeder aquiesceu.

– Na borda da garrafa de aguardente – completou ele.
– Viva o álcool!

Ao se encaminharem para a escada, o soldado disse ao químico, que carregava o lampião:

– Já vou. – Foi para junto de Susanne e lhe apertou qualquer coisa na mão.

– O que é?

– Depois você vê. Guardei especialmente para você. Pode botar na boca.

Seguiu Schroeder, que subia a escada.

Susanne segurou o pequenino objeto quadrado bem perto dos olhos. Era um cubinho de açúcar do saquinho de dona Therese do qual todos tinham ganhado um.

VII

Lá pelas oito da noite Schroeder atingiu o polegar com a marreta. Sangrou. Praguejando, enrolou um lenço no dedo machucado, declarando que para ele chegava. O lampião de querosene estava quase vazio. Com o suor escorrendo pela testa, Faber se levantou e esticou os braços doloridos.

– Amanhã – disse ele –, amanhã... – Encostou o pé numa pedra solta e empurrou-a para o lado. – Se lá do outro lado estiverem cavando ao nosso encontro, amanhã acabaremos o túnel.

Schroeder lançou um olhar aos latões de gasolina empilhados e jogou a ferramenta longe.

– Meu Deus, como estou cansado! – comentou ele.

– Então, vamos dormir.

– É – concordou o químico –, mas agora surge um novo problema. Onde vamos dormir?

– Lá embaixo tem algumas tábuas e caixotes.

– Faz frio aqui. Vamos precisar de cobertores.

– Vamos, sim – respondeu Faber.

– Cobertores para sete pessoas. Ou melhor, para seis. Por mim, o padre pode pegar uma pneumonia, pouco me importa.

– Daqui a pouco vamos ver quantos cobertores existem.

Logo verificaram. Anna Wagner tinha dois; dona Therese, três; Faber, um pano de barraca. Os outros tinham apenas seus capotes. A velhinha declarou que por nada neste mundo ia querer a cama, e assim resolveram que a pequena Evi dormiria ao lado da mãe. Dona Therese lhes comunicou sua resolução irrevogável de se instalar na velha cadeira de vime, declarando ainda que um cobertor bastava para ela. Gontard, ao ser perguntado, respondeu de mau humor que qualquer tipo de solidariedade lhe repugnava.

– Muito bem – disse Schroeder –, por mim pode morrer de frio.

O padre olhou para ele e deu uma gargalhada.

– Que foi? – perguntou Schroeder. – Por que toda essa alegria?

– Ora – balbuciou ele, sacudido por um soluço histérico –, não imagina a figura ridícula que é a meus olhos! Chega a ser patético de tão ridículo.

Riu até os olhos se encherem de lágrimas. Depois calou-se repentinamente. As lágrimas, no entanto, continuaram a lhe correr pelas faces enquanto olhava fixo para a escuridão.

– Neurótico desgraçado! – disse Schroeder baixinho, afastando-se. – Dona Therese, pode ficar com este último cobertor.

– E o senhor, como vai fazer?

– Tenho meu capote. Faber tem o dele. Vamos juntar alguns caixotes e nos deitar em cima.

– Mas está fazendo muito frio – disse dona Therese. – Está frio demais. Vocês não vão conseguir dormir.

– Eu já dormi em condições muito mais desconfortáveis – disse Schroeder. – Você também, não é?

– Se dormi! – respondeu Faber distraidamente.

Dona Therese se levantou da cadeira de vime, pegou o cobertor e sacudiu a cabeça.

– Assim não é possível – disse ela. – Tenho uma ideia muito melhor. Quer me dar sua faca, por favor?

– Que pretende fazer? – perguntou Faber.

– Vai ver já – disse dona Therese. – Agora mesmo. – Pegou a faca, dirigindo-se para o canto do abrigo onde ficava o que havia salvo de seus pertences. Ajoelhou-se com dificuldade e cortou rapidamente a corda que amarrava o saco que embrulhava seu tapete persa.

– Pronto – disse ela. – Pronto. Assim. Meu tapete é bem grande e grosso. Dá muito bem para duas pessoas se enrolarem nele. Garanto que é quentinho.

– Mas ele vai se sujar!

– Pode-se mandar lavá-lo – disse dona Therese com uma estranha sensação de felicidade por poder ajudar alguém. – Não importa que fique sujo. Não importa nada. É até uma sorte ele estar aí. – Levantou-se. – Dona Susanne, não é assim que ela se chama?, pega o cobertor e dorme em cima das cadeiras, e vocês dois se enrolam no tapete. Pronto. Assim cada um tem o que precisa. – Schroeder sorriu. Chegou para junto da velhinha, abraçou-a e deu-lhe um beijo na boca. Ela deu um grito. Schroeder largou-a. Dona Therese tremia. Pôs-se na ponta dos pés.

– O que... o que foi que fez?

– Eu a beijei – respondeu Schroeder. – De alegria. De agradecimento. Mas principalmente de alegria.

– Alegria? – perguntou a velhinha, ainda sem fôlego. – Alegria por quê?

– Por... por... ora, eu não sei explicar. Alegria, simplesmente – declarou ele.

– Puxa! – disse ela, acrescentando de maneira coquete: – Que susto eu levei! – Depois voltou para sua cadeira e, com a ajuda de Susanne, enrolou-se no cobertor e ajeitou-se, satisfeita como uma criança.

Faber baixou o pavio do lampião. Olhou para a moça.

– Eu pensei...

– É – respondeu ela –, só que...

– Só que...?

– Que foi? – perguntou Schroeder, aproximando-se. – Ora! – Olhou rapidamente para dona Therese, sacudindo levemente a cabeça. – Bem – disse então em voz alta para

Susanne –, agora vamos ajeitar as suas cadeiras. Talvez lá do outro lado. Acho que ali está seco. Nós dois – continuou ele, dirigindo-se a Faber – vamos dormir lá em cima, se não se importa. Assim, se nos der vontade, poderemos levantar e continuar a cavar. É melhor levar o tapete. – Jogou o cobertor por cima de quatro cadeiras quebradas, que foi empurrando com os pés e acabou arrumando em fila. A menina tinha entrado na cama da mãe. Deitada, fazia sua oração.

– Eu sou uma criança ainda em botão e Jesus Cristo habita no meu coração. Amém.

– Boa noite – disse Anna Wagner. Sua voz ecoou no grande recinto.

– Boa noite – respondeu dona Therese, sonolenta.

– Será que você tem mais um cigarro para cada um de nós? – perguntou Schroeder. Sentou-se em uma das cadeiras e, com um gesto, convidou os dois a se instalarem também. Soprou uma nuvem de fumaça para o alto.

– Qual é sua profissão? – perguntou ele a Susanne.

Ela respondeu.

– E você, o que faz?

Faber deu de ombros.

– Uma porção de coisas. Durante algum tempo fui serralheiro. Depois andei pintando quadros, pois pensava ter talento e me dava prazer. Não deu certo. Por último, trabalhei com pescadores no Bodensee. Era lindo trabalhar naquele lago.

– Pode voltar a qualquer hora – observou Schroeder.

– Não sei – disse Faber, batendo a cinza do cigarro. – Talvez já não seja mais possível.

Fumaram em silêncio. A escuridão era quase total, apenas a pequena chama do lampião que Schroeder tornara a encher iluminava vagamente os rostos. Evi começou a ressonar calma e profundamente. Susanne apoiou a cabeça no ombro do soldado.

– Estamos todos cansados – disse Faber. – Acho que dona Therese também já está dormindo. – Schroeder olhou rápido para ele. Depois jogou o cigarro no chão, apagando-o com o pé. Olhou para o relógio.

– Oito e meia.

– Já é tarde – disse Faber.

– É – disse Susanne, virando a cabeça e encostando o rosto no pescoço de Faber. Houve uma pausa.

– Escute – disse Faber, finalmente –, faz alguma diferença você dormir aqui embaixo?

Schroeder sacudiu a cabeça.

– Eu ia propor a mesma coisa. – Olhou para Susanne, que, de repente, sorriu.

– Está bem assim? – perguntou ele.

– O senhor é... – começou Susanne – o senhor está... Ora, por que havemos de nos incomodar? – continuou ela, levantando-se, com o cobertor debaixo do braço.

– Incomodar com quê?

– Com o que os outros pensam de nós.

– Os outros não pensam nada, não é mesmo, Schroeder?

– É, sim – concordou este. Faber tomou a mão de Susanne.

– Boa noite – disse ele. Schroeder acenou com a cabeça, deitou-se nas cadeiras em fila, cobriu-se com o cobertor e ficou olhando para os dois. Debaixo de sua cabeça estava a pasta com os projetos. Sentia o couro frio no rosto. A luz do lampião na mão de Susanne passou pela parede, foi enfraquecendo e desapareceu. Schroeder ficou deitado no escuro de olhos abertos.

– Dona Therese? – chamou ele em voz alta.

– Sim – respondeu ela.

– Pensei que já estivesse dormindo – murmurou Schroeder, sem graça.

Therese Reimann deixou passar um instante e depois respondeu amavelmente:

– Eu estava dormindo, sim.

VIII

Meia hora depois, Gontard se levantou do caixote onde estivera sentado até então, imóvel, acendeu um fósforo e, às apalpadelas, atravessou o abrigo, aproximando-se da cama de dona Therese, que dormia na maior paz de Deus. Apanhou o lampião improvisado e foi subindo para o segundo andar do abrigo. O padre andava devagar; sua sombra imensa refletia-se nas paredes úmidas. Ao chegar ao andar superior, ouviu vozes baixinhas no escuro, mas não prestou maior atenção. Seguiu direto até onde os dois homens haviam começado a cavar. Colocou o lampião no chão e começou a tossir. Tossiu por algum tempo.

A terra úmida e preta estava amontoada à esquerda da caverna. Em cima dela estavam jogadas a cavadeira, duas pás, a alavanca de ferro e a marreta. No barro fresco Gontard reconheceu as pisadas de três sapatos, diferentes: as da moça, estreitas e com a marca de um ridículo saltinho; as pesadas, das botas do soldado, e as largas sem pregos, de Walter Schroeder. O padre as contemplou absorto, depois abriu os poucos botões da batina e tirou a veste comprida pela cabeça. Jogou-a no canto. Seus cabelos brancos e despenteados estavam arrepiados. Gontard entrou no túnel e passou a mão pela parede irregular. Em seguida pegou a enxada. Abaixou-se, apoiando-se num joelho e esticando a outra perna em ângulo reto para se equilibrar. Sua expressão era calma e séria. Vibrou a marreta com movimentos controlados, mas um pouco indeciso, como se estivesse enfrentando uma tarefa nova, desconhecida. Ajoelhou-se, porque a passagem já estava muito funda e não dava para se trabalhar de pé; ele resolvera começar a soltar uma pedra que estava a meia altura. Ao segurar a ferramenta com os braços erguidos, respirou fundo. E aí aconteceu o extraordinário.

É uma experiência comum a todos nós. Às vezes, temos necessidade de respirar bem fundo, mas, para surpresa nossa, não conseguimos. Nada impede a nossa respiração, não se trata de uma sensação de asfixia. Só não conseguimos chegar a este estranho limite da sensibilidade em que a quantidade de oxigênio inspirada se espalha por dentro do peito com uma indescritível sensação de bem--estar. Às vezes, não sentimos essa vontade durante semanas, mas quando, por algum motivo, não conseguimos respirar dessa maneira especial, vem-nos uma necessidade ardente de fazê-lo. Tentamos sempre de novo sem nos dar por satisfeitos, e embora possa parecer ridículo, continuamos obstinados em nossos esforços. Desistimos por algum tempo, mas não esquecemos. E de repente, sem um motivo aparente, conseguimos! Conseguimos experimentar essa maravilhosa sensação de respiração ideal, essa sensação de bem-aventurança que nos leva a crer que o paraíso e a glória eterna de que sempre nos falam não passam de um estado em que essa capacidade de respirar livre e desimpedidamente nos é possibilitada para sempre.

Quando Gontard brandiu a enxada por cima da cabeça, ele respirou fundo. Seu rosto se animou. Não exprimia felicidade, mas se animou. Os lábios se entreabriram, as sobrancelhas se ergueram. Ajoelhado, ele vibrou a ferramenta com toda a força de seus braços. Expirava livremente, de boca aberta, e a enxada brilhante, descrevendo um grande arco, foi projetada vigorosamente contra a parede escura; bateu nela com um estalo frio e metálico que soava quase como um grito de dor e, rangendo, se enterrou numa fresta entre a pedra e o barro. Da extremidade de aço saíram faíscas e o cabo estremeceu na mão do homem que a segurava. A respiração de Gontard completou-se com um estranho suspiro, um misto de rebelião e angústia. O padre Reinhold Gontard, com seus 54 anos, de cabelos brancos e rosto corado, que se entregara ao vício da bebida e trajava um roto terno preto, começou a trabalhar como nunca, após uma vida inteira de inatividade. Trabalhava inconscientemente, num ritmo louco, selvagemente, com os dentes à mostra, os músculos retesados e os olhos cobertos por um véu vermelho. Trabalhava abandonado e só, com a ânsia de um animal enraivecido. O lampião esfumaçado atrás dele ardia em chamas coleantes. A cada movimento a sombra de Gontard executava uma dança fantástica na parede. A batina jogada no chão parecia um monturo de terra ao qual ele estava preso. Com um arranco soltou a enxada; ergueu-a e largou-a de novo com violência sobre a pedra dura que não se movia. Três vezes, quatro vezes, Gontard vibrou a enxada, depois pegou a alavanca. Fragorosa, a marreta batia no ferro. E um, e dois... e o ferro ia se cravando, era arrancado e penetrava de novo; era enterrado cada vez mais. Aos poucos a pedra foi se soltando. Uma pedra enorme. Uma chuva fina de terra caiu em volta do padre. Ele pegou novamente a enxada e abriu duas brechas, procurando abarcar a pedra com a ferramenta. Não o conseguiu. A lâmina de aço era curta demais. Gontard penetrou no túnel. Meteu os braços nas brechas abertas ao lado da pedra; seus dedos se agarraram nela, grudaram. Enlaçando-a com toda a força, começou a lutar com ela. Firmou-se contra ela, com os pés enterrados no chão, o peito apertado contra a superfície áspera da pedra. Movia o corpo para cima e para baixo, dando trancos, impetuoso. Sua roupa estava suja de terra. As juntas das mãos lhe doíam. Gontard sentiu a pedra soltar-se mais. Respirou fundo, fechou os olhos, arrancou-a. Largou-a no chão, deu uns passos para trás e com o pé empurrou-a para o lado. Sem um momento de interrupção, pegou de novo a enxada para enfrentar outra pedra. Trabalhava sem parar, sem descanso, cego e surdo ao que se passava em redor. Um ar decidido, tenaz, reprimia a dor em seu rosto. Furiosa, a enxada se cravava na pedra e era arrancada. Ela ia e vinha, insistente e impiedosa nas mãos de um homem consciente de que a pedra não ia se soltar com a primeira pancada, mas se soltaria se ele insistisse. O padre arfava. Arrancou o colarinho branco e duro do pescoço. Seu rosto estava mais vermelho ainda e o suor lhe pingava da testa em grandes gotas. Só ele perturbava aquele silêncio profundo. Nada se movia. Os pingos caíam silenciosos da parede; soltando fumaça, a chama se embalava, muda. Só a enxada batia contra a parede com um estalido seco e penetrante, duro e vibrante. Depois vinham a pá, que arranhando escavava fundo, a cavadeira, que rangendo penetrava na terra, e a marreta, que caía sobre a alavanca com um estalo metálico, sem eco. E a enxada vinha de novo. Depois a pá. Depois a marreta...

Gontard jogava a terra para trás, a esmo, para o escuro. Rolava as pedras soltas para o lado sem olhar para elas. A cavidade que ia abrindo lhe interessava mais... menos, no entanto, do que as pedras vizinhas, que se tornavam secundárias assim que eram arrancadas. O pensamento de Gontard não estava voltado para o trabalho. Agia por instinto, sabia que era preciso cavar. A ancestral habilidade manual, a sabedoria de seus antepassados camponeses ganhava expressão no movimento de suas mãos. Seus pensamentos eram confusos, superficiais.

Como um animal, pensava o padre, ajoelhado no chão imundo. Como um animal, uma toupeira, uma fuinha, um verme... debaixo da terra, numa estreita e escura passagem, procurando subir e chegar à luz. Querendo sentir o vento soprar e o calor do sol. Era apenas isso. Uma grande fuinha que fura, que escava e esgravata. Mas na verdade era um homem como todos os que estavam ali soterrados com ele, dormindo.

Um homem!

Era isso o que ele queria ser.

Um ser que, à semelhança de milhares de outros, andava ereto, sabia falar e ouvir; após uma evolução milenar, construíra um mundo incrivelmente complicado e ocasionalmente belo. Um homem. Uma parcela microscópica de uma poderosa comunidade de pessoas que não se conheciam, mas viviam neste mundo unidas pelos mistérios do sangue e pela inquietude da alma. Neste mundo onde os continentes eram apenas ilhas e o mar, um lago. Onde o equador envolvia o mundo todo e estava sempre em casa. Neste mundo...

O padre hesitou um instante ao erguer a ferramenta. Pensava: "Nós, porém, cada um de nós, somos os culpados; destruímos grande parte da pouca beleza que conseguiu sobreviver a nossos ancestrais".

E a enxada brilhante desceu zunindo; o ar foi impelido para trás, para o escuro. Com um estalo, o metal feriu a dura pedra, quase tão dura quanto ele.

A escuridão é aliada do tempo. Juntos, guardam um segredo, fizeram um pacto tácito, impenetrável, seguro. Existem o tempo do dia e o da noite. A luz e as trevas procedem de maneira diferente em relação ao tempo, que escapa à nossa percepção desde o momento em que começamos a pensar nele. O dia se submete a uma certa ordem e constância que, segundo complicadas definições, deviam ser inerentes a ele, mas não são, como nos mostram as trevas, em cuja companhia o tempo se diverte. Nas trevas o tempo se inquieta. Deixa de ser constante, por mais que os relógios queiram nos incutir essa ideia. Os relógios são obrigados a levar uma vida sem defesa, presos a um mecanismo; não podem fazer o que gostariam para revelar a imprudente atividade do tempo. E ele sabe disso. Por isso mesmo os relógios são um álibi bem-vindo, embora um tanto supérfluo, pois quem se atreveria a discutir com o tempo um minuto que fosse, ou uma fração de segundo?

Nas trevas existem períodos em que o tempo, que passa por nós como uma leve correnteza, se apressa de maneira inconveniente, e outros em que tarda a passar. Quando passa rápido ou não o controlamos, quando dormimos ou não pensamos nele, sente prazer em dar uma reviravolta, um salto no espaço ou descrever um oito... Só para demonstrar que ele não se guia por nada, não tem que se guiar por nada. Se lançarmos mão dos impotentes relógios, talvez digamos: "Que é isso? Já tão tarde?"...ou então: "Tão cedo, ainda?".

E o tempo, em meio às trevas, ri às escondidas. Assim são as coisas. Ninguém pode modificá-las. Gontard não tinha a menor ideia de há quanto tempo estava trabalhando, quando percebeu pela primeira vez aquele ruído leve e baixinho, e largou a ferramenta para prestar atenção ao estranho tique-taque. Levantou, encostou o ouvido na parede. Por um momento, tudo ficou em silêncio. Depois ele ouviu de novo. Baixo, muito baixinho. Três vezes... uma pausa... mais três vezes.

Arregalou os olhos ao perceber o que significava aquele ruído que saía da pedra, da matéria morta.

Abaixou-se. Com dedos trêmulos pegou a marreta e bateu em cima de uma pedra saliente. Depois ficou à escuta. Lá longe, quase imperceptíveis, ouviu os sinais de resposta. O padre sacudiu a cabeça. Deu cinco pancadas com a marreta a intervalos regulares. Alguns segundos se passaram e veio a resposta: cinco sinais, muito leves; quase nada. Gontard tentou seis pancadas... depois sete. Não havia a menor dúvida. Não estava enganado!

Ergueu-se, meio tonto. De sua testa arranhada escorria um filete de sangue que, na face, se misturava à terra, formando uma massa úmida. Gontard não o percebeu. Estava perplexo diante do milagre daqueles sinais que acabara de ouvir. Todo o seu ser estava tomado por eles; não conseguia pensar em mais nada.

Era preciso acordar os outros! Contar-lhes o que havia acontecido, chamá-los para que eles mesmos pudessem ouvir. Ouvir o milagre! O milagre do restabelecimento das ligações com o mundo lá fora sem o qual eles não podiam viver. Mas o padre tinha 54 anos. Seu organismo maltratado, enfraquecido pelo álcool, protestou violentamente. Seu rosto ficou rubro, uma névoa cobriu-lhe os olhos. Cambaleou. Completamente tonto, procurou respirar e sentiu apenas que de alguma maneira inexplicável o recinto todo se fechava em torno dele. Logo depois a fraqueza o fez perder os sentidos; caiu no chão. A sombra na parede desmoronou, desapareceu. A luz estremeceu, assustada, e se apagou. O silêncio retornou do exílio e se espalhou... Dominou o abrigo. Nada mais se movia. A cabeça de Gontard repousava no chão de terra batida, os pés, no chão macio. As marcas de seus sapatos, no entanto, estavam impressas nitidamente no barro ao lado das outras três. Estavam bem no meio, entre as de Walter Schroeder e Robert Faber.

Capítulo IV

I

Um único ponto rubro ardia na escuridão do abrigo. Faber fumava um cigarro, com a cabeça encostada na parede fria e um braço passado pelos ombros de Susanne. Ela recitava a "Canção do amor e da morte". Não precisava de livro, lembrava-se de cada linha, de cada palavra. Lembrava-se da história do conde com a rosa murcha sobre o coração, da noite de incêndio no castelo, dos tambores, da bandeira, da dança cômica das espadas, que avançavam e penetravam profunda e mortalmente no coração do cavaleiro perdido. Susanne falava devagar. A água pingava das paredes, caía no chão e penetrava na terra negra. O padre já não trabalhava mais; seu lampião se apagara. "Talvez ele tenha descido para dormir com os outros lá embaixo", pensou Faber. Ouvia a história que a moça lhe contava e lembrava-se das horas passadas na fronteira húngara, quando jogara fora sua edição barata de Rilke, juntamente com grande parte de seus bens; quando corria pelo campo coberto de neve e lá atrás a fila de carros ardia em fogo. Em voo rasante, os aviadores inimigos procuravam alvejar os fugitivos, não acertando nenhum. Apenas os feridos, que haviam sido abandonados nos carros, não conseguiram se salvar e, aos brados, pediam socorro. O campo acabava numa faixa de mata, e ao longo dela via-se uma fileira de casas incendiadas, com paredes negras, todas queimadas por dentro, com tirantes de ferro à mostra. Em um deles haviam enforcado um soldado. As botas lhe haviam sido roubadas e seus pés descalços, cor de cera, balançavam ao vento. Para lá e para cá...

Faber fechou os olhos, obrigando-se a não pensar mais. Aquilo era coisa do passado. Acabara-se. Susanne recitava baixinho. Chegara ao final do poema, em que numa escura manhã um mensageiro do barão de Pirovano entrou numa pequena cidade, aí encontrando uma velhinha que chorava.

Ambos ficaram calados. Depois a moça pediu:

– Me arruma um cigarro?

Enquanto, por um segundo, seu rosto era iluminado pela chama de um fósforo, Faber pronunciou seu nome.

– Que é? – perguntou ela.

– Você é bonita, Susanne. – O fósforo se apagou. – Obrigado.

– Obrigado por quê?

– Por ter recitado o poema para mim.

Ela sorriu e passou um braço em volta dele.

– Foi bom você ter ficado comigo.

– Eu não queria ficar; eu queria ir embora.

– E por quê?

– De medo.

– Medo de mim?

– Não. De você, não. Medo de chegar tarde demais.

– Para onde você queria ir?

– Para lugar nenhum. Não sei para onde queria ir.

– Você não queria ir para casa?

– Queria, mas não posso – respondeu Faber. – Não posso ir a lugar nenhum, nem ficar em lugar nenhum.

– Isso acontece com todos nós – respondeu Susanne. – É mais ou menos assim. Como aconteceu ao homem que escreveu aqueles versos estranhos.

– Que versos?

– Estão esculpidos na pedra, na parede de uma igreja. Lá está escrito:

"Não sei quem sou,
Nem para onde vou.
De onde venho? Não sei, não.
Por que toda essa alegria, então?"

— É isso mesmo. Eu também me admiro de estar tão alegre e feliz.

— Está mesmo?

— Um pouco.

— Não continua com medo de chegar tarde?

— Não; agora está tudo bem.

— Porque está comigo?

— Talvez.

Ela baixou o cigarro e perguntou:

— Você me ama?

— Amo — respondeu Faber. — E você?

— Eu também. De verdade — respondeu Susanne.

— Não acredito! — disse ele, e calou-se.

— Eu sei que não é verdade.

— Sabe que eu queria muito gostar de você, Susanne?

— Eu também. Queria ficar com você. Para sempre.

— Você nem me conhece — objetou Faber, baixinho.

— Queria ficar com você — repetiu Susanne. — Não interessa saber quem você é.

— Você não pode ficar comigo — disse Faber, inclinando-se e beijando-a longamente. As mãos da moça enlaçaram o pescoço de Faber, seu corpo se apertou contra o dele. Faber segurou o cigarro de lado e encostou os lábios no cabelo de Susanne.

— Em que você está pensando? — perguntou ela.

— Em nada.

— Não acredito.

— É, sim.

— Pode dizer, por favor. Você estava pensando em mim?

— Estava, sim — mentiu ele. — Estava pensando em você. — Olhou para o teto do abrigo. O enforcado com os pés nus e amarelos não estava pendurado lá, mas Faber ouvia nitidamente o leve ruído de seu corpo balançando ao vento. O morto havia ficado em Esterson, se é que alguém nesse meio-tempo não lhe tinha dado uma cova, o que era muito pouco provável. Quem está com pressa não tem tempo de se ocupar com os mortos. Apenas o suficiente para lhe tirar as botas.

Faber continuava abraçado à moça.

– Um dia – disse ele – nós talvez começássemos a nos amar. Seria tão bom!

– Não é?

– Seria mais lindo do que tudo o que eu possa imaginar. Só que não é possível.

– E por que não?

– Porque tenho que ir embora amanhã – disse ele, apertando o rosto contra o ombro de Susanne e alisando-lhe os cabelos.

– Meu querido – disse ela –, escute. Você conhece a rádio dos soldados, de Calais?

– Nós a ouvíamos às vezes no front, quando estávamos sozinhos – disse ele sem levantar a cabeça.

Susanne se inclinou para a frente e ajeitou a cabeça de Faber em seu colo. Enlaçou-o e encolheu os joelhos. Através do vestido o soldado sentia-lhe o calor do corpo.

– Você está ouvindo meu coração bater?

– Estou – respondeu o soldado.

Susanne cobriu-o com a ponta do tapete.

– O que aconteceu com a rádio de Calais?

– Estava em casa de amigos há algumas semanas, quando ouvi a estação.

– Por que você está me contando isso agora?

– Espere – disse ela. – No meio do noticiário, ela transmite música de dança, não é verdade?

– É, sim. Por isso gostávamos mais dela do que de qualquer outra emissora clandestina.

– Naquela noite eu ouvi uma canção – continuou Susanne. – Hoje estou me lembrando dela.

– Que canção?

– Uma canção muito antiga – disse ela. – Bastante ridícula, até. Um velho sucesso inglês. Talvez você até a conheça.

– Não entendo inglês.

— A canção se chama: *I'm waiting for the man I love*. Estou esperando pelo homem que amo. Incrivelmente ridículo, não acha?

— É, sim – disse ele. – Horrível, mas o que diz a canção?

— *Someday he'll come along*, assim começava ela – contou Susanne. – Um dia ele há de vir. *The man I love. And he'll be big and strong, the man I love.* E há de ser grande e forte, o homem que eu amo... Hoje me lembrei, de repente, desta canção.

— Mas eu não sou grande nem forte.

— É, sim – respondeu ela.

— Sou pequeno e fraco.

— Mas é corajoso.

— Que nada! Estou é com medo.

— É por isso também que eu o amo.

— Você não devia...

— Mas eu gostaria tanto... – disse ela, e começou a cantarolar baixinho:

"*Maybe I'll meet him some day,
maybe Monday, maybe Tuesday...
But I'll meet him one day...*"

É... a emissora de Calais, pensou Faber; em ondas curtas, faixa 31.4. Ela dava as últimas notícias do dia, sempre vinte minutos antes da hora. Entre os noticiários transmitia música. Tocava *Lili Marlene* e a canção da loura Catarina. Tocava essas músicas para que os mortos nas trincheiras sentissem um pouco de saudade. Tocava jazz americano, para que os coxos sentissem prazer em demonstrar que ainda conseguiam dançar, mesmo com um toco de perna. Para que os pilotos nos aviões de caça não se sentissem muito sós nas suas cabines pressurizadas. Para que nos *Bunkers*, nos abrigos antiaéreos de Berlim, todo mundo se animasse na hora em que os aviões gigantescos despejassem as bombas. Para que as cabeças arrancadas, que seriam encontradas nas ruas na manhã seguinte, ao menos estivessem sorrindo, satisfeitas.

Em meio ao noticiário sobre o decorrer das últimas batalhas, a emissora de Calais transmitia música de dança. Para que as meretrizes, nos bordéis de Litzmannstadt, tivessem algum motivo para rir quando generais bêbados do estado-maior ensaiassem dançar um foxtrote. Para que os guardas, em seus postos no campo de concentração de Auschwitz, não adormecessem junto a suas metralhadoras, estonteados pelo fedor adocicado dos cadáveres que saía dos fornos de incineração...

Faber ergueu-se.

– Que foi? – perguntou Susanne.

– Vamos acabar com aquela garrafa?

– Uma boa ideia. Vamos.

Beberam.

– Acho que eu poderia me apaixonar por você – disse ela.

– É proibido se apaixonar por mim.

– Quem o proíbe?

– A guerra – disse Faber, apertando seu rosto contra o peito da moça.

– A guerra nada pode me proibir.

– Pode, sim. Pode proibi-la de viver.

– Quem é a guerra?

– Não sei – retrucou o soldado. – Talvez todos nós, cada um de nós contribuindo com uma parcela mínima. Com um pouco de tolice, um pouco de baixeza.

– E a gente só pode amar enquanto está vivo?

– Só – respondeu Faber.

– Eu vou amá-lo enquanto viver e mais ainda depois de morrer.

– Susanne – disse o soldado –, eu vou embora amanhã.

– Você não vai embora nunca mais.

– Tenho que ir.

– Não é verdade.

– É.

– Mas por quê?, meu Deus, por quê?

Ele deu de ombros.

– Quem o obriga a me abandonar?

– A guerra – disse Faber. – Os homens, os outros soldados.

– Por que eles o obrigam?

Faber apertou Susanne contra si.

– Meu amor – disse ele –, eles são obrigados a fazê-lo.

– E não existe saída?

– Não. Nenhuma. Ao menos que eu conheça. O país inteiro, o mundo inteiro é uma prisão, e nós estamos presos dentro dela.

Ele sentiu o corpo de Susanne se enrijecer.

– Você não devia ter ficado aqui. Agora eu entendo! Devia ter ido embora.

– Devia mesmo – concordou ele. Susanne não respondeu, e Faber continuou: – Mas estou muito satisfeito por ter ficado, Susanne.

– Você não está satisfeito. Eu só lhe trouxe infelicidade.

– Não – disse ele –, eu sou totalmente responsável por minha infelicidade. Você só queria me trazer felicidade.

– Queria mesmo! A maior felicidade do mundo! Você acredita?

– Acredito.

– E agora? Como vai ser?

– Temos muito tempo ainda. Toda vez que esperamos ansiosamente alguma coisa vem a desilusão. Quando o medo é grande, ela também vem. Mas no fim dá tudo certo.

– Você não acredita no que está dizendo.

– Não – respondeu ele. – Mas gostaria de acreditar.

Susanne começou a chorar.

– Não chore, Susanne. Por favor, não chore. Tenha calma.

– A guerra... – balbuciou ela – a guerra... eu tenho tanto medo...

– Eu também – retrucou ele. – Não existe ninguém que não tenha.

– Enquanto estivermos juntos tenho a certeza de que nada irá nos acontecer. Enquanto estivermos juntos... – disse ela, soluçando.

– Mesmo estando juntos, tudo pode acontecer.

– Mas aí não importa.

– E por que não?

– Porque acontece a nós dois.

– Será? E não importaria a você, Susanne? – perguntou Faber.

– Não – respondeu ela.

– A mim também não.

– É mentira.

– Não – disse ele –, é verdade.

– Não acredito – respondeu ela, baixinho.

– Acredite, eu lhe peço. Eu sei. Tenho idade bastante para ser seu pai. Mas não queria ser.

Ela forçou um sorriso.

– O que você gostaria de ser, então?

– Gostaria de poder amá-la – disse Faber.

– E não pode por quê? Você pode fazer de mim o que quiser.

– Não posso, não.

– Devia – murmurou ela. – Eu quero. Ouviu? Quero tanto!

Faber jogou o cigarro fora. O corpo de Susanne relaxou e ela se esticou no tapete. Faber inclinou-se por cima dela e a abraçou.

– Faber – disse Susanne –, você desertou. Não foi?

– Foi.

Ela o apertou contra si, e a sua voz parecia um gemido.

– Beije-me – sussurrou ela. – Assim não... Beije-me como se você me amasse.

– Mas eu a amo – disse Faber.

– Não invente – pediu ela. O soldado se virou. Quando seus lábios se encontraram e os dentes se cravaram neles, ele sentiu o corpo da moça estremecer. Apertou-a com força. O espaço e as trevas começaram a se movimentar, a girar em torno deles, enquanto suas mãos se moviam e o sangue em suas têmporas começou a cantar uma canção, uma velha canção...

II

Tudo seria muito mais fácil se não tivéssemos ficado tão sós. Estivemos sós durante seis anos, cada um de nós, não importa onde. Na África, na Noruega ou na costa da Normandia. Eu e você sabemos como nos sentíamos abandonados. Dentro de um mísero buraco, dentro de um *Bunker* cheio d'água; à noite, quando as estrelas brilhavam e a lua nascia por trás das colinas. Instalados atrás de tornos ou em mesas de escritórios, atrás dos volantes dos grandes tratores, ao lado das metralhadoras. Perto de berços coloridos. Dentro de submarinos e nos hospitais. Em aviões de combate e nos campos, quando ceifávamos o trigo.

Não havia ninguém para nos ajudar. Ninguém. Estávamos sempre sós. Quando chorávamos de desespero, de raiva ou solidão, ninguém nos ouvia. A solidão era nossa companheira, mesmo quando nos embebedávamos, ou quando ríamos às gargalhadas, ou sonhávamos que éramos felizes. Ela se agarrava a nós como um fantasma, rindo sarcasticamente. Grudava em nós. Todos estávamos sós. Os daqui e os de lá. A solidão habitava o mundo inteiro, mesmo que ninguém falasse nela. Era a mesma solidão. Aqui e lá. O vencedor a sentia e o vencido também; ninguém conseguia ser feliz. Só os mortos não a sentiam mais. Os mortos também não tinham mais tanto medo como os vivos; para eles pouco importava. Suas vísceras arrancadas não os incomodavam, nem a neve que aos poucos os congelava. A eles, ninguém mais conseguia apavorar. A morte era amiga. Nenhum mal lhes fazia. Só os homens eram inimigos. Não aqueles que foram ensinados a atirar neles, mas os outros. Os que marchavam ao seu lado pela lama, aqueles diante dos quais eles se encolhiam, nos quais não podiam confiar e que neles não confiavam. Aqueles cuja língua entendíamos, sem compreender o que diziam.

Eram nossos próprios irmãos que nós temíamos. E os nossos irmãos também nos temiam. Você batia no meu ombro e me chamava de companheiro; nunca tínhamos falado um com o outro, mas nos conhecíamos muito bem, era como se tivéssemos passado uma vida juntos. Você era meu irmão. Você sabia que eu estava ao seu lado, mas sabia também que a qualquer momento iria traí-lo, naquela merda de medo desgraçado. E eu sabia que o mesmo, exatamente o mesmo, se passava com você. Eu era seu amigo. E era seu inimigo. Você se sentia tão desgraçadamente só quanto eu, ou aquele mujique em quem atiramos, apenas para impedir que ele atirasse em nós.

Todos sabíamos que era crime ficar calado, mas nunca nos calamos tanto. Quando colocávamos cinquenta reféns diante do paredão, sabíamos perfeitamente que aqueles pobres idiotas eram inocentes do crime pelo qual foram tomados como reféns. Quando nossos bombardeiros destruíam pequenas cidades diante de nossos olhos, todos sabíamos que nos abrigos só havia mulheres, crianças e velhos que ali iam morrer. Quando os americanos atacaram Colônia, quem entre eles não sabia que as bombas cairiam em cima de casas que tinham tanta semelhança com um parque industrial quanto um leitão com um elefante? Quando víamos os comboios abarrotados de gente que sabia tão bem quanto nós qual seria o seu destino, isto é, a morte, por que nenhum de nós dizia uma única palavra? Meu Deus, por quê? Quando víamos claramente que estávamos sendo enganados por todos, quando ouvíamos como escarneciam de nós com as suas mentiras, quando sentíamos perfeitamente que tudo estava perdido, que tudo era em vão, por que nos calávamos? Oh, por que fui um canalha tão infame, tão covarde, tão miserável? E você, irmão, por que foi também um canalha tão infame, tão covarde, tão miserável? Por que preferiu deixar que o matassem a acabar com tudo isso? Sabe por quê? Eu vou lhe dizer: porque o medo dominava a todos nós. Só por isso. O medo se apoderava de nós e não conseguíamos mais nos livrar dele. Tínhamos medo. Por isso lutávamos. Por isso morríamos. Que Deus nos abençoe por isso!

Eu quero esquecer. Esquecer, nada mais. Esquecer os mortos e os moribundos; os esfomeados e os assassinados; os amigos que morreram e os que foram mortos. Esquecer as cidades incendiadas, os campos devastados, as pontes explodidas, as crianças em pranto. Vou esquecer tudo. Pois tudo passa. Nada fica. Nada. Um dia hei de esquecer tudo isso. Já estou até começando a esquecer. Meu Deus, me ajude a começar a esquecer...

Estou sentado aqui, soterrado num abrigo. Amanhã vão nos tirar daqui. Talvez então eu crie um pouco de coragem. Talvez. Esta é a minha chance; mas já sei de antemão como vai ser. Não vai acontecer nada. Absolutamente nada. Antes do ataque encontrei você, menina. Você é bonita. Nos falamos. Eu quis ir embora. Você pediu que eu ficasse. Fiquei. Por quê? Você, Susanne, não sabe. Você, cujos lábios beijei, cujo corpo senti e acariciei com as minhas mãos. Talvez, quem sabe, você até imagine por quê. Fiquei na esperança de que você pudesse me ajudar. Ajudar na minha solidão. Tantas vezes já esperei por isso! Em Paris e em Brest. Em Odessa e em Budapeste. Entreguei-me à bebida, dormi com mulheres. Nada adiantou. Minha saudade ficou e com ela também a minha esperança. Quando vi você, pensei como seria bom poder esquecer, amar você, levar uma vida simples e tranquila. Como? Não sei. Sei que é impossível, mas seria tão bom! Meu amor... É mais do que impossível, meu amor! Como poderíamos ser felizes, quando já não há ninguém feliz? Juntos. Ficando juntos. Eu e você; isso talvez fosse a solução. Sempre desejei você. Não a conhecia, mas desejava que viesse um dia; que viesse para ficar. Agora é tarde demais. Amanhã estará tudo terminado. Pensei que fosse muito esperto, mas caí na armadilha como um idiota qualquer. Suas mãos são macias. Tão macias! Sua voz me diz coisas com que sonhei. Sua boca é quente. Ah, se eu pudesse esquecer! Esquecer uma vez ao menos. Durante uma hora. Durante esta hora... Eu também sei rir. Também já fui feliz. Houve tempo em que eu ria como os outros... Nessa época é que você devia ter me encontrado. Lá no lago, no meio dos barcos de pesca. Aí eu a teria amado com todo o meu coração. Seu cabelo é macio. Beije-me, Susanne! Beije-me e abrace-me para que eu possa esquecer. Só esta noite. Susanne! Você me pergunta se sou desertor. Eu confessei a verdade. Para você nenhuma diferença faz. Eu a beijo; converso com você. Somos felizes. Felizes para sempre. Nos amamos. O amanhã não existe quando cremos nele. O momento de agora não voltará nunca, seja ele lindo ou horrível. Quem disse? Fique quieta, Susanne. O amanhã virá, não importa que este momento seja lindo ou horrível. Virá e acabará com tudo... Tudo.

Quem sabe não existe uma saída para nós, uma saída que desconhecemos? Talvez aconteça um milagre. O milagre no qual não acredito.. . Quem sabe, talvez eu possa até ficar com você?

Chegue para cá. Diga que me ama. Repita mais uma vez. Talvez seja até verdade. E por que não? O tapete é grande e macio. Podemos nos cobrir com ele. Chegue mais para perto. Mais ainda. Bem pertinho. Seu corpo é jovem, tão jovem ainda! Você aperta a minha cabeça contra seu peito. Fecho os olhos e encosto meus lábios na sua pele que respira. Eu amo você! Amo de verdade. Não acredita? Podia ser verdade até, meu amor. Podia muito bem ser verdade. Seria tão lindo! Repita, mais uma vez, que me ama. Ficarei a seu lado até que a morte nos separe! A morte... E será que ela pode nos separar mesmo? Pode, sim, meu amor, a morte separa a todos. Não acredito. A morte é mais forte do que o amor. Nosso amor será mais forte que a morte. A morte hoje está muito barata, Susanne. Qualquer um pode consegui-la; qualquer um de nós. Já o amor... quem pode conseguir o amor? Nós dois, talvez. Esta noite. E não valeria a pena? Você diz que esperou por mim como a moça naquela canção ridícula: *"Someday he'll come along. Someday he'll come along. The man I love!"*.

Chegue para cá, Susanne. Vamos esquecer o tempo. Ele também nos esqueceu. Estamos deitados aqui debaixo da terra. Não há luz. Só existimos eu e você e os segundos que vão passando, que vão se transformando em horas que escoam. Chegue para cá. Quero esquecer, mesmo estando perdido, como todo mundo. Se quisermos, podemos fazer o tempo parar, podemos tentar ser felizes. Abra seus braços e deixe que eu fique com você tentando dizer que a amo. Não com palavras, mas em silêncio. Venha!

Abrace-me e me aperte. Também vou segurá-la com as minhas mãos. Eu amo você, Susanne. A escuridão começou a entrar em movimento... gira em torno de nós, roda como se estivesse inebriada. Meus olhos estão cegos e vazios, meu coração martela; sua respiração roça a minha face, Susanne! As trevas são como um poço quase sem fundo, infinito. Estamos caindo. Agarre-se às minhas costas para não nos perdermos. Voamos juntos. O espaço gira em torno de nós, impetuoso. A água vem ao nosso encontro. Nos recebe no caminho infinito, nos enlaça, ensurdece e emudece; faz transbordar o poço e, plena de bênçãos, derrama-se pelas trevas.

Meu Deus! Meu Deus, o que aconteceu?

Estou tão feliz... tão feliz, Susanne, graças a você.

III

No início do verão de 1939, Susanne Riemenschmied vivia numa pequena casa de campo. Era apaixonada por um rapaz que passava as férias com ela. Estavam juntos dia e noite; iam nadar no lago, ficavam horas a fio deitados ao sol; faziam longos passeios. Da afetuosa intimidade de seus corpos, e pelo simples fato de terem os mesmos pontos de vista, nasceu um sentimento profundo, a necessidade de um proporcionar prazer ao outro. O relacionamento deles era maravilhoso! E tão simples!

Susanne amava aquele rapaz moreno de rosto sorridente, e ele gostava dela. Não tinham mais ninguém. Eram jovens, e por isso era facílimo que um fizesse a felicidade do outro. Resolveram então se casar... Estourou a guerra. E o rapaz de olhos verdes e alegres foi logo enviado para a Polônia como piloto de um esquadrão de combate. Susanne teve muito pouco tempo para rezar por ele quando, à noite, se lembrava do rapaz com imensa saudade. Ele tomou parte apenas em dois ataques às tropas polonesas. Uma carta, enviada pelos pais do soldado, comunicou-lhe a sua morte. E assim terminava, de maneira inteiramente normal e de acordo com as leis da época em que viviam, aquele relacionamento tão perfeito que tinha nascido de uma profunda e sincera simplicidade. O que aconteceu depois seguiu também um curso tão inevitável, que não causou espanto a ninguém.

Susanne Riemenschmied continuou a viver. No entanto, por não suportar mais a solidão, e a exemplo de sua excêntrica tia, começou a levar uma agitada e confusa vida social, cheia de excessos. Uma vida de noitadas e festas, de muita bebida. Por desespero, brincava com tudo e com todos sem levar nada a sério, sem se interessar realmente por ninguém. Com o correr dos meses, a morte do amado foi perdendo a importância e o sentido trágico, o que também estava plenamente de acordo com a lógica daqueles estranhos anos cheios de morte. Tudo cai no esquecimento; não guardamos nada dentro de nós. Se assim não fosse, como poderíamos resistir a doses excessivas de sofrimento? A lembrança de um ente querido é levada pelas águas tranquilas do tempo, e em breve nos cansamos de recordar. Assim, é praticamente desnecessário acrescentar que Susanne foi se acalmando. Estava longe de ser feliz, mas isso já não a afligia mais. Dificilmente iria se apaixonar por alguém, pois não sentia a menor necessidade de carinho. O que recebia lhe bastava, embora no fundo não fosse quase nada.

Passou a tomar aulas de arte dramática. Frequentava a Academia de Schoenbrunn, trabalhava como artista. Sobre seus dias, no entanto, pelas noites agora vazias, pairava alta e indelével, como uma sombra pálida, a sensação de saudade. Acompanhava-a por toda parte, e às vezes transparecia em seu trabalho sob a forma de uma estranha sensibilidade que surpreendia seus mestres. Era uma saudade vaga, generalizada. Era a saudade dos milhares de jovens que, como Susanne, tinham ficado sós por muito tempo, nessa longa guerra, e que ansiavam por alguém que se sentisse igualmente desamparado e febril. Que soubesse ser tão alegre ou tão triste quanto eles. Assim poderiam serenar suas inquietações, sentirem-se novamente satisfeitos. Saudade! A palavra havia então como que desaparecido do vocabulário dos povos, surgindo apenas ocasionalmente na letra de algum sucesso medíocre, mas, sem dúvida, era um dos sentimentos mais fortes daquela época. O medo, a solidão, a saudade... estes três habitavam os corações de todos. O medo, no entanto, ainda era o maior de todos.

Susanne era o tipo de pessoa que sabia lutar contra as fraquezas do coração. Levou bastante tempo até compreender que era preciso mudar de vida. Quando, no entanto, começou a mudar, a saudade do companheiro foi ficando quase insuportável. Olhava em torno de si, procurando por alguém que lhe pudesse oferecer a paz durante o dia, o delírio durante a noite. Procurava e por vezes pensava tê-lo encontrado em meio aos conhecidos. Mas não o encontrava. De repente reconheceu que a causa desse fracasso era a ânsia com que procurava. "Ninguém vai nos ajudar na hora em que estivermos esperando por ajuda", pensou ela. "Enquanto estivermos na desgraça e no abandono, só poderemos encontrar pessoas iguais a nós. O amor só cruzará nosso caminho quando acharmos que podemos muito bem passar sem ele. Os fortes não sentem prazer na companhia dos fracos, pessoas tão fracas quanto eles."

Assim pensava Susanne, e é bem compreensível que assim fosse. Era a reação normal de uma criatura jovem que procurava sair da torrente que a arrastava. E se, por vezes, reconhecia que toda essa realidade, da qual tentava se convencer, tinha sido erguida em solo pouco seguro, fechava-se, desconfiada, procurando centenas de novos caminhos que lhe restituíssem a confiança em suas teorias.

O fato de ter encontrado Robert Faber naquela manhã chuvosa de inverno fora um acaso, um mero acaso, absurdo até! Não mais absurdo, no entanto, do que o fato de aquelas sete pessoas estarem reunidas naquele abrigo no Mercado

Novo. Não mais absurdo também do que o acaso daquela bomba lançada estupidamente e a esmo, que os transformaria a todos em prisioneiros por algumas horas.

Talvez, no entanto, isso tudo não fosse tão absurdo, talvez nem existisse aquilo que chamamos de acaso. Talvez tudo o que nos acontece tenha um determinado valor, um sentido exato.

Não era a primeira vez que Susanne se apaixonava. Mesmo assim seu comportamento naquele dia foi muito especial. No momento, porém, em que Faber sorrira para ela no abrigo daquela casa, um encanto passou por ela. Sentiu perfeitamente que, desde o dia em que vira pela última vez o jovem aviador morto na Polônia, ela não tinha sido tão feliz. A situação especial em que havia conhecido Faber fez com que, sem pensar, sem reserva nenhuma, fizesse tudo para reter esse estado de felicidade. Logo desconfiou que na sua frente estava um desertor, um fugitivo, um caçado. Essa suspeita pode ter feito até com que se afeiçoasse mais ainda a ele, talvez por um elementar e velho instinto maternal. Ignorava como seria o dia seguinte, e o fato de ele também não o saber fez dele um irmão. Sabia perfeitamente que também ele se encontrava sob o poderoso jugo da saudade, do medo, da solidão, e isso fez dele seu amante. Ficava emocionada ao ver que ele, apesar de toda a sua força, estava perdido e confuso com os acontecimentos daquela época, mas que, apesar de seu dilema, conseguia se mostrar feliz e dizer a verdade sem grandes rodeios. Pensava poder ajudá-lo com sua dedicação, como ele a ajudava com sua simples presença.

Foi assim que naquela noite ela se tornou sua amante, dando-lhe toda a paixão e ternura que moravam dentro dela e há muito esperavam poder vir à tona. Enquanto, em seus braços, murmurava palavras sem nexo, alisava-lhe o cabelo e as costas, ela acreditava ser feliz e ter conseguido se livrar daqueles tumultuados dias sem sentido por que passara.

Mais tarde, com serenidade, lembrou-se comovida de uma frase que falava em amor, ódio e esperança, e pensou que realmente o amor era o mais forte dos três.

IV

Walter Schroeder estava estendido nas três cadeiras, com os olhos abertos e as mãos cruzadas sobre o peito. A seu lado estavam três pessoas. Dona Therese e Evi pareciam dormir profundamente; a jovem mãe se mexia, inquieta, gemendo baixinho. Havia cerca de uma hora o padre interrompera seu trabalho e estava quieto. Schroeder, a quem essa repentina interrupção chamara a atenção, imaginava que Gontard caíra no chão de cansaço ou fraqueza e ali tivesse ficado. "Sujeito estranho, esse padre", pensou Schroeder, "difícil de entender. Talvez até tenha sido injusto com ele. Ou será que o padre reconheceu a sua atitude desprezível? Amanhã vamos ver quem ele é", pensou Schroeder. "Amanhã, quando terminarmos de abrir o túnel." Terminar? Será que iam terminar mesmo? Ninguém sabia qual a espessura da parede. Estavam todos ali dormindo. Conseguiam dormir. Não se preocupavam com o futuro como ele.

"Todo o nosso país dorme, despreocupado e irresponsável", pensou Schroeder. "Os poucos que levam uma vida diferente não conseguem resistir à indolência geral. Um dia terão que se resignar, mas aí a guerra já estará perdida."

Schroeder foi invadido por uma sensação de amargura. Por que só ele se esforçava? Por que trabalhava, se os outros nem lhe agradeciam o sacrifício que fazia? Não queriam que ninguém lhes lembrasse o perigo que os rondava, e que com seu horror ameaçava destruí-los. O perigo ameaçava grandes e pequenos. Interferia tanto na vida dos povos, quanto ali naquele abrigo primitivo, onde ele era um contra seis que não lhe davam ouvidos. Ele tinha certeza de que seria capaz de libertar a todos, mas ninguém aceitava suas ideias. Recusavam seus planos com medo de perderem a vida.

E a vida lá tinha algum valor quando estava em jogo alguma grande ideia? Eles eram uns covardes, só sabiam falar... Que não havia nada mais precioso que a vida humana... Que cada um tinha direito a sua segurança... Que não se pode obrigar ninguém a trabalhar... Frases ocas e tolas; frases cômodas que isentavam a todos de qualquer responsabilidade. Dava pena! Das mulheres não se podia esperar outra coisa mesmo. Mas quem havia começado a contradizê-lo? Logo um soldado! Um soldado do exército alemão, a pessoa que ele menos esperava... Schroeder se sentira atraído por ele como por um irmão desde o momento em que pusera os olhos nele. Era a única pessoa de quem ele realmente esperava reconhecimento, que esperava que fosse concordar com ele. Quanta coisa não poderiam realizar juntos, se fossem da mesma opinião! Tudo. Tudo. Devia ser tão bom ter Faber como amigo! Mas ele não queria. Não aceitava a mão que Schroeder lhe estendia, e ainda lhe dava a entender que havia um mundo entre os dois.

"Nossa própria desunião e nossa insatisfação ainda nos serão fatais, como aliás sempre foram. Marchamos separados, mas seremos derrotados juntos." Faber era soldado. Vinha do front. Devia saber em que situação se encontrava a Alemanha. A ele, no entanto, pouco importava. Não via o precipício para o qual seu povo caminhava.

A menininha falava dormindo, mas não dava para entender o que dizia. De repente se mexeu. Schroeder estava deitado, imóvel, olhando para o escuro.

– Mãe! – chamou Evi de repente. Anna Wagner acordou, suspirando.

– Que é?

Evi ergueu-se na cama. Tonta de sono, perguntou:

– O oxigênio já acabou. Nós agora vamos ter que morrer?

– Que nada – respondeu a mãe. – Ninguém vai morrer. Ainda tem muito oxigênio.

– Mas eu adormeci!

– Adormeceu, sim – respondeu a mãe, acariciando a criança.

– E por quê?

– Porque você estava cansada, meu amor.

– Você também adormeceu?

– Eu também. Igual a você.

– Porque estava cansada também?

– Isso mesmo. Porque estava muito cansada.

– Então não vamos morrer?

– Não. Amanhã de manhã vamos acordar, como sempre.

– Amanhã de manhã, quando?

– Daqui a mais algumas horas.

– Falta muito?

– Falta, sim – respondeu Anna Wagner, cruzando os braços debaixo da cabeça. A pequenina Evi se acalmou. Já ia até mergulhando no sono novamente.

– De repente fiquei com tanto medo, sabe? – murmurou ela, ainda. – Medo de não ter mais oxigênio e de ter que morrer.

– Agora você pode dormir sossegada.

– Vou dormir. Mas eu não quero morrer. Não vou morrer nunca. Quero continuar a viver para sempre. Talvez chegue até os cem anos. Boa noite, mãe.

– Boa noite – respondeu Anna Wagner. A cama rangeu quando ela se virou. Depois voltou o silêncio.

O rosto de Schroeder denotava paz. Ele não ia desistir de seu plano... Vamos continuar a escavar, pensava ele. Eu, o padre e o soldado. Vamos trabalhar o dia inteiro. Se a essa altura não tivermos atingido a nossa meta, então vou fazer a única coisa que julgo acertada, mesmo que seja contra a vontade de todos. À noite... quando eles estiverem dormindo. Não vai ser difícil. É só cavar um buraco fundo e enterrar os latões. Depois... quando eles acordarem, tudo estará terminado. Eles aí verão que eu estava com a razão... Estarão livres, e vão me agradecer por eu ter agido contra a vontade deles. Até o soldado vai me agradecer. E por que não? Eu mesmo não faria outra coisa.

Esticado em cima das três cadeiras, Walter Schroeder pensava na melhor maneira de conseguir fazer explodir aqueles latões. A seu lado respiravam de novo, calma e compassadamente, três pessoas. Por cima dele, na escuridão do segundo andar, Faber e Susanne sussurravam. Seus corpos estavam juntinhos; acariciavam-se. O grande tapete os envolvia como um cobertor quente e macio.

– Você é tudo para mim – dizia Susanne. – É meu coração e a minha alma. Se você me abandonar eu morro.

– Fico com você enquanto puder, querida. Pois eu também vou ficar triste quando você partir. Talvez tenhamos sorte. Já houve gente antes de nós que teve sorte. Que escapou e conseguiu se salvar. Nós somos dois e nos amamos. Talvez consigamos enganar as pessoas se formos espertos. Se conseguirmos sair daqui do abrigo, já teremos dado um grande passo, pois ninguém vai me procurar em sua casa. Daí a algumas semanas os russos poderão chegar a Viena; não há resistência organizada na Hungria. Se eu me esconder, nada há de me acontecer. Só que você, Susanne, vai correr perigo por minha causa. Já pensou nisso?

– Não importa, querido. Sem você não consigo mais viver. Se ficarmos juntos e perdermos, ainda nos restará morrermos juntos. Como será *a sua* morte, parecerá uma manhã alegre em mares estranhos que atravessaremos num barco iluminado pelo sol?

– A morte não tem nada de alegre, Susanne. A vida sem você também não. Sem você eu não quero viver. Sempre achei que a pior das vidas era melhor do que a mais bela morte.

– E você ainda acha?

– Não sei. Não sei mais nada. Só sei que quero ficar ao seu lado, presenciar ao seu lado o fim da guerra, para depois podermos ser felizes.

– Você vai ficar comigo para sempre. Você não vai me abandonar nunca, não é?

– Não, Susanne, não vou abandoná-la nunca.

– Você vai para a minha casa. Lá ninguém o conhece. Vou dizer que você é um amigo que veio passar as férias. Você não esperou seis anos? Não esteve em perigo durante seis anos? E logo agora ia lhe acontecer alguma coisa? Não acha absurdo?

– Acho, sim, dá até vontade de rir... Susanne, diga que você me ama.

– Eu o amo. Adoro.

– Esqueça a morte.

– Quando estou ao seu lado eu a esqueço.

– Você devia ficar sempre ao meu lado. Devia, sim, Susanne. Me beije, meu amor! Minha querida! Chegue para cá. Vamos ser felizes...

Mais tarde, muito mais tarde, quando ela estava deitada tranquila em seus braços, Faber lhe contou a história de sua fuga.

V

Quando os 25 homens da fila de carros incendiados atravessaram correndo os campos desertos e se reuniram na entrada da mata, ficaram parados de repente diante do corpo de um soldado alemão enforcado, com as pernas amarelas, cor de cera. Devia estar morto há muito tempo. Um deles subiu e cortou a corda. O corpo caiu no chão com os membros já endurecidos. As mãos amarradas estavam roxas e inchadas. Abriram um buraco debaixo de uma árvore despida, deitaram-no dentro e o cobriram com terra. Entre os soldados havia um oficial. Ele incumbiu cinco homens de voltarem para junto dos feridos e levarem, até a beira da estrada, os carros que não tinham sido destruídos pelo fogo.

– Levem os feridos lá pra frente – ordenou ele. – Quero ver se conseguimos descobrir quem enforcou este pobre coitado. Depois seguiremos. Em Raab há um hospital de campanha. – Deu um soluço controlado, balançando-se ligeiramente. Havia horas estava bêbado.

– As casas foram todas abandonadas. Não ficou ninguém. Todo minuto é precioso para nós!

– Talvez os canalhas estejam escondidos nos porões das casas.

– Não há a menor dúvida de quem foi o autor. A região está infestada de guerrilheiros. Devem viver aí no mato.

Acho bom tratarmos de sair daqui. Lá do outro lado da estrada ainda tem gente ferida.

– Vamos revistar os porões – disse o tenente. – Duas pessoas para cada casa.

– Merda de porão – murmurou o soldado que havia contrariado o oficial.

Pegou uma metralhadora que havia sido jogada fora e foi andando. Faber o seguiu. Levava um fuzil. Tentaram arrombar a porta de uma casa baixinha e acabaram entrando por uma janela quebrada.

– Será que o idiota pensa mesmo que eles ficaram aqui esperando por nós? – perguntou o soldado que levava a pistola. – Garanto que nem o cachorro ficou. – Foi andando pelos quartos sujos e entulhados. Faber pegou uma garrafa aberta em cima da mesa e deu uma cheirada. Colocou-a novamente no lugar, sem ter bebido. As paredes da casa estavam negras. Através de alguns buracos do teto via-se o céu cinzento, pois já não havia mais telhado. Alguém acendera um fogo no chão e queimara o assoalho. O soldado que entrara pela janela, junto com Faber, voltou depois de ter feito a sua ronda.

– Nada – disse ele. – E você, achou alguma coisa?

– Não.

– Eu também não.

– Tem uma garrafa ali. Acho que é vinho.

– Deixe pra lá. Vamos até o porão.

Desceram a escada torta. O soldado mal-humorado abriu com o pé uma porta encostada, levantou a metralhadora e deu dois tiros no escuro. Tudo continuou em silêncio. Faber tirou uma caixa de fósforos do bolso, riscou um e entrou no porão. Estava vazio. Faber olhou em volta. No chão havia alguns colchões rasgados, jornais velhos, latas e peças de uniformes alemães. O fósforo se apagou.

– Você entende isto? – perguntou o companheiro de Faber. – Lá na estrada aqueles pobres coitados estão gemendo, e nós aqui procurando guerrilheiros. Aquele tenente, que o diabo o carregue!

– Ele está bêbado.

– Mesmo assim.

Faber acendeu outro fósforo, ajoelhou-se e pegou um jornal.

– "Avanço vitorioso das tropas alemãs a noroeste do lago de Paltten" – leu ele em voz alta. O outro riu. Faber virou a página. – Este jornal já tem dez dias.

– Ah! – fez o companheiro com sarcasmo. Deu um pontapé numa caixa. Saiu dela um som estranho.

– Risque outro fósforo – disse ele. – Acho que encontrei alguma coisa. – Ajoelharam-se. Faber pegou a caixa.

– Sabe o que é isto?

– Sei – disse o outro. – Uma caixa de música. Espere aí... deve ter algum lugar para dar corda. – Colocou a metralhadora de lado e passou a mão pela madeira...

– Aqui tem uma chave – disse ele. Girou-a com cuidado. A ponta do fósforo queimou o dedo de Faber e ele o deixou cair. – Ouça isto! – disse o soldado. – Ela ainda toca! Eu conheço essa canção.

Da caixinha começou a sair uma sequência de sons trêmulos e baixos, que rangendo e chiando foram se transformando em melodia. Sentados no escuro, os dois soldados ficaram ouvindo.

– Minha mãe cantava isso – disse Faber.

– Eu também a conheço. Sei a letra toda. – Colocou a caixinha em cima de um caixote e repetia as palavras junto com a música. A caixinha chiava. Faber pegou-a e sacudiu. Melhorou. O soldado de uniforme sujo, todo barbado, repetia aquela letra sentimental que ouvira em criança. Na última linha errou. Faber corrigiu. Ele ficou por conta. Faber insistiu, mostrando que o final certo era o dele, pois rimava.

De repente, com um estalo, a música terminou.

– Toque de novo!

Faber deu corda. Lá fora, diante das janelinhas do porão, soaram pisadas fortes de botas. Alguém deu um grito. Depois ouviu-se a voz estridente do oficial chamando por Faber.

– Vamos – disse este. – Acho que acabaram achando alguém.

Jogou fora a caixinha, levantou-se e subiu. O outro o seguiu. Pularam para a rua pela janela quebrada e viram uma porção de homens rodeando um rapazinho de uns quinze anos, todo maltrapilho, que, deitado no chão, de olhos negros arregalados, olhava assustado ao redor. A calça e a camisa dele estavam rotas, trapos imundos enfaixavam-lhe a perna direita. O cabelo desgrenhado caía-lhe por cima das orelhas, cobria-lhe a testa.

– Achou alguém, Faber? – perguntou o tenente.

– Não – respondeu este.

O oficial deu um pontapé no garoto.

– Mas nós achamos. Este animalzinho aqui. Estava escondido debaixo de uns sacos. Acho que quebrou a perna. Por isso talvez não tenha podido seguir com os outros.

Faber não respondeu. Olhou para aquele rosto de criança que, deitado na lama, o fixava. Seu pescoço estava coberto por uma erupção vermelho-escura, suas gengivas sangravam. Gesticulou e procurou dizer alguma coisa. Não conseguiu.

O tenente adiantou-se:

– Levante-se! – ordenou ele. O garoto não se mexeu. – Levante-se! – O tenente arrotou e deu um leve pontapé nas costelas do garoto. – Como é? Vai demorar muito?

O soldado que fora com Faber dar a busca no porão começou de repente a xingar:

– Ora bolas, ele está com a perna quebrada. Não vê que não pode se levantar?

– Pura fita! – respondeu o tenente. – Esse sujeito está é se borrando todo.

– Talvez ele não nos entenda – disse Faber.

– Ei! – fez o oficial, inclinando-se para o garoto. – Você me entende?

– Entendo, sim, senhor.

– Por que então não se levanta?

– Minha perna – respondeu o rapazinho. – Minha perna está quebrada. Não posso ficar em pé.

– Você não passa de um grande mentiroso! Por que se escondeu lá no porão?

– Não entender – disse o rapaz. O tenente lhe deu uma bofetada.

– Não entender, é, seu cachorro?

– Não, senhor.

– Você é húngaro?

O garoto aquiesceu.

– Aí está. Então você se divertiu enforcando um soldado ali, hein?

O garoto sacudiu a cabeça.

– O soldado... – disse ele – enforcar... Eu não falar alemão direito, senhor tenente.

O oficial passou a mão pelo pescoço e depois apontou com o dedo para o alto.

– Guerrilheiro. Soldado alemão. Entendeu?

– Sim – disse o garoto.

– Quem foi?

– Não sei.

– Mas você viu?

– Vi.

– E não sabe quem foi?

O garoto sacudiu a cabeça e trincou os dentes.

O tenente lhe deu duas bofetadas.

– Como é?

– Não sei.

– Seu porco imundo! – disse o tenente, dando-lhe outro tapa no rosto. – Quem foi?

O garoto começou a chorar. Um pouco de sangue lhe escorreu pelo nariz. Ele passou a mão suja pelo rosto.

– Quem foi? – repetiu o tenente, erguendo o punho fechado.

O garoto protegeu o rosto com os braços.

– Tire as mãos! Tire as mãos! Ouviu? – O tenente as arrancou. – Quem foi? Vai dizer ou não?

– Não – respondeu o garoto. O tenente bateu nele de novo. Desta vez acertou a boca. Faber sentiu as costas cobrirem-se de suor. Enfiou as mãos no bolso do casaco e disse:

– Meu Deus, é um garoto ainda!

O oficial deu meia-volta e berrou:

– Cale a boca, Faber! Isto é um guerrilheirozinho imundo. Se pudesse, ele bem que lhe metia uma bala no rabo com o maior prazer. Eu sei o que estou dizendo.

– De perna quebrada, garanto que não pode ter enforcado ninguém – disse o companheiro de Faber, jogando a metralhadora por cima do ombro. Alguns dos espectadores lhe deram razão. O oficial olhou mudo para eles, depois se inclinou novamente para o garoto.

– Onde está seu pai?

– Morto.

– E sua mãe?

– Não sei.

– Quem enforcou o soldado?

– Guerrilheiros.

– Quando?

– Ontem à noite.

– Você estava lá?

– Estava.

– Ele estava só?

– Não, tinha mais três.

– Onde estão eles?

– Não sei. Guerrilheiros levaram.

– Por quê? – perguntou o tenente.

– Para festejar a Páscoa – respondeu o companheiro de Faber com amargura. – Seu tenente, os feridos estão lá na estrada.

O oficial não ouviu.

– Por que os guerrilheiros levaram eles? – insistiu.

– Não sei.

– Será que seu pai não estava no meio deles?

– Meu pai morto – respondeu o garoto obstinadamente.

– E seu irmão?

– Não tenho irmão. – O garoto inclinou a cabeça, com o nariz escorrendo sangue, e começou a chorar.

– Por que essa choradeira?
– Minha perna dói. Estou com fome.
Faber meteu a mão no bolso e tirou um pedaço de pão.
– Tome – disse ele.
O garoto ficou olhando para ele.
– Obrigado – disse depois com voz rouca. Pegou o pão com as duas mãos e deu uma mordida. Sua gengiva começou a sangrar mais ainda. Engasgou-se, tossiu e continuou a mastigar.
– Faber! Tire o pão dele! Você ficou maluco?
– Não tiro – retrucou Faber.
– Tire o pão!
– O pão é meu.
– Não vai tirar?
– Não! – gritou Faber.
O tenente olhou para ele, furioso.
– Muito bem – disse ele –, depois falamos sobre isso. – Ajoelhou-se meio cambaleante para, com um tapa, arremessar o pão longe. Chegou tarde. O garoto já o havia engolido. Na mesma hora começou a vomitar, violentamente. Vomitou muito mais do que havia comido. Gemia baixinho. Seu estômago estava muito fraco para poder reter qualquer comida sólida. Os homens todos olhavam, mudos.
– Os guerrilheiros estão aí por perto – disse o tenente.
– Pode deixar que eu arranco a verdade deste patifezinho.
– Seu rosto magro e comprido tinha uma expressão de maldade. Tirou a pistola do bolso.
– Onde estão os guerrilheiros?
– Não sei – retrucou o garoto com voz fraca. O tenente puxou a culatra da arma e fez saltar uma bala.
– Pronto – disse ele. – Onde estão os guerrilheiros?
O garoto sacudiu a cabeça, mudo.
– Sabe o que vou fazer com você?
– Sei.
– Sabe nada.
– Matar – respondeu o garoto.

— Exatamente. Você é um garoto esperto. Vou matá-lo se você não me disser onde estão os guerrilheiros.

— Não sei.

O oficial empurrava a trava da pistola para a frente e para trás.

— Pense bem.

O garoto se torcia no chão. Lágrimas corriam-lhe dos olhos. Não disse mais nada... A bala entrou na lama a meio metro do rapaz, espirrando um pouco de barro. O rapaz se moveu.

— Da próxima vez não vou errar o alvo. Onde estão os guerrilheiros?

Alguns homens vinham voltando da estrada, pelo campo. O tenente abaixou a pistola e ficou olhando para eles.

— Quantos feridos temos?

— Só três – respondeu um dos soldados.

— E os outros?

— Morreram.

O oficial ficou parado contemplando a pistola. Começou a cair uma chuva fina.

— Quantos carros nos restam?

— Cinco. Quatro caminhões e um Opel. Temos muito pouca gasolina.

O garoto deitado no chão começou a falar em sua língua materna.

— O que ele está dizendo? – perguntou o tenente.

— Alguém aqui entende húngaro?

— Eu – respondeu um soldado. – Ele está dizendo que está com dor. Que não sabe onde estão os guerrilheiros. Jura que não sabe. Fala em justiça...

— Em quê? – perguntou o tenente.

— Em justiça. Pede que seja feita justiça.

— Aquele porco imundo! – exclamou o tenente. – Quando enforcaram gente nossa, ele riu a valer. Agora pede justiça. Os amigos dele estão escondidos por aí no mato, esperando poder meter uma bala na gente.

– Ele diz que pede justiça ao senhor, tenente – traduziu o soldado que entendia húngaro.

– Fabuloso – disse o oficial lentamente. – Extraordinário! Mas a justiça não existe, não é, Faber? – Levantou a pistola. O garoto deu um grito e rolou para o lado. A bala não acertara nele. Perdera-se em qualquer lugar em direção ao céu. Com o punho esquerdo Faber havia acertado um soco no braço do oficial e com o direito acertara-lhe o rosto. O tenente cambaleou, cuspiu sangue e atirou-se sobre Faber. Quando este lhe atingiu o rosto pela segunda vez, o oficial perdeu o equilíbrio, caiu no chão e ficou esticado ali, gemendo. Nenhum dos soldados se mexeu. Faber pegou a arma e meteu-a no bolso. Era uma pistola do exército alemão. Depois, sem se virar, começou a andar em direção à estrada. Largou o fuzil. Pensava no garoto e no que ele dissera...

Justiça! Diziam as suas botas a cada passo. Justiça!... justiça. Oh, Deus misericordioso! Justiça!

Esquerda, direita. Esquerda, direita... Chovia. Faber atravessou os campos devagar. Os outros ficaram olhando para ele. Ninguém falava. O tenente, deitado na lama ao lado do garoto, segurava a cabeça. Faber chegou à estrada.

Foi até o pequeno Opel cinza, abriu a porta, entrou, ligou o motor. Em seguida, pisou na embreagem, engrenou a primeira, acelerou, tirou o pé da embreagem e, saindo da vala, subiu para o leito da estrada. Aí engrenou uma segunda e depois a terceira. A estrada estava deserta. Brilhava na chuva. Faber não se virou uma única vez. Seguia depressa. Duas horas mais tarde estava em Komorn. À tarde, por volta das cinco, chegou a Raab. Abandonou o carro diante da estação, entrou na sala de espera, sentou-se num banco e adormeceu. Ao acordar, eram onze horas da noite, e ele estava com frio. Uma enfermeira da Cruz Vermelha lhe trouxe um copo de café e uma sacola com mantimentos.

– Para onde vai?
– De férias. Para Viena – respondeu Faber.
– Precisa de dinheiro?

– Não.

– Claro que precisa.

– Absolutamente.

– Aqui tem dez marcos – disse ela, olhando para ele com olhos cansados, maldormidos. – Vai precisar deles. Espere até o trem chegar, depois eu o levo até o compartimento dos feridos. Lá ninguém vai se preocupar com seus documentos.

– Como?

– Você não desertou?

Ele riu.

– Eu o observava enquanto dormia.

– E? – perguntou Faber. – Eu chorei baixinho?

Ela se calou e olhou preocupada para ele.

– Quando chegar ao Ostbahnhof, tome cuidado com os guardas do exército. Aqui não tem. Só dentro do trem. Mas vai ficar junto dos feridos. Já está tudo decidido.

– Por que faz isso por mim? – perguntou Faber.

– Meu noivo foi morto há três semanas – respondeu ela. – Soube hoje.

– Sinto muito.

– Eu também – disse ela; seu sorriso era uma máscara.

À uma hora da manhã, chegou o trem. A enfermeira levou Faber até o vagão dos feridos e arrumou um lugar para ele.

– Boa noite – disse ela. – Boa noite!

– Obrigado – disse Faber, beijando-lhe a mão.

– Foi bom? – perguntou um soldado numa cama ao lado, depois que a enfermeira partira.

Faber ficou olhando para ele um instante sem entender o sentido da pergunta.

– Maravilhoso – respondeu depois. O outro riu.

– É questão de sorte.

Faber esticou-se na cama e fechou os olhos.

– É – respondeu ele. – É questão de sorte.

O trem pôs-se novamente em movimento. Continuava a chover...

VI

Tudo isso Faber contou a Susanne, que encontrara o soldado por um estranho acaso quando soaram as sirenes, e ele ficara junto dela, sensibilizado pela agitação da moça, para ser com ela soterrado, para tornar-se seu amante e sussurrar em seus ouvidos palavras que já quase não conhecia mais.

Contou muita coisa ainda, enquanto os ponteiros de seu relógio de pulso avançavam sem parar e a água pingava da parede em gotas invisíveis, enquanto cinco pessoas dormiam, cansadas, naquele mesmo abrigo, e as mãos de Susanne lhe alisavam o cabelo e o rosto. Ela ouvia tudo em silêncio sem fazer perguntas. Era como se já conhecesse tudo o que ele estava contando, soubesse disso há anos, tivesse vivido anos ao seu lado e conhecesse a vida dele tão bem quanto a sua. Tudo o que ele contava, palavra por palavra, tivera que acontecer, pensou ela. Tudo por que ele passara o conduzira a ela. Ela já o amava pelo que ele tinha feito, mesmo sem saber que o fizera. A boca de Faber estava encostada em sua face, o braço passado em volta dela. Ele falava muito baixinho, mas ela entendia tudo.

– Aquele tenente estava bêbado – dizia ele –, eu o conheço muito bem, até. Certa vez, em Kiev, não tínhamos o que comer. Então ele pegou um carro e rodou a noite inteira até o acampamento para buscar pão. Quando voltou, tinham acabado de trazer vinte prisioneiros, e ele dividiu o pão igualmente entre todos. No Natal dava chocolate às crianças russas, e mandou medicamentos para uma aldeia cujos habitantes estavam com disenteria. Ontem de manhã, no entanto, ele estava bêbado. Vinha bebendo desde cedo. Vinho e conhaque. Eu estava bebendo com ele, mas passei mal e adormeci no caminhão. Quando acordei, ele ainda estava bebendo e começou a atirar nos pássaros no campo. Era apenas um pobre coitado que tinha bebido demais e já não sabia o que estava fazendo. Só que ele estava bêbado... e eu não. Caso contrário, talvez eu tivesse atirado no garoto de perna quebrada.

— Não teria, não — disse Susanne.

— Já fiz muita coisa que gostaria de esquecer — disse Faber. — Coisa muito pior do que dar pontapés em garotos, muito pior... Matei gente! Calei-me diante da injustiça! Seis anos a fio. Seis anos eu fiquei calado, cometendo atos muito piores do que os que aconteceram ontem. E fiquei calado sempre. Sempre. Ontem de manhã, de repente, tudo acabou. Não consegui mais ficar olhando. Fugi porque estava saturado.

— Você tentou impedir um crime.

— Não tentei nada. Não subi no carro dos feridos para gritar: "Abaixo a guerra!", "Parem com este morticínio!", "Pensem um pouco!". E todas essas lindas frases que se leem nos livros. Não tentei aniquilar um dos verdadeiros culpados. Fugi simplesmente porque não aguentava mais.

— E não vai voltar nunca mais.

— Não — concordou Faber muito devagar. — Nunca mais.

— Você vai ficar comigo.

— Vou ficar com você para sempre.

As mãos da moça o acariciavam.

— Meu Deus — disse Faber —, eu bem que gostaria de poder ficar sempre ao seu lado.

— Você pode ficar. Vou escondê-lo. Ninguém vai encontrá-lo. Você é meu. Não é?

— Sou — disse Faber.

— Você está trancado no fundo do meu coração. A chave foi perdida. Agora você tem que ficar comigo para sempre.

Ela beijou-lhe os olhos e segurou-lhe a mão.

— Não, por favor — disse Faber —, não beije a minha mão.

— E por que não?

— Porque eu a amo.

— E eu quero lhe agradecer por isso.

— Mas não desse jeito... Beije a minha boca, Susanne.

Ela se virou para ele...

— Esta pistola é sua? — perguntou mais tarde, passando a mão por seus quadris.

– Não, eu nem tinha pistola. Era do tenente. Peguei antes de vir embora. Encontrei o coldre no carro. Deixei meu fuzil lá... infelizmente.

– Infelizmente por quê?

– Porque sem fuzil chamo a atenção de qualquer patrulha.

– É esta a pistola com que ele atirou no garoto?

– É.

– E por que ficou com ela?

– Não sei. Não tinha nenhum motivo especial.

– Foi muita coragem sua fugir.

– Hum! – fez Faber.

– Era preciso muito mais coragem para fugir do que para ficar, como os outros. Se todos fossem para suas casas, a guerra chegaria ao fim.

– Eu vim embora com seis anos de atraso.

– E eu nunca cheguei a ir.

– Você é mulher.

– Ora, ir embora daqui representa algo diferente...

– O quê?

– Não sei. Talvez cometer um ato de muita coragem.

– Eu não fiz nada de corajoso.

– Fez, sim, embora estivesse com medo.

– Eu só não estava suficientemente bêbado. Nada mais.

Susanne colocou a mão em cima do coldre.

– Daqui a algumas semanas você não vai mais precisar disto.

– Não – respondeu ele. – Daqui a algumas semanas vou jogar a pistola no Danúbio.

– Lá do alto da ponte, da Reichsbruecke – disse a moça, beijando-o. – Vamos juntos até lá, bem até o meio, e jogamos a pistola na água. Fico feliz só em pensar nisso.

– Eu também.

– Depois vamos voltar correndo, de mãos dadas, e você não vai precisar mais se esconder... E eu vou me orgulhar muito de você.

– Por que razão?
– Porque você é alto e simpático.
– Ah – fez Faber.
– E você, vai se orgulhar de mim?
– Vou. Muito.
– Não vai se aborrecer ficando comigo?
– Não.
– Vai ter vergonha de andar comigo?
– O quê?
– Vai ter vergonha de mim?
– Claro. Vou ter vontade de enfiar a cabeça em qualquer buraco. Vou largá-la no meio da rua e fingir que não a conheço.
– É mesmo?
– Vou, sim.
– Você promete?
– Prometo. Vou largar você e vou-me embora. Como se nunca tivesse falado com você.
– De tédio?
– O mais profundo tédio.

Riram. Ele a apertou contra si e a acariciou.

– Meu querido – disse ela. – Meu querido! Estou tão feliz por tê-lo encontrado!
– Eu também.
– Só que você não fez nada para isso. Você queria ir embora. Fui eu quem o descobriu. Você nem me teria visto. Eu nunca teria chamado a sua atenção.
– Que nada – disse Faber. – Você chamou a minha atenção desde o primeiro instante.
– Mas você não disse nada.
– Quem foi que deixou você tomar conhaque da garrafa?
– Você.
– E então? Isso não foi uma prova total de simpatia?
– Foi apenas um gesto de atenção.
– Foi uma prova de simpatia.
– Não.
– Foi, sim – insistiu ele.

– Foi o quê?
– Uma prova de simpatia.
– Foi o quê?
– Ora bolas, foi uma declaração de amor – disse Faber.
– Você está falando a sério?
– Não, estou brincando.
– Mas eu estava falando a sério.
– Eu também.
– Então repita mais uma vez – pediu ela, aninhando o rosto no pescoço de Faber. Faber respirou fundo e disse:
– Eu amo você!
– Diga mais uma vez.
– Eu amo você!
– Eu também. E muito. Sabe, um dia eu vi um filme sobre a vida de Schumann. Chamava-se *Devaneio*. Você viu?
– Não.
– No filme tem uma cena em que a mulher encosta o rosto no rapaz exatamente como eu estou fazendo agora. Eles são filmados bem de perto e ficam em silêncio durante muito tempo. Depois ela diz: "Você é minha alma". E ele responde: "Você, o meu coração".

Susanne ergueu-se um pouco e segurou o rosto de Faber entre as mãos. Ele ficou olhando para ela em silêncio.
– Você é meu coração – disse ela.
– Você, a minha alma – respondeu Faber.
– Hei de amá-lo até que a morte nos separe.
– Não vamos falar em morte.
– Vamos falar em quê, então?
– Em amor.
– E o que sabe você sobre o amor?
– Nada – disse ele. – Mas gosto de falar nele.
– E eu gosto de falar na morte.
– Eu não – disse Faber.
– Por quê? Você sabe demais a respeito dela?
– Só sei dela o que todo mundo sabe.
– Sabe o quê?

— Que a morte um dia alcança a todos, que ela dói e põe um fim a tudo. Que aparece quase sempre quando não gostaríamos de encontrá-la. Que ela não tem sentido. Por isso também não há como escapar dela. A morte é um perfeito jogo de cabra-cega. Corremos por aí com grande alarido, e a morte tenta nos pegar; às vezes pega o certo, às vezes o errado. Mas todos em quem toca morrem.

— A morte tem sentido, sim – disse Susanne.

— Claro que tem. É tudo bobagem minha. Eu não sei nada a respeito dela.

— Você acha que o garoto da perna quebrada morreu?

— Talvez – respondeu Faber.

— Você acredita que o tenente o matou?

— Pode ser.

— Mas nesse caso ele é um assassino!

— Hum! – fez Faber. – Talvez seja. Mas nós todos somos, cada um de nós. Somos sessenta milhões de assassinos. Lindo, não acha?

— Você não é um assassino.

— Sou, sim. Claro que sou.

— Você alguma vez matou uma pessoa indefesa?

— Matei – respondeu Faber. – Além disso, não é preciso carregar um fuzil para ser assassino. Não é preciso estar ali matando alguém. Apenas 25 dos sessenta milhões estiveram presentes. O resto ficou em casa. Não fizeram nada. Assassinaram ficando mudos.

— Eu também?

— Você também. Eu e você. Nós dois. E aqueles que estão dormindo lá embaixo. E os outros sessenta milhões. Nós ficamos calados. Esse foi o nosso crime. O fato de o tenente ter matado o garoto também é culpa nossa em parte, pois, se não tivéssemos ficado calados, ele nunca teria chegado a matar alguém. Se não tivéssemos nos calado, não teria havido guerra. Tudo seria diferente, se tivéssemos tido menos medo.

— O tenente, por acaso, estava com medo?

— Claro. Aquele, então, estava apavorado. Caso contrário, não teria bebido. Ele tem medo da morte; receia não encontrar mais a mulher, teme seus superiores e seus subalternos. Teme o escuro. Tem medo de tudo. Tem tanto medo quanto eu ou você e todos os outros.

— E porque se embebedou, portou-se como um canalha.

— Somos todos canalhas — disse Faber. — A vilania habita em cada um de nós. Ela se fortificou porque foi alimentada com seu prato predileto, o nosso medo. Cresceu, e hoje domina o mundo inteiro. Um dia vamos reconhecer isso. A guerra não estará terminada quando a perdermos definitivamente. Só depois é que vão começar nossos conflitos íntimos.

— Por que você diz isso?

— Sei que é estranho. No fundo, não passa de uma bobagem. Na realidade, tudo vai ser bem diferente.

— Será?

— Ninguém sabe — disse Faber.

— E aqueles que até agora não compreenderam o que está acontecendo, que insistem em ganhar a guerra?

— Estes têm é medo de perdê-la — disse Faber. — Como aquele químico ali.

— Schroeder? — perguntou Susanne.

— Exatamente. Uns não conseguem dormir de noite porque temem que possamos ganhar a guerra; outros passam a noite em claro, receando que possamos perdê-la.

— E é por isso que lutam?

— Que outra coisa poderiam fazer? Cada um tira suas conclusões, age de acordo com suas resoluções. Eu desertei. Schroeder se esforça por conseguir construir seus foguetes para destruir Nova York. E cada um acha que está fazendo o que é certo...

— E, afinal, quem está com a razão?

— Eu — disse Faber. — Eu estou com a razão. Porque quero que as pessoas vivam em paz. Schroeder quer que elas morram.

— Que morram para que outros possam viver.

— É mais ou menos isso. Os sobreviventes vão lhe agradecer pela terra devastada onde poderão se divertir, livres da fome, do medo, da miséria. Todos visamos a mesma coisa. Um dia chegaremos lá. Lá na Rússia tinha um sujeito que vivia tendo ideias. Um dia disse que tinha achado um meio de acabar com o militarismo. E sabe como? Mandando fuzilar, de início, dez mil oficiais. – Faber riu de suas próprias palavras.

– Não ria.
– Por que não? Não é engraçado?
– Não.

Ela colocou a mão sobre a boca de Faber, e este se calou.

– Você acredita no que Schroeder diz?
– Sobre aquelas armas novas?

Ela concordou.

– Acredito, sim. Se acredito! Só que elas não vão adiantar mais nada.
– Eles vão procurar prolongar a guerra. Entende? – disse ela.
– Talvez.
– Seria horrível. Já imaginou o que iria acontecer se a guerra durasse mais um ano?
– Ela não vai durar mais um ano – disse Faber.
– Talvez seis meses. Você não vai conseguir se esconder por tanto tempo.
– Se formos espertos, vamos conseguir.
– Seis meses, não!

Faber deu de ombros.

– Meu bem, o que faremos, então?
– Não sei. Eu tenho medo. Verdade. Medo mesmo. A você isso parece estranho, não é?
– Parece – disse Faber.
– Mas não tem nada de estranho.
– Tem, sim. É muito estranho que um sr. Schroeder possa interferir na minha felicidade com seus foguetes e seus gases fedorentos. Afinal, ele não passa de uma minúscula roda da engrenagem, que nem sabe por que está girando.
– Sabe e muito bem. Ele mesmo nos disse esta tarde. Ele está ajudando os outros a destruir o mundo. Ele ajuda os outros a prolongar a guerra.

— Porque ele acredita que vai vencê-la.

— Mas não foi você mesmo quem disse que ele não tem razão porque visa destruir os homens?

— Está certo – disse Faber. – Ele não tem razão. Mas acha que tem. Ele não consegue ver as coisas com os meus olhos, e eu não consigo ver com os dele.

— Ele é um perigo para nós – disse Susanne. – Pode até matá-lo.

— Isso também não!

— Ele pode adivinhar quem você é e mandar a polícia atrás de nós. Pode ser a nossa desgraça. Está por demais aferrado a suas ideias para ter consideração por alguém. Lembra do plano dele de abrir a passagem por meio de uma explosão?

— Mas ele desistiu.

— Por hoje, sim. E amanhã? O que vai fazer amanhã?

— Sabe, Susanne – disse Faber –, eu vejo perfeitamente que só existe um meio de torná-lo inofensivo.

— Qual é?

— Matá-lo.

— É – disse ela muito séria. Depois, erguendo-se, acrescentou: – Você está se divertindo às minhas custas!

— Que ideia é essa? Estou falando a sério. Temos que matá-lo. O melhor seria irmos até lá sorrateiramente e o estrangularmos no sono. Ou então fazê-lo explodir. Acho que é uma boa ideia. O mundo deve tremer com a queda dos alemães!

— Por favor, pare com isso! – implorou ela. – Ele é uma ameaça para nós. Eu sinto que é. Sei que é. Ele vai nos fazer algum mal, qualquer coisa para nos pôr em perigo.

— Ele não vai fazer nada.

— Vai entregar você à polícia.

— Susanne – disse Faber –, você está cansada demais para pensar direito.

— Eu não estou cansada. Nem é tão tarde assim. Que horas são?

— Duas da manhã – disse Faber.

— Você ainda me ama?

— Claro.

— E você não tem medo de Schroeder?

— Nenhum – retrucou ele. – Amanhã à noite vamos nos despedir dele.

— Eu tenho.

— Por favor, meu bem, deixe de bobagem – disse Faber.

— Eu tenho medo dele!

— Mas ele não lhe fez nada.

— Ele é meio sinistro.

— É um homem como outro qualquer.

— É um maluco!

— Sim – disse Faber –, mas isso, afinal, todos nós somos.

— Não como ele, que quer destruir o mundo inteiro. Não foi o que ele disse?

— Foi.

— Temos que dar um jeito para que ele não o consiga.

— Amanhã – disse Faber. – Amanhã vamos dar um jeito, Susanne.

— Você não vai fazer coisa alguma.

— Não vou mesmo – murmurou ele.

— Por que fala assim?

— Porque estou cansado.

— Muito?

— Sim. Muito cansado.

— Será que você entendeu o que eu disse?

— Entendi, sim. Palavra por palavra. Você tem toda a razão, meu amor. Esse Schroeder é um mal, uma epidemia. Ele deve ser destruído. É uma ameaça para todos nós.

Susanne sacudiu Faber.

— Faber! Faber! Você está me ouvindo?

— Claro que estou – retrucou ele, bocejando.

— E por que não acredita em mim?

— Quem disse que não acredito?

— Mas você não faz nada!

— Amanhã – insistiu ele. – Amanhã eu mato aquele sujeito. Com a minha pistola. Com a pistola do tenente. Será um belo ato dramático. Nem me pergunto por que vou matá-lo. Do contrário, não haveria sensação. Além disso, eu mesmo ainda não sei por quê! Mas vou achar um motivo. Isto é uma coisa à toa. Motivo sempre se acha. Amanhã Schroeder terá que morrer. Está resolvido. Como é, está satisfeita agora?

– Não. Estou muito infeliz – disse ela baixinho.

Ele se ergueu e inclinou-se sobre ela.

– Desculpe. Sou um idiota. Não era isso que eu queria.

Ela sorriu.

– Eu sei, você está cansado.

– Estou, sim. Cansado mesmo. Você tem razão. Temos que tomar muito cuidado. Ele não pode perceber o que se passa comigo. Vamos ser muito atenciosos, muito amáveis e muito cautelosos para que ele não perceba nada. Para conseguirmos sair daqui sem problemas. Isso é o principal. Todo o resto é fácil. Por isso é realmente melhor nós o tratarmos bem do que fazê-lo voar pelos ares.

Susanne riu baixinho.

– Agora, sim – disse ele.

– É só porque eu amo você.

– Há três dias a raposinha estava doente, agora, graças a Deus, já está contente.

– Eu não sou nenhuma raposinha.

– Você é uma raposinha linda. Com um bonito pelo e orelhas encantadoras.

– Eu lhe agrado?

– Muito. É uma raposinha fascinante!

– Você também – disse Susanne.

– Você é uma raposinha muito esperta.

– Você é muito mais esperto do que eu.

– Eu sou um idiota – disse Faber.

– Que nada!

– Sou um idiota feliz. Encontrei você.

– Fui eu que encontrei você. Não se esqueça disto. Fui eu quem descobriu você.

– Foi muita gentileza sua.

– Foi um prazer.

– Susanne, você quer ser minha mulher? – perguntou Faber.

– Pobre raposinha, você está realmente cansado.

– Estou cansado nada!

– Você nem sabe mais o que está dizendo.

– Sei muito bem. Você quer ser minha mulher?

– Meu amor – respondeu Susanne. – Claro que quero ser sua mulher, amor.

O cansaço foi tomando conta dele, e sua voz foi ficando cada vez mais baixa.

– Vamos levar uma vida muito feliz depois que a guerra acabar.

– Eu estou muito feliz.

– Eu também – disse Faber, bocejando e encostando a cabeça no peito de Susanne. – Tudo vai dar certo.

– Claro que vai.

– É só esperarmos um pouco.

– Algumas semanas apenas. Aí acaba tudo.

– É – fez ele. – Acaba tudo. Boa noite, minha raposinha.

– Boa noite, Faber.

– Durma bem.

– Você também.

– Vamos adormecer juntos.

– Isso – disse ele.

– E pensar um no outro. Me dê um beijo.

Ele a abraçou e beijou.

– Tudo bem agora?

Ela concordou.

– Você não tem mais medo de Schroeder?

– Não. Nenhum.

– Muito bem.

– Não tenho mais medo dele.

– Nem deve ter.

– Ele é uma pessoa como outra qualquer.

– Isso mesmo. Vamos esquecê-lo.

– Vamos, sim. Eu não tenho mais medo dele – disse Susanne Riemenschmied. – Meu Deus, gostaria tanto de não ter medo dele!

VII

Logo depois adormeceram.

Os ponteiros luminosos do relógio de Faber continuaram a andar, sem se importar com a escuridão e com o tempo, que com eles se divertiam. Andavam em círculo, lentamente, contando as horas. A água pingava das paredes, pontilhando a escuridão. O rosto de Faber estava encostado no de Susanne; ele respirava profundamente. O tapete de dona Therese Reimann os envolvia, quentinho. Susanne sorria no sono. Uma vez ela se mexeu, mas não acordou.

Esticado nas três cadeiras, Walter Schroeder pensava numa maneira de fazer explodir aquela passagem. O cigarro se apagou em sua mão. A cinza caiu no chão e esfriou. Por fim Schroeder deixou-o cair. Pensava na galeria e nos latões de gasolina. Agora nada mais iria detê-lo. Nada. Seus olhos míopes se fecharam. Schroeder estava satisfeito. "Amanhã...", pensou ele ainda, e adormeceu.

Por volta das quatro horas, dona Therese se mexeu na cadeira de vime. Acordou sentindo frio. Suspirou fundo. Acabava de se lembrar de onde estava. Empurrou o cobertor para o lado e sentou-se na cadeira. O que teria esquecido de fazer? De repente, ocorreu-lhe o que era.

Foi apalpando o caixote até encontrar a caixa de fósforos. Riscou um e acendeu com dedos firmes o lampião de querosene. Depois, com muito cuidado, foi até o canto do abrigo onde estavam suas malas. Ajoelhou-se. Com expressão muito séria deu corda no relógio de porcelana. A chave girava rangendo. Olhou para o mostrador, mas ainda estava meio dormindo e não conseguiu ver que horas eram. Passou por Schroeder, que roncava, e voltou até sua cadeira. Apagou o lampião. Satisfeita, enrolou-se no cobertor, encolheu as pernas e caiu quase que imediatamente num sono profundo e tranquilo.

Capítulo V

I

Quando Gontard acordou, sentia tanto frio que chegava a bater o queixo. Tinha o corpo todo rijo e mal conseguia levantar as pernas. Apalpou em volta e sentiu que estava deitado na terra macia. Sua roupa estava úmida. Segurou a cabeça. Estava completamente escuro ao seu redor. Finalmente meteu a mão no bolso, tirou um isqueiro e o acendeu. Jogados ao seu lado estavam a pá e o lampião. Pegou-o e verificou que ainda sobrava um pouco do querosene. Ainda batendo o queixo, segurou a chama do isqueiro contra o pavio. Olhou para o relógio. Quinze para as sete. Na sua frente erguia-se a caverna escura do túnel. Gontard levantou-se, entrou no túnel e ficou ouvindo... Muito baixinho, porém com perfeita nitidez, escutou mais uma vez o bater dos homens que trabalhavam do outro lado da parede. Satisfeito, pegou a marreta e bateu repetidamente contra a parede. Depois, com o lampião na mão, atravessou rapidamente o abrigo para acordar os outros.

"Devo ter perdido os sentidos", pensou ele. "Minha roupa está suja. Passei a noite inteira aqui no chão, inconsciente." Engoliu a saliva. Sua garganta estava seca. A luz do lampião viu um volume comprido e escuro no chão. Alguém estava dormindo ali. Deviam ser Schroeder e o soldado. Gontard abaixou-se, afastou a ponta do tapete e reconheceu Faber. Sacudiu-o. Faber não se mexeu.

– Ei! – disse Gontard, e continuou a sacudi-lo pelo ombro. – Acorde, Faber!

O soldado abriu os olhos e perguntou com voz rouca:
– Que é?

– Levante-se – disse o padre. Faber virou-se para o outro lado, murmurou qualquer coisa e continuou a dormir.

– Faber! – gritou Gontard, puxando-o pelos cabelos.

O soldado olhou para ele, espantado. Depois tirou os braços para fora do tapete.

– Que horas são?

– Sete – disse o padre.

– E por que ainda está escuro?

– Porque estamos no abrigo.

– Onde?

– No abrigo. Fomos soterrados.

Faber ergueu-se, rápido, empurrando o tapete para o lado. Ao fazê-lo, viu Susanne.

– Ah – fez ele, cobrindo-a novamente. – Vire para o lado, reverendo.

– Por quê? – perguntou Gontard.

– Estou acompanhado. Ainda não reparou?

– Não tenho nada a ver com isso.

– Vire-se, de qualquer maneira.

– Como quiser – disse o padre.

Faber levantou-se.

– Ainda tem conhaque? – perguntou Gontard.

– Não. Acabou.

– Tudo?

– Tudo. A garrafa está vazia.

O padre calou-se, acabrunhado. Em seu rosto via-se o desapontamento. Passou a língua nos lábios.

– Sinto muito.

– Não faz mal.

– Realmente sinto muito.

– Preferia mesmo o conhaque.

Faber abotoou a camisa.

– Afinal de contas, por que me acordou?

– Estou ouvindo o pessoal cavando lá do outro lado.

– Está mesmo? – Faber deixou cair os braços.

— É, sim — disse o padre, olhando interessado para a parede úmida diante da qual se encontrava. — Ouvi perfeitamente. Desde ontem à noite. Mas aí perdi os sentidos e caí. Acabei de acordar.

— Muito bem. Então o senhor acabou de acordar! — disse Faber inteiramente fora de propósito.

— Venha comigo — pediu o padre. — Vamos lá ouvir.

— Espere um instante. — Faber jogou o casaco por cima dos ombros e tirou o lampião da mão do padre. Juntos foram correndo até o túnel. Faber parou e abaixou-se.

— Ouviu? — perguntou Gontard triunfante.

— Meu Deus! Ouvi, sim. Perfeitamente — disse Faber, e riu. Pegou a marreta e bateu três vezes contra a parede. Por um instante as batidas do outro lado emudeceram. Depois os dois homens ouviram três batidas em sinal de resposta.

— Está funcionando — observou o padre, com o cabelo todo despenteado.

— Funcionando maravilhosamente — disse Faber, batendo cinco vezes contra a parede e contando os sinais de resposta.

— Eles também estão nos ouvindo!

— Claro. Tão bem quanto nós a eles — disse Gontard.

Faber, que estava ajoelhado ao seu lado, ergueu os olhos.

— Hoje de noite estaremos livres.

— Espero.

— Tenho certeza — disse Faber. — Pena o conhaque ter acabado.

Gontard fez um gesto com a mão.

— Não faz mal. Quando sairmos daqui vamos comprar mais. Sei onde arrumar.

— Combinado — disse Faber. — Mas tem que ser mais de duas garrafas.

— Muito mais — concordou o padre.

— Nós dois vamos esvaziá-las.

— Nós dois e a sua garota, se quiser.

— Claro que quero — disse Faber. — Meu Deus! Tenho que ir contar a ela! — Levantou-se de um salto.

— E eu vou lá embaixo falar com os outros — disse o padre. — Vou acordar todo mundo.

Faber não o ouviu mais. Voltou correndo para Susanne e ajoelhou-se ao seu lado.

— Susanne! — chamou ele. — Susanne, acorde! — Ele lhe deu um beijo. Ela sorriu e pronunciou seu nome.

— Susanne, aconteceu uma coisa inacreditável!

Ela abriu os olhos.

— Minha raposinha querida!

— Nós estamos ouvindo o pessoal lá do outro lado! — Ele a abraçou e a apertou contra si. Ela olhou muito espantada para Faber.

— De que outro lado?

— Do abrigo do lado! — exclamou Faber. — Nós ouvimos! Eles bateram!

Susanne soltou um grito de alegria.

— Você ouviu?

— Ouvi, sim, Susanne. Eu bati três vezes e eles bateram três vezes. Depois nós batemos cinco vezes, e eles bateram cinco vezes em resposta. Eles nos ouvem também, exatamente como nós a eles. O padre estava lá. Ele ouviu também. Primeiro três vezes, depois cinco!

— Faber — disse Susanne. — Faber...

— Eles já devem estar bem perto. Esta noite chegaremos até eles!

Susanne chorava e ria ao mesmo tempo. Faber ergueu-a nos braços e carregou-a através do abrigo até o túnel. Ela se segurava nele, tremendo de frio e excitação.

— Eles nos ouviram — balbuciou ela. — Eles nos ouviram.

Faber parou.

— Pronto — disse ele. — Está ouvindo? Gostou?

Ela o abraçou intempestivamente, beijando-lhe o rosto repetidas vezes.

— Eu estou ouvindo! — sussurrou ela. — Meu Deus, ouço perfeitamente! Faber, você está ouvindo também?

— Claro que estou, Susanne. Hoje à noite estaremos livres.

— Livres! – repetiu ela. – Livres... Meu Deus, eu estou tão feliz!

Faber rodopiou com ela, dançando pelo abrigo escuro.

— Meu Deus – disse ela. – Meu Deus... me aperte... – Depois espirrou. Faber riu. – Me leve de volta – pediu ela. – Estou com frio.

— Você tem que se vestir depressa, antes de os outros chegarem, para que ninguém a veja assim. – Ele a colocou no tapete. Susanne se encostou no soldado, repetindo sempre: – Eles nos ouvem... eles nos ouvem... esta noite estaremos livres!... Nós conseguimos ouvi-los, meu amor... – De repente perguntou, assustada: – Quem foi que acordou você?

— O padre.

— Mas então...

— Eu pedi a ele que se virasse. – Abraçaram-se e riram até ficarem com dor no maxilar.

— Rápido – disse Faber. – Vá se vestir. Você não pode andar por aí assim. – Ele apanhou o vestido do chão.

— Estou tão feliz Faber!

— Eu também – disse Faber, enfiando-lhe o vestido pela cabeça. – Fique quieta!

— Não consigo. – Ele riu.

— Levante os braços. Mais alto. – Ela deu uma rodada. – Susanne! – exclamou Faber. – Você vai ficar andando nua por aí?

— Vou, sim. Por quê? Não lhe agrada?

— Não. Não me agrada nem um pouco.

— Você é um amor.

— Vai ficar quieta ou não?

— Não.

— Meu Deus! Daqui a pouco vou lhe dar umas palmadas, se você não obedecer.

— Pode dar. Vem.

Os dois se enrolaram no tapete. Riram até não aguentar mais. Depois se beijaram demoradamente. Quando o padre veio subindo com os outros, Faber estava justamente acabando de fechar o vestido de Susanne.

– Como estou? – perguntou ela, levantando-se.
– Linda! – disse Faber.
– Estou horrível.
– Que nada!
– Estou, sim.
– Então está bem. Você parece uma bruxa.
– Dá para notar?
– Claro que dá! Perfeitamente. Está escrito na sua testa.
– Está escrito o quê?
– Que você me ama.
– E que você me amou?
– Isso também – disse Faber.
– Seu aspecto também não está lá grande coisa.
– Estou lindo como sempre.

Riram novamente.

– Meu Deus! – exclamou Susanne. – Não é possível que alguém possa ser tão feliz!

Juntaram-se aos outros que, em atitude de devoção, rodeavam a caverna onde o padre fazia suas demonstrações, batendo na parede.

– Você está ouvindo? – perguntou ele à pequenina Evi. – Está ouvindo eles baterem?

Ela aquiesceu.

– Eu também estou – disse dona Therese, que ainda usava sua touca de dormir.

– E eu também! – disse Anna Wagner.

– E o senhor? – perguntou Gontard, rindo.

Schroeder parecia não acreditar no que estava ouvindo.

– Realmente estão batendo.

Faber aproximou-se de braço dado com Susanne.

– Bom dia para todos – disse ele. Susanne ficou parada no escuro.

– É realmente um bom dia – disse o padre. – Um dia maravilhoso! Há muito não tenho um dia tão agradável.

– Nem eu – concordou Faber. – Sabem de uma coisa? Chega a ser até gostoso estar trancado aqui dentro, só pelo prazer de ser tirado daqui.

– Toda vez que as coisas estão muito ruins, algo de muito bom acontece. Nós é que não percebemos. As coisas mais horríveis vêm sempre acompanhadas das mais belas. Só quando somos vítimas das primeiras, nos deparamos com as outras. – Jogou a marreta no chão.

– Reverendo – disse Faber –, era exatamente isso que eu ia dizer. Ainda hei de beber um conhaque com o senhor, mesmo que seja a última coisa que eu faça na vida.

– Espero que seja a última coisa que eu faça – retrucou o padre, muito sério.

Todos riram, até dona Therese.

– Esta noite vamos deixar o abrigo – disse o padre. – Chega a ser ridículo. Pensem só. Vamos deixar o abrigo e voltar para onde? Para a nossa vida de ontem, para o mesmo perigo, os mesmos tempos deploráveis. Pensei que estivesse saturado de tudo. Mas agora estou feliz como uma criança; nem encontro palavras.

– Feliz por quê?

– Feliz com a vida com a qual vivo em conflito. Acho que sou um idiota.

– Todos somos idiotas – observou Faber. – Vamos tomar nosso café da manhã?

II

Desta vez sete pessoas estavam instaladas ao redor do caixote coberto de comida. Também o padre estava lá. Segurava Evi no colo, e enquanto Faber cuidava para que não faltasse nada a ninguém, ele abria com uma faca dois furos na lata de leite condensado.

– Cuidado – disse Evi, que acompanhava a operação muito excitada. – Você vai espetar o dedo.

Gontard rodou a faca.

– Pode deixar. Bem que isso podia ser uma lata de cerveja.

– Por quê? – perguntou Evi muito espantada.

– Porque estou com sede.

– Temos chá com limão.

– Que chá?

– Chá de camomila.

O padre se sacudiu.

– Pronto – disse ele, estendendo a lata para a menina. – Você sabe beber da lata?

– Sei. É só encostar um dos buracos na boca.

– Cuidado para não ficar com dor de barriga!

– Está gostoso! – declarou Evi, radiante, passando a mão na boca melada.

– Não acabe com tudo!

– Por quê? Hoje de noite a gente já vai estar em casa.

– Mas você vai ficar com uma bruta dor de barriga.

– Nunca tive dor de barriga.

– Veja só! – disse Gontard.

– Por causa de leite condensado, não – afirmou Evi. – Posso tomar quanto quiser que não dá dor de barriga.

– Só feijão preto – murmurou Faber de boca cheia.

Evi riu e continuou a beber, gluque-gluque.

– Quando fez a barba pela última vez, Faber? – perguntou o padre.

– Há três dias. Ou quatro, talvez. Nem sei mais. – Passou a mão no queixo. – Por quê?

– Está uma figura muito imponente.

– Resolvi deixar a barba crescer.

– Uma barba bonita e espessa – disse Susanne, beliscando-lhe o braço.

– A ideia não é má – concordou Schroeder. – Os guerrilheiros na Iugoslávia decidiram só fazer a barba depois que ganharem a guerra.

– É mesmo – disse dona Therese –, li no jornal. O senhor vai fazer o mesmo?

– O mesmo o quê? Ah! Claro que não. Comigo é pura questão de comodismo. Eu me adapto às circunstâncias. A última vez que tomei banho quente, ainda era preciso vencer antes o Exército Vermelho, para poder ir de Buda a Pest.

– Ou então mudar de filosofia de vida – disse o padre.

Schroeder se surpreendeu.

– E o senhor, fez o quê?

– Nada – disse o soldado, passando o braço pelos ombros de Susanne. – Eu estava completamente satisfeito em Buda. Nem pretendia ir a Pest.

Schroeder riu.

– Sabe o que admiro no senhor? Sua serenidade. Por mais negra que seja a situação, o senhor sempre consegue fazer uma piada.

– Quando me ocorre alguma.

– O senhor é que é feliz. Não leva nada a sério.

– Não levo mesmo – retrucou Faber. – O que seria de nós se levássemos tudo a sério?

Gontard cortava tiras estreitas de sua fatia de pão.

– Iríamos para o céu.

– Ou para o inferno, o que é mais provável – observou Schroeder. – Não como castigo. Apenas como consequência lógica.

– Eu fico aqui na terra. Ao menos por mais algum tempo – respondeu Faber.

– Afinal não existe uma diferença tão marcante entre ela e as regiões mais quentes lá embaixo.

– Reverendo – disse Faber, mastigando –, pense na eterna bem-aventurança e na condenação para todo o sempre. Eu não acredito em nenhuma das duas. Mas, pelo que sei, a passagem para uma dessas zonas só é possível após a morte.

O padre sacudiu a cabeça e colocou a faca de lado.

– O senhor está cometendo um erro quando supõe que o céu, a terra e o inferno sejam três reinos diferentes, um inteiramente separado do outro. É exatamente a ideia da eternidade que devia preocupá-lo.

– Não sou religioso – disse Schroeder.

O padre sorriu.

– Claro que é.

– Bobagem. Não acredito em nada – declarou Schroeder.

– Me desculpe, mas acho que estamos falando duas línguas diferentes. O senhor acredita, sim; e em muita coisa até.

– Mas não em Deus!

– Isso não importa. Não vamos discutir uma mera questão de nome. O que os outros chamam de Deus, no seu vocabulário chama-se vitória final, trabalho, Grande Reich. Isso para mim já caracteriza o homem religioso.

– O senhor não precisa ser mais claro, já sei aonde pretende chegar.

– Mas o senhor acredita nessas coisas ou não?

– Acredito, sim. Nessas eu acredito – confessou Schroeder.

– E ninguém o recrimina por isso – declarou dona Therese, que acompanhava a conversa com interesse. Gontard deu de ombros.

– Eu não diria o mesmo. Conheci gente que recriminava. Conheci até pessoas que não só condenavam as outras por aquilo em que acreditavam, mas ainda lhes tiravam a vida por esse motivo. Talvez fosse mais correto dizer que não compete a nós censurar o sr. Schroeder por esse motivo.

– Ninguém tem esse direito – retrucou Schroeder.

– Tem, sim. Uma única pessoa: nós mesmos – disse o padre.

– Não entendi.

– Não faz diferença – respondeu Gontard. – Voltando ao tema do céu e do inferno, o senhor afirma que a eternidade só começa quando deixamos a terra. Não concordo, pois, como o senhor mesmo sabe, a eternidade não tem princípio. Portanto, não poderá começar apenas após a nossa morte. O nosso céu e o nosso inferno, nós já os atravessamos em vida.

– Tem certeza?

– Completa ainda não – respondeu Gontard. – A ideia me ocorreu ontem à noite. Ainda vou refletir um pouco mais sobre ela.

– Acho que tem razão – disse Susanne.

– Minha senhora – retrucou o padre –, tinha certeza que seria da minha opinião.

Schroeder levantou-se.

– Era nisso então que o senhor pensava quando estava sentado lá no canto sem querer saber de nós?

– Entre outras coisas, era – respondeu Gontard.

Schroeder sacudiu a cabeça.

– O senhor é o padre mais estranho que já encontrei!

– Não deve ter encontrado muitos – observou Gontard. – Talvez daí a sua atitude preconceituosa contra esses poucos, errada exatamente porque se manteve desde o início numa posição desaprovadora.

– Existem muitos padres ruins.

– Existem muitas pessoas ruins – retrucou Gontard. – Uma pesquisa talvez revelasse que a percentagem é igual em todas as profissões.

– E o senhor considera a sua atividade uma profissão?

– Claro – retrucou Gontard. – A minha profissão é ou talvez foi a de despertar a fé.

– A fé no bom Deus – disse Schroeder, muito cortês, acendendo um cigarro.

– Nele também. Nos últimos tempos, porém, fui obrigado a manter viva a fé em outras coisas que eram tão necessárias quanto a fé no Todo-Poderoso.

– Por exemplo?

O padre ergueu a mão, embaraçado.

– São concepções inteiramente abstratas, que só dificilmente poderão ser aproveitadas dentro do quadro de total mobilização de nosso povo. Como a justiça, por exemplo. Ou a tolerância, a misericórdia e também o amor. – Olhou para Schroeder e continuou: – Pois hoje em dia, mesmo, ainda existem pessoas que não conseguem se livrar desses conceitos antiquados, que sentem saudade deles.

– Eu já notei – respondeu Schroeder. – As igrejas nunca estiveram tão cheias quanto agora.

– Isso não deve ser motivo de censura – respondeu Gontard num tom de leve escárnio que escapou a Schroeder. – A causa desse afluxo de piedosos tem motivos muito contrários aos nossos propósitos. Gostaríamos muito mais que as igrejas estivessem vazias e que as pessoas procurassem menos a Deus. Quem apenas o procura porque está em aflição dificilmente poderá encontrá-lo.

Schroeder brincava com a faca.

– Quer dizer então – observou ele – que o verdadeiro sentido da Igreja consiste em ministrar fortes doses de consolo, de cuja eficácia o senhor mesmo duvida.

– Duvidamos de sua eficácia – retrucou o padre, acariciando a menininha sentada no seu colo –, mas não duvidamos de nossa obrigação de ministrá-las como remédio contra todas aquelas desgraças de que o senhor e seus semelhantes são culpados, por não terem conseguido evitá-las.

– E como poderíamos ter evitado? – perguntou Schroeder, irritado.

– Fazendo uma revisão em seu credo – retrucou o padre. – Mudando alguns de seus valores, como, por exemplo, substituindo a Alemanha por justiça, a força pela tolerância, o ódio pelo amor.

– Muito bem. Nós então é que somos os culpados, não é?

– Por esta guerra, sem dúvida.

– E quem é culpado por nós? Por nosso partido? Por nossas ideias? Sr. Gontard, já pensou alguma vez como poderia ter surgido o movimento a que pertenço? Certamente, não pelo fato de alguns criminosos terem dentro de si uma necessidade desmesurada de poder.

– Claro que não – disse Gontard. – Existem razões de caráter econômico e político, sei disso.

– Nosso movimento tinha que surgir – exclamou Schroeder, apaixonado. – E surgiu por causa dos crimes e erros de outros. Por causa da Primeira Guerra Mundial, do Tratado de Versalhes, que foi uma idiotice, do comportamento irresponsável dos países vencedores. Também a Primeira Guerra não estourou por ter sido Guilherme II um aleijão cheio de complexos de inferioridade. Também ela teve causas muito mais profundas. A história do nosso mundo é a história de um desenvolvimento incessante. Seria ridículo, sr. Gontard, passar um traço debaixo da data de 1933 e dizer: "Vocês são culpados por tudo o que aconteceu a partir daí". Se nós perdermos esta guerra, o senhor poderá ver como tenho razão. A situação não há de se modificar. As mesmas crueldades de que agora nos acusam serão cometidas por outros. E mais uma vez hão de encontrar alguém em quem pôr a culpa. Tenho certeza disso. Esquecerão que fomos nós os culpados das culpas deles, como já esqueceram o que houve antes de nós.

– Já estaria na hora, no entanto, de que esse processo contínuo fosse interrompido por meio de atos de que seus autores não pudessem ser acusados – declarou Gontard. – Já estaria na hora de a ditadura ser substituída por uma democracia.

– Uma democracia em plena Europa central! – riu Schroeder. – Nós já vimos que essa forma de governo não funciona para nós.

– Não acredito que esta seja a sua opinião particular.

– O senhor ainda vai ver até onde a democracia há de chegar quando seu ardente desejo se realizar e nós perdermos a guerra – disse Schroeder.

– Ela substituirá a força pela justiça – disse Gontard – e com isso já será dado o primeiro passo.

– Nenhum de vocês imagina o que os espera. Neste século não existe nada mais importante do que a força.

– A justiça é mais importante.

– Não existe nada mais horrível do que justiça sem força.

– A força sem justiça é pior – disse o padre. – Eu sei disso por experiência própria, pelo que estamos passando.

– O senhor ainda não passou pela situação contrária. O senhor nem consegue imaginar como possa ser. Não é a ditadura, mas a democracia que libera os baixos instintos dos homens. Porque eles continuam impunes.

– Talvez no meio em que o senhor vive seja possível chegar a tão triste conclusão.

– Lá é que não – retrucou Schroeder. – Vivemos numa ditadura, concordo. Mas o senhor mesmo poderá julgar se esta ditadura não tornou os homens mais prestativos, mais amigos uns dos outros, mais bondosos.

– Aparentemente – disse Gontard.

– Ela não conseguiu pôr um fim à corrupção, à ladroeira, à falta de escrúpulos na administração?

– Erguendo seu próprio monopólio de corrupção, ladroeira e falta de escrúpulos.

– Ora – disse Schroeder –, a coisa também não é assim. É fácil incriminar um Estado totalitário sem ter que apresentar provas. Vejamos, por exemplo, uma coisa mais imediata: não temos nós todos hoje o nosso pão diário, e isso no sexto ano de guerra?

– Temos porque roubamos dos outros.

– Não é verdade!

– O senhor acredita, por acaso, que na Grécia e na Polônia as pessoas estão morrendo de fome porque acham divertido?

– E o senhor, por acaso, acha que nós é que deveríamos estar?

– Ninguém devia – disse Gontard. – O fato de não termos o suficiente para nós não nos dá o direito de tirar dos outros.

– Se os outros não tivessem, fariam o mesmo.

– E eles, por acaso, têm alguma coisa?

– Não têm, mas estão indefesos. Talvez tenham o seu tão propalado direito, mas não têm a força. A força está em nossas mãos. Fazemos o que nos parece necessário. Impedimos que nos tirem os frutos de nossas vitórias. Impedimos que os homens se tornem infames, e para isso usamos de terror, ou, se o senhor assim quiser chamá-lo, de ameaças; criamos o medo entre os vizinhos, os chefes de células, os agentes provocadores.

– Não esqueça, Schroeder – retrucou Gontard –, que foram os senhores que primeiro despertaram a infâmia entre os homens, justamente com o seu terror, seus chefes de células, seus agentes provocadores.

– Agimos de acordo com uma convicção – respondeu este. – Mas para quem não tem a mesma ou talvez nenhuma, o que acontece, forçosamente, terá que parecer errado. Seguimos um caminho; o senhor declara que ele é errado. No entanto, não consegue nos apontar outro melhor. Não consegue nem nos apontar outro qualquer.

– Isso eu consigo – objetou Gontard. – Claro que consigo.

– E por que não o faz, então?

Gontard calou-se.

– De medo?

– Não – disse o padre. – Porque só fui descobrindo aos poucos. Um de seus amáveis geógrafos disse certa vez que deveríamos aprender a pensar em termos de continentes.

– Temos que aprender a pensar em termos de comunidades – declarou Schroeder.

– O senhor está se adiantando muito – disse Gontard. – Já está me contestando. Quem é que tem o direito de pensar nesta comunidade de vocês? Aqueles que foram eleitos para dirigentes? Será? A metade deles talvez pense. Os outros se perfilam obedientemente. Perfilam-se tacitamente. Todo um povo se cala diante das ordens dos dirigentes.

– Até o senhor.

– Até eu.

– Mas o senhor não devia.

– Nem o senhor.

– A diferença é que eu concordo com o que ouço, mas o senhor, não.

– Custo a crer que o senhor concorde – disse o padre.

– E eu não consigo entender como o senhor pode ficar calado – retrucou Schroeder.

– De medo. Eu o admito perfeitamente – disse Gontard. – De medo desse seu regime de terror e dessa sua ditadura. Eu não quero morrer.

– Nossa gente morreu.

– Não muitos.

– Bastante.

— Morreram muito poucos até, já que tocamos neste assunto — observou o padre. — E a morte deles foi amplamente compensada.

— Eu já não entendo mais nada. O senhor me recrimina pelo medo que o senhor sente?

— Recrimino — disse o padre. — Ele é o mesmo. O medo é a única coisa que temos em comum. E o medo é mais forte ainda do que a força.

— Nós não temos medo.

— Enquanto estiverem com a força não precisam tê-lo. Mas vocês temem perder essa força. Além disso, vocês têm medo uns dos outros. O senhor mesmo disse! Vocês são honestos por medo. Isso é o máximo que conseguiram.

— É uma pena termos que atribuir sua franqueza às circunstâncias especiais em que nos encontramos — disse Schroeder muito lentamente.

— Essa observação — respondeu o padre — confirma tudo o que acabo de dizer. Por enquanto o senhor ainda tem a força. Se nos tirarem daqui, pode fazer de mim o que quiser.

— É evidente que vou esquecer esta conversa; ou melhor, vou esquecer que estava conversando com o senhor. O que eu queria lhe dizer é que acho que o senhor ficou calado por um tempo demasiadamente longo.

— E o senhor? — perguntou o padre. — Tenho certeza, Schroeder, que existe muita coisa que é feita em nome de seu partido e com a qual não concorda.

— Existe mesmo — admitiu Schroeder.

— E por que não se afasta dele?

— Porque as coisas que eu aprovo pesam mais. Porque ele está mais próximo de meus ideais do que qualquer outro movimento. Porque eu sei que só ele, neste momento, ainda pode nos salvar de uma ruína internacional.

— O senhor tem é medo — disse Gontard. — Isso é que é.

Schroeder riu.

— Eu gostaria de ver um membro que se retirasse do partido. Gostaria mesmo! Eles podem ser postos para fora, mas sair, nunca!

— Impossível não é, só que ninguém ousa.

— Para o senhor é fácil falar, reverendo — disse Schroeder. — O senhor nunca teria sido aceito. O que fez o senhor? Discursou e rezou enquanto os outros morriam. Os outros, seus adversários que tinham uma convicção e os amigos que representavam a sua. Seus amigos e meus inimigos; meus amigos e seus inimigos. O senhor alguma vez arriscou a vida por sua fé?

— E o senhor, por acaso, o fez?

— Eu lutei por ela, aqui na minha pátria.

— Ah! — fez Gontard. — Aqui na pátria.

— Meu trabalho é uma pequena contribuição para esta luta — declarou Schroeder, cujo rosto tinha ficado um pouco mais corado.

O padre de repente deu uma gargalhada.

— Sabe de uma coisa? — disse ele. — O que nós estamos fazendo é apenas nos recriminar mutuamente pela covardia e pelo medo que temos de nossos semelhantes. O senhor tem medo e eu também. Mas ninguém quer confessá-lo. Se nosso medo fosse menor, as coisas seriam mais simples.

— Muito bem — disse Schroeder. — Aqui está a sua chance. Tome coragem, reverendo. Esqueça o seu medo!

— Estou tentando fazê-lo.

— Como?

— Pretendo mudar o rumo de minha vida — disse o padre.

— Não acha que já é um pouco tarde?

Gontard concordou.

— Sei que é tarde. Tenho que me apressar.

Evi desceu do colo de Gontard e na ponta dos pés foi até Faber, que, mudo, assistia à conversa.

— Bom dia, Evi — disse ele. Ela se encostou nele e perguntou baixinho: — Por que aqueles dois estão brigando?

— Eles têm opiniões diferentes sobre o mesmo assunto.

— Que assunto?

— Justiça.

— O que é justiça?

– Uma coisa muito importante – respondeu Faber.

– É por isso que estão discutindo?

– É – disse Faber. – É por isso.

– E por que você não discute também?

– Não gosto – respondeu Faber. Susanne, que estava encostada em seu ombro, sorriu.

– Por que a justiça é tão importante assim?

– Porque necessitamos dela para viver.

Uma lembrança meio obscura veio à mente da menina. Ela franziu a testa.

– Assim como o oxigênio?

– É – respondeu Faber. – Mais ou menos assim.

– Também não se pode ver?

– Não.

– E como é que se sabe que ela existe?

– Exatamente como no caso do oxigênio – disse Faber. – Enquanto pudermos respirar, é porque ainda resta um pouco de justiça.

– Em toda parte?

– Em toda parte.

– Aqui no abrigo também?

– Até aqui – explicou Faber.

– Mas é muito estranho.

– É estranho, sim.

– E toda vez que inspiro ela entra na minha boca?

– Um pouquinho, sim.

– E o que acontece depois?

– Você a engole.

– E depois?

– Expira novamente.

Evi inspirou ruidosamente.

– Desta vez eu engoli um bocado de justiça, e agora vou botar para fora de novo.

– Isso mesmo – disse Faber. – Os outros também querem um pouco.

– Ei, por que você está de mão dada com a moça?

– Psiu! – fez Faber. – Porque gosto dela.

– Muito?

– Bastante.

– Tanto quanto eu gosto da minha mãe?

– Hum! – Faber hesitou. – Tanto quanto sua mãe gosta de seu pai.

– Vocês são casados?

Faber concordou.

– Eu também gosto de você – declarou Evi.

– Muito obrigado – respondeu Faber.

– Vocês também discutem como aqueles dois?

– Não. Nós não discutimos.

– Por que não?

– Porque gostamos um do outro.

– Sei. E a justiça? – perguntou ela.

– Nós não discutimos nem a respeito de justiça.

Susanne se abaixou e pegou a menina no colo.

– Está vendo – disse ela –, gostamos tanto um do outro que nem a respeito da justiça nós discutimos.

– Meu pai e minha mãe também nunca discutiam.

– Viu? Eles eram iguais a nós – disse Faber.

– Por que todo mundo não é assim?

– Porque nem todos se amam.

– Só por isso, é?

– Só por isso, Evi.

– Seria tão bom se todo mundo se gostasse – disse a menininha. – Você não acha?

– Seria – respondeu Susanne Riemenschmied. – Seria lindo!

III

Pouco depois das oito, os homens recomeçaram seu trabalho no túnel. Dois cavavam, enquanto o terceiro descansava, afastando a terra com a pá ou segurando o lampião.

– O senhor fez um bom pedaço ontem à noite – disse Schroeder para Gontard, que estava ajoelhado ao seu lado, marretando uma pedra.

— Teria feito mais se não tivesse perdido os sentidos de repente.

— O esforço foi demais.

— Não — retrucou o padre. — Eu bebi demais. — Com a enxada desenterrou a pedra e passou a língua nos lábios ressecados. — Esta noite, quando eu sair daqui...

— O que vai fazer?

— Beber aguardente e tomar um banho — respondeu o padre. — E o senhor?

— Tomar um banho e beber aguardente — disse Faber. — Também pretendo fazer a barba. Pretendo fazer muita coisa, aliás.

Schroeder pigarreou.

— Eu tenho que voltar ao laboratório. Espero que não tenha acontecido nada. Perdi dois dias inteiros. É um bocado de tempo.

O padre conseguiu soltar uma pedra.

— Fico feliz só de pensar no banho. E na aguardente. E no ar da noite. Fico feliz ao pensar em uma porção de coisas que eu já havia esquecido. A luz, por exemplo. A música do rádio. A vida toda, aliás.

— A vida da qual o senhor ontem não queria mais saber — disse Schroeder, e o padre aquiesceu. — Isso prova com que facilidade se entrega à depressão, dando como perdida uma coisa que ainda não está.

— Absolutamente — respondeu Gontard. — Prova quanto o homem consegue aguentar sem perder a esperança. O que acha, Faber?

— Não sei. Estou satisfeito pensando nas coisas que vou fazer quando estiver livre de novo.

— E o que pretende fazer?

— Deixar Viena e procurar chegar em casa o mais depressa possível.

— Boa sorte!

— Obrigado — respondeu Faber. — Me passe a enxada.

— Eu lhe desejo boa sorte — repetiu o padre.

— O senhor já disse isso.

Gontard olhou para ele.

– Pensei que da primeira vez não tivesse me entendido.

Faber pegou a enxada e sorriu.

– Entendi, sim – respondeu ele, e começou a cavar.

– Sabe de uma coisa? – disse Schroeder depois de algum tempo. – Agora que já podemos ouvir os outros, posso lhe confessar o que eu tinha resolvido fazer de noite. Quando todos estivessem dormindo eu ia explodir a passagem. – Ambos ficaram calados. – Isso não o surpreende nem um pouco?

– Não – disse Gontard. – Imaginei que fosse fazê-lo.

– Tenho certeza de que não o faria – disse Faber.

– Sabia que todos nós éramos contra.

– Faria, sim – declarou Schroeder, continuando a afastar a terra com a pá.

– Eu sei que faria – disse o padre.

– Parece que o senhor me conhece muito bem.

– Conheço o seu tipo – retrucou Gontard.

– Como?

– Vamos falar de outra coisa.

– Não. Eu agora gostaria de saber de onde vem esse seu vasto conhecimento a respeito de minha personalidade.

– Ora, é muito simples – disse o padre. – É só encontrar a fórmula que deve ser empregada.

– Que fórmula?

– Minha resposta poderá ofendê-lo.

– Não importa. Além do mais, não me ofendo facilmente.

– O senhor é tão vulnerável quanto Siegfried depois de ter se banhado no sangue do dragão, a questão é apenas encontrar o lugar certo – disse o padre com toda a calma.

– E o senhor conhece esse lugar?

– Sim, até isso eu conheço. Só que não vou revelar.

– Então me diga ao menos como consegue estar tão bem informado a respeito de minhas intenções.

Gontard olhou para ele. Seu rosto sujo brilhava de suor.

– Muito simples, eu penso no que *eu* faria se estivesse em seu lugar e aí sei perfeitamente o que o *senhor* faria, ou seja, exatamente o contrário. Como vê, é muito simples.

– Muito simples – repetiu Schroeder.

– Eu lhe avisei que a minha resposta iria ofendê-lo.

– Ela não me ofendeu.

– Só um pouco.

– Nem um pouco. Absolutamente. Sei muito bem que em muitos pontos decisivos os nossos pensamentos são opostos. Eu o respeito pelo fato de o senhor assumir abertamente uma posição contrária à minha.

– Isso não é motivo bastante para se respeitar uma pessoa – disse Gontard. – Principalmente neste caso.

Schroeder riu.

– O senhor já está até criando uma mania de me dizer amabilidades. A propósito, o senhor ainda não cumpriu sua promessa de me mostrar um caminho para sair do dilema em que todos nos encontramos.

O padre olhou para Schroeder.

– Será que a minha ideia lhe interessa mesmo?

– Claro que interessa! Ou o senhor, por acaso, acha que eu não me preocupo com os tempos em que vivemos?

– Toda a nossa desgraça – disse Gontard – é uma consequência do fato de não conseguirmos mais pensar por nós mesmos. O que deveria ser feito em primeiro lugar é ensinar as pessoas a pensarem por si mesmas. Ensiná-las a tomar decisões, levá-las a agir de acordo com a sua própria moral.

– Para isso elas primeiro teriam que ter uma.

– Exatamente. E este seria o segundo ponto importante de meu programa de educação. Conseguir desenvolver novamente um sentimento ético natural, que nos levasse a distinguir o justo do injusto. Não devemos pensar como um todo, enquanto cada um não conseguir pensar por si. A posição de cada um deve ser levada em conta, deve pesar.

– A opinião da maioria das pessoas é de uma idiotice tamanha que só iria causar as maiores desgraças. No nosso século o que importa é decidir e agir, e não ficar falando, hesitando sempre.

— No nosso século — retrucou Gontard — o importante é ter paciência e dizer a verdade. Essas mentiras todas que vêm nos pregando é que transformaram muitos de nós em cretinos.

— E o senhor pretende mudar esse estado de coisas com palavras, com grandes discursos?

— Não com grandes discursos, mas com um pouco de reflexão.

— O senhor é um sonhador! — exclamou Schroeder.

— E o senhor — respondeu Gontard —, no íntimo, é um pessimista infeliz, por estranho que isso possa lhe parecer, a quem falta alguma coisa em que acreditar, sem que precise se entusiasmar com ela oficialmente.

Faber não estava mais prestando atenção. Pensava em outra coisa que o padre havia dito. Quando chegou sua vez de descansar, pegou o casaco, dizendo que ia descer um instante para ver como estava Susanne. Encontrou-a junto à cama de Anna Wagner.

— Que foi? — perguntou ela sorrindo e olhando para ele.

— Posso falar com você?

— Claro. Me dê licença um instante.

— Volte depois, por favor — pediu Anna Wagner. Faber levou Susanne para um canto escuro, abraçou-a e beijou-a carinhosamente.

— Que aconteceu, meu amor? — perguntou ela.

— O padre sabe que eu desertei.

— Não é possível!

— É, sim. Ele sabe.

— Ele disse alguma coisa?

— Indiretamente. De maneira que Schroeder não pudesse entender. Ele mesmo perguntou o que eu ia fazer depois que ficássemos livres. Eu disse que ia deixar Viena, e ele me desejou boa sorte.

— Ora, meu amor, você está vendo fantasmas!

— Ele me desejou boa sorte duas vezes — insistiu Faber. — Pensou que da primeira eu não tivesse entendido. E ele sorriu. Tenho certeza de que ele sabe o que se passa comigo.

– Será que ele vai ficar do nosso lado?

– Acho que sim – disse Faber. – Quando eu saí, ele estava discutindo com Schroeder. Talvez ele possa nos ajudar. Foi por isso que vim aqui. Queria saber o que você acha.

– Gosto dele.

– Eu também. Acha que devemos lhe dizer a verdade?

– Por quê?

– Olhe, Susanne – disse Faber –, daqui a pouco estaremos livres. Mas eu não sei quem está cavando lá do outro lado. Podem ser civis ou prisioneiros. Mas também podem ser soldados. Você me entende? O mais difícil vai ser eu conseguir sair do abrigo. Estou de uniforme. Por isso vou ficar bem atrás quando o pessoal de fora entrar, e procurar um momento oportuno para escapar. O padre, nessa hora, poderia nos ser útil. Um padre sempre impõe um certo respeito à maioria das pessoas. Ele poderia conversar com eles, distraí-los, dando-nos assim uma oportunidade para fugir.

– E se ele não quiser se meter nisso?

– Então pediremos a ele que mantenha segredo.

– O que você acha melhor?

– Falar com ele.

– E o que você pretende dizer a ele?

– A verdade.

Faber sorriu.

– Quer dizer então que você concorda?

Ela concordou e abraçou-o.

– Eu queria estar presente.

– Então vamos lá. – Subiram para o segundo andar.

– E Schroeder...

– Vamos ver – disse Faber. Quando chegaram mais perto viram que o químico estava ocupado com o lampião.

– O pavio está muito curto – disse Gontard, coçando a cabeça.

– Não é o pavio – retrucou Schroeder. – O querosene da garrafa acabou.

Faber apertou a mão de Susanne. Schroeder se levantou.

— Vou lá embaixo enchê-la. Vocês vão ficar alguns minutos no escuro. — Desceu a escada assobiando. Ficaram no escuro. Faber continuou ao lado de Susanne.

— Reverendo, onde está o senhor?

O padre colocou-lhe a mão no ombro.

— Aqui.

— Escute — disse Faber —, temos muito pouco tempo. Tenho que lhe dizer uma coisa.

— Sim?

— Susanne e eu nos amamos. — O padre ficou calado.

— O senhor entendeu?

— Entendi — disse Reinhold Gontard.

— Sou desertor. Desertei há dois dias na Hungria.

— Sei — respondeu o padre.

— Quer nos ajudar?

— Ajudo.

— Obrigado — disse o soldado. — Quando o pessoal de fora entrar... eu queria dar um jeito e fugir.

— Não vai ser difícil. Já sabe para onde vai?

— Para a casa de Susanne.

— Eu posso lhe arrumar outra roupa — disse o padre. — Mantimentos também. Sempre que precisar venha me procurar. Moro no convento da Annagasse, número 19. Não vai esquecer?

— Não — respondeu Faber. O padre tirou a mão do ombro do soldado.

— Que foi?

Faber riu.

— Dei um beijo em Susanne, já que não podia dar no senhor.

— Ora — disse Susanne —, e por que não? — Ela foi tateando no escuro e beijou o padre.

— Gostei da senhora, dona Susanne.

— Eu também gostei do senhor.

— Somos realmente três pessoas encantadoras.

— Acho que Schroeder está voltando — disse Susanne.

Gontard pigarreou e falou da saudade que sentia de um copo

de cerveja. Suas palavras eram até emocionantes. Faber riu. Schroeder, no entanto, que se aproximava com o lampião aceso, sentiu clara e nitidamente que em sua ausência ele havia sido excluído de alguma coisa. Os outros começaram logo a conversar com ele. Mas Schroeder sabia: aqueles três tinham algum segredo que ele nunca iria descobrir.

– Como é, ficou com medo do escuro? – perguntou ele a Susanne, ao colocar o lampião no chão.

– Eu não! Não estava sozinha.

Schroeder ficou olhando pensativamente para Susanne. "Você também", pensou ele, "você é contra mim. Você não vai me dizer, mas nós dois sabemos. Você não quer nada comigo, apesar de eu estar cavando este túnel como os outros em quem você confia. Você nunca há de me agradecer pelo que estou fazendo, nem aqui dentro, nem depois, lá fora. Nós nem nos conhecemos, mas apesar disso você se coloca contra mim. Por quê?" Ele deu de ombros e pegou novamente a pá.

– Você é que é feliz, Faber.

– Eu sei – respondeu este.

– Você nem sabe o quanto é feliz.

Susanne chegou ao andar inferior do abrigo e sentou-se novamente junto à cama da mulher grávida. Therese Reimann estava contando uma história a Evi.

– Queria lhe pedir uma coisa – disse Anna Wagner para Susanne. – Mas não sei como começar.

– Pode dizer.

Anna Wagner passou a mão pela coberta da cama.

– Logo vou dar à luz meu filho – disse ela muito devagar.

– Mas não aqui.

– Espero que não. Mas quem sabe?

– Esta noite estaremos livres.

– Talvez.

– Com certeza!

– Pode ser bobagem minha – continuou Anna Wagner –, mas estou com um medo horrível. – Com ar perdido, ela mexia com as mãos. – Não sei por quê. Sinto medo há tanto tempo que já nem consigo mais me lembrar de um tempo em que eu não tivesse medo. Nunca consegui me livrar dele. Continua aqui dentro. É um medo horrível!

– Tudo vai dar certo – disse Susanne, achando-se meio ridícula.

– Tenho medo de morrer – sussurrou Anna Wagner –, por isso queria lhe pedir uma coisa.

– Você não vai morrer.

– Não sei.

– Hoje à noite já vai estar no hospital, e daqui a mais alguns dias tudo estará resolvido.

– Acho que sim. Mas também pode ser que eu morra. Será que nesse caso você podia... você levaria Evi para a casa da minha mãe?

– Claro – disse Susanne. – Mas não vai lhe acontecer nada.

– Ela mora no 16º Distrito – murmurou a mulher grávida. – Na Thaliastrasse, 45. Eu anotei o endereço. Está lá na mala junto com duas cartas para o meu marido. Não tem mais sentido mandá-las, pois não o alcançariam, de qualquer maneira. Será que poderia ficar com elas e lhe entregar no dia em que ele voltar para casa?

– Posso, sim, com todo o prazer. Mas você não vai morrer. Não se preocupe. Temos bons médicos. Você é moça. Não é seu primeiro filho.

Anna Wagner sacudiu a cabeça.

– Esta noite sonhei que estava morta.

– Não diga!

– Sonhei, sim – retrucou Anna Wagner. – Chovia e eu estava deitada num abrigo, morta. A princípio não consegui distinguir nada porque estava escuro e eu nem sabia como tinha chegado ao abrigo. Depois me lembrei. Eu estava soterrada, e quando já estavam conseguindo me tirar caiu uma bomba em cima do prédio e a passagem ficou soterrada novamente.

– Ora, isso é bobagem!

– Eu sei. Mas fiquei com medo. Por isso quero que fique com estas duas cartas; ninguém sabe o que vai nos acontecer.

– A primeira bomba que caiu no prédio não nos atingiu porque o abrigo aqui é muito fundo – disse Susanne. – É impossível outra bomba cair no mesmo local.

– Completamente impossível não é.

– Claro que não. Mas se acontecer alguma coisa a qualquer um de nós, acontecerá também a todos os outros, não acha?

– Eu não havia pensado nisso, realmente.

– Se cair outra bomba no prédio e o abrigo desmoronar, todos nós podemos morrer.

– Tem razão – concordou Anna Wagner.

– Mas não vai acontecer nada. Não pode acontecer nada. Não fique com medo.

Anna Wagner virou o rosto para a parede.

– Não vou ficar com medo – disse ela.

IV

Cerca de uma hora mais tarde, os três homens serraram as madeiras para escorar mais um pedaço do túnel. As batidas do outro lado podiam agora ser ouvidas com muita nitidez. Faber assobiava uma música, enquanto serrava as vigas ao lado de Schroeder.

– Nós realmente estamos com sorte – disse ele. – Até as malditas pedras estão diminuindo de tamanho. Se continuar assim, daqui a pouco vamos poder tirar a terra com a pá.

– Sabe o que devíamos fazer quando chegássemos ao outro lado? Apresentar uma conta ao dono do prédio. Pela abertura completa de uma bela passagem. Trabalho primoroso realizado por três peritos.

– É – concordou Gontard –, até que seria uma ideia. Poderíamos nos chamar de Primeira Companhia Construtora de Túneis. Um químico, um soldado e um padre... iríamos longe!

– Pense só no tempo recorde em que executamos nosso trabalho! É só nos soterrarem num abrigo que nós abrimos uma passagem num instante. Serviço de primeira, rápido e garantido.

A madeira estava serrada. Aliviado, Schroeder cuspiu no chão. Depois esticou-se.

– Sabe o que acaba de me ocorrer? O proprietário do prédio agora tem um abrigo de primeira, mas não tem mais prédio.

– Então ele passa a ser um proprietário de abrigo.

– Será que ele saberá dar valor ao nosso trabalho? Talvez tenha outros problemas. As pessoas costumam ser muito mal-agradecidas.

– Para que ele precisa de abrigo se não tem mais prédio?

– Ainda é melhor ter um abrigo do que não ter nada – disse Gontard.

– Um abrigo na mão é melhor do que uma casa voando – disse Faber com um sorriso.

– Pensando bem – murmurou o padre –, parece que no futuro, com as atuais condições de segurança, seria melhor que os cômodos das casas fossem transferidos para debaixo da terra.

– Neste caso vamos aumentar nossa conta e acrescentar mais uma porta de entrada. – Parou e ficou atento.

– Ué! Será que o pessoal lá fora está fazendo pausa para o almoço?

– Por quê?

– Eu não os ouço mais.

O padre pegou a marreta e bateu contra a parede. Tudo continuou em silêncio.

– Pode deixar, quando nos encontrarmos, vou dizer umas coisinhas àquela turma – disse Faber.

– Não se pode obrigar ninguém a trabalhar – disse Schroeder, rindo. – Lembra-se?

Faber riu também.

– Foi ontem que eu disse isso, não foi?

Schroeder concordou.

– Está vendo como hoje tudo mudou?

– Estou, mas não deixa de ser verdade.

– Será?

– Não sei – disse Faber. – Talvez seja. Ditar normas de vida não é o meu forte. – Continuaram a serrar.

De repente o padre disse:

– Ouça! Recomeçaram!

Schroeder estava excitado.

– Agora as batidas são diferentes. Não estão ouvindo?

– Não – disse o padre.

– Eu ouço perfeitamente. As batidas são outras.

– Bobagem! Não existem outras batidas.

– Faber, será que você não tem ouvido para distinguir sons e ritmo?

– Não.

– Mas eu tenho – disse Schroeder, olhando para os outros dois. – Sabem o que é isso?

– Não.

– Sinais em Morse. Tenho certeza! Deve ser alguma mensagem. Eles estão querendo nos dizer alguma coisa! – Voltou-se para Faber. – Conhece o código Morse?

– Eu não. E você?

– Eu sabia... – As batidas continuaram. Schroeder esfregava as mãos, nervoso. – O que será que eles querem?

Depois começou a remexer os bolsos.

– Eu tenho uma agenda. Acho que nela há uma tabela com o código Morse. – Tirou uma caderneta e começou a folheá-la. – Aqui – disse ele –, aqui... não; é aqui. – Pegou a caneta, sentou-se no chão. – Eu vou tentar. Talvez possamos conseguir entendê-los. – Schroeder ouvia, atento, desenhando uma série de pontos e traços numa folha da caderneta. No final arrancou a folha. – Não... está errado.

Começou de novo.

– Longo – disse ele –, curto, curto, curto, longo. – Sua cabeça se movia acompanhando o ritmo das batidas. – Curto,

curto, longo, curto. – Não, isto agora já é outra letra... – Faber e o padre ficaram olhando para ele. Depois de alguns instantes, Schroeder parou.

– Acho que é só. – Começou a decifrar a mensagem. – Longo e curto... Isto é um N. Três longos é O... NOVO. A primeira palavra é "novo". – Continuou a soletrar ATAG. – Não, este grupo está errado. Não consigo achar aqui.

– O que você anotou até agora?

– ATAG – disse Schroeder.

– Ataque! – exclamou Faber. – A palavra deve ser ataque.

Ajoelhou-se ao lado de Schroeder.

– Continue. Qual é a palavra seguinte?

– SOBRE – soletrou Schroeder. – Sobre VI...

– Sobre Viena – concluiu Faber, impaciente. Os dedos de Schroeder tremiam. Ele procurava.

– Aqui – disse Faber. – Isto é um E, e depois vem um S. Depois um C. Isto aqui deve ser um O... A palavra é ESCOREM... – Finalmente conseguiram decifrar a mensagem toda: "Novo ataque aéreo sobre Viena. Escorem o túnel".

Ficaram olhando um para o outro. Depois Schroeder praguejou. Praguejou lentamente. Faber levantou-se.

– Está bem. Temos que nos apressar.

Continuaram a trabalhar. Serraram a segunda tora, depois pegaram uma terceira.

Schroeder tossiu.

– Mais rápido – disse Faber.

– Novo ataque sobre Viena! Corja desgraçada! – Faber fixou a madeira com o pé. Puxou a serra de volta. A lâmina rangeu.

– É isso mesmo! Canalhas desgraçados!

O padre carregou as duas vigas serradas para dentro do túnel.

– Para que esse nervosismo todo? Ainda não aconteceu nada! Afinal, não é nosso primeiro ataque aéreo. Ou será? Não há a menor razão para ficar histérico.

— Se tudo estivesse em ordem, o pessoal lá de fora não teria avisado — disse Schroeder, arfando. — Está acontecendo alguma coisa! Ouviram?

Um leve trovejar penetrou até o túnel.

— É a artilharia — disse Faber. — Cuidado! Ainda vai acabar serrando o dedo.

Mais uma vez ouviram ao longe uma detonação.

— Vamos — disse Faber. — Temos que escorar o túnel de qualquer maneira. Depois você vai ter tempo de sobra para xingar. — Sentiu-se meio inquieto. "Ridículo", pensou ele. "Logo aqui iria acontecer alguma coisa? Todo mundo está nervoso. Se ao menos esta tora já estivesse serrada... Calma, seu idiota, não vai acontecer nada! Não se deixe influenciar por Schroeder. Não é nada... De qualquer modo, vou me sentir melhor quando o túnel estiver todo escorado..." Largou o serrote. — Pronto — disse ele, pegando a terceira tora e procurando prendê-la entre as outras duas e o teto. O espaço era muito pequeno.

— Incline as outras duas. Depois, batendo, conseguiremos colocá-las na vertical.

Schroeder e o padre obedeceram. Os roncos se aproximaram. Faber procurou encaixar a viga horizontal no espaço que agora estava maior.

— Eu seguro. Vocês batem até chegar à posição. — Faber estava com os braços erguidos acima da cabeça, de pernas abertas e com o rosto voltado contra a parede. Quando Schroeder se pôs a bater, a tora começou a sair da posição.

— Está bem?

— Não — declarou Faber. — Ainda não. Bata com mais força.

Schroeder brandia a marreta como se fosse um martelo de críquete. Faber sentia a madeira fixar-se. De repente, porém, sentiu outra coisa: a madeira estremeceu. Pareceu a Faber que o chão oscilava num movimento ondulante. Ouviu o padre respirar fundo. Como que impelidas por uma pressão colossal, as duas vigas verticais começaram a deslizar.

– Cuidado – disse Faber, muito baixo, firmando a madeira até que suas costas se vergaram e as pernas começaram a tremer. – Vejam se conseguem pregar as madeiras de novo!

Um violento choque abalou as paredes, atirando terra no rosto de Faber. Schroeder batia furiosamente nas duas vigas que escoravam a outra, mas elas continuavam a escorregar. As veias na testa de Faber estavam saltadas. Ele fechou os olhos e prendeu a respiração. Seu corpo curvado continuou imóvel. Uma pedra soltou-se do teto.

– Me ajude – disse ele quase sem voz. Com um salto, Schroeder estava ao seu lado. As juntas das mãos de Faber começaram a se curvar; com o ombro, ele aparou a viga que caía. Apoiou as costas contra a parede. Schroeder estava ao seu lado. Trincou os dentes. Também os seus ombros se curvaram sob o peso do teto, que descia. O padre continuava a martelar a viga, que cada vez deslizava mais. Uma fina chuva de terra começou a descer.

Faltavam, então, exatamente sete minutos para as onze.

V

Faber sentiu a quina da viga cortar-lhe a pele do pescoço. Schroeder arfava. Seus óculos haviam caído do nariz. Rapidamente o padre fincou dois ferros pontudos diante das madeiras verticais, para impedir que continuassem a deslizar.

– Um minuto só – dizia ele –, um minuto... espere um pouco... aguente um pouco mais. Está quase pronto. Um minutinho só!

A viga feriu o pescoço de Faber. Ele sentiu o sangue lhe escorrer devagar pelas costas. As fisgadas violentas na clavícula aumentaram. A parede estremeceu mais uma vez. Olhando para o lado, Faber percebeu uma fresta no chão. Mais pedras se soltaram do teto.

– Está quase – disse o padre. – Um instantinho só...
Schroeder gemia.
– Ainda dá para aguentar um pouquinho?

— Muito tempo, não. — As mãos do químico estavam vermelhas e inchadas. Apoiava-as nos joelhos. A viga direita já estava presa, e Gontard tentava prender a esquerda.

— Já estou acabando — disse ele. — Já, já... o túnel não pode desmoronar... espere... já estou acabando...

As duas vigas verticais não se moviam mais. A horizontal, no entanto, começou a escorregar para a frente. Faber e Schroeder firmaram-se contra ela, tentando impedir este novo movimento. Aos poucos, no entanto, foram sendo empurrados junto com a viga que se impelia para a frente. O teto do túnel também.

— Bata contra a madeira de cima — disse Faber, arquejando.

O padre obedeceu. Quando a marreta acertou na viga, Faber teve a impressão de que estavam lhe arrancando a cabeça. Mordeu os lábios.

— Mais uma vez — disse ele. Gontard bateu. Schroeder gemeu alto e caiu. Depois tudo se passou muito rápido.

A viga que estava apoiada apenas de um lado virou e bateu contra a testa de Faber. As três vigas caíram. Faber deu um pulo rápido para a frente e puxou o padre junto. Da parede saiu um som que parecia um rangido. Ela desmoronou.

Primeiro o teto veio abaixo, soterrando Schroeder. Depois caíram os dois lados da entrada. Em questão de segundos, uma montanha de terra e pedra havia fechado o túnel já tão adiantado. Faber pegou o lampião e iluminou o teto do abrigo onde aparecia uma pequena fenda. Ele continuava firme. Em breve a chuva de terra terminou. Do túnel, via-se apenas a entrada.

— Acabou — disse Faber, pegando a pá. — Temos que desenterrar Schroeder antes que ele sufoque.

O padre remexia a terra com ambas as mãos.

— Cuidado! Vai machucá-lo com a pá — disse ele.

— Ele está atrás. Pode deixar que estou tomando cuidado.

— Os pés estão aqui. Talvez dê para puxá-lo!

— Não — disse Faber, que agora também trabalhava com as mãos. — Tem muita pedra no meio da terra. Procure livrar o rosto.

Finalmente conseguiram desenterrar Schroeder. Ele estava inconsciente, mas voltou a si depois de pouco tempo. Seu rosto sangrava em diversos lugares. Abriu os olhos e perguntou:

— O túnel desmoronou?

— Em parte — disse Faber. Schroeder contemplou mudo o monte de terra à sua frente. Depois começou a chorar. As lágrimas lhe escorriam pelas faces sujas e arranhadas e pingavam no chão. Chorava em silêncio, sem dizer uma palavra. Com um gesto de total desespero virou-se e deitou-se no chão, descansando o rosto na terra preta e úmida. Esta lhe cobria os olhos, a boca e a testa. Ele não sentia nada. Deitado ali, imóvel, chorava como uma criança.

O padre passou por cima dele com cuidado e afastou algumas pedras. Depois olhou para Faber.

— Nossa alegria veio cedo demais.

Faber pegou a marreta e bateu contra a parede. Nada. Tentou mais uma vez. Ninguém respondeu lá do outro lado.

— Novo ataque aéreo sobre Viena — disse o padre, remexendo a terra com o ferro. — Deciframos a mensagem direitinho. Sabe onde estamos agora?

— Onde? — perguntou Faber, distraído, olhando para Schroeder, que chorava.

— Exatamente onde estávamos ontem — disse Gontard.

O soldado sacudiu a cabeça.

— Que nada. Estamos bem mais adiantados. A terra está leve e fofa. É só pegar a pá e removê-la. Não precisamos mais cavar. Em algumas horas o túnel estará livre novamente.

— Faber!

— Que foi? — perguntou este. — Me deixe em paz. Acha que eu também não estou com vontade de chorar?

— Então por que não chora?

– Não – disse Faber. – Não quero.

– Eu bem que gostaria de chorar – disse Gontard. – Mas não consigo. – Sentou-se e deixou escorrer um pouco de terra por entre os dedos. A expressão do rosto de Schroeder era trágica.

– Se eu não tivesse caído, a viga teria aguentado.

– Que nada – respondeu Faber –, a parede teria desmoronado de qualquer maneira.

– Poderíamos ter aguentado as vigas até que o padre tivesse conseguido fincar os dois ferros. Fui fraco demais. Juntos, nós teríamos conseguido.

– Não – disse Faber –, era impossível.

Schroeder tirava terra dos ouvidos.

– Se eu não tivesse caído, a passagem ainda estaria perfeita.

– Dez homens não teriam conseguido escorá-la.

– Mas nós dois, sim – murmurou Schroeder. – Só nós dois. E o padre teria fincado os ferros...

– As vigas cairiam de qualquer maneira.

– Não – insistiu Schroeder.

– Sim – retrucou Faber.

– Não se tivéssemos segurado juntos.

Faber respirou fundo.

– Fui fraco demais – continuou Schroeder. – Caí e deixei que segurasse a viga sozinho, e com isso a passagem desmoronou. A culpa foi minha. Por ter caído...

– Schroeder! – gritou Faber de repente. – Pare com essa história!

O padre pegou novo punhado de terra, deixando-a escorrer lentamente por entre os dedos. Depois pegou mais um.

– Fui muito fraco – repetiu Schroeder. Faber controlou-se e não respondeu. – Sou culpado de tudo. Se eu tivesse sido mais forte, nada disso teria acontecido...

Faber disse o palavrão mais obsceno que sabia, pegou a pá e recomeçou a cavar.

O padre jogou duas pedrinhas para o alto. Com o olhar acompanhou, interessado, o caminho dos dois seixos. Ninguém poderia imaginar que Reinhold Gontard estivesse rezando.

VI

Enquanto a mãe conversava com Susanne e dona Therese remexia na mala, Evi de repente se lembrou que fazia tempo que não brincava de "Finge que sou...". Nem hoje, nem ontem. Havia acontecido tanta coisa que ela até esquecera. Mas agora tudo estava em silêncio e ela podia brincar.

"Finge que sou..." era um jogo que ela mesma havia inventado. Um jogo para o qual não se precisava de amigos, nem de bola, de gramado ou carro de boneca. "Finge que sou..." a gente podia brincar sozinho melhor do que com mais gente. Era uma brincadeira muito divertida para quem já estava cansado de livros de figuras e contos de fada. A gente fingia ser qualquer coisa. Um barco a vela, por exemplo, um príncipe, uma borboleta ou um canguru que pulava, carregando sua cria na barriga. A gente imaginava ser uma coisa estranha, excitante, fora do comum e procedia como se tudo fosse realidade. Quando a gente imaginava ser um cação, abria a boca estalando os maxilares, rastejava com a barriga no chão e, por falta de nadadeiras, sacudia as pernas. Quando a gente fingia ser avião, corria com os braços abertos (as asas) descrevendo oitos e círculos pelo quarto, roncando fundo e aterrissando finalmente, com muito cuidado, na pista de pouso entre o armário da cozinha e o fogão. Quando a gente era um leão na selva, se esgueirava silenciosamente, de quatro, por entre os pés das cadeiras e das mesas, ficava deitado por muito tempo debaixo da cama à espreita, para depois se atirar urrando sobre um rebanho de cabras que passava, pois a domesticada cabra europeia, a essa altura, também se adaptara às regiões equatoriais.

O prazer de assumir uma existência diferente era como entrar num veículo simpático e poder saltar dele a qualquer momento, guardar segredo e não compartilhá-lo com os adultos. Este era o jogo do "Finge que sou..." que Evi e milhares de outras crianças tinham inventado sozinhas.

Evi pegou a lanterna de Gontard de cima do caixote, acendeu-a e foi para junto da mãe, que continuava a conversar com Susanne.

– Eu quero brincar.

– Fique aqui com a gente.

– Mas faz tanto tempo que não brinco!

Evi subiu na cama e acariciou a mãe.

– Posso ir?

– Para onde?

– Aqui mesmo no abrigo.

– Está bem – respondeu Anna Wagner. – Mas cuidado para não se sujar. Está tudo escuro.

– Eu estou levando a lanterna – disse Evi, orgulhosa, descendo da cama. Saiu correndo, repetindo as palavras...

Estou levando a lanterna, dizia o chofer do grande caminhão de carga vermelho-escuro, correndo pelas estradas escuras. Era tarde da noite. Não havia nem estrelas no céu. Era preciso tomar cuidado nas curvas, pois nunca se sabia o que se podia encontrar. Como aqui, por exemplo. Santo Deus! Pise no freio depressa... Rrrrrrr, rangiam as engrenagens. Estremecendo, o carro parou a alguns centímetros apenas da parede molhada. Podia ter havido um desastre horrível! Era preciso pegar a lanterna e iluminar a parede. Não, aqui não dava para passar; impossível. Era preciso dar meia-volta e procurar outro caminho. O motor começava a roncar; acendemos os faróis. Temos que voltar pela mesma estrada, mas é preciso ter cuidado, não andar depressa demais, buzinar sempre! Tuu-tuuutu-tuuu! Agora a estrada segue reta; conhecemos o caminho. Ela vai para a América, para a outra extremidade do mundo, lá para onde estão os caixotes da velhinha que nos deu o chocolate. Primeiro vamos até a América, depois, na volta, para

Florisdorf e para a Engerthstrasse. Vamos também até a Rússia e a Hungria. Quem sabe não encontramos o papai por ali? Primeiro, no entanto, temos que ir até a América, entregar a mercadoria. Cinquenta sacos; um carregamento inteiro. Cinquenta sacos cheios da mais preciosa justiça. Ela custa um monte de dinheiro, essa justiça, por isso temos que ter um cuidado especial, para que nada aconteça aos sacos. Fazemos uma curva imensa, entramos na América vindos do leste; paramos junto a uma trouxa de roupa e descarregamos a justiça, inclinando-nos para o lado. Isso. Pronto. Um saco após outro. E aqui está o último. Como? Não, infelizmente não podemos ficar. Ainda não passamos em Florisdorf. Até a volta. Não demoro. Boa noite, América!

Ligamos o motor novamente e, ao andarmos, encolhemos bem as pernas, pois a travessia do Atlântico é perigosa e não sabemos nadar. Nossos refletores andam de um lado para outro. Devagar atravessamos o mar com o nosso carro de motor roncando. As ondas batem contra nós, o vento uiva... a escuridão é total. Nosso trabalho é duro. No meio da noite estamos a caminho, prestando serviço aos outros, para que na hora do café eles já possam ter seu saco de justiça. A ventania uiva; temos que nos inclinar para a frente. As ondas balançam. Para cima e para baixo. Mas que estranho! Parece que estou balançando de verdade! Que coisa!... Agora está tudo calmo de novo. Já está balançando outra vez! Sinto perfeitamente. Qualquer coisa estala, range e cai do teto. Olhe ali! Uma pedra...

Evi está ao lado da subida da escada olhando para uma pedra do tamanho de sua cabeça que caiu a seus pés. Não sabe dizer de onde ela veio. Por cima dela ouve ruídos. O que estariam eles fazendo? O padre, o homem de óculos e o soldado que gostava daquela moça? Por que eles sacudiam as paredes? Segurando a lanterna acesa na mão, Evi subiu rapidamente a escada. Seus olhos brilhavam. Ali em cima devia estar acontecendo alguma coisa muito interessante, não havia dúvida. Talvez uma surpresa, talvez algo que ela não devesse saber. Mas por que o chão tremera? Por quê?

Daí a pouco ela ia saber. Chegou ao segundo andar e foi andando decidida em direção ao túnel. De repente parou, boquiaberta.

Onde estava o túnel? Ela não o via mais! Teria desaparecido? De onde vinha toda aquela terra? A parede também não era assim antes! E os homens! O soldado remexia o monte de terra com a pá. O homem de óculos estava deitado no chão com o rosto escondido. De que estariam eles brincando? Meu Deus, e o padre! Por que jogava ele duas pedrinhas para o alto e pegava de novo? Por que ninguém falava? O que estavam fazendo? Que brincadeira mais estranha e misteriosa! Os olhos de Evi iam de um lado para outro, e ficaram novamente presos no padre que jogava as pedrinhas brancas para o alto. Primeiro uma, depois a outra. De repente uma lhe escapou da mão. Gontard ficou olhando fixo e imóvel para a pedra.

Evi sentiu um arrepio lhe subir pelo peito. Ela se sacudiu. O que era aquilo? De repente teve que rir. Deu uma boa risada, bem alto. Ria daqueles três homens engraçados. Não conseguia se controlar. Eles eram tão engraçados... tão engraçados!

Segurando a lanterna acesa na mão, o corpo de Evi se curvava numa gostosa e sincera gargalhada de criança. Divertia-se com uma pequenina cena da infindável comédia humana, cuja inocente espectadora era ela.

VII

— Quanto tempo vai demorar? – perguntou Therese Reimann. Estavam todos reunidos diante da entrada soterrada. Até Anna Wagner havia se levantado. – Quanto tempo?

– Algumas horas – disse o padre. – Talvez uma noite. – Olhou para o rosto dos demais. A menininha sorria para ele. A mãe olhava para o chão. Susanne Riemenschmied falava baixinho com o soldado. Schroeder sacudia a terra de seu terno.

– Temos que ser mais econômicos com a comida – disse dona Therese, muito prática.

— Com o ar também. Um lampião só terá que ser suficiente – observou o padre.

— Por quê? – perguntou Evi.

— Porque vamos ter que ficar um pouco mais aqui dentro.

— Aqui? – Evi franziu a testa. – Eu não vou estar em casa hoje à noite, então?

— Talvez não – respondeu Gontard. – Talvez só amanhã de manhã.

— Mas você disse que ia ser hoje de noite.

— Eu me enganei.

— Os outros ainda estão batendo?

— Não – disse Gontard. – No momento, não.

— Então é porque estão muito longe, não é?

— Não muito. Quando tivermos tirado toda essa terra, vamos poder ouvi-los de novo.

— O que terá acontecido lá no outro abrigo? – disse dona Therese.

— Nada – respondeu o padre.

— Talvez a bomba tenha caído na casa ao lado e as pessoas ficaram soterradas como nós aqui.

— Impossível.

— Impossível por quê?

— Isso não existe!

— Também acho – concordou a velhinha. – Isso não existe. Não existe por quê?

— Não existe porque eu não quero acreditar que exista.

— Eu também não – disse ela –, mas possível é.

Evi pegou na mão da mãe.

— Você ouviu? Temos que ficar aqui mais um pouco...

— Eu sei – disse Anna Wagner muito calma, olhando para Schroeder –, temos que ficar.

— Está sentindo alguma coisa?

— Não, nada – respondeu ela. – Não sinto nada. Nem medo. Isso é o mais estranho. Sei o que vai acontecer agora. Sei, e por isso não tenho mais medo.

— Sabe por quê?

— Sonhei. Na noite passada. Por isso o medo passou. Faz muito tempo que eu não sinto mais medo.

— Diga-nos então o que vai acontecer — pediu dona Therese.

— Não posso.

— Não pode ou não quer?

— Não posso.

— As coisas não vão acontecer como você sonhou — disse Susanne.

— Vão, sim. Igualzinho.

— Eu sei que não vai ser igual.

— Como? — perguntou Gontard. — Por acaso teve o mesmo sonho?

— Não, mas ela me contou.

Anna Wagner sacudiu a cabeça.

— Eu só lhe contei a metade do sonho.

— Por que não contou tudo?

Anna Wagner não respondeu.

— Está bem — disse Faber. — Mas não fique de cabelos brancos por causa de um sonho. Devia estar satisfeita por ter perdido o medo. Afinal, o sonho veio porque ficou soterrada aqui, e não o contrário.

— Isso mesmo — observou o padre. — A senhora não ficou soterrada por ter tido o sonho.

— Todas as coisas têm o seu sentido — disse Schroeder. — Tudo o que acontece aqui acontece apenas como uma parábola. Cada um interpreta as imagens de maneira diferente.

— Mas o fato que ocorreu foi um só!

— Dona Susanne — retrucou Schroeder —, de acordo com os ensinamentos de um homem que viveu na Grécia, cerca de cem anos depois de Cristo, tudo o que nos acontece na vida tem um triplo sentido. Um histórico. Um simbólico. Um metafísico. A senhora certamente concordará comigo quando eu lhe disser que cada um de nós há de interpretar estas últimas horas de acordo com um destes três pontos de vista, e que elas irão significar uma coisa diferente para cada um.

Gontard tossiu.

– Não sei. Ao menos no que se refere ao sentido histórico, deve significar o mesmo para todos.

– Seu ponto de vista é inteiramente falho – respondeu o padre.

– Cada um de nós aqui vem de um círculo social diferente – disse Schroeder. – Temos idades diferentes. Temos uma maneira diferente de encarar a vida. Se daqui a alguns anos nos lembrarmos deste episódio, cada um de nós irá lhe atribuir um valor diferente. Dona Therese irá pensar no destino e na onipotência de Deus. O senhor, reverendo, no dia em que começou a mudar de vida. Uma bomba nos tornou todos prisioneiros. Somos, no entanto, prisioneiros completamente diferentes. Nunca chegaremos a atribuir os mesmos valores aos mesmos acontecimentos, e nunca a vida que levamos aqui em comum há de nos levar à mesma interpretação quer seja metafísica, simbólica ou histórica.

Faber riu.

– Espere um instante. Se esta sua teoria realmente tem algo de verdadeiro, nós deveríamos chegar a vinte e uma conclusões diferentes, considerando os três sentidos.

Schroeder concordou.

– Exatamente. Alguns entre nós poderão chegar a conclusões semelhantes neste ou naquele sentido. – Sorriu. – Você e Susanne talvez cheguem à mesma conclusão do ponto de vista histórico. Eu e o senhor, reverendo, devemos chegar a conclusões inteiramente opostas do ponto de vista metafísico. Depois de nos convencermos disso, como é o meu caso, será fácil predizer um pouco do muito que ainda há de acontecer. Para chegar a entender um ser humano, sempre precisamos nos servir de métodos indiretos. Um deles é a prática, que nos leva a poder imaginar como a outra pessoa interpretará um acontecimento sob aqueles três aspectos diferentes.

– O que você pretende, afinal? – perguntou Faber.

– Pretendo exatamente a mesma coisa que você, apenas procuro chegar lá por meios diferentes.

– Não foi isso o que perguntei. Gostaria de saber o que pretende com essa sua teoria.

– Eu também sei o que vai acontecer agora – respondeu Schroeder.

O padre pegou a pá que Faber havia largado no chão.

– Você se engana, Schroeder, as coisas não vão acontecer como você imagina.

– Vão, sim.

– Não – respondeu o padre.

– E por que não?

– Porque eu vou impedi-lo – retrucou Reinhold Gontard. Sua figura se avultou. Falou mais alto.

– Veremos – disse Schroeder.

Therese Reimann sacudiu a cabeça.

– De que vocês estão falando, afinal? Será que alguém poderia ter a gentileza de me explicar? Afinal, as coisas interessam a mim também.

– Dona Therese – perguntou o padre com toda a calma –, a senhora acredita em Deus Todo-Poderoso?

– Acredito – respondeu a velhinha.

– Faber – perguntou o padre –, existe alguma coisa mais preciosa do que a vida humana?

– Não – respondeu este.

– Evi – perguntou Gontard –, qual é a coisa na vida de que precisamos, tanto quanto o oxigênio?

– Justiça – respondeu a menininha. – E comida.

– Dona Susanne, existe alguma coisa no mundo mais forte do que o amor?

– Não – respondeu esta.

– Dona Anna Wagner, a senhora sabe por que estamos em guerra?

– Não – respondeu ela.

Irritado, Schroeder recolocou os óculos.

– Que significa tudo isso?

– Significa que já falamos demais. Agora eu sei o que tenho que fazer.

– Eu já sei há muito tempo – riu Faber.

– Que ótimo! O que acham da minha proposta de continuarmos a trabalhar?

– Aceito – respondeu o padre. Começou a trabalhar com a pá. Faber empurrou as vigas caídas para o lado. As mulheres voltaram para o andar de baixo. Walter Schroeder ficou olhando para elas. Tinha enfiado as mãos no bolso, e seus lábios pareciam prontos para assobiar. Mas ele não assobiou. Esperou um instante até que chegasse a sua vez de cavar. Enquanto esperava, fechou as mãos dentro do bolso.

Capítulo VI

I

Aos sete minutos para as onze, um estilhaço da bomba US BR84732519/44 destruiu parte de um cano d'água que corria debaixo do leito da Plankengasse. Logo a água começou a jorrar forte, espalhando-se por toda a área em volta. Vinha de longe, dos reservatórios da adutora de Viena, no Rosenhuegle, e foi se espalhando em todas as direções. Parte subiu, começando a encher de água lamacenta e escura a cratera aberta pela bomba. Outra parte foi correndo pela terra, por entre as pedras, e penetrando num velho poço de ventilação que fora cavado entre as paredes divisórias dos prédios da Plankengasse, 2, e da Rua do Mercado Novo, 13. Subiu lentamente e, seguindo a lei dos vasos comunicantes, manteve-se sempre no nível da água que estava dentro da cratera.

O lado da parede que dava para o abrigo da Plankengasse, 2, era de pedra maciça; o outro porém, principalmente a parte inferior, era de barro, e por aí a água infiltrou-se lentamente.

Por volta das quatro da tarde, umas cinco horas após a explosão da bomba, os trabalhadores da Companhia de Águas de Viena saltaram de um carro na Kaerntnerstrasse, desceram para um abrigo e fecharam o registro dos encanamentos lá embaixo. Fizeram o mesmo em outro abrigo da Dorotheergasse, isolando assim o setor entre os dois quarteirões. Tinham acabado de voltar do 21º Distrito e estavam mortos de cansaço. Não dormiam havia horas, e não era culpa deles ter decorrido tanto tempo entre a catástrofe e a sua chegada. Neste meio tempo, no entanto, a água havia enchido a cratera até em cima. Grandes bolhas sujas subiam até a superfície e aí estouravam. O chão do velho poço de ventilação começou a ficar enlameado. A água foi se infiltrando num ponto da parede de um abrigo de três andares num prédio no Mercado Novo. Um filete bastante forte começou a correr para o terceiro andar do subsolo. Foi se transformando num canal, que cresceu rapidamente. Terra e pequenas pedras se soltavam e caíam a intervalos irregulares. O jato de água alargava-se. Pouco depois, a água começou a se infiltrar por dois outros lugares. Com força cada vez maior, fazia pressão contra a parede porosa. À noite, a parede já estava tão encharcada que desmoronou com grande estrondo e toda a massa de água do poço de ventilação se despejou dentro do abrigo. Esta pressão violenta fez com que a água que se entranhara na terra ao redor fosse puxada e seguisse o mesmo caminho. A cratera foi se esvaziando lentamente. Através de canais minúsculos, a água foi penetrando no fundo do abrigo, gotejando sem parar. As gotas escorriam devagar, silenciosas, na direção do lago escuro que se formara lá embaixo no subsolo.

A bomba US BR84732519/44 não atingira nenhuma casa. Não era culpa dela; não se podia responsabilizá-la pelo fato. Seguira seu destino, e quis o acaso que fosse cair bem no meio da rua, entre os prédios 1 e 2 da Plankengasse. Veio do lado da Kaerntnerstrasse, passou pelos fios de alta tensão, roncando como um trovão, e foi cair no asfalto, no local acima descrito. Podia muito bem ter caído num dos dois prédios da Plankengasse. No entanto, foi cair no meio da rua. Era uma bomba comum, perfeita, de quinhentos quilos, com espoleta de retardamento. Com o violento impacto da queda, rompeu a camada do asfalto e, com uma velocidade considerável, penetrou no solo úmido, cortou os cabos de luz cuidadosamente isolados e explodiu. Como tinha penetrado na terra, sua explosão causou um estremecimento cujo efeito se fez sentir mais horizontal do que verticalmente. Apenas fragmentos isolados do aço da capa da bomba chegaram até a rua. A maior parte se misturou à terra abalada, e assim uma respeitável quantidade de ferro da Pensilvânia veio a fazer parte daquele solo por onde, séculos atrás, haviam passado os soldados romanos em marcha.

Um grande estilhaço atingiu por acaso um cano de água que corria por baixo da rua. Sendo a pressão dentro dele maior do que a exercida pela terra em volta, a água começou a jorrar com grande força, infiltrando-se ali.

O efeito causado pela bomba US BR84732519/44 se prestava maravilhosamente a demonstrações de natureza energética, eletroquímica, hidrostática e termodinâmica. Por mero acaso, no entanto, num abrigo perto de onde ela caíra, encontravam-se sete pessoas, que há vinte e quatro horas não viam a luz do dia.

II

À luz de uma vela, dona Therese arrumava a comida em cima do caixote. Movia os lábios silenciosamente, como se estivesse falando consigo mesma. De vez em quando, balançava a cabeça afirmativamente, depois a sacudia, como se estivesse em desacordo consigo. Eram quinze para a uma. No andar superior, os três homens trabalhavam tentando livrar a entrada do túnel. Para poupar oxigênio, usavam apenas um lampião.

Depois de fazer uma visita ao local do desmoronamento, dona Therese voltara para sua cadeira, mas não conseguira ficar ali no escuro sem fazer nada, ouvindo os outros trabalharem. Resolveu, pois, preparar o almoço, e tendo tomado esta decisão ficou mais tranquila.

A perspectiva de uma ocupação que fosse útil a ela e aos outros animou-a novamente. Enquanto acendia uma vela e fazia um levantamento do que ainda existia de víveres, lembrou que seria importante fazer uma oração. No entanto, naquele momento, o almoço era mais importante. Cortou, então, uma porção de fatias finas de pão e começou a cobri-las com carne e peixe. Evi estava ao seu lado, olhando.

– Para quem você está fazendo esses sanduíches?
– Para nós todos. Já está na hora de comermos alguma coisa. Estamos com fome.

Com dois dedos, Evi pegou um pedaço de sardinha e levou-o à boca.

– Eu não estou com fome.
– Mas os homens lá em cima estão.
– Por quê?
– Porque eles estão trabalhando.
– Ainda vão trabalhar muito tempo?
– Não – disse dona Therese. – Muito tempo, não.
– Não vamos ficar aqui para sempre?

A velhinha deu uma risada nervosa.

– Claro que não! Que pergunta! Claro que não vamos ficar aqui para sempre. Vamos embora daqui a pouco.
– Vamos para onde?
– Para o lugar de onde viemos.
– E de onde viemos?
– Ora, então você não sabe? – perguntou dona Therese.

Evi sacudiu a cabeça.

– Você não veio da sua casa? Não se lembra mais?
– Lembro, sim.
– Pois é para lá que você vai de novo.
– Mamãe também.
– Claro.
– E você também vai para casa?

Dona Therese concordou heroicamente.

– Todos nós vamos direto para casa quando sairmos daqui – disse ela.
– Pensei que fôssemos ficar morando aqui, agora – declarou a menininha. – Nós dormimos aqui, comemos aqui, brincamos aqui.
– Mas não podemos morar aqui. É muito úmido e escuro.
– É mesmo. E também, se a gente tivesse que ficar aqui para sempre, não tinha bastante comida – disse Evi.

– Viu? Agora você entende por que temos que ir embora.

– Entendo, sim. Mas, olhe, neste pão aqui tem menos carne do que no outro.

– É impressão sua.

– Eu não vou querer este pão. Tem menos carne, sim. Para quem você vai dar?

– Vou ficar com ele.

– E você não se importa?

– Não – respondeu dona Therese.

– Você talvez não goste de carne. Se fosse aquele queijo amarelo de buraco, eu também não me importaria.

Evi olhou para a velhinha.

– Você estava cantarolando?

– Estava, sim – respondeu a velhinha.

– Que canção era?

– Não é nenhuma canção, é apenas uma melodia.

– Eu também gosto de cantar – disse Evi. – Você conhece "Deixa passar os ladrões"?

– Não.

– Que pena! Podíamos cantar juntas. Que canções você conhece?

– Conheço uma porção: "Boa noite, durma bem"...

– Ora, mas isto é canção de ninar.

– Lá isso é. Espere um momento. Conheço outras. Por exemplo: "Tenho um carro carregado de moças bonitas"...

– Não – retrucou Evi –, essa eu não conheço. Talvez a gente possa cantar "Como é gostoso ao entardecer".

– Claro – disse dona Therese. Colocou os sanduíches em cima de uma pequena tábua e deu a vela acesa para Evi. – Agora vamos levar isto aqui para os homens comerem. Você pode levar a vela. Cuidado para não cair.

– Não vamos cantar?

– Podemos cantar enquanto subimos – disse dona Therese. Levantaram-se e foram andando para a escada. Evi ia na frente da velhinha, que levava a tábua com os pães. A sombra na parede as acompanhava. Subiram as escadas cantando. A voz de Evi era alta e límpida. Desafinava muito, mas cantava com bastante entusiasmo. Dona Therese, com seu soprano fraco e trêmulo, se esforçava por manter a melodia. Quando chegaram, Faber largou a pá e riu, enquanto dona Therese distribuía os sanduíches.

– Por que você está rindo?

– Porque estava tão engraçado!...

– Você conhece essa canção?

– Conheço – disse Faber, de boca cheia.

– E vocês – disse Evi, dirigindo-se a Schroeder e ao padre. Eles também a conheciam.

– Então vamos cantar todos juntos – sugeriu Evi, entusiasmada. – Vocês vão ver como é bonito. Vamos cantar como canhão?

– Cantar como?

– Como um canhão. Você não sabe o que é?

– Sei, sim – disse Faber. – Mas cantar como um canhão a gente não pode.

– Pode, sim! No jardim de infância nós sempre cantávamos.

– Como é que vocês faziam?

– É muito simples. Eu começo a cantar; quando estiver no meio, você entra, e quando você estiver no meio, começa o padre, e assim vai. Você não conhece?

– Isto se chama cânone – disse Faber. – Sabia?

– E não foi o que eu disse? – E ela começou a cantar. Quando chegou ao meio fez um sinal para Faber entrar e continuou cantando. Faber entrou. Avisou ao padre a hora em que este devia começar, e ele, com sua voz profunda, começou a cantar também a canção que falava da paz que reinava ao entardecer. Quando chegou a vez de Schroeder, ele surpreendeu a todos com seu forte e sonoro baixo. Por fim, entrou dona Therese. Em pé, em cima de um monte de terra diante da entrada soterrada, Evi dirigia o cânone, movimentando entusiasmada os braços para cima e para baixo. Devolvera a vela a dona Therese. Faber segurava na mão o pedaço de pão mordido; Schroeder e o padre estavam sentados no chão. A canção ecoava alto; depois, a um sinal de Evi, dona Therese parou de cantar, depois Schroeder e depois o padre. Por fim, Evi estava de novo cantando sozinha, e, abaixando a voz, terminou a apresentação musical com a última frase:... "e soam os sinos, blim, blom, blim, blom, blim".

– Muito bem – disse Faber –, foi um cânone lindo!

Evi riu, lisonjeada.

– Estou com sede – disse Gontard. – Acho que estou com tanta sede que seria capaz até de tomar chá de camomila, embora uma água fresca fosse bem melhor.

– Esse é o único conforto que nos falta – disse Faber –, água corrente. Mas vamos deixar de ser exigentes.

– Espere – disse dona Therese –, não se incomode. Eu sei onde está a garrafa térmica. Pode deixar que apanho. – Acendeu novamente a vela e foi subindo, rápida, as escadas. Quando já estava voltando, percebeu um ruído estranho, vindo lá do outro lado do abrigo. Soava como se houvesse água correndo e pingando constantemente. Dona Therese iluminou a parede. Formara-se nela, a uns dois metros de altura, uma mancha escura e úmida, de cujo meio brotava água aos borbotões. Era como se a parede estivesse cuspindo água. Com um borbulhar, saía um fino jato de água que, caindo no chão, formava uma poça. Depois de alguns segundos, tudo se repetia. Em pé, com a vela acesa na mão, dona Therese fitava muito admirada aquela parede que minava água. De onde estaria vindo? Virou-se, correu de volta até a escada e chamou Faber em voz alta.

Este respondeu.

– Venha até aqui! Quero lhe mostrar uma coisa!

Seus passos se aproximaram.

– O que foi? Não conseguiu encontrar o chá?

– Água! – disse dona Therese. – Está entrando água aqui no abrigo.

Faber, que vinha de lampião na mão, foi correndo ver.

Mudos, contemplaram o fenômeno, aquele pequenino chafariz.

– Água! – exclamou Gontard. Colocou a boca no centro da mancha escura e tentou beber a água que brotava. – É boa – disse ele. – Fabulosa, clarinha e gelada.

Faber não respondeu. Olhou para a parede e coçou a cabeça. Schroeder deu de ombros e disse:

– Você sabe o que é isso?

– Eu não.

– Não sabe mesmo?

– E o que você acredita que seja?

– Olhe aqui – disse Schroeder –, esta parede está perpendicular àquela em que se encontra o túnel. O túnel desabou do lado esquerdo.

– Do lado esquerdo e em cima – retrucou Faber.

– Exatamente, por cima e pela esquerda. Logo, deve ter caído uma bomba em qualquer lugar da Plankengasse. Não acha?

– É bem possível.

– Já ouviu falar em encanamento?

– Hum – fez Fazer, enquanto Schroeder apontava para a parede.

– É exatamente isto o que acontece quando um deles se rompe.

– Acha que a água vem de algum cano?

– Claro que vem.

– Mas este prédio não fica na Plankengasse, tem outro no meio – disse dona Therese, ainda com a vela acesa na mão. – Por que então a água corre para cá em vez de ir para o abrigo ao lado?

– Isso eu não sei – respondeu Schroeder. – Talvez esteja até entrando nos dois. Aqui, ao menos, está.

– Não é muita.

– Espere um pouco. Está apenas começando.

– Podemos apará-la com o balde.

– Para quê? Quando o balde estiver cheio vamos ter que despejá-lo. Por enquanto vamos deixar que ela se entranhe na terra.

— Se a água estiver entrando aqui, deve estar entrando também do lado onde estavam cavando ao nosso encontro, não é?

— Talvez — disse Schroeder.

— Nesse caso, o pessoal ao lado deve estar sabendo e ter fechado os registros.

— Se a água estiver realmente entrando lá também.

— Mas não pode estar! — exclamou dona Therese. — O abrigo ao lado só tem dois andares.

— Mas alguém deve estar vendo a cratera lá na Plankengasse, ou o prédio que tiver desmoronado ou seja lá o que for. Se ali estiver brotando água, todo mundo saberá que rebentou algum cano.

Schroeder olhou para o relógio.

— É uma e quinze. A bomba deve ter caído lá pelas onze. Se tivermos sorte e a água subir mais depressa do que penetrou para o lado, o cano já terá sido fechado.

— De qualquer maneira — disse Gontard, limpando a boca com as costas da mão —, devíamos continuar a cavar o mais rápido possível. Quem sabe o que ainda poderá nos acontecer aqui dentro deste abrigo!

Com uma pá, Schroeder juntou um pouco de terra seca e jogou em cima da poça.

— Para a água não se espalhar — explicou ele. — É melhor ter um monte de lama do que todo o chão molhado. Vou apanhar terra lá em cima.

Susanne Riemenschmied veio juntar-se a eles, deixando Anna Wagner na cama.

— Já estávamos ouvindo os pingos há algum tempo. Começou muito devagarzinho e foi ficando mais alto.

— Não é lá muito reconfortante — disse Schroeder.

Evi, que ouvira tudo em silêncio, aproximou-se de Faber.

— De onde vem essa água?

— Lá de fora.

— Ainda vai entrar muita?

— Não — disse Faber —, vai parar daqui a pouco.

III

Mas não parou.

Uma hora mais tarde, a terra que tinha sido jogada na poça já não conseguia absorver o jato constante, e a água escorria para todos os lados em pequenos filetes. Pedras isoladas foram se soltando da parede, caindo na água – splash!

A cerca de três metros do lugar em que a água minava, apareceu um outro. Por volta de duas e meia da tarde os dois se uniram, formando uma única e imensa mancha escura que começou a gotejar em vários lugares. A água corria mais rápido. Em alguns pontos do chão desnivelado já chegava a alguns centímetros. Os três homens trabalhavam sem parar, tentando livrar a entrada do túnel. Com a ajuda de dona Therese, Susanne procurava manter a água num único local do abrigo, jogando mais terra, pedaços de manilha rachados e outros objetos. Com a enxada, abriu uma estreita trilha no chão. Da parede úmida, porém, a água pingava numa extensão bastante grande.

– Se a água escorresse de um lugar só, poderíamos recolhê-la numa vala.

– Que vala?

– Poderíamos cavar um buraco aqui no canto e deixá-lo encher como um pequeno lago. Assim, a água ficaria sob o nosso controle. Agora ela corre para onde bem entende.

– Não precisamos de buraco; nos cantos, o chão é mais baixo. Bem no meio, o abrigo é mais alto. Basta, portanto, desviar a água para os lados.

Susanne começou a raspar com muito cuidado a lama dos lugares molhados.

– Foi aqui que a água escorreu primeiro. Aqui a terra está menos dura. Vou abrir um buraco na parede e depois faço a vala.

– É bom – concordou dona Therese, que a observava.

– E é muito simples.

Susanne batia com força. Um ruído gargarejante saiu da parede. De repente, um pedaço de terra do tamanho de uma cabeça foi lançado longe como se fosse uma rolha, atingindo Susanne no peito. Ela deixou cair a ferramenta e deu um pulo para trás. Dona Therese deu um grito. A água jorrou da parede a um metro de distância. Susanne procurou tapar o buraco com as mãos, mas não adiantou. Encheu a abertura com terra, mas a água empurrou-a para fora novamente. Rápida, pegou papel, restos de madeira e um saco velho do chão e tentou enfiá-los na abertura de onde saía a água. Em vão. Pela direita e pela esquerda, por cima e por baixo, a água escorria pelas mãos de Susanne, os braços e o vestido, correndo pelo chão. A terra brilhava. Os sapatos de Susanne escorregavam na lama. Ela se firmou contra a parede, mas a água passava por cima dela.

Dona Therese gritou, chamando Faber.

– A água rebentou a parede! Não dá para estancar! Queríamos represá-la e aí um pedaço de terra se soltou...

Faber veio correndo e puxou Susanne, que ainda continuava a lutar com a parede. Logo a água empurrou o saco velho para fora. Schroeder, que tinha trazido uma pá, começou a cavar na terra solta, mas também ele não teve êxito. Susanne tremia, nervosa.

– Não fiz por querer... Pensei que a água fosse se juntar no canto se eu abrisse uma vala e, de repente, um pedaço de terra caiu da parede. Realmente não fiz por querer! A água ia se acumular num canto, e nós poderíamos continuar usando o abrigo...

Faber levou-a para um canto seco e esfregou-lhe as mãos para esquentá-las.

– Calma – disse ele. – Calma, Susanne. Você não tem culpa.

– Eu sei. Mas agora a água está entrando aqui no abrigo. Se eu não tivesse mexido na parede, nada teria acontecido.

– Claro que teria. Mesmo sem mexer. A parede estava encharcada. Ainda vai entrar mais água. Não precisa ficar nervosa. Se não pudermos mais ficar aqui, vamos para o andar de cima. Calma, Susanne.

— Eu já estou calma – disse ela, batendo o queixo. Faber pegou um cobertor da cadeira de dona Therese e enrolou-o nos ombros de Susanne.

— Nós sabemos nadar – disse ele. — Quem vai ter medo de um pouquinho de água assim? – Ele meteu a mão no bolso.

— Não quero cigarro.

— Quer, sim.

— Não!

— Vamos lá – disse Faber. — Vou lhe dar um cigarro de primeira.

— Por favor, não!

— Fume comigo, então. — Faber lhe colocou o cigarro na boca e riscou um fósforo. — Pronto, meu amor... Não, você tem que puxar a fumaça e não soprá-la... assim, sim, agora melhorou! E onde está o sorriso? Me dê o cigarro um instante. Você o molhou todo... Quantos anos você tem, afinal? – Beijou-a na boca. — Como é? Já esquentou um pouco?

— Já.

— Deixe-me ver as mãos.

— Estão quentinhas.

— Deixe-me ver.

Faber começou de novo a esfregar as mãos de Susanne, com o cigarro preso no canto da boca.

— Sou realmente uma idiota histérica.

— Nem tanto.

— Sou, sim.

— Não é, não.

— Quando você está ao meu lado, tudo está bem.

— Claro – disse Faber –, quando eu estou aqui tudo tem que estar bem.

Schroeder desistira de controlar a água que jorrava.

— Que faremos agora? – perguntou dona Therese.

— Primeiro, temos que levar todas as coisas lá para cima.

— Mas talvez a água pare...

Schroeder estava meio cético.

— Talvez. Nesse caso, traremos tudo de volta. Se não parar, vamos ter que nos instalar lá em cima.

– Tenho muita coisa – disse dona Therese. – São caixas e caixotes, malas e tapetes, uma porção de coisas.

– Não faz mal. A senhora não quer perder suas coisas, não é?

– Ah, não!

– Então temos que levar tudo lá para cima. Seria melhor que fosse já. O que acha, reverendo?

– Acho que é o melhor, sim. Vamos lá!

E foi o que fizeram. Todos tomaram parte nessa tumultuada mudança, com exceção de Anna Wagner, que continuou deitada e muda, na cama. Evi, dona Therese, Susanne, Faber, Schroeder e Reinhold Gontard carregaram as malas e os tapetes da velhinha lá para cima, como também o caixote com a porcelana Meissner, o pote de joias com o estranho cadeado, o relógio de pêndulo dourado. Evi levou tudo o que era comida. O pão, a carne, o leite condensado, os últimos treze cubinhos de açúcar, os enlatados, os dois limões, a garrafa de chá. Cadeiras e cobertores, tudo foi levado pelos seis até o segundo andar do abrigo, enquanto a água continuava a jorrar num grande arco da parede.

– Sabe de uma coisa? – disse o padre, ao carregar um caixote lá para cima com a ajuda de Faber. – Se, de acordo com a sua opinião, não existe uma comunidade, nós realmente estamos sendo extraordinariamente solidários. Fomos soterrados juntos. Repartimos a nossa comida. Trabalhamos juntos, rimos juntos. Dormimos na mesma escuridão. Quase fomos atingidos por esta última bomba e agora estamos ameaçados de morrer afogados. Mesmo assim, continuamos a ajudar uns aos outros!

– Justamente por isso. É o único motivo. Se tudo estivesse bem, cada um estaria vivendo só para si.

– Alguma coisa aí não está certa.

– Como? Está tudo certo.

– Não – retrucou Gontard, enquanto colocava o caixote no chão. – Tem alguma coisa errada. Você diz que nos ajudamos quando estamos em apuros.

– É isso mesmo.

– E hoje em dia a maioria das pessoas está ou não em apuros?

– A maioria está.

– Muito bem. E por que então não ajudam uns aos outros? Por que existe a guerra?

– Talvez os apuros ainda não sejam bastante grandes!

– Bobagem! – exclamou o padre. – Isto não é resposta! Eu pergunto por que é que nos ajudamos aqui dentro do abrigo, no momento em que as coisas estão ficando difíceis, e os outros que estão lá fora não se ajudam, quando, afinal, a situação deles também não é das melhores.

– Não sei – confessou Faber. Juntos desceram mais uma vez as escadas e encontraram Schroeder ajudando Susanne a carregar um tapete. – Ninguém sabe a verdade.

– Não fale em verdade – disse o padre, irritado. – Não lhe perguntei sobre ela. Nem quero saber dela.

– O que quer, então?

– Apenas uma explicação. Uma explicação lógica, que não contenha contradições. Quando estamos com fome, nos lembramos de comer. Se alguém aponta uma arma para nós, procuramos liquidá-lo antes que ele nos liquide. Quando morremos, acabou-se: estamos mortos. Mas por que não nos ajudamos uns aos outros? Ou melhor, por que os outros não se ajudam mutuamente?

– Talvez porque não se conheçam suficientemente.

– Mas nós aqui também não nos conhecemos – disse Gontard.

– Conhecemos, sim. Eu conheço o senhor, Susanne e a menininha como se vivêssemos juntos há um ano. Com o senhor não acontece a mesma coisa?

– Talvez tenha razão. Não sabemos nada um do outro, mas apesar disso nos conhecemos.

– Com exceção de Schroeder. A ele eu não conheço direito. Mesmo assim trabalhamos juntos.

– Eu o conheço muito bem – disse o padre. – Já o encontrei sob milhares de formas diferentes e sei perfeitamente quem ele é.

— Mas o senhor também trabalhou com ele e o desenterrou quando o túnel desabou.

— É — disse Gontard. — É estranho. — Ficou calado enquanto subiam. Depois disse: — Bem que eu gostaria de acreditar numa comunidade.

— Eu também. Mas ela não existe.

— Como sabe disso?

— Por experiência — disse Faber.

— E Susanne?

— É outra coisa.

— Outra coisa, como?

— Eu a amo.

— Ora, o amor — disse o padre, depondo as malas. — Talvez devêssemos tentar chegar mais longe com ele.

A água já subira alguns centímetros quando conseguiram levar a última poltrona para cima. Guardaram os pertences de dona Therese num canto bem afastado da boca do túnel.

— Esta noite vamos dormir aqui — disse Schroeder.

— Se a água parar...

— De qualquer maneira. Lá embaixo deve estar muito molhado. — Schroeder olhou para o relógio. — São quatro e meia. Temos que continuar a cavar, para conseguirmos sair ao menos de manhã.

Dona Therese contou as malas.

— Está tudo aí — disse ela. — Não esquecemos nada.

— Só os latões de gasolina ficaram lá embaixo.

— Por mim podem continuar lá — disse Gontard. — Não precisamos deles.

Schroeder botou a mão na boca, mas não disse nada.

— Aqui em cima deve ter no mínimo outros vinte — disse dona Therese. — Bem que poderíamos jogá-los lá embaixo. Sempre é mais garantido.

— Garantido por quê? — perguntou o padre.

— Não sei.

Os olhos de Gontard encontraram rapidamente os de Schroeder.

– Não vai acontecer nada – disse ele. Evi pegou-lhe a mão.

– Vamos lá apanhar minha mãe?

– Vamos, sim. Pensei que sua mãe estivesse dormindo. Não quis incomodá-la.

– Não está dormindo, não. Estive lá agora. Ela disse que gostaria de vir aqui para cima. Mas a água está subindo e ela está de sandálias.

– E você, não se molhou?

– Não. Fiquei em pé na escada.

– Deixe que eu vou – disse Faber. – Estou de botas.

IV

A água ia subindo lentamente pelos pés da cama. Centímetro por centímetro. Deitada de costas, Anna Wagner ouvia o borbulhar da água que brotava da parede e ia inundando o abrigo. Viu sombras passarem pela escada e percebeu parte da conversa entre Faber e o padre. Depois tudo ficou em silêncio. Uma grande calma tomou conta de Anna Wagner, uma maravilhosa sensação de paz. Ela, que há meses vinha sentindo medo, que estava sempre dominada por um pavor incerto e generalizado, encontrava-se pela primeira vez realmente em perigo. E de repente, deitada ali no escuro, Anna Wagner decidiu não morrer. Decidiu que ia viver! Resolveu esquecer o sonho e lembrou-se das palavras de Susanne: "Se acontecer alguma coisa aqui, há de acontecer a todos nós. Por isso não devemos ter medo".

Essa ideia fora aceita involuntariamente pela comunidade daqueles que estavam no abrigo e, pela primeira vez, Anna Wagner teve consciência de que não só ela estava em perigo, mas que a morte era tão íntima de todos ali quanto dela. Ela não estava só com o seu medo, todos sofriam do mesmo mal. Diante da presença dos demais, da ajuda deles, do cuidado que tinham com ela, Anna Wagner tomou coragem. Dona Therese lhe havia cedido a cama na qual ela agora estava deitada, embora a velhinha não tivesse outra. Robert

Faber tinha brincado com Evi, e o padre subira durante a noite para continuar a trabalhar para todos. A comida havia sido repartida. Eles não se conheciam. Mesmo assim, se ajudavam. O soldado dissera que todos tinham o mesmo direito à segurança, que todos eram iguais naquele abrigo.

"Se nos ajudarmos uns aos outros", pensou ela, "se permanecermos unidos, nada poderá nos acontecer. A morte só será nossa companheira na solidão. Juntos, estamos cercados de segurança. Não morreremos. Nenhum de nós. Tudo vai dar certo."

De repente, Anna Wagner teve consciência também do fato de que ia dar à luz uma criança. Não estava só! Dentro dela já vivia outro ser. Sentia perfeitamente a criança se mexer e ficou feliz com o novo nascimento, tão feliz quanto ficara com o amor, quando era muito jovem ainda. O marido ia voltar e nunca mais a deixaria! A criança cresceria forte e bonita, talvez fosse um menino, e ia se chamar Peter, como o pai. A princípio ficara aflita por ter que ficar parada, olhando os outros trabalharem. Agora, porém, sabia que também lhe cabia uma tarefa tão importante quanto o trabalho daqueles homens que se esforçavam por restabelecer uma ligação com o mundo exterior.

Cabia a ela preservar uma vida num tempo tão cheio de mortes. Seu filho iria viver, crescer numa época em que não haveria mais guerra. Ela era mãe. Ia tornar-se mãe pela segunda vez. Esta era a sua missão, e isso a fazia feliz. Estava deitada quando Faber veio atravessando a água para levá-la para cima.

– Não a esquecemos – disse ele.

– Eu teria ido até lá. Mas estou de sandálias, e a água já está muito alta.

– Vou carregá-la.

Anna riu.

– Sou mais pesada que Susanne.

– Até a escada eu acho que dá – disse Faber. – Segure no meu pescoço.

– E a cama?

– Volto depois.

Faber pegou-a nos braços e carregou-a com cuidado através da água. Suas botas brilhavam.

– Meu marido me carregou assim no dia do nosso casamento – disse ela. – Ainda dá para aguentar?

– Dá, sim. – Faber chegou até a escada e colocou Anna Wagner no chão. Quando ela se virou para começar a subir, parte da parede onde estava minando a água ruiu com grande estrondo... e a água jorrou como cascata no abrigo abandonado. Anna Wagner sorriu.

– Você veio na hora exata – disse ela. – Senão eu teria me molhado mesmo.

Faber concordou.

– É melhor subir. Vou buscar a cama antes que ela comece a boiar. – Voltou pela água trazendo primeiro os colchões para o seco. Depois desmontou a cama em duas partes e levou-a debaixo do braço. A luz do lampião incidiu sobre um objeto que era levado pela água. Era a boneca de Evi. Ele abaixou-se e fisgou-a. A boneca abriu e fechou os olhos. Faber sacudiu-a.

E a água continuava a entrar com a mesma força, correndo pelas paredes. Quando Faber subiu para o segundo andar, ela ficou perdida no escuro.

V

Enquanto as mulheres estavam ocupadas, guardando as malas e preparando novos lugares para dormir, os três homens continuavam a cavar o túnel. Tiravam as vigas da terra macia. Uma delas estava quebrada. Conseguiram livrar grande parte da passagem.

– Desta vez, vamos prender essas vigas logo de saída com ganchos de ferro, inclinando-os para trás, para que não nos aconteça a mesma coisa pela segunda vez – disse Faber.

– Não pode acontecer – disse o padre. – Se uma terceira bomba cair no mesmo local, eu passo a não confiar mais no cálculo das probabilidades.

– Se cair uma terceira bomba aqui – disse Schroeder –, o senhor nem vai precisar se preocupar mais. – Pegou o lampião e iluminou o teto. – A brecha aumentou.

– Bobagem! Não é brecha nenhuma. Já estava assim antes.

– Claro – disse Schroeder.

– Amanhã de manhã sairemos lá do outro lado. – Faber se virou. Os outros dois continuaram calados. – Não acreditam no que estou dizendo?

– Prefiro não acreditar em mais nada – disse Schroeder. – Não sou tão maluco a ponto de me empolgar mais uma vez. No fim esta merda acaba desmoronando de novo.

– Que é isso, Schroeder? Que foi feito de sua inabalável confiança?

– Ora, me deixe em paz! Eu devia ter feito logo de início o que eu achava certo. Assim, agora, não teríamos mais preocupação.

– Devia ter feito o quê?

– Explodido a passagem.

– Hum – fez Faber –, creio realmente que nesse caso não teríamos mais preocupação nenhuma.

– Este palavrório não tem sentido. Viu em que deu? O túnel ruiu. Vinte e quatro horas de trabalho inútil. Lá embaixo a água está subindo. Não ouvimos mais sinais lá de fora. Que bela situação! – Schroeder marretava com raiva uma pedra que ficara imprensada entre as duas vigas. – A gente nunca deve dar ouvidos aos outros!

– Vai começar de novo? – perguntou Gontard. – Será que não entende que queremos ser felizes a nosso modo e não ao seu?

Schroeder não respondeu.

– Se você, por acaso, tem a intenção de realizar a sua pequena experiência esta noite, eu o desaconselho inteiramente. Sou humano, e meus nervos não são mais resistentes do que os de qualquer outra pessoa. Não gostaria que ficasse fazendo experiências enquanto eu estivesse dormindo.

– Eu também não. Nossa situação já está bem ruim – disse Faber.

– Por que vocês falam tanto? – perguntou Schroeder. – Acalmem-se. Ninguém vai fazer experiências com as suas vidas.

– Promete?

Schroeder riu.

– Querem que eu lhes dê minha palavra de honra?

– Quero – disse Gontard. – Mas que seja realmente uma palavra de honra.

– E o senhor não acredita em mim se eu garantir simplesmente que não vou fazer nada?

– Não – retrucou o padre. – Não acredito.

– O senhor pelo menos é sincero.

– Creio que o faria, porque sei que está resolvido a fazê-lo.

– Ah! – fez Schroeder com sarcasmo. – Diz isso porque conhece demais o meu caráter, não é?

– Deve ser por isso mesmo – concordou Gontard.

Continuaram a trabalhar por algum tempo em silêncio, depois Schroeder disse:

– Eu lhes faço uma proposta. Vamos esperar até amanhã. Até o meio-dia. Se até lá não tivermos conseguido nos comunicar com o outro lado, explodiremos a passagem.

– Não concordo – disse Gontard.

– E você?

Faber sacudiu a cabeça.

– Eu também não. Se até o meio-dia não ouvirmos nada, até a noite talvez tenhamos algum contato. Não vale a pena.

– E os nossos queridos amigos, os americanos? E se eles tornarem a voltar amanhã?

– Mesmo assim – respondeu Gontard – a sua ideia não me agrada. Não gostei dela ao ouvi-la pela primeira vez. E então ainda tínhamos um último refúgio no terceiro andar. Ele já não existe mais. Se por causa de sua experiência o abrigo pegar fogo, morreremos todos.

– E, afinal, cada um de vocês tem direito à segurança... Já sei. Não tenham receio. Foi apenas uma sugestão.

– Eu não tenho receio – disse Gontard. – Não tenho medo de você, Schroeder. Apenas estou lhe fazendo uma advertência. Seu plano não me agrada. Se, por acaso, tentar colocá-lo em prática, pode estar certo de que eu vou me opor.

– Não vai ser tão fácil assim – disse Schroeder. – Por acaso pretende me acorrentar? Ou não me perder de vista um só instante? Ou o quê?

– Não esqueça que somos dois contra um.

– Vocês são seis contra um – disse Schroeder –, ao menos de acordo com a nossa votação de ontem. Porém, mesmo que fossem mil, eu continuaria a afirmar que a minha proposta é a única certa.

– Isso soa muito bonito – disse o padre –, mas está completamente errado. Por acaso sabe o que é democracia, Schroeder?

– Já ouvi falar.

– Bem – observou Gontard –, o que alguém que vive numa ditadura consegue saber sobre democracia não vale grande coisa, embora seus conhecimentos possam ser anteriores a ela.

– Realmente são. Não nasci ontem, reverendo. Meu interesse no bem-estar do *Homo sapiens* foi, durante certo tempo, tão forte quanto o seu. Também já me preocupei com o mundo em que vivo, embora o senhor possa não acreditar.

– Acredito, sim – respondeu Gontard. – Estou convencido até que você, eu e todo mundo não agimos erradamente de propósito.

– O senhor quer dizer erradamente de acordo com seus princípios.

– Claro – disse Gontard –, o que a mim parece errado. Com isso, voltamos à democracia. Numa democracia acontece aquilo que parece acertado à maioria.

– E o que a minoria acha certo?

– Não é realizado.

– Daí, temos a ditadura da maioria.

– Não é bem isso – disse Gontard. – Os poucos que são de opinião contrária acabam se convencendo de que, provavelmente, não devem ter razão, se dez divergem da opinião de centenas de milhares. Mesmo que eles não se convençam disso, respeitam o direito da maioria de tomar as decisões.

– Para lhe dar um exemplo de sua própria profissão, eu lembro que também Jesus Cristo foi crucificado por uma maioria, que apesar de tudo acreditava estar agindo certo. Galileu quase foi queimado por ter afirmado que a Terra era redonda, e houve gente que zombou de Cristóvão Colombo. Todas as comparações são falhas – disse Schroeder. – Eu não sou nem Colombo, nem Galileu. E muito menos Cristo.

– Gostei dos exemplos – disse o padre –, embora eles realmente não venham muito ao caso.

– E daí?

– E daí? – disse Faber. – Acontece que você não vai explodir a passagem, quer seja Cristo ou não.

Susanne apareceu.

– A água está correndo muito pouco – disse ela. – Estive lá embaixo agora mesmo.

– Ótimo – disse Gontard. – Até que altura chegou?

– Mais ou menos meio metro. É difícil calcular. O senhor quer ir lá dar uma olhada?

– Tem lanterna?

– Tenho, sim – respondeu a moça.

– Vamos lá, então.

Faber largou a pá, mas o padre colocou a mão sobre seu ombro, retendo-o.

– Voltamos já. Eu queria descansar um pouco. Será que você pode continuar a cavar com Schroeder?

– Está certo – respondeu Faber, olhando para o padre. Este agradeceu e foi descendo a escada com Susanne. Os últimos degraus estavam cobertos pela água. Da parede desmoronada ainda corria um fio de água.

– Parece que afinal fecharam os registros – disse Gontard. Pegou uma pedra, jogou-a na água e ficou olhando os círculos que se formaram em redor.

— Uma bonita gruta — disse ele. — Em outras circunstâncias, com um barco e um violão, seria até romântico.

— Reverendo — disse Susanne. — Por que quis vir só comigo até aqui?

O padre se levantou. Estavam em pé um ao lado do outro, no último degrau seco. Gontard apagou a lanterna. Lá de cima vinha a voz de dona Therese. Gontard se encostou na parede.

— Porque quero lhe dizer uma coisa que Schroeder não deve ouvir. Quando estiver a sós com Faber, diga a ele, por favor.

— O que é?

— Tenho um mau pressentimento. É como se esta noite fosse acontecer qualquer coisa. Acho que Schroeder vai tentar explodir a passagem.

— É — disse Susanne —, pensei nisso também.

— Veja bem, nós agora estamos limitados a um só andar do abrigo. Não podemos descer mais até ali. As paredes do abrigo estão fortemente abaladas. Se Schroeder realmente puser seus planos em prática, é bem provável que o abrigo desmorone de vez e nos soterre a todos. Seria uma pena.

— É — concordou Susanne —, seria uma pena.

— Por isso vou ficar acordado esta noite até quando aguentar. Gostaria de sair daqui com vida. Sei que é uma ambição tola, mas afinal é um desejo meu.

— Meu também.

— E de nós todos — disse Gontard. — De Schroeder também. Só que ele vai cometer um erro.

— Mas o senhor não vai conseguir ficar acordado a noite inteira.

— Não — concordou o padre. — Eu sei disso. Acho que consigo ficar acordado até meia-noite ou uma da manhã, depois acordo vocês dois.

— É uma boa ideia.

— Pode ser também que Schroeder mude de ideia e não faça nada. Há as duas possibilidades. Será que você pode falar com Faber?

– Claro que sim – disse Susanne.

– Tenho grande interesse em impedir que Schroeder ponha em prática seus planos, inclusive pelos motivos metafísicos antes mencionados – disse o padre, falando muito devagar. – Talvez ele tenha até razão quando diz que esta nossa situação aqui no abrigo é simbólica. Por isso, estaria na hora de acontecer alguma coisa. Nós três: eu, você e Faber, sabemos perfeitamente o que queremos. Até agora nos limitamos a falar. Foram apenas palavras vazias. Falar só não adianta. Somos adversários de Schroeder, mas isso não basta. Temos que permanecer unidos e agir. Aqui dentro do abrigo e lá fora, na vida. Só assim poderemos nos libertar de nossa culpa.

– Libertar? – perguntou Susanne.

– Exatamente – retrucou o padre. – É isso que temos que fazer.

VI

Naquela mesma hora, Schroeder, que trabalhava ao lado de Faber, refletia... Não seria tão fácil assim explodir a passagem. Havia empecilhos diversos. Os dois homens desconfiavam dele. Era evidente que iriam ficar de olho se pudessem. Talvez até tivessem a intenção de ficar acordados, se revezando e interferindo no seu trabalho, e com violência, se fosse necessário. Schroeder trabalhava rapidamente com a pá. Mesmo que tudo desse certo, pensou ele, precisaria de quinze minutos no mínimo para os preparativos. A terra ali não era dura, não ia ser difícil enterrar os latões. Um quarto de hora bastaria. Mas onde encontrar esse quarto de hora?

"Meu Deus", pensou Schroeder, "se Faber ao menos estivesse do meu lado, se fosse meu aliado! Nada poderia nos acontecer. Juntos seríamos capazes de fazer qualquer coisa." Olhou para o soldado. Faber cavava. Sua boca estava ligeiramente aberta, o cabelo caía-lhe na testa. "Nós dois", pensou Schroeder, "poderíamos ajudar os outros. Os outros e nós também. Tudo seria fácil se nos uníssemos. Mas você não quer. Por isso, tenho que tentar resolver meu problema sozinho."

Schroeder refletia. Talvez, se ele esperasse mais, todos acabassem adormecendo, mesmo que fosse só por pouco tempo. Então ele poderia enterrar os latões. Preparar tudo para que faltasse apenas encostar um fósforo no pavio improvisado. E era isso que ele ia fazer! Ficar em pé, de fósforo aceso ao lado do pavio, e aí acordar todo mundo. E dizer para eles: "Fiquem lá embaixo. É mais seguro. Sei que não vai acontecer nada... mas em todo caso é mais seguro". O fósforo aceso na mão iria evitar qualquer ataque a sua pessoa. Ao menor movimento ele acenderia o pavio. Esse era o caminho. Era isso que ele ia fazer! Precisava apenas da bagatela de quinze minutos para seus preparativos. Quinze minutos apenas... E tudo daria certo.

Schroeder foi cavando mais para o fundo para já ir preparando o terreno. Assim teria menos trabalho depois. Calculava mentalmente o espaço necessário para três latões. Três seriam suficientes. Três latões cobertos com bastante terra... Virou-se para gravar o local onde eles estavam. Iria pegar os de cima, pensou ele, em silêncio, para não acordar ninguém. Com muito cuidado para não fazer barulho, bem tarde da noite, muito depois da meia-noite. Para preparar o pavio, iria cortar uma tira do cobertor. Usaria uma tira de cobertor embebida em gasolina. Ou, melhor, abriria uma das pontas em três como um chicote, para que os três latões se incendiassem ao mesmo tempo. Uma ponta em cada latão. Prepararia tudo, nos mínimos detalhes. Depois, de fósforo na mão, acordaria os outros, dizendo: "É tarde demais para impedirem a realização do meu plano. Ninguém se aproxime de mim. Ninguém! Nem o senhor, reverendo; nem você, Faber. Vocês perderam. Desçam as escadas. Ponham-se a salvo, procurem um lugar seguro, vocês, que fazem tanta questão da segurança a que acham ter direito... andem, depressa! Volto já. Volto assim que...".

Para Schroeder já não havia outra escolha. Para ele tudo estava decidido. Na noite anterior, decidira explodir a passagem, se o dia seguinte não lhe devolvesse a liberdade. E eles continuavam presos. O túnel desmoronara. Estavam ameaçados pela água. A moça grávida via chegar a sua hora. A comida estava chegando ao fim. Walter Schroeder sempre cumpria a palavra. Só não sabia ainda como executaria seu plano. Sabia apenas que iria executá-lo. Seria tolo se contasse a sua decisão aos outros, tolo e inútil. Iam começar a desconfiar. Já desconfiavam até. Nunca é bom falar demais. Não devemos nos alegrar antecipadamente. A melhor coisa é não dar ouvidos a ninguém. Walter Schroeder, o químico, dizia a si mesmo: "Esta noite você vai explodir o túnel". E Walter Schroeder, o químico, respondia: "Vou, sim". Teve um sobressalto ao perceber que o padre havia falado com ele.

– O que foi? Já está dormindo?

– Não entendi o que disse – respondeu Schroeder.

– Está na hora de escorar o túnel novamente. Ainda temos três vigas boas.

– Sei – disse Schroeder.

– Uma está quebrada. – Faber se abaixou.

– Não tem muito sentido. Da primeira vez podíamos lixar bem as vigas na pedra. Agora a parede toda está abalada. Se eu der um pontapé nas vigas, a parede desmorona.

Com a marreta, Schroeder enfiou uma estaca de ferro no chão.

– De qualquer maneira, fica um pouco mais firme – disse ele, enquanto pensava: "Ao menos a terra não vai cair em cima dos latões. Lá atrás, onde a gruta termina, o teto também vai desabar. Lá eu não vou precisar de muita terra para enterrar os latões. As outras três vigas eu ponho lá dentro também. Quando forem lançadas para o alto, talvez ajudem a arrancar parte da parede...".

O padre olhou para ele.

– Como é, de quantos latões vai precisar, Schroeder?

– O quê?

– De quantos latões vai precisar?

Schroeder deu uma curta risada.

– Acho que três bastam.

– Bastam, sim – respondeu Gontard. – É só questão de enterrá-los bem fundo.

– É – concordou Schroeder.

– É só questão de nós deixarmos você enterrá-los bem fundo – disse Faber.

"Ao menos eu sei a quantas ando", pensou Schroeder. "Devia até agradecer a vocês. Por que não abrimos o jogo? Vocês não me suportam. Estão esperando apenas que eu fique em suas mãos. Mas podem esperar sentados. Vocês são dois. Eu sou um só. Mas tenho a minha convicção, enquanto vocês não têm nenhuma. Por isso sou mais forte do que vocês." Pegaram a terceira viga e fixaram-na.

Evi veio atravessando o abrigo e parou ao lado deles.

– Mamãe mandou perguntar se vocês estão com fome.

– Eu não estou.

– Nem eu – disse também Schroeder.

O padre declarou que gostaria realmente de um pouco de comida.

– Nossas provisões já não são tão abundantes, por isso seria melhor só comer quem estivesse mesmo com fome – disse Schroeder.

– Não há dúvida de que é uma conclusão da maior profundidade – disse Gontard.

Evi ficou olhando de um para outro.

– Vocês já estão discutindo de novo?

– Que nada! Estamos nos entendendo às mil maravilhas.

– Pensei que estivessem discutindo. Você está com uma cara tão feia! Você sabe rir?

– Claro que sei.

– Então ria!

Schroeder riu.

– Agora, sim – disse Evi. – Está bem melhor.

Levantou a boneca e perguntou a Faber:

– A Mônica tem alguma coisa?

– Ela ainda está molhada?

– Ela está sempre fazendo gluque-gluque.

— Deve ter entrado água na barriga dela.
— Como pode ter entrado água na barriga?
— Por qualquer buraquinho.
— Pela boca?
— Talvez.
— Você pode tirar?
— Acho que não – disse Faber. – Ela acaba saindo por si.

Evi sacudiu a cabeça preocupada.

— Não gosto deste barulho. Quando a minha barriga faz assim, é porque estou doente. Será que a Mônica está doente também?

— Não – respondeu Faber. – A Mônica está muito bem. Não se preocupe. Todos nós temos isso de vez em quando. Não é nada.

Evi suspirou, pensativa.

— Sabe o que eu queria?

— O quê, Evi? – Faber sentou-se e puxou a menina para junto de si.

— Eu queria muito ir até a rua. Não gosto mais daqui.

— Daqui a pouco nós vamos subir.

— Verdade?

— Com certeza. Amanhã mesmo.

— Vai ter sol?

Faber fez que sim. O padre largou a pá e foi para junto das mulheres. Schroeder continuou a cavar sozinho.

— Eu já nem sei mais como é o sol. Aqui embaixo é tão escuro! – Evi encostou a cabeça no rosto de Faber.

— Gostaria que fosse amanhã – disse ela baixinho.

Reinhold Gontard encontrou dona Therese arrumando a comida em cima do grande caixote. Entregou dois sanduíches ao padre e, sacudindo a cabeça, disse:

— Não nos resta muito mais para comer.

— O que temos ainda?

— Um pouco de pão, duas latas de peixe em conserva, chá, um pouco de açúcar, um pedaço de queijo e um pouco de carne. E dois ovos também.

— Isso dá para um dia.

Ela concordou.

– Para um dia, dá. E depois?

Gontard comia devagar. Estava sentado no chão, com as costas encostadas na parede.

– Amanhã vamos sair daqui – disse ele.

– Fala com tanta certeza! Acredita nisso realmente?

– A senhora tem um coração tão grande, dona Therese! Em situação muito pior do que esta a senhora não perdeu sua fé em Deus. Ofereceu-se até para rezar por mim, lembra-se?

– Lembro – disse ela. – Mas isso foi ontem. Fui injusta com o senhor.

– Não foi, não. Do seu ponto de vista, a senhora tinha toda a razão quando me recriminou. Todos nós, aliás, temos sempre razão quando falamos ou fazemos algo de acordo com as nossas convicções.

– E por acaso a visão puramente pessoal de um problema vale alguma coisa?

– Numa sociedade de pessoas decentes nada deveria contar mais do que isto: nossa tolerância diante das convicções do outro.

– Numa sociedade de pessoas decentes...

– Sei que estamos bem longe dela. Mas quem sabe um dia chegaremos lá!

– O senhor ficou otimista, reverendo?

– Não – respondeu Gontard –, não fiquei, não. Só estou tentando me convencer de uma coisa. Mas receio de que muito em breve ficarei convencido definitivamente do contrário.

– Quando? – perguntou a velhinha.

Gontard inclinou-se para ela.

– Esta noite. A senhora tem um sono muito pesado, dona Therese?

– Não. Acordo à toa.

– Quando a senhora for despertada por qualquer ruído estranho, não hesite em acordar a mim ou ao soldado. Promete?

– Prometo – disse ela. – Mas o que o senhor receia?

– Creio que Schroeder vai tentar explodir a passagem.

– Santo Deus! – exclamou ela. – Por que isso?

Gontard deu de ombros.

– Porque ele acha que é sua obrigação nos tirar daqui.

– E o senhor pretende impedi-lo?

– Pretendo – disse o padre. – E queria que a senhora me ajudasse.

– Ajudo, sim – prometeu ela.

Por volta das oito horas, as sete pessoas se prepararam novamente para dormir. O padre pediu um cobertor a dona Therese, pegou a lanterna e foi deitar-se bem na frente da entrada do túnel, em cima de um caixote. Usou a batina como travesseiro. Schroeder, que empurrou suas três cadeiras para perto dos latões de gasolina, riu.

– O senhor pretende mesmo passar a noite aí?

Gontard apenas balançou a cabeça afirmativamente.

– Vou tropeçar no senhor na hora que for executar meu plano.

– É – concordou Gontard. – Vai tropeçar, sim.

Schroeder levantou-se de novo e tirou o paletó.

– Tem um pedaço de sabão aí em cima do caixote?

– Tem, sim.

– De quem é?

– Acho que é da dona Anna – respondeu o padre, desconfiado. – Para que quer o sabão? – perguntou em seguida.

– O senhor vai até rir – disse Schroeder, tirando a camisa. – Quero me lavar. Temos água bastante e eu estou muito sujo.

– Todos nós estamos.

– A mim, isso incomoda.

– A água lá embaixo deve estar fria. Pretende tomar banho?

– Talvez.

Gontard se sacudiu.

– Antes de se chegar a extremos é sempre bom consultar um médico.

Schroeder deu uma risada e jogou o casaco por cima dos ombros nus. Pegou o sabão e uma toalha de mesa branca.

Depois, com a vela na mão, desceu ao terceiro andar e tirou a roupa. Colocou o terno, as meias e os sapatos em cima de um degrau seco ao lado da vela. Ajoelhando-se, lavou o rosto. A água estava fria e queimava-lhe a pele. Ensaboou o corpo e foi entrando devagar. Quando a água lhe chegou nas coxas, já não conseguia mais respirar direito, mas continuou a entrar. Respirou fundo e mergulhou. O sangue circulou rápido por seu corpo e ele se esquentou. Secou-se na toalha de mesa, esfregando o corpo, e vestiu-se.

– Como se sente? – perguntou Gontard quando Schroeder voltou.

– Maravilhosamente bem – respondeu ele. Enrolou-se no cobertor e estendeu-se em cima das cadeiras. – Devia experimentar também. Deixei o sabão lá embaixo.

– Prefiro não tentar – respondeu Gontard. Schroeder apagou a vela.

– Boa noite, reverendo. Durma bem.

– Eu não vou dormir – retrucou este.

Robert Faber, que estava deitado ao lado de Susanne, ouviu essas palavras e sorriu.

– Quanta encenação – disse ele, baixinho. – Parece até que o mundo vai acabar!

Susanne se mexeu.

– Quando você está ao meu lado, o mundo realmente acaba.

– Bobagem – disse Faber. – O mundo não acaba. É pura impressão.

– Ontem à noite o mundo acabou para mim – disse ela. – Para você não?

– Acabou, sim. Para mim também.

– Quando duas pessoas se amam, o mundo acaba para elas.

– Não para sempre. Apenas por um instante. Por uma meia hora ou por uma noite.

– Para nós, o mundo vai acabar todas as noites.

– Só porque nos amamos.

VII

Mais tarde dona Therese iria se censurar amargamente por não ter conseguido ficar acordada naquela noite. Não adormecer em meio a um silêncio e uma escuridão completos, recostada numa poltrona, é realmente uma façanha que muito poucos conseguiriam. Dona Therese, no entanto, sabia o que estava em jogo. E ela tentou desesperadamente ficar acordada. Diversas vezes surpreendeu-se acordando de repente de um rápido cochilo, e ficava satisfeita quando nada no abrigo se mexia, quando todos pareciam estar dormindo. Ela fazia o que podia. Tirou a coberta grossa, pensando que o frio fosse espantar-lhe o sono. Aprumou-se na cadeira. Rezou. Levantou-se para ir até o velho relógio ver as horas. Nada adiantou. Por volta de uma hora da madrugada, ela adormeceu profundamente, esquecida de sua obrigação. A essa hora, Schroeder fumava um cigarro e o padre, atento, olhava aquela ponta vermelha, incandescente, que brilhava no escuro. Pigarreou. Mais sete horas ainda! Sete horas, pensou Gontard, e a vigília estaria terminada. Por que Schroeder não ia dormir? Ele não ousaria explodir a passagem! Sabia que Gontard estava vigilante. Ele não teria chance. "Por isso mesmo", pensava o padre, "ele não vai tentar nada, vai apenas acabar de fumar o cigarro, talvez ainda acender um segundo, porque não consegue se libertar daquela ideia. Mas não vai se levantar nunca para tentar executar seu plano à força; afinal o bom senso deve convencê-lo da inutilidade de tal tentativa." Era o que Reinhold Gontard pensava. Mas ele não tinha a menor ideia...

Não sabia que a paciência de Schroeder havia chegado ao fim e que ele estava decidido a não esperar mais. Não sabia que o químico estava cortando calmamente uma comprida tira de seu cobertor e separando, cuidadosamente, a ponta em três. Não sabia que ao lado de Schroeder havia ferramentas e três latões prontos para serem usados. Não sabia de nada. Não sabia nem que Schroeder segurava um pesado ferro entre as pernas. Isso, ao menos, ele deveria ter sabido. Talvez aí as coisas tivessem sido diferentes. Mas o padre subestimava Schroeder. Este foi o seu grande erro. Por causa disso acabou derrotado.

À uma hora e dezesseis minutos, Walter Schroeder se ergueu com toda a calma. Sem fazer grande barulho, acendeu a lanterna e aproximou-se do padre, que olhava para ele, sorridente. Escondia a mão esquerda atrás das costas.

– Deite-se – disse Gontard. – Deixe de bobagem.

Schroeder sacudiu a cabeça.

– Levante-se! – ordenou ele.

– Eu não.

– Levante-se logo – disse Schroeder, impaciente.

– Se você não se deitar imediatamente, eu chamo Faber.

– Chama, é? – disse Schroeder, escarnecendo.

Gontard começou a erguer-se e abriu a boca. Não chegou a chamar. Schroeder tirou a mão das costas e ergueu-a rapidamente. Segurava a pesada barra de ferro.

– Sinto muito – disse ele muito apressado, acertando a cabeça do padre. Pouco lhe importava onde acertara. Como Gontard, no entanto, tivesse recuado, com o susto, o ferro acertou-lhe a fronte esquerda. Ele não deu um ai. Caiu e não se mexeu mais. Da testa atingida escorreu um filete de sangue que lhe desceu pela face. Schroeder mordeu os lábios. Abaixou-se. Pegou o padre pelas pernas e puxou-o para longe da entrada. "Antes de acender o pavio", pensou, "vou ter que carregá-lo lá para baixo."

Schroeder soltou as pernas do padre e pegou a pá. Com a lanterna presa no cinto, começou a trabalhar furiosamente, afastando a terra. Jogava-a para trás, no escuro. Um pouco dela caía no rosto de Gontard. Schroeder suava. Quando o buraco lhe pareceu bastante fundo, colocou os latões dentro e abriu as tampas. Depois de ter mergulhado bem no fundo as três pontas do pavio improvisado, começou a enterrar os latões prendendo a outra ponta da tira numa das vigas para que não caísse terra em cima dela. Pisou bem a terra em volta, fincando nela alguns dos ferros que tinham sido usados para prender as vigas. Depois, interrompendo o trabalho, foi para junto do padre e inclinou-se sobre ele. Este continuava imóvel. Schroeder aguçou os ouvidos. Todos dormiam. Nada perceberam. Ergueu-se, voltou até a galeria, e continuou a trabalhar. Imprensou com toda a força as três vigas restantes, as duas compridas e a outra menor. Ajeitou umas pedras grandes entre elas.

Era uma hora e trinta e seis minutos quando Schroeder largou a pá e pegou a ponta do pavio. Cheirava a gasolina. Estendeu a tira de cerca de três metros no chão e foi até as cadeiras pegar o casaco. "Não pode acontecer nada", pensou ele. "A explosão não vai atingir as coisas lá no canto, não vai causar nenhum dano aos pertences de dona Therese. Vai apenas rebentar a parede." Schroeder pensou um instante. Depois, pegou sua pasta e levou-a com muito cuidado até o abrigo inundado, colocando-a num degrau seco, juntamente com o casaco. Passou na ponta dos pés por Faber; teve a impressão de sentir um movimento e parou. Faber suspirava. Schroeder voltou rápido até a galeria e procurou um isqueiro no bolso. Acendeu-o. Apagou-o logo em seguida, e se abaixou junto à ponta do pavio, quando ouviu um ruído atrás de si. Levou um susto. Virou-se de isqueiro na mão. O padre, pensou ele, o padre voltou a si! Ergueu-se de um salto. Não era o padre.

Era Faber, que, a passos inseguros, sonolento, vinha andando em sua direção.

VIII

Faber acordara de repente de um pesadelo, sem conseguir respirar direito. Foi tomado de uma indescritível sensação de medo. Tateando, suas mãos encontraram o corpo quente de Susanne. Da outra extremidade do abrigo, uma luz inquieta chegava até ele. De onde viria? Faber abotoou automaticamente o casaco e apertou o cinto. Logo reconheceu o vulto de Schroeder diante da entrada do túnel. Onde estaria Gontard? Que acontecera? O que fazia Schroeder ali? Empurrou o tapete para o lado e ergueu-se de um salto. Estava a cinco metros de Schroeder quando percebeu o vulto inconsciente de Gontard, deitado com o rosto enfiado num monte de terra. Naquele instante, Schroeder se virou. Em seus olhos via-se o pavor.

– Não se mova! – gritou Schroeder com voz estridente.

Faber parou.

– O que fez com o padre?

Schroeder não o ouviu.

– Acorde os outros e leve-os lá para baixo! – ordenou ele.

Faber continuou imóvel. Schroeder acendeu o isqueiro e aproximou-o do pavio.

– Ande logo!

– Não – retrucou ele, adiantando-se um passo. O que havia acontecido a Gontard? Estaria morto? O que fizera aquele maluco? Um ódio tremendo foi subindo dentro dele. Seu corpo encolheu-se todo como se estivesse se preparando para o salto.

– Mais um passo e eu acendo o pavio – ameaçou Schroeder, tremendo, nervoso.

– Você matou o padre!

– Vá acordar os outros!

– Schroeder, ouça um instante... – disse Faber quase sem fôlego.

– Como é, vai ou não?

Faber levou a mão à cintura. Seus dedos encontraram a pistola e seguraram a coronha fria.

– Não vou.

– Então *eu* vou acordá-los. – E Schroeder começou a gritar. Gritava desarticuladamente, mas gritava alto. A menininha acordou chorando. Com um grito de susto, dona Therese deu um pulo na cadeira.

– Desçam! – gritava Schroeder. – Desçam imediatamente! – Todos ficaram olhando para ele sem entender nada. Schroeder parecia estar sufocando. Estremeceu.

– Eu não quero ir! – exclamou dona Therese. – Estou com medo! Guarde esse isqueiro!

Evi saiu da cama da mãe e, aos prantos, foi correndo para junto do soldado.

– Faber! – gritou Susanne. Mas Faber nada ouviu. De repente, tudo ficou muito claro. Sabia perfeitamente o que tinha que fazer. Sabia qual era a sua obrigação, depois desses anos todos em que se calara, em que aguentara tudo de espingarda na mão. Sabia que Walter Schroeder era mais do que um perigo para todos ali. Era a encarnação de tudo o que ele odiava e que havia transformado o mundo num vale de lágrimas e de dor. Schroeder era uma pessoa má. Por isso, deveria morrer. Faber já estava com a pistola na mão quando Schroeder viu a arma. Deu uma virada e se abaixou quando este atirou. A bala atingiu-lhe o peito, do lado esquerdo. O isqueiro caiu no chão bem perto do pavio, e Faber, dando um salto, arrancou-o de dentro dos latões. Depois inclinou-se por cima de Schroeder e virou-o de costas. Sua boca e seus olhos estavam abertos. Uma mancha vermelha apareceu em sua camisa. Os óculos caíram do nariz. A pele do rosto, arranhado em diversos lugares por pedaços de pedra, tinha um brilho estranho. Schroeder levara uma das mãos ao pescoço, como se quisesse desabotoar o colarinho por estar sentindo calor. Mas ele não estava querendo desabotoar o colarinho. Não estava querendo nada. Estava morto.

Faber ajoelhou-se ao lado dele e ficou olhando. Ainda segurava a pistola na mão. "Schroeder está morto", pensava ele. "Schroeder morreu. Eu o matei. Agora um filete de sangue corre do canto de sua boca. Devia limpá-la. Mas para quê? Schroeder está morto."

Faber esticou uma perna e passou a mão na testa. "Eu matei Schroeder", pensou ele. "Por que fiz isto, afinal?" Depois ouviu alguém falar a seu lado. Levantou os olhos. Era Susanne. Ela se ajoelhou ao lado de Schroeder; seu rosto estava crispado.

– Ele está morto?
– Está.
– Tem certeza?

Faber assentiu.

– Talvez tenha apenas perdido os sentidos. Acho que o pulso ainda está batendo.

– Não – disse Faber quase sem voz. – Ele está morto.

Olhou para o rosto de Schroeder. Este olhava fixo para o teto. O sangue do canto da boca escorria pelo queixo, pingando lentamente no pescoço. Faber limpou o sangue com os dedos. Os outros se aproximaram. O corpo frágil de dona Therese tremia.

– Meu Deus – disse ela. – Meu Deus... – De mãos postas, sacudiu a cabeça e começou a chorar.

Evi inclinou-se, curiosa, por cima de Schroeder, examinando a camisa manchada.

– Ele está morto?

Ninguém respondeu. A menina virou-se à procura da mãe, que a custo havia conseguido levantar-se.

– Ele está morto, mãe?

– Está – respondeu Anna Wagner. – Venha para cá, Evi.

A criança não se mexeu.

– Evi – chamou Anna Wagner mais uma vez –, venha já para cá! – Pegou a menina pela mão e levou-a. Dona Therese sentiu de repente um enjoo terrível. Fechou os olhos. Não adiantou. Sentia frio e calor alternadamente. Cambaleou. Faber amparou-a nos braços. Ela respirou fundo e conseguiu vencer a fraqueza.

– Obrigada – disse ela. – É que eu nunca tinha visto um morto na vida... De repente, comecei a me sentir mal. Agora já passou.

Virou-se e viu o padre se levantar lentamente. Tinha um arranhão na testa.

– Onde está Schroeder? – perguntou Gontard. Deu dois passos à frente e sentou-se no chão.

– Morto – disse dona Therese.

– O quê?

Therese concordou.

– Faber matou-o com um tiro.

Gontard teve um sobressalto.

– Você o matou?

– Foi.

– Por quê?

– Não sei.

Dona Therese pegou o braço do padre.

– Porque ele ia explodir a passagem. Eu vi. Ele já estava com o isqueiro na mão...

Gontard levantou-se a muito custo. Depois inclinou-se sobre Schroeder e lhe fechou os olhos.

– O que houve com o senhor? – perguntou Faber.

– Schroeder me acertou com uma barra de ferro na cabeça quando eu ia acordá-lo.

– Com uma barra de ferro?

Gontard concordou.

– Acho que teria conseguido me arranjar com ele, mas ele estava segurando a barra nas costas. Quando percebi, já era tarde.

– Meu Deus – disse dona Therese, com voz fraca.

– Que coisa horrível! Por que ele quereria matá-lo?

– Ele não queria me matar. Ele só queria se ver livre de mim por algum tempo. E conseguiu. – Gontard apalpou a cabeça.

– Dói?

– Claro que dói – respondeu o padre.

Dona Therese voltou a ficar agitada.

– Quer que eu faça um curativo? Na minha mala tem faixas e iodo. Eu vou apanhar.

– Depois – disse Gontard. – Tem tempo. Fique aqui, dona Therese. – Foi para junto do soldado, que estava em pé ao lado de Susanne.

– O que o senhor temia aconteceu, reverendo – disse ela.

– É – respondeu Gontard. – Eu subestimei Schroeder. Subestimei você também, Faber.

O soldado não respondeu. Meteu a pistola no bolso e abaixou a cabeça.

– Se Faber não tivesse atirado, nós todos agora estaríamos mortos! – exclamou dona Therese. – Schroeder ia explodir a passagem. Ele disse: "Desçam todos!". E, quando ninguém se mexeu, ele se abaixou para acender o pavio. O senhor não viu, reverendo, estava inconsciente.

– O que aconteceu, afinal?

– Eu acordei – explicou Faber muito devagar – e vi Schroeder trabalhando diante da galeria. Quando cheguei perto dele, ele me disse que ia explodir a passagem. Vi o senhor deitado no chão e pensei que estivesse morto. Foi o fim para mim. Aos gritos, Schroeder ameaçou acender o pavio se eu me mexesse e, com a sua gritaria, acabou acordando todo mundo, mandando que todos descessem.

– E aí?

– Aí eu não me lembro de mais nada.

– Como não? Pense um pouco.

– Aí eu atirei.

– Meu Deus! – exclamou Gontard. – Assim, sem mais nem menos?

Faber deu de ombros.

– Schroeder havia preparado tudo – disse dona Therese. – O senhor pode ver ali. Os latões estão enterrados e o pavio dentro deles. Nós todos estaríamos mortos se Faber não tivesse atirado.

– Talvez – disse Gontard. – Mas Faber atirou. E agora Schroeder está morto.

– Se o senhor tivesse gritado por socorro, tudo isso não teria acontecido – disse Susanne de repente, em voz alta.

– Susanne!

– É isso mesmo! Não me refiro apenas ao senhor, falo de todos nós. Por que recriminar os outros? Quem de nós, afinal, tomou alguma medida séria para impedir que Schroeder pusesse seus planos em prática? Quem se preparou para impedi-lo? Ninguém!

– Você tinha medo dele – disse Faber.

– E você caçoou de mim por isso.

– E eu peguei no sono – disse dona Therese –, embora tivesse prometido ficar acordada.

– Está vendo? Cada um de nós sabia que Schroeder era perigoso, mas ninguém realmente acreditava que ele fosse superior a nós.

– Você o matou – disse Susanne para Faber –, mas qualquer um de nós que estivesse com uma arma teria feito o mesmo, por ódio, medo ou desespero.

– Susanne, minha querida – disse o padre –, é inteiramente desnecessário querer nos explicar os motivos que levaram Faber a agir. Todos nós somos de opinião que qualquer um poderia ter agido da mesma maneira, diante de uma situação destas.

– Apenas Schroeder discordaria se ele ainda estivesse vivo. Mas isto tudo é bobagem. Eu matei um homem.

– Você agiu em defesa própria.

– Eu nem sabia o que estava fazendo – disse Faber.

– Você impediu que Schroeder nos colocasse em perigo de vida. Qualquer tribunal entenderia isso.

– Reverendo – disse Faber, cerrando as mãos em punho. – O senhor já pensou que isso tudo não me ajuda em nada?

– Já – respondeu Gontard. – Eu sei.

– Sabe porcaria nenhuma.

– Por quê? – perguntou dona Therese.

– Porque sou desertor. A polícia vai me fuzilar se me encontrar. Não por homicídio. Por deserção. O homicídio seria apenas uma agravante, mas ninguém, na verdade, se interessa por isso.

Dona Therese olhou, perdida, em volta. Sentia necessidade de se apoiar em alguém, que alguém a segurasse. Como não houvesse ninguém por perto, sentou-se no chão e apoiou a cabeça nas mãos.

– Meu Deus – disse ela mais uma vez. – Meu Deus do céu!

– O senhor percebe agora – disse Faber para o padre – por que não precisa se incomodar?

– Muito pelo contrário, não devemos poupar esforços. Temos que encontrar um lugar seguro para você.

Faber deu uma risada.

– Você tem que viver!

– Tenho, sim. Só que não vai ser muito fácil com uma corda no pescoço.

– Corda no pescoço?

– Ou uma bala na barriga – disse Faber, histérico. – Sei lá. Dá no mesmo. Que idiota eu sou! Idiota desgraçado! Por que fui matar este pobre cretino?

– Para salvar nossas vidas – disse dona Therese baixinho.

– É mesmo! – exclamou Faber. – Até já havia esquecido.

Susanne apertou-se contra ele.

– Que é isso? – disse ela. – Por favor. Ainda temos tempo. Deve haver uma saída. Reverendo, por favor, nos ajude!

O padre deu de ombros.

– Temos que dar um sumiço em Schroeder.

– O quê?

– O corpo dele tem que desaparecer – explicou Gontard. – Ele e qualquer vestígio de sua presença aqui. Então estaremos salvos. Ninguém sabe que ele estava aqui no abrigo conosco.

– E como vamos dar um sumiço nele?

– Temos que levá-lo para baixo, para o abrigo inundado. Temos que jogá-lo na água.

– O senhor não está falando sério! – exclamou dona Therese, horrorizada.

– Claro que estou.

– Mas ele é um ser humano!...

– Ele está morto – declarou o padre –, e Faber está vivo.

– Mas isso é pecado!

– Homicídio também é pecado – retrucou o padre. – Pecado mortal, até.

– Não foi homicídio. Foi legítima defesa! Foi... – Dona Therese procurava palavras, mas, não as encontrando, calou-se, oprimida.

– Não adianta – disse Faber, depois de refletir algum tempo. – O corpo iria subir à tona, e descobririam logo.

– Não se amarrarmos algumas pedras na barriga dele.

– Não sei, não.

— Ele iria afundar só mais tarde.

— E se vierem nos tirar logo e descerem até lá? E aí?

— Iriam descer para quê?

— Não sei. Talvez o abrigo ao lado também tenha desmoronado. Eles podem também querer tirar a água com bombas.

— A esta altura já estaremos longe.

Faber deu outra risada.

— A polícia não é das mais espertas; mas tão idiota assim ela também não é. Antes de nos deixarem ir embora, vão querer saber nomes e endereços. E quando encontrarem o morto, todos nós seremos suspeitos.

— Então vamos esconder o corpo aí em cima num desses corredores; ninguém vai encontrá-lo.

— Vejam bem – disse Faber. – Schroeder deve ter parentes. Ele não aparece em casa há dois dias. Seus amigos vão procurá-lo. Certamente já foram à polícia para notificá-la. A menina vai contar que ele foi morto...

— Vamos pedir a Evi para ela não dizer nada.

— Sim, mas ela não vai entender. Pode fazer qualquer observação...

— E se nós não o ocultarmos e declararmos que ele se suicidou? Por desespero. Ou por qualquer perturbação mental súbita...

— É – disse Faber com amargura –, e logo com uma pistola do exército! Com um soldado desertor dentro do abrigo. Realmente é muito convincente!

— E por que não?

— Porque eu não gostei.

— E por que não? – perguntou Gontard pela segunda vez. Neste momento, Faber perdeu o controle. Começou a gritar, o que fez com que dona Therese desandasse a chorar novamente. O rosto de Faber se crispou. Empurrou Susanne para o lado e apertou as mãos contra o peito, gritando sempre. Fechou os olhos e todo o seu corpo se retesou.

— Porque eu quero viver! – gritava Faber. – Porque eu quero viver!

IX

A lanterna de Schroeder já estava muito fraca.

Estava no chão ao lado do morto e de vez em quando ainda emitia uma luz mais forte. As pilhas, no entanto, estavam chegando ao fim. O padre tossiu e disse:

– Achei uma solução. Não é lá muito louvável.

– Não faz mal – disse Susanne –, não estamos à procura de soluções louváveis. Apenas de soluções seguras.

– Segura ela é – disse o padre. – Faber, você tem que se transformar em Schroeder.

O soldado, que estivera andando de um lado para o outro, parou de repente.

– Você tem que se transformar em Schroeder – repetiu Gontard. – Tem que passar a ser Schroeder.

– O senhor ficou maluco!

– Não fiquei maluco, não. Schroeder está morto. Você não. E é você que está sendo procurado como desertor, não ele. Você é um desertor e ele um cidadão honesto. Entendeu? Como Walter Schroeder, você não correrá perigo quando a polícia aparecer. Ao menos não imediatamente.

– Ninguém vai acreditar nessa história!

– Você pega os documentos dele – disse o padre, erguendo-se. – E troca de roupa com ele.

– Com o morto?

– É.

– Que horror!

– É um horror, mas é inteligente – disse Gontard.

– Terá que fazer isso.

Susanne, que ouvia tudo atentamente, aproximou-se.

– É isso mesmo – disse ela. – É isso que você tem que fazer.

– Não vou conseguir.

– Tem que conseguir.

Faber estremeceu.

– Eu, trocar de roupa com Schroeder e pegar os documentos dele?

— E dar os seus para ele...

— E eu aí passo a ser Walter Schroeder, o químico, e ele, Robert Faber?

— Exatamente – disse o padre. – E ele passa a ser Robert Faber, o desertor, que se matou por medo e desespero. A pistola vai estar na mão dele. Vocês são mais ou menos do mesmo tamanho, são até um pouco parecidos. A roupa dele deve lhe servir.

— Santo Deus! – disse Faber. – Mas isto é muito pior do que matar alguém!

— Não é não, quando se está em perigo. É apenas uma saída, nada mais. Você não quer continuar a viver?

— Mas assim não.

— Faber – disse Susanne –, temos que continuar juntos. Você não pode ir embora. Faça o que o padre Gontard está dizendo.

— Schroeder está morto! Ele não sabe o que estamos fazendo com ele.

— Mas eu sei! – gritou Faber, e começou de novo a andar, agitado, de um lado para o outro. – Fui eu quem o matou e agora vocês querem que eu vista a roupa dele e declare ser aquele a quem matei?

— Faber – disse o padre –, não adianta nós querermos nos enganar. Daqui a algumas horas o pessoal lá de fora vai entrar aqui. Se você não se decidir agora, estará perdido.

— Você não precisa vestir a roupa imediatamente – disse Susanne. – Ainda tem tempo. Espere até amanhã. É só por pouco tempo. Depois joga tudo fora.

— Não – contestou Gontard. – É melhor ele trocar de roupa logo.

— Por quê?

— Porque o corpo de Schroeder vai enrijecer. Depois não poderemos mais tirar-lhe a roupa.

Faber parou ao lado do padre.

— Nem vamos tirar. Prefiro morrer a trocar de roupa com Schroeder.

Gontard sacudiu a cabeça.

– Ouça bem o que eu vou lhe dizer. Gostaria de não dizer porque é meio ridículo, mas é preciso que você o saiba. Você veio para este abrigo e passou dois dias aqui. Nestes dois dias aconteceu muita coisa, embora a princípio parecesse que não iria acontecer nada. Aconteceu muito mais do que poderíamos ter imaginado. Hoje eu sei que você não deve morrer. Nós vamos precisar de homens como você quando a nossa pátria tiver desmoronado. Você não pode morrer. Precisamos de você. Precisamos de sua calma e de sua decência, de seu senso de justiça e de seu humor. Você não pode morrer, porque é uma pessoa simples e boa. Por isso Susanne o ama. Não tenho razão?

– Tem, sim – respondeu ela, baixinho. – É por isso que amo você. – Faber deixou cair os braços e permaneceu calado.

– Você é precioso demais para morrer, por isso eu lhe peço para fazer o que estou dizendo. Para que nós possamos salvá-lo.

– Não vou fazer nada, não – respondeu Faber.

– Então, quando a polícia chegar, vou dizer que *eu* matei Schroeder.

– Ninguém vai acreditar.

– Vão acreditar, sim – disse Gontard. – Vou ser firme. Mesmo assim você será fuzilado. Por deserção. E eu, provavelmente, por homicídio.

– Mas o senhor não cometeu crime algum!

– Este é um tema sobre o qual você poderá meditar quando nos levarem.

– Eu vou confessar que matei Schroeder. Só podem me matar uma vez – disse Faber.

– Não vão acreditar em você!

– Vão acreditar mais em mim do que no senhor.

– Por quê?

– Porque o senhor é padre.

– E daí?

Faber riu.

– Todos terão o maior prazer em julgar um soldado desertor capaz de ter praticado um crime.

– Faber – insistiu Gontard –, se você ama Susanne, troque de roupa com Schroeder.

O soldado ficou olhando, absorto, para as próprias mãos.

– Faber – implorou Susanne –, se você não o fizer, nós vamos perder um ao outro. Se você não o fizer, eles vão matá-lo. Eu não consigo mais viver sem você, Faber...

– Faça-o por seu amor – disse o padre.

– É – disse Faber –, por meu amor. – Depois sentou-se no chão ao lado de Gontard. – Se eles vierem aqui e eu estiver vestindo as roupas de Schroeder... o que vai acontecer?

– Eu vou desandar a falar – disse o padre imediatamente. – Vou chamar a atenção de todos sobre o morto que estará usando seu uniforme. Vou contar como ele era esquisito, nervoso, perturbado, violento. Quando o túnel desabou, ele perdeu os sentidos. E à noite aconteceu o incidente. Ele estava sozinho, mas todos nós ouvimos o tiro. Morreu na hora. A menininha levou um susto horrível. Isso, caso ela diga alguma coisa.

– Continue – disse Faber. – E o que vai acontecer depois?

– Você vai declarar que tem de dar um pulo lá em cima para respirar um pouco de ar puro, ou porque acha que deve ter parentes seus lá fora. Ou porque quer telefonar um instante.

– Eu lhe dou minha segunda chave de casa – disse Susanne. – Você pega uma condução e vai direto pra casa e fica lá. Eu vou assim que puder.

– E se por acaso alguém me revistar e achar meus documentos?

– Serão os documentos de Schroeder.

– Eles não coincidem com a minha descrição física. Assim a polícia vai desconfiar de mim. Se eu ainda estiver aqui, vão me reconhecer. Se eu já tiver conseguido sair, vão prender vocês.

Gontard ficou pensando.

– Nesse caso, seria melhor que o morto não estivesse com nenhum documento. Nós não sabemos quem ele é.

Como poderíamos saber? Talvez fosse até um desertor que tivesse jogado fora os documentos. Talvez até tivesse se suicidado por ser desertor.

– E será que eles vão acreditar?

– E por que não? Somos quatro a afirmar que Schroeder se suicidou. Você, por sua vez, trate de desaparecer. Jogue fora a roupa de Schroeder. Eu lhe mando outra por um mensageiro. E você destrói os documentos de Schroeder.

– Aí eu fico completamente sem documentos.

– Bem – disse Gontard –, então seria melhor ficar com os seus e os de Schroeder. Talvez possa precisar de ambos algum dia. Você só vai ficar em casa de Susanne por algumas horas. Isso é evidente.

– E depois, vou para onde?

– Tenho um amigo que poderá escondê-lo. Mora no Kahlenberg. Já fez isso com diversas pessoas. Vou mandar um recado para ele. Ele vai lhe levar a roupa.

– Eu vou visitá-lo todos os dias – disse Susanne.

– Seria melhor ir todas as noites, para que ninguém a veja. Não vai ser por muito tempo. Acho que assim vai dar certo. Todos nós vamos ajudá-lo.

Dona Therese, que havia assistido à cena sem dizer uma só palavra, levantou os olhos e disse com firmeza:

– Todos!

Faber colocou um braço no ombro de Susanne. Esta se virou e ele lhe deu um rápido beijo.

– Você vai fazer isso!

– Vou – disse Faber.

O padre balançou a cabeça afirmativamente.

– Por favor, dona Therese, fale com dona Anna. Conte-lhe o nosso plano. Diga o que ela deve fazer. Insista com ela. Diga-lhe que seria melhor ela mesma falar com Evi. Ela sabe como fazê-lo.

– Vou falar, sim – prometeu dona Therese, e foi andando a passinhos miúdos até a cama onde estava a moça grávida.

Gontard levantou-se.

– Vamos, temos que despir Schroeder. Precisamos de luz. – Acendeu o lampião de querosene e colocou-o ao lado do morto. – Sorte ele não estar de casaco.

– Onde está o casaco?

– Pode deixar que depois a gente acha. Não tem pressa.

– Tem, sim – contestou Faber. – Os documentos estão lá dentro.

– Espere, acho que eu sei. A pasta dele desapareceu também. Ela estava ali ao lado das cadeiras. Ele queria que nós todos fôssemos lá para baixo. É bem possível que já tivesse levado suas coisas para lá.

Gontard pegou o lampião e desceu. Ao voltar, trazia os dois objetos na mão.

– Aqui estão – disse ele, colocando-os no chão. – Acho que o casaco serve em você. – Pegou o morto e suspendeu-o.

– Não posso vestir esta camisa. Ela está toda manchada de sangue – disse Faber.

– Tem alguma outra?

– Tenho; mas não é de colarinho.

– Eu estou de blusa debaixo do pulôver – disse Susanne. – Você pode ficar com ele.

– Você vai sentir frio.

– É. E vou pegar um resfriado horrível!

– É preciso dar um sumiço na gravata de Schroeder – disse Gontard. – Soldado não usa gravata. – Tirou-a do pescoço de Schroeder.

– Também não usa calças listradas.

– Desertor usa. Usa aquilo que encontra.

Gontard enfiou a gravata de listras coloridas no bolso e abriu a fivela do cinto.

– Suspenda-o, para eu poder puxar as calças.

Faber pegou o morto por baixo dos braços, mas não conseguiu suspendê-lo.

– Fique aí em pé por cima dele, mas não segure as calças.

Faber suspendeu Schroeder. O padre conseguiu puxar as calças até os joelhos.

– Deite-o agora e suspenda as pernas. A cueca pode ficar... – Por fim, conseguiram. Gontard segurava as calças de Schroeder. – Imagine só se tivesse deixado para cinco horas mais tarde.

– Assim já foi uma façanha – disse Faber.

– Agora os sapatos e as meias. – Schroeder usava meias presas a ligas na barriga da perna. O padre tirou-as e desamarrou os sapatos. Depois, tirou-os. Os dedos do pé apontavam para o alto, magros e amarelos. Schroeder estava deitado de costas, com as cuecas e a camisa ensanguentada, os joelhos meio de lado. A boca continuava aberta.

– Pronto – disse Gontard. – Agora você tira a roupa.

Faber tirou o uniforme e as botas. Jogou tudo no chão e pegou os sapatos de Schroeder.

– Meus pés estão sujos – disse Faber, muito sem graça.

– Não se preocupe, ninguém vai olhar – respondeu Gontard, irritado. – Deixe de ser criança. – Com muito esforço conseguiu enfiar as calças em Schroeder e afivelou o cinto. Depois, pegou as meias de lã. E finalmente, tentou enfiar os pés de Schroeder dentro das botas. Eles, no entanto, escorregavam como se fossem de borracha.

– Me ajude aqui – disse Gontard. – Fixe o joelho e empurre a perna para dentro da bota.

Descalço, em mangas de camisa e vestindo as calças de Schroeder, Faber fez o que Gontard lhe pedia. Por fim, conseguiram calçar as botas. As calças estavam meio apertadas. Gontard ajeitou as pernas.

– Agora o casaco. Levante-o.

Faber pegou o morto por baixo dos braços, firmou-lhe os ombros contra o peito e olhou para Gontard.

– Como você quer que eu lhe vista o casaco, se o segura assim? Levante-o pelo pescoço! Agora, sim! Pode largar.

Faber sentou-se no chão, calçou as meias de Schroeder e depois os sapatos.

– Cabem?

– Cabem. Eu é que não estou mais acostumado a usar sapatos. É uma sensação estranha. – Amarrou os cordões, levantou-se e deu alguns passos. Depois pegou o casaco de Schroeder. Estava apertado na frente, mas dava para usar. O padre deu um assobio.

– Que foi?

– Acabo de lembrar que, se alguém se suicida com um tiro no peito, o casaco deve estar furado também.

– É mesmo – disse Faber.

– Então temos que fazer um buraco à bala no casaco.

– Besteira – disse Faber. – É mais simples tirar o casaco. Ele podia estar usando-o sobre os ombros.

– Aí vê-se logo a camisa listrada.

– E daí? – retrucou Faber. – Pouco importa. Se ele é um desertor...

– Importa, sim. Seria um erro psicológico deixá-lo assim. Entendeu? Ele não deve representar um soldado? Então deve também parecer soldado e não lembrar, à primeira vista, um civil.

– O que pretende fazer?

Gontard abriu o casaco do uniforme.

– Vou tirar o casaco e fazer um furo à bala.

Faber fechou os olhos por um instante. Gontard pegou um lápis, marcou o lugar onde entrara a bala e, com a ponta de grafite, furou o casaco. Depois tirou-o.

– Pegue a pistola e dê um tiro aí. Segure a arma bem perto para que os fios do tecido fiquem chamuscados.

Faber tirou a arma do coldre de Schroeder.

– Tem uma bala na câmara – disse ele. Gontard segurou o casaco de lado.

– Pronto.

Faber apontou e atirou. Sentiu-se o cheiro de pólvora e de fazenda queimada.

Lá do escuro ouviram a voz de dona Therese.

– Pelo amor de Deus, o que aconteceu?

– Nada – disse o padre. – Está tudo em ordem. – Neste momento, pela segunda vez naquela noite, Reinhold Gontard deu prova de um otimismo meio leviano, trágico, porque iria trazer consequências das quais ninguém naquele momento suspeitava. A bala que atravessara o casaco perdeu-se no abrigo escuro, e ninguém se lembrou de procurá-la, ninguém a viu, e ela foi logo esquecida, embora a cápsula tenha caído no chão, ao lado de Faber. Foi por puro acaso que a segunda bala da pistola de Faber acertou uma das malas de dona Therese, atravessou o couro e se alojou no meio de uns vestidos de seda escura. A vida inteira se compõe de meros acasos, que um homem, de nome Orígenes, que viveu no século II depois de Cristo, aconselhava a considerar sob três pontos de vista diferentes: o histórico, o simbólico e o metafísico.

Faber examinou o furo no casaco.

– Ótimo – disse ele, e tornou a vesti-lo em Schroeder.

– Onde estão os documentos?

– Aqui. Eu esvaziei os bolsos.

– Não devia ter feito isso. Ponha o dinheiro de volta. E o lenço. O lápis também. A carteira de soldado fica com você. Suas identificações, nós vamos pendurar no pescoço de Schroeder. Talvez seu nome já conste da lista dos procurados, e pode ser que assim eles se convençam de que ele é realmente Robert Faber, o desertor. – Gontard levantou-se. – Onde foi parar a outra cápsula?

– Eu já a peguei. Vi onde ela caiu.

– Não é essa – disse o padre. – Quero saber onde está a cápsula da bala com que matou Schroeder.

– Não sei. Deve estar por ali.

– Temos que encontrá-la.

– Para quê?

– Para quê? – gritou Gontard. – Deixe de perguntas idiotas. Em caso de suicídio, ela deve estar ao lado do morto, não acha?

– Poderíamos ter mudado Schroeder de lugar depois de morto.

– Mas ele não ia se suicidar aqui bem no meio do abrigo – disse Gontard, pegando o lampião e iluminando o chão. – Temos que achar a cápsula.

– Podemos pegar a outra.

– Não dá.

– E por que não?

– Porque a cápsula não coincide com a bala que está no peito de Schroeder.

– Sim, e daí?

– A polícia pode querer se dar ao trabalho de fazer um exame balístico deste suicídio – disse Gontard, falando muito devagar. – Neste caso, deve haver coincidência entre a bala e a cápsula, senão nosso plano vai por água abaixo.

– Irá de qualquer maneira, se houver algum exame.

– Vamos fazer a coisa da maneira mais perfeita possível. Se descobrirem que Schroeder não é soldado, a coisa vai ficar preta para nós.

– É – disse Faber, com um sorriso amarelo –, *soldado morto* já é coisa para a qual ninguém liga mais.

– Tem razão – disse Gontard, concordando impassivelmente. Abaixou-se. – Aqui está ela. Guarde a outra cápsula.

Faber meteu a mão no bolso e retirou alguns objetos: um maço de cigarros, uma chave, algum dinheiro. Depois abriu a carteira de Schroeder e examinou o conteúdo. Havia uma carteira de trabalho, uma cédula de identidade com fotografia, uma carteira do serviço militar, diversas cartas, o retrato de uma mulher jovem ainda com duas crianças. Um envelope velho com um trevo de quatro folhas seco, bilhetes e folhas com anotações, finalmente uma caderneta preta. Continha anotações, em letra miúda e caprichada, e comentários sobre um livro que Walter Schroeder havia lido.

"...em seus estudos sobre Espinosa, Stumpf tentou provar que o paralelismo entre o medo de encarar as coisas e o de pensar dá expressão a uma velha teoria da psicologia escolástica de Aristóteles, cujo sentido nada tem a ver com o do atual paralelismo. Trata-se aqui da relação entre o ato de consciência e seu conteúdo. Platão coloca em planos perfeitamente paralelos as diferenças dos objetos imanentes e as atividades do conhecimento. Já Aristóteles..."

Faber continuou a folhear.

"... é impossível chamar-se isso de idealismo transcendental, como quer Schopenhauer. Pois por idealismo transcendental entende-se que a nossa capacidade de reconhecer não consegue entender as coisas, enquanto, de acordo com os outros filósofos, a percepção sensorial é apenas um reconhecimento mutilado, mas não falso..."

Faber guardou a carteira junto com os documentos. O padre ergueu o lampião e ficou olhando para o soldado.

– Ele não está mal – disse, virando-se para Susanne. – Depois então que ele vestir o pulôver e a capa, ninguém há de reconhecê-lo. Dê um sorriso, Faber.

– O quê?

– Eu lhe pedi para dar um sorriso.

Faber repuxou a boca.

– Agora faça uma expressão de orgulho.

Faber levantou uma sobrancelha.

– Excelente – disse Gontard. – Principalmente, o distintivo do partido aí na lapela. Fica-lhe muito bem.

Faber olhou para o casaco e viu a pequena placa redonda de metal na lapela esquerda. Engoliu em seco.

– Faber – disse Susanne –, tudo passa. Não vai demorar muito.

Faber virou-se para o lado.

– O que é?

– Nada – respondeu ele –, estou me sentindo mal.

Saiu e, tateando, desceu a escada escura. No meio do caminho sentiu o estômago revirar. Sentiu um nojo horrível.

Levou a mão ao casaco, arrancou o escudo da lapela e jogou-o fora. Depois, apoiando-se na parede úmida, teve um violento acesso de vômito.

X

O padre estava limpando cuidadosamente a pistola quando Faber voltou.

– Suas impressões digitais não devem aparecer aqui – disse ele, colocando a arma na mão inerte de Schroeder e apertando o dedo deste em volta da coronha.

– Espere – disse Faber –, ele está segurando a pistola na posição errada.

– Como?

– Assim não dá para ele se suicidar! Ele tem que segurar a pistola contra o peito.

– Ele pode ter virado a mão depois.

– Se ele se suicidou – continuou Faber –, não estava segurando a arma assim. O indicador tem que estar no gatilho.

Gontard corrigiu o erro.

– Talvez a pistola devesse estar no chão.

– Ficou presa no indicador – disse Faber. – O senhor entende, ele morreu instantaneamente e não encostamos mais nele. Aqui está a cápsula. Deve ficar do lado. Passe um pano nela.

Gontard limpou o pequenino cilindro de metal e jogou-o ao lado do morto.

– Mais alguma coisa?

– Sim – disse Faber. – A trava é em cima. Destrave a arma. – Olhou para Schroeder, que agora estava deitado ali, à sua frente, vestido de soldado alemão. Seu rosto se modificara.

– Os bolsos estão vazios?

Faber disse que sim.

– Lá do outro lado está o meu capote. E o capacete de aço também.

– Você acha que ele teria se suicidado aqui bem na frente do túnel?

– Iria atrapalhar o nosso serviço.

– Tem razão – concordou Gontard. – Vamos ter que arrastá-lo até os latões. Foi ali que ele dormiu.

Pegou Schroeder pelas pernas e arrastou-o para o lado. Depois ajeitou-lhe de novo a roupa e colocou a cápsula ao seu lado.

– Assim está melhor – disse Faber. – Os óculos quebrados podem ficar aí também.

O padre esboçou um sorriso.

– Como está se sentindo?

– Bem – disse Faber.

– Onde está o escudo?

– Joguei fora.

– Lá na água?

– Sim. Bem longe. Ninguém vai achar.

– E que achem – disse Gontard.

Faber olhou para Susanne, depois voltou-se novamente para o padre.

– Eu matei um homem, reverendo – disse ele.

– Existe uma religião para uso diário – declarou Gontard – e uma para os tempos em que realmente precisamos dela. As duas são muito diferentes. A meus olhos, você não é um criminoso.

– Sei – disse Faber. – O que sou, então?

– O mesmo que todos nós – retrucou o padre. – Uma criatura desamparada que foi engolida pelo tempo.

– E Schroeder? – perguntou Susanne.

– Para mim, Schroeder acabou sendo a mesma coisa. Embora eu o tenha culpado de muitas outras coisas. Ele não deixa de ser vitima de uma série de acontecimentos que se perdem no tempo. Tenho muita pena.

– Eu também – disse a moça.

– Ao menos você não precisa mais ter medo dele – retrucou Faber.

– Pode-se ter tanto medo de um vivo quanto de um morto.

– Eu só tenho medo dos mortos – murmurou Gontard. – Não só de Schroeder. Também dos milhares que morreram como ele, sem saber por quê. – Tirou o cobertor das três cadeiras e cobriu o corpo. – Como, afinal, conseguiu arrumar aquela pistola?

– Era de um oficial. Tirei-a de um tenente.

– Na Hungria?

– É. Já faltavam duas balas no tambor quando eu a peguei.

O padre colocou os braços nos ombros de Faber e de Susanne.

– Vocês querem saber de uma coisa? – disse ele. – Pode até parecer estranho, mas talvez seja verdade. Eu acho que devemos nos esforçar ao máximo na vida para que Schroeder e todos os outros não tenham morrido em vão.

– E como se consegue isso? – perguntou Susanne.

O padre abaixou a cabeça.

– Se vocês dois continuarem juntos, já será alguma coisa. Poderão agir corretamente. Seus filhos teriam uma nova chance.

– Eles não iriam aproveitá-la – retrucou Faber.

– De qualquer maneira, deveriam ter essa chance – respondeu Gontard. – Nós também não aproveitamos a nossa. Com isso ainda não se prova nada. O sentido da vida é este: dar uma chance a todos. Se concordarem, gostaria de pedir que rezassem comigo.

– Eu sou evangélica – disse Susanne.

– Isso não importa – retrucou o padre. – Existem muitas religiões, mas é bem possível que só exista um Deus. – Abaixou a cabeça e rezou – "Ó Deus, que criaste todos os homens do Teu sangue, ouve nossa prece para este mundo confuso e assustado. Envia a Tua luz para as nossas trevas e conduze os povos todos como se fossem uma só família para o porto da paz. Leva de nós todo o ódio, o medo e os preconceitos. Dá um senso de justiça a todos os que, por escolha ou decisão, dirigem os povos desta terra, para que seja feita a Tua vontade assim na terra como no céu".

– Amém – disse Faber. Pegou Susanne pela mão e, afastando-se do morto, acompanhou-a até junto de Anna Wagner, onde estava sentada dona Therese. Evi olhou meio confusa para ele. – Eu sou o homem que pegou a boneca para você – disse Faber.

– Eu sei. Mas por que você mudou de roupa?

– Não preciso mais do meu uniforme.

– Você não é soldado?

Faber sacudiu a cabeça.

– Escute, Evi – disse Gontard, pegando-a no colo –, você agora já é grande...

– Ano que vem eu vou pra escola!

– Está vendo, você já é quase uma moça, e acredito que vai entender o que vamos discutir aqui agora.

– Talvez – disse Evi.

– Este homem que pegou sua boneca foi soldado.

– Como meu pai – disse Evi, e balançou a cabeça.

– Exatamente como seu pai. Mas ele fugiu, porque não queria mais ser soldado.

– Fugiu? Meu pai nunca faria isso!

– Faria, sim – retrucou Anna Wagner. – Seu pai faria a mesma coisa. Ele fugiu para que a guerra chegue ao fim.

– Para que meu pai possa voltar para casa?

– Para que você possa conseguir mel turco de novo – disse dona Therese.

– Foi mesmo?

– Sim! – fez Faber.

– Mas por que você matou o outro homem?

– Porque ele queria botar fogo naquela gasolina ali. Para que a parede desabasse e nós pudéssemos sair logo daqui.

– Sair? Para a rua?

– É, Evi.

– Mas isso seria tão bom!

– Não – explodiu a mãe. – Não seria bom. Todos teríamos morrido queimados. Por isso o soldado matou aquele homem, para que nós não morrêssemos queimados.

– Entendi – disse Evi.

– Está vendo? *Você* entende. Mas os homens que vão nos tirar daqui não vão entender. Eles não presenciaram tudo como nós. Eles também não vão entender por que o soldado fugiu da Hungria.

– Porque eles não estiveram lá?

– É isso mesmo. Porque não viram nada.

– E o que é que eles vão fazer?

– Vão matar o soldado – disse o padre.

– Não! – exclamou Evi. – Isso não. Quero que o soldado continue a viver.

– Para que isso aconteça, todos teremos que ficar unidos e ajudá-lo.

– Ajudar como?

O padre sorriu.

– Nós vamos ter que mentir. É uma coisa muito feia, não é? Não se deve mentir.

– Eu sei – disse Evi.

– Mas vamos ter que mentir. Do contrário, vão matar o soldado.

– E nesse caso é permitido mentir?

– É – explicou o padre. – Num caso destes é permitido mentir.

– É mesmo, mãe?

Anna Wagner concordou. Evi olhou para Faber.

– Eu vou mentir – disse ela – para que o soldado não tenha que morrer. Mas só que eu não sei como tenho que mentir.

– Isso é que nós vamos ver agora. Todos temos que dizer a mesma coisa, você entende? É muito importante todos dizerem a mesma coisa e ninguém se contradizer.

– O que é que vamos dizer?

– Preste bem atenção: o soldado vestiu a roupa daquele outro homem para que não o reconheçam. Você não sabe o nome dele. Só sabe que ele está usando esta roupa desde que chegou aqui. Isso é muito importante. Ele não vestiu esta roupa hoje. Ele sempre foi um civil, e o morto ali sempre foi um soldado.

– Sei – disse Evi. – E o soldado ali se suicidou.

Gontard concordou.

– Eu sabia que você já era grande!

– Eu sei mentir muito bem – disse Evi –, é só você me contar tudo. – Virou-se para Faber. – Você tem que ser um civil, para ninguém perceber que é um soldado que fugiu.

O morto ali tem que usar a sua roupa para que você possa usar a dele e ninguém saiba quem você é.

– Exatamente, Evi.

Os olhos da criança começaram a brilhar.

– Eu vou dizer que estava dormindo. E que depois ouvi um barulho e acordei. Aí vocês todos já estavam em volta do soldado morto que tinha se suicidado. – Evi olhou para Faber. – É isso que eu vou dizer. Porque você é meu amigo e apanhou a minha boneca. Para que você não tenha que morrer.

– Só que você não pode se contradizer nunca. E você só vai falar se lhe perguntarem alguma coisa.

– E por que o soldado se suicidou?

– Isso você não sabe. A esta pergunta nós é que vamos responder. Vamos dizer que ele estava com muito medo e que estava muito triste. Você falou muito pouco com ele. Era muito calado e nunca brincou com você. Só ficava sentado por aí.

– Eu entendo.

– Ótimo – disse Gontard. – Não se esqueça de que seu amigo pode morrer se você disser alguma coisa errada. Por isso é melhor falar o menos possível.

Faber inclinou-se para a frente.

– Sabe, Evi, pode ser que as pessoas que vêm nos tirar daqui queiram fazer você cair numa armadilha, perguntando coisas de que você nunca ouviu falar. Coisas que não estão no nosso plano.

– Ah – fez Evi.

– Se eles o fizerem, se perguntarem coisas que lhe pareçam suspeitas, você não sai da sua história. Você estava dormindo. Depois ouviu o tiro. Quando acordou, o soldado já estava morto. Você não sabe de mais nada.

– E se me contarem outra coisa, eu digo que não é verdade, ou que eu não sei nada disso.

– Muito bem – disse Faber. Continuaram a discutir os planos.

Os adultos instruíam a criança, que ouvia, atenta. Finalmente Evi disse:

– Acho que agora já sei tudo.

– E não vai esquecer nada?

– Garanto que não! Eu vou ajudá-lo. Gosto de você. Gosto quase tanto como de meu pai. A ele eu também iria ajudar. Ajudaria a qualquer pessoa de quem eu gostasse.

– E você gosta de muitas pessoas?

– Gosto. Porém, mais de meu pai. E, depois, da minha mãe. Depois, de você. O que é que você vai fazer quando sair daqui?

– Vou procurar uns amigos. Ficarei escondido até a guerra acabar – explicou Faber.

– E ela vai acabar em pouco tempo?

– Você já me perguntou isso uma vez, logo que nos encontramos, lembra?

– Lembro, sim. Quando foi isso?

– Anteontem – disse Faber.

– Foi há dois dias – disse Evi, muito orgulhosa. – E você disse que esperava que a guerra acabasse logo.

– Tenho certeza de que vai acabar logo.

– Que bom! – disse Evi. – Aí meu pai volta para casa.

Anna Wagner ergueu-se.

– Sr. Faber, eu posso lhe arranjar um terno do meu marido. Roupa e sapatos também. Ele agora, de qualquer maneira, não está precisando.

– Obrigado – disse Faber. – Seria bom. Mais tarde eu devolvo a ele.

– Quer passar lá em casa para apanhar?

– Susanne talvez passe.

– Ou eu – disse o padre. – Me dê seu endereço. E a senhora também, dona Therese. Nós nos ajudamos aqui no abrigo. Por que não o faríamos também mais tarde?

Ele anotou o endereço das duas mulheres num pedaço de papel e o guardou no bolso.

– Vamos combinar assim. Você vai para a casa de Susanne e espera lá por meu amigo. Ele se chama Eberhard e irá se apresentar como um amigo meu. Pode confiar nele cegamente. Você o acompanha à casa dele, e depois lhe levaremos tudo de que precisar.

— A roupa terá que ser apanhada logo – disse Anna Wagner –, porque depois, quando eu for para a maternidade, não haverá ninguém em casa.

Dona Therese, que estivera perdida em pensamentos, levantou-se.

— Será que Schroeder era casado, ou tinha parentes?

— Era, sim. Encontramos algumas fotografias na sua carteira.

— Pensem bem: quando ele for encontrado, vão achar que é um soldado desconhecido. Como é que a família vai saber que ele morreu? – lembrou a velhinha.

— Não sei.

— Talvez possamos mandar avisar – disse Susanne –, se encontrarmos algum endereço na carteira.

— E o que imagina fazer?

— Escrevemos um cartão, pedindo para irem à polícia. Podemos até dizer que ele está morto. Não precisamos assinar o cartão.

Gontard sacudiu a cabeça.

— Não dá certo. Se os parentes de Schroeder forem realmente identificá-lo, a polícia ficará sabendo logo quem ele é. Vamos deixar passar alguns dias.

— Nós nem podemos fazê-lo. Porque aí, quando souberem quem é o morto, vão nos interrogar.

— Mas de qualquer maneira os parentes terão que ser avisados de sua morte.

— Por quê? – perguntou Gontard. Dona Therese olhou para ele, confusa.

— Eles devem estar preocupados... imagine só como devem estar ansiosos, esperando a sua volta... Ele está desaparecido há dois dias! A mulher deve estar procurando por ele em toda parte.

— Se é que ele tem mulher.

— Ou então a mãe, ou irmã. Ou as pessoas com quem trabalhava – exclamou dona Therese. – Isso pouco importa! Deve ter gente preocupada com ele!

– Schroeder está morto – disse Gontard. – Existem centenas de milhares de mulheres na Europa que ainda não sabem que seus maridos estão mortos. Schroeder podia muito bem ter sido morto na escada quando a bomba explodiu. Foi por mero acaso que nós soubemos de seu fim.

– Não existe acaso – disse Faber. – Disto eu agora tenho certeza. O que nós chamamos de acaso é a lei da vida, e a ela ninguém escapa.

– Eu continuo a achar que seria nossa obrigação avisar os parentes de Schroeder.

– A incerteza e a espera por uma pessoa têm também seu lado positivo – disse o padre. – Enquanto eles não souberem que ele morreu, continuarão na esperança de revê-lo.

– Mas essa esperança não tem o menor sentido!

– A maioria das esperanças não tem sentido. Neste caso até que teria. Seria desculpável pelas circunstâncias. Temos um motivo forte para manter a morte de Schroeder em segredo.

– Já ouvi muita coisa desde que estamos aqui soterrados – disse dona Therese – e venho refletindo sobre muitas delas. Acho que tenho que mudar minha maneira de pensar. Dizem que os fins justificam os meios, não é?

– É – respondeu Gontard. – E aí está um exemplo excelente para a verdade destas palavras.

– Mas eu não gosto delas.

– Nem eu. Mas a senhora não concorda que são certas?

– Concordo – disse a velhinha –, isto é que é o pior de tudo. Eu reconheço que Schroeder tinha que ser morto e que o sr. Faber não tem culpa. Estou certa de que não devemos notificar os parentes de Schroeder. Cheguei a essa conclusão esta noite. Há uma semana, só em pensar que pudesse me envolver em qualquer coisa parecida, eu já teria sofrido um ataque cardíaco, garanto que meu coração já teria parado.

– O coração não para tão facilmente assim – disse Gontard. – Existe muita coisa que nós não conseguimos nem imaginar, até o dia em que elas acabam acontecendo.

E aí elas nos parecem completamente normais. – Gontard olhou para o relógio.

– Que horas são?

– Cinco da manhã.

– Estou cansado – disse Faber. – Evi e a mãe já adormeceram novamente. Vamos nos deitar também por mais algumas horas?

– Não vou conseguir dormir – disse dona Therese.

– E por que não?

– Não consigo esquecer Schroeder.

– Sabe de uma coisa, dona Therese? – disse o padre. – Durante muito tempo eu também não conseguia esquecer aqueles milhares de mortos. Mesmo assim conseguia dormir.

– Eu sei. Mas com Schroeder é diferente. Com ele... veja o senhor, é a primeira vez que eu vejo alguém ser morto. O senhor vai conseguir dormir, sr. Faber?

– Espero que sim.

– Devia ser até fácil conseguir dormir – observou Gontard. – Não precisamos mais ficar vigiando Schroeder. Não precisamos mais ter medo dele.

Susanne olhou para o morto, que estava deitado no chão debaixo do áspero cobertor, meio no escuro. Ficou olhando para Schroeder, para aquele de quem tivera tanto medo, para aquele de quem desconfiara. Olhava para aquele vulto imóvel e, fechando os olhos, sentiu novamente o medo tentando agarrá-la com dedos gélidos.

– É – disse ela –, devia ser fácil conseguir dormir.

XI

Mas não foi.

Dona Therese, Susanne e Faber tiveram dificuldade em adormecer. Reinhold Gontard não o conseguiu. Novamente na escuridão completa, ficou deitado na entrada do túnel ao lado de Walter Schroeder, que agora estava metido num uniforme do exército alemão, com uma bala no peito.

"Você está morto", pensou o padre. "Foi morto por causa de sua obsessão. Você perdeu. Acabou-se, Walter Schroeder! Mas será que acabou mesmo agora que está morto? Você já não pode mais causar mal a ninguém com seus loucos planos e intenções. Será que o perigo que você trazia aos outros, enquanto vivo, realmente terminou? Ou será que há de perdurar, trazendo novas desgraças para todos nós? Milhares de pessoas morreram, mas elas continuam aí. Não é possível esquecê-las, riscá-las simplesmente, pois a morte delas há de determinar a vida das outras e guiá-las como se estivessem seguindo uma lei que ninguém entende.

"Você perdeu, Walter Schroeder. Está deitado aí ao meu lado e não pode mais me tocar, enquanto eu ainda respiro. Mas será que perdeu mesmo? Será que não é só após a morte que a sinistra semente de seus pensamentos e ações há de brotar no coração daqueles que você catequizou?

"Em vida, você trouxe muita desgraça a pessoas que nem conhecia. O que fará depois de morto? Seu poder ainda não se extinguiu, disso eu tenho certeza. Por enquanto, você ainda pode destruir a vida de Faber pelo simples fato de seu corpo existir. Planejamos tudo com a maior astúcia. Talvez até tenhamos sido astutos demais para aqueles idiotas que devem acreditar no que vamos contar. Para aqueles idiotas que nós julgamos inferiores, em nossa altivez. Como se fosse possível ser superior a eles, como se toda a astúcia não fosse inútil diante da rigidez, da limitação dessas inteligências de meio vintém."

Reinhold Gontard levantou-se e se aproximou de Schroeder. Suspendeu a ponta do cobertor e iluminou-lhe o rosto. O maxilar de Schroeder estava um pouco caído, a boca torta, aberta. Manchas escuras haviam se formado no rosto barbado com a testa arranhada. O colarinho do uniforme apertava o pescoço carnudo e lhe cortava a pele. Schroeder tinha um ar meio altivo.

"Você está morto", pensou Gontard, enquanto o fósforo se apagava entre seus dedos. "Deixe-nos em paz, Schroeder!

Você já trouxe bastante desgraça com a sua mania de fazer o que é certo. Deixe-nos tentar agora."

Gontard cobriu de novo o morto e foi se deitar. Schroeder estava ali, duro, de costas, com uma sobrancelha erguida, a camisa grudada no peito ensanguentado. Um pouco de sangue havia penetrado pelo buraco do casaco e tingia a fazenda verde.

De mãos postas, dona Therese rezava por Faber e por Schroeder. Tanto o vivo quanto o morto lhe pareciam igualmente necessitados da piedade e da compaixão de Deus. Enquanto implorava ao Todo-Poderoso por segurança e uma escapada feliz para Faber, pedia que Schroeder fosse aceito no Paraíso, no qual ela um dia também esperava entrar. Para ambos, no entanto, dona Therese pedia a paz e o perdão de suas dívidas, que lhe pareciam muito grandes, tanto de um quanto do outro.

Profundamente envolvida nos acontecimentos daquela última hora, dona Therese, de repente, sentiu uma enorme compaixão pelos homens que vinham ao mundo sem serem consultados, para depois, derramando sangue, suor e lágrimas, chegarem ao fim, após algumas décadas, sem ninguém perguntar por seus desejos.

– Concebido por mulher, o ser humano tem uma vida curta e cheia de preocupações – disse ela, baixinho. – Vive inquieto, com medo, perdido. Qualquer que seja sua maneira de agir, ela acaba lhe sendo fatal, e ele se torna culpado. Sempre é culpado, viva como viver. – A velhinha rezou um padre-nosso por Walter Schroeder, o químico assassinado, e outro por Faber, o soldado. Não era fácil adormecer naquela noite, embora depois da morte de Schroeder todos estivessem em segurança.

Deitada nos braços de Faber, Susanne Riemenschmied e o seu amado pareciam como que embriagados por vinho e atordoados pela febre. Falavam pouco. Esperavam a manhã chegar. Também eles tinham a sensação de que, por se amarem tanto, por acharem que um não podia mais viver sem o outro, alguma coisa iria acontecer que pusesse um fim a essa ligação. A moça recebeu Faber com imenso carinho. O delírio desta sua última união, apesar da esperança que ambos acalentavam, era amargo como a gota de sangue que corria do lábio ferido de Faber para a boca de Susanne. Por uns momentos acabaram até esquecendo o medo, e conseguiram adormecer. Parecia que o sono lhes trazia a paz pela qual tanto ansiavam. De repente, no entanto, Faber acordou, aos gritos, de um pesadelo horrível, banhado em suor. Susanne o beijou e acariciou, mas ele continuou a balbuciar quase sem fôlego:

– Schroeder... Schroeder... tenho de sair daqui! Eu a amo tanto, Susanne! Eles vão me matar, Susanne... por que tenho que deixá-la, Susanne?

Enquanto ele se agarrava em Susanne e fartas lágrimas escorriam pelas faces da moça, ela respondeu com dificuldade:

– Para voltar, meu amor.

– Voltar?

– Sim – respondeu Susanne.

Mas ela sabia que estava mentindo.

Capítulo VII

I

Quando se reuniram na manhã seguinte, por volta das nove horas, já se ouviam claramente, do outro lado da parede, as batidas dos homens que trabalhavam para libertá-los. Tomaram conhecimento do fato sem a menor excitação. Ficaram parados durante algum tempo diante do túnel, ouvindo as batidas regulares que chegavam até eles através da pedra.

– Isto não é marreta – disse o padre, tresnoitado –, as batidas são regulares demais. Parece máquina, não acham?

– Acho que é uma britadeira.

– Uma máquina igual à que os trabalhadores usam para furar a rua? – perguntou dona Therese.

– É – respondeu Faber. – Agora não falta muito tempo. – Falava friamente, sem a menor alegria. Metido no terno de Schroeder, parecia menor e mais forte do que realmente era.

– Mais algumas horas – disse dona Therese.

– Hoje à tarde, no máximo – respondeu Faber. Pegou a marreta e, distraído, deu algumas batidas na parede. Balançou a cabeça quando do outro lado se fez silêncio por alguns momentos para depois se ouvir o mesmo número de batidas em resposta.

– Por que não continua a cavar?

– Não tenho mais vontade – respondeu Faber.

Dona Therese olhou, triste, para ele. "Ninguém mais tem pressa", pensou ela, "ninguém se alegra com a perspectiva de ser libertado muito em breve." Susanne e o padre andavam pelo abrigo. Evi brincava com a boneca e sua mãe escrevia uma carta. Nenhum dos dois homens fazia menção de continuar a trabalhar. Tinham perdido todo o interesse no túnel, naquele túnel pelo qual um homem havia morrido. "Que estranho", pensou dona Therese. "E eu? Nem eu tenho mais pressa. Aquilo por que tanto ansiávamos transformou-se em algo que tememos. Assim é a vida... Será que tem que ser assim mesmo?" Ela sorriu para Faber.

– Sabe o que pretendo fazer?

– Não, senhora – respondeu ele delicadamente.

– Nossos mantimentos estão muito reduzidos. Vou pegar tudo e preparar um almoço para nós.

– Ótimo – disse Faber. – Vamos fazer um almoço comemorativo. Vamos festejar o término desta nossa prisão. É uma boa ideia, dona Therese.

– Vamos comer pão com carne e ovo – disse a velhinha. – Na minha mala ainda tem uma caixa de biscoitos. Posso fazer uma limonada com os dois últimos limões. Apanhei uma jarra de água ontem.

– Ótimo – disse Faber, rindo da ideia da limonada e de si mesmo, também.

– Além disso, ainda tenho uma surpresa para todos.

– Uma surpresa?

A velhinha concordou. Estava feliz.

– Vai ter uma coisa muito especial para festejar o dia de hoje.

– O que é?

– É segredo.

Faber jogou o cigarro fora.

– Eu já estou terrivelmente nervoso – disse ele.

Dona Therese foi andando. Faber meteu as mãos no bolso do terno de Schroeder e começou a andar de um lado para outro. Deu uma curta parada diante do morto. Junto à escada do abrigo inundado, encontrou Susanne e o padre, que haviam espalhado o conteúdo da pasta de Schroeder no chão. Faber viu papel-carbono, desenhos, tabelas e mapas coloridos.

– O que faremos com isto?

– Na verdade, *você* teria que ficar com a pasta.
– E o que *eu* faço com ela?
– Jogue-a fora – disse Gontard.
– E para que, então, vou levá-la?
– Também já pensei nisso. – Gontard levantou uma planta, desdobrou-a, largou-a de novo. – Ainda se lembra das histórias que Schroeder contava dos foguetes com que ia arrasar o mundo inteiro?
– Lembro – disse Faber.
– Pode ser que estivesse até dizendo a verdade. Talvez já exista mais coisa do que ele mesmo sabia. Geralmente é assim. Seria uma pena se estes projetos, cujo significado desconhecemos, mas que podem ter algum, venham a cair nas mãos dos colaboradores de Schroeder.
– Mas como faremos? – perguntou Susanne. O padre olhou para ela meio embaraçado.
– Nosso plano pode falhar, por exemplo. A minha fuga também.
– Claro – disse a moça. – Isso pode acontecer.
Gontard guardou novamente os papéis na pasta.
– Não vai acontecer nada disso. Mas devemos considerar todas as possibilidades. Vou jogar a pasta na água. O papel vai ficar encharcado e a tinta se dissolverá. Mesmo que a encontrem, os desenhos não terão mais valor algum.
– Boa ideia – disse Faber. Desceram juntos. O padre se abaixou e, com um impulso, jogou a pasta na escuridão. Ouviu-se o *splash* com que bateu na água. Afundou imediatamente. Era esse o fim de meses de trabalho de Schroeder para resolver o problema dos pequenos anodos com alta capacidade, que deveriam ser usados como propulsores para dirigir bombas teleguiadas. Walter Schroeder não soubera desse fim. Era bom que não soubesse. A perda de tais projetos talvez lhe houvesse partido o coração, embora no fundo já não tivessem mais quase nenhuma importância.

Uma hora depois, eles iriam poder verificar que Faber tivera razão em suas profecias. O bater da máquina já se fazia ouvir bem mais alto. Mesmo assim, nenhum dos dois homens recomeçou a trabalhar. Dona Therese chamou para o almoço. Cobrira o caixote sujo com uma toalha branca e marcara o lugar de cada um. Ela se sentaria ao lado do padre, Susanne perto de Faber. Anna Wagner continuaria na cama. Ela segurava a mão de Evi.

– É a última vez que comemos juntos – disse a velhinha. – Bom apetite para todos!

Faber pegou um pedaço de pão, partiu-o e dividiu-o com Susanne e Gontard. Em cima do caixote havia várias xícaras diferentes cheias de limonada. Evi esvaziou sua lata de leite condensado. Enquanto comiam, o ar vibrava, agitado pelo barulho da britadeira.

– Aceita mais um pouco de carne, reverendo? – perguntou dona Therese.

– Aceito – respondeu o padre. – Posso lhe preparar um pão com sardinha?

– Obrigada – disse dona Therese erguendo-se e apanhando, com gestos misteriosos, um frasco lapidado que continha um líquido escuro.

– E agora – disse ela –, aqui está a surpresa!

– Não é possível... – O padre se levantou.

– É possível, sim – disse a velhinha. – Trouxe a garrafa para cá há muito tempo.

– O que é?

– Um licor suave. Não é muito, mas é gostoso. – Ela retirou a rolha de vidro.

– Sr. Faber, bebo à sua feliz escapada.

Dona Therese encostou o frasco na boca e fechou os olhos. Todos beberam, em sequência; por fim, chegou a vez de Faber.

– Ainda sobrou um pouco – disse ele.

– Derrame no chão.

– Por quê?

– Os romanos costumavam fazê-lo. Acreditavam na existência de deuses debaixo da terra, cuja simpatia era possível conquistar com esse tipo de atenção.

– Com licor?

– E por que não? Também os deuses às vezes têm sede.

– Se a senhora acha... – disse Faber, despejando o resto do licor no chão, onde ele se entranhou rapidamente.

– Quando a guerra terminar – disse dona Therese –, vou convidá-los para um banquete. Assim que eu tiver uma casa nova – acrescentou ela, meio tristonha.

Ela balançou a cabeça.

– Vou, sim. Pode também ser em outro lugar qualquer. Já estou muito velha, não preciso mais de casa.

– A senhora não tem nada de velha. Nada mesmo. Deu prova disso nestes dois dias.

– Sou velha, sim – retrucou ela. – Bem velha, até. Mas não me importo, pois às vezes ainda me sinto muito jovem. Quando a guerra terminar vou dar uma grande festa para vocês todos, vamos festejar até o dia amanhecer. Reverendo, o senhor ficará encarregado de cuidar para que não falte bebida.

– Pode deixar – respondeu Gontard. – Vamos deixá-la totalmente embriagada, dona Therese.

– Ótimo – disse ela. – Vou preparar sanduíches, bolos, pastéis, tortinhas... pois aí as lojas já terão de novo todos os mantimentos.

– Claro – retrucou o padre. – Vai ser uma grande festa. Já estou até com água na boca só de pensar nela.

– Posso levar meu marido? – perguntou Anna Wagner.

– Mas é claro! *Deve* levar. Seu marido e Evi. Vamos encomendar um pudim de chocolate para ela, com chantilly e passas. Todos vocês terão que ir...

Faber olhou ao redor.

– Onde está Evi? – perguntou ele.

Enquanto os adultos conversavam, ocorrera-lhe uma ideia maravilhosa, muito excitante. Evi encolheu os ombros, pois só em pensar nela já se arrepiava toda. Colocou a lata vazia de leite condensado no chão e saiu na ponta dos pés. Levava a lanterna na mão. Nenhum dos adultos percebeu sua escapada. Saiu em silêncio e com muito cuidado. Foi tateando até os latões de gasolina. Era ali que devia estar o homem morto que ela não pudera ver! O homem que fora assassinado altas horas da noite. Era por ali... A mãe a puxara, para que não chegasse perto. Por que não? Como seria um homem morto? Evi não tinha a menor ideia. Estava curiosíssima. Será que ficava todo escuro e enrugado como uma maçã estragada? Sua boca estaria aberta? E os olhos, o que acontecia com eles? Será que caíam, ou se derretiam como as lesmas que ela achava de vez em quando? Evi encostou o pé em alguma coisa. Respirou fundo; chegou até a assobiar. Ali estava ele! Ela se ajoelhou, e um frio lhe correu pela espinha. Apertou uma das mãos contra o rosto e, com dedos trêmulos, acendeu a lanterna.

O que era aquilo? O morto estava coberto. Evi apalpou a coberta. Aqui estavam os pés, aqui os joelhos. Agora vinha a barriga... Ele tinha até barriga, este homem morto! Aqui era o peito, o pescoço e agora... Evi sacudiu-se toda e retirou a mão. A cabeça! Aquela devia ser a cabeça. Não teve coragem de encostar nela nem por cima do cobertor. Ficou brincando com a lanterna.

"Eu não devia estar aqui, mamãe vai ficar zangada quando me encontrar. Ela proibiu. Mas eu gostaria tanto de ver a cara do morto! Se eu puxasse a ponta do cobertor por um minutinho só... Só um instante... mas eu não tenho coragem. Talvez seu aspecto seja tão horrível que eu morra na hora. Ou então vou ficar cega. Não. Não vou olhar. Tenho muito medo!"

Levantou-se.

"Espere... talvez nem seja tão horrível assim. Talvez eu nem tenha que morrer quando olhar para ele. Quem sabe os olhos nem caíram?" Evi acocorou-se novamente. Encostou a mão na ponta do cobertor.

"Eu quero dar uma olhada... vou contar até três e aí puxo o cobertor. Pronto. Um... dois... e... Não!

"Você é covarde! Não sou, não! É, sim! Se você não puxar este cobertor agora mesmo, nunca vai ter sorte na vida. Se o fizer, todos os seus desejos serão realizados. E então? O que é que tem? Um... dois... e três!"

Evi acendeu a lanterna. Com a outra mão arrancou o cobertor. A cabeça apareceu. Ela a iluminou. Meu Deus, que horror!... tinha bicho em cima do rosto... Formigas! Formigas pretas enormes! Passavam pela testa do homem, duas estavam em cima do nariz, algumas desciam correndo pelo pescoço. Evi ficou petrificada. Não conseguiu se mexer. Não conseguiu nem apagar a lanterna.

Depois viu uma formiga tentando entrar na boca de Schroeder. Para dentro da boca!... Evi tentou pegá-la, encostou a mão no corpo. E aí aconteceu o desastre. O lábio cedeu como se fosse cair; o maxilar se abriu quando Evi o tocou, o queixo caiu! Parecia que Schroeder estava rindo. Rindo para ela!

Evi jogou a lanterna longe, tropeçou num monte de terra e começou a gritar. Sua voz era alta. Em desespero, gritava o mais alto que podia.

– Onde é que está Evi? – perguntou Faber, procurando em volta. – Ela estava aqui agora mesmo!

Gontard levantou-se.

– Espere, vou procurá-la – disse ele. No mesmo instante soou pelo abrigo, alto e desesperado, o grito de Evi. Faber levantou-se de um salto. O corpo de Anna Wagner se contorceu. Ela se ergueu na cama.

– Evi!

Faber foi correndo até os latões de gasolina; viu logo o que havia acontecido e cobriu o rosto de Schroeder. Depois pegou Evi no colo e carregou-a de volta para a mãe. Evi batia o queixo. Agarrava-se ao soldado; gemia baixinho.

– As formigas... as formigas... entraram dentro da boca dele! Eu só queria saber se os olhos caem mesmo quando a gente morre... Eu quero a minha mãe! Estou com tanto medo... por favor... estou me sentindo mal!

Faber sentou-a na cama de Anna Wagner, que abraçou a filhinha.

– O que houve?

— Ela foi dar uma olhada em Schroeder.

— Mas, Evi!

— Mãe, não fique zangada, eu não queria! É só porque eu pensava que o rosto dele ia ficar todo preto.

— Evi — disse dona Therese —, você nos assustou muito com o seu grito.

Lembrando-se da cena, Evi começou novamente a tremer.

— Foi tão horrível! — murmurou ela. — O rosto todo coberto de formigas. As orelhas, o nariz, os olhos... Mãe! Uma formiga tentou entrar na boca dele e, quando eu tentei pegá-la, o lábio caiu... — Evi tentou engolir e revirou os olhos. Não aguentou. O nojo era grande demais. Escondeu o rosto no colo da mãe.

— Estou toda molhada — disse ela baixinho.

— Vá mudar de roupa — disse Anna Wagner. — Ali na mala tem uma calça limpa.

— Mas eu não consigo abotoar sozinha.

— Então venha até aqui, que eu... — De repente, a moça empurrou Evi para longe. Nem terminou a frase. Apertou as mãos contra a barriga.

Evi olhou assustada para ela.

— Vá — disse a mãe com esforço —, vá logo...

Trincou os dentes e ficou deitada, imóvel. As dores, suas conhecidas, cederam. Seu corpo relaxou. Mudos, todos rodeavam sua cama. Só Evi revirava a mala procurando uma calça seca. O barulho da britadeira, do outro lado, enchia o silêncio.

— Será que... ? — começou o padre. Anna Wagner concordou. Tentou sorrir.

— Agora — disse ela. — Agora não pode demorar mais, senão vai ser tarde.

Gontard olhou para o relógio. Era uma hora da tarde.

— Vamos — disse ele para Faber. Foram até a galeria e começaram a retirar os latões que Schroeder havia enterrado. Depois puseram-se a cavar. Anna Wagner ficou deitada no escuro. Seu corpo estava retesado, seus olhos, abertos. Porém, ela não via nem ouvia mais nada. Nem a silhueta dos homens trabalhando, nem dona Therese que falava com ela, passando-lhe um pano na testa. Nada. Sentia a criança que estava por nascer. Ela estava a caminho. Tudo iria seguir seu curso.

– Meu Deus! Meu Deus! – murmurou dona Therese, assustada.

A moça grávida nada ouvia. Com grande cautela e sabedoria, seu corpo estava se preparando para o parto.

Gontard trabalhava com a pá.

– Nós não devíamos ter parado. Foi irresponsabilidade nossa.

– Foi – concordou Faber.

– Quanto tempo vamos precisar ainda?

– Uma hora.

– Duvido.

– Duas, talvez.

– Quanto tempo demora um parto?

– Umas duas horas – disse Faber –, ou dois dias. Não sei. – O suor lhe escorria pela testa.

– Temos que nos apressar.

– É – disse Faber.

– Entende alguma coisa de medicina?

– Nada.

– Eu também não – disse Gontard. Jogou a pá para o lado, pegou a enxada e arrancou uma pedra da parede.

O barulho da britadeira, agora, era muito alto. Já ouviam até o arranhar das pás.

– A primeira coisa que precisamos fazer quando eles entrarem é pedir uma ambulância – disse o padre. – A moça tem que ser levada imediatamente para um hospital. Se tivermos sorte...

– E a menina, para onde vai?

– Para a casa da avó – disse Gontard. – Ou para a minha. Pode ficar muito bem comigo. No convento tem muito lugar. Isso é o de menos. Mas você tem que fugir. Não se esqueça do endereço de Susanne.

— Já anotei.

— Sabe o caminho? — Faber fez que sim. — Vá direto para lá. Não pare em lugar nenhum.

— Pode deixar — disse Faber.

— Assim que eu sair, ligo para meu amigo. Ele irá apanhá-lo à noite — disse Gontard. — Por que não continuamos logo a cavar?

— A situação não estava tão crítica! Se Evi não a tivesse assustado com seus gritos, as contrações não teriam começado.

— Eu nunca presenciei um parto.

— Nem eu.

— Talvez dona Therese e Susanne possam ajudar.

— Talvez — disse Faber, cavando sem parar.

Alto e regular, no ritmo tranquilizante das máquinas, soava o barulho da britadeira. De repente, Gontard teve um sobressalto.

— Ouviu?

— O quê?

— Não ouviu nada?

— Não — respondeu Faber.

— A mulher deu um gemido!

— Bobagem.

— Não, eu ouvi...

— Deixe de histerismo. A coisa também não é tão rápida assim.

— Ela gemeu, garanto.

— Ora bolas — disse Faber. — Um parto não é brincadeira.

— Ela gemeu, sim — murmurou Gontard.

— Continue a cavar — disse Faber em voz alta — e cale a boca.

Susanne Riemenschmied segurava Evi no colo e procurava acalmá-la.

— O que a mamãe tem?

— Não é nada não, Evi...

— Mas ela me mandou embora. Eu quero ficar com ela.

– Agora você não pode.

– Por quê? Ela está doente?

– Está, sim – disse Susanne. – Mas daqui a pouco vai estar boa de novo.

– O que ela tem?

– Ela vai ter um bebê.

– Um bebê? – Evi balançou a cabeça. – Por que ela vai ter um bebê?

– Porque está na hora de ele vir ao mundo. Você também, quando chegou a hora, quis vir ao mundo.

– Eu não – disse Evi. – Garanto que não.

– Quis, sim!

– Não me lembro disso. Mas acho que não foi assim, não.

– Foi, Evi. Nós todos, quando chega a hora, queremos vir ao mundo. Também nossas mães estiveram durante algum tempo doentes, e depois nós nascemos.

– E dói?

– Dói – confirmou Susanne.

– Como é que vai ser o bebê?

– Como qualquer criança pequena.

– Como os bebês lá do parque?

– Exatamente.

– Vai ser grande como eu?

– Não, muito menor. Você também já foi menor.

– Como vai se chamar?

– Não sei. Como você gostaria que se chamasse?

Evi ficou pensando.

– Steffi – disse ela. – Eu tenho uma amiga que se chama assim.

– E se for menino?

– E você não sabe o que vai ser?

– Não. Ninguém sabe.

Evi encostou-se no ombro de Susanne.

– Se for menino deve se chamar Peter, como meu pai.
– A menina se ergueu. – Talvez sejam um menino e uma menina.

— Talvez. Mas acho que não.
— Por que não?
— A maioria das crianças vêm sozinhas ao mundo.
— Você também veio?
— Eu também.
— Quanto tempo vai demorar?
— Algumas horas.
— Quero que seja bem rápido para que mamãe não sinta dor.
— Isso mesmo – disse Susanne, olhando por cima da cabeça da menininha para o túnel iluminado, onde os dois homens trabalhavam. – Agora vai ser bem rápido.

Dona Therese estava sentada na beira da cama de Anna Wagner e olhava para ela assustada. Às vezes a respiração da moça se tornava mais agitada, depois se acalmava de novo. Seu corpo se mexia.

— Posso ajudar em alguma coisa?
— Não – disse Anna Wagner –, ainda não.
— Está bem acomodada?
— Estou, sim. Obrigada.
— Quer tomar alguma coisa?

Anna Wagner concordou.

— Quero, sim. Por favor.

Dona Therese lhe deu uma xícara de limonada.

— Estava ótima – disse ela, agradecida, colocando a mão no braço da velhinha.

— Daqui a pouco estaremos livres. Talvez daqui a uma hora – disse ela. – Está ouvindo as máquinas trabalharem?

Anna Wagner não ouvia nada. Fechou os olhos novamente e respirou fundo. Depois, encolheu os ombros e seus músculos se retesaram mais uma vez. Era a segunda contração. Passou a língua nos lábios, que ainda estavam com o gosto doce da limonada, e, quando a dor aumentou, mordeu os lábios para não gemer. Para não assustar os outros.

II

O tenente Werner Schattenfroh tinha 27 anos. Passara quinze meses da guerra na Rússia e, em dezembro de 1944, ao ter alta no hospital onde trataram do seu braço mutilado, voltou para Viena, onde foi transferido para uma unidade encarregada de salvar pessoas das casas desmoronadas por ataques aéreos. A divisão de sapadores, que ele comandava como oficial, era muito bem equipada. O pessoal que trabalhara em Berlim, Düsseldorf e Bremen tinha muita experiência.

Werner era alto e louro, de rosto estreito e olhos tristes. Cumpria a sua obrigação sem pensar muito, achando que havia coisa pior do que ajudar pessoas ameaçadas de morte. Ficava contente quando, com a ajuda de seus homens, conseguia retirar mulheres meio enlouquecidas de dentro de algum abrigo e saber que não havia chegado tarde demais. Ficava mais contente ainda ao constatar que as peças de artilharia de seu carro-tanque tinham mais mobilidade, e por conseguinte eram mais mortais do que os tanques russos que haviam atirado nele em Smolensk. Mas não estava feliz. Sentia saudade de seus pais e da casa de camponeses, e muitas vezes desejava ter perdido o braço inteiro. Talvez assim tivesse sido mandado para casa. Em 22 de março de 1945, recebeu um chamado para ir com dez homens até um prédio que ruíra no Mercado Novo. Diziam que havia gente presa no porão do prédio.

– Quantas pessoas? – perguntou o tenente.

Os vizinhos citaram o nome de uma senhora de idade que morava no prédio. O tenente Werner soube que ela se chamava Therese Reimann. Além disso, havia um padre de nome Reinhold Gontard que também procurara o abrigo. Um velho de casaco de pele se apresentou, dizendo que, pouco antes de caírem as bombas, tinha falado com três pessoas que também se refugiaram ali. Falava num soldado, numa moça e num civil de guarda-pó claro. De acordo, pois, com as informações recebidas pelo tenente, havia pelo menos cinco pessoas presas debaixo dos escombros.

Antes da chegada do grupo de sapadores, vizinhos haviam tentado abrir passagem pelo abrigo do prédio ao lado, pois sabiam que tal obra já havia sido iniciada. Nas primeiras doze horas após a catástrofe, progrediram tanto que chegaram a ouvir, na noite de 21 para 22 de março, leves batidas do outro lado, que fizeram com que trabalhassem mais rápido ainda.

Por volta das onze horas do dia 22, no entanto, por ocasião de um novo ataque aéreo, outra bomba caiu no leito da Plankengasse, e parte da galeria já aberta desmoronou, sendo interrompida toda e qualquer comunicação com os soterrados. A essa altura, apelaram para o tenente Schattenfroh, pedindo ajuda.

Os sapadores trouxeram tudo o que era ferramenta. Com a ajuda de uma britadeira, conseguiram, em algumas horas, desobstruir novamente a parte desmoronada da passagem. À tarde daquele mesmo dia, a água de um encanamento rompido inundou a Plankengasse. Receava-se que as pessoas que estavam no abrigo ficassem também ameaçadas por ela. O tenente ordenou que se fechassem todos os registros da rede de água daquele quarteirão, e aquela noite os homens passaram a trabalhar em dois turnos, fazendo ele mesmo parte do primeiro. Depois dormiu no chão, enrolado num cobertor, sendo acordado por um soldado, que o sacudia. Dizia ele que havia gente querendo falar com o tenente.

– Que horas são? – perguntou Schattenfroh.

– Sete e meia – disse o soldado.

– Como vai o trabalho?

– Está indo. Já estamos de novo ouvindo batidas do outro lado. Só que eles não estão mais cavando.

– Devem estar muito fracos. De quanto tempo vamos precisar ainda?

– Algumas horas – respondeu o soldado. – À tarde chegaremos até eles.

– Onde estão os homens que querem falar comigo?

– Lá na rua.

Schattenfroh subiu um lance de escada e, na entrada do prédio, encontrou os soldados de uma patrulha, que imediatamente se perfilaram, e dois civis, que tiraram o chapéu.

– Bom dia – disse o tenente dirigindo-se ao segundo-sargento que comandava a patrulha. Tinha a impressão de que o conhecia.

– Acabamos de saber – disse este – que entre as pessoas presas no abrigo se encontra um soldado.

– Quem disse?

– Um homem com um cachorro. Encontramos com ele na porta do hotel em frente.

– Sei quem é – disse Schattenfroh. – Também falei com ele. Parece que foi o último a ver as pessoas, antes de cair a bomba.

– Pensei que o senhor ainda não soubesse.

– Sei – disse o tenente. – Estava acompanhado de uma moça e um rapaz de guarda-pó claro.

Um dos civis que estavam ao lado escutando a conversa disse, excitado, qualquer coisa para o companheiro e este concordou.

– Quanto tempo acha que ainda vão trabalhar, senhor tenente?

– Algumas horas, se tudo der certo. Vocês querem ver o soldado?

– Não necessariamente, mas talvez ele esteja ferido – disse o segundo-sargento. – De qualquer maneira, acho que vamos passar aí de novo à tarde.

– Muito bem – disse Schattenfroh. – Voltem lá pelas três horas. Devemos estar acabando a essa hora.

A patrulha se afastou. Schattenfroh dirigiu-se ao mais alto dos dois civis.

– Senhor tenente – disse este –, meu nome é Kleinert. Sou gerente da firma Alpha de Aparelhos de Rádio e Telefones de Meidling. Este é meu colega, o sr. Niebes.

O tenente se inclinou ligeiramente.

– Muito prazer, Schattenfroh – disse ele.

– Soube que o senhor está dirigindo este serviço de salvamento.

Schattenfroh concordou.

– Nosso problema é o seguinte – disse Kleinert, nervoso, fumando um cigarro. – Um de nossos principais colaboradores, de nome Walter Schroeder, está desaparecido há dois dias. Na manhã do dia 21 de março ele foi à cidade encontrar-se com um especialista em resinas sintéticas no Mercado do Carvão. Saiu de lá pouco antes de ser dado o alarme, e desde então não foi mais visto. Achamos que deve ter acontecido qualquer coisa a ele durante o ataque. Mas como, por questão de tempo, ele não pode ter chegado a sair deste bairro, nos lembramos que ele talvez tivesse se refugiado num abrigo próximo. Como o senhor sabe, este foi o único atingido naquele dia em toda esta região.

– Eu entendo.

– É apenas uma suposição – disse Niebes –, mas o senhor deve concordar que isso pode ter acontecido. Talvez... por mero acaso... Schroeder tenha realmente entrado neste abrigo e ficado soterrado. Já fizemos tudo para encontrá-lo, mas foi em vão. Este abrigo é a nossa última chance.

Kleinert interrompeu-o.

– Quando o senhor comentou há pouco que um homem de guarda-pó claro foi visto por um transeunte, isso para nós foi de grande importância, pois também Schroeder, naquela manhã, usava um guarda-pó claro.

– Muita gente usa – observou Schattenfroh.

– Mas nesse caso seria muita coincidência, não acha?

– Além disso, devo lhe dizer ainda que Walter Schroeder era pessoa de grande importância, que trabalhava no desenvolvimento de valiosos projetos, cujo êxito seria do maior interesse. Sua morte ou seu desaparecimento seria um prejuízo irreparável para nós. Por isso, estamos fazendo tudo para encontrá-lo, além dos motivos de ordem humanitária, evidentemente – disse Niebes.

– Além do mais – declarou Kleinert –, ele levava uma pasta com documentos valiosos que são igualmente insubstituíveis. Por isso, senhor tenente, temos que nos esforçar ao máximo e levar em conta qualquer possibilidade para encontrar Walter Schroeder.

– Entendo perfeitamente – disse Schattenfroh.

– E por isso também eu lhe peço que, quando chegar a hora, eu possa descer com o senhor, para procurar Schroeder pessoalmente. Ele talvez esteja ferido, ou totalmente extenuado, e precise ser levado imediatamente para um hospital. E se ele realmente estiver aí, os desenhos também devem estar com ele.

– Está certo – disse o tenente. – Mas terão que ter mais um pouco de paciência, pois só à tarde acabaremos de abrir a passagem.

– Se o senhor não tiver nada contra, nós voltaremos às três horas.

Schattenfroh concordou e já ia andando.

– Como era mesmo o nome de seu colega?

– Schroeder – respondeu Niebes. – Walter Schroeder.

Schattenfroh desceu para o abrigo. Foi substituir por uma hora o homem que trabalhava com a britadeira. Depois, o tenente fez uma pausa para comer uma fatia de pão e tomar uma xícara de café... O fio comprido da britadeira que se estendia até a rua, onde era ligado ao motor de um caminhão, tremia sem parar, enquanto a máquina furava a parede do túnel. Schattenfroh olhava para ele enquanto comia o pão. A seu lado, dormiam dois homens que haviam trabalhado durante a noite. Uma grande lâmpada de acetileno chiava diante da entrada.

Por volta da uma hora, ouviram nitidamente que do outro lado haviam recomeçado a cavar. Schattenfroh ficou meio surpreso na hora, mas não pensou muito no assunto. Pegou uma pá e começou a remover a terra solta. Às três horas os dois civis voltaram, às três e meia, os três soldados. A passagem estava quase inteiramente aberta. Terra e pedras caíam. De repente, a ponta de aço penetrou seguidamente no vazio, sem encontrar qualquer resistência. Por fim, uma grande massa de terra úmida começou a se desprender, abrindo na parede um buraco do tamanho de uma cabeça. Schattenfroh ergueu a lâmpada e meteu uma das mãos pela abertura. Do outro lado, alguém a segurou. Depois, ele a retirou e encostou o rosto na parede. Viu os olhos avermelhados de um homem barbado e sujo, de cabelos brancos, com a fronte arranhada e manchada de sangue. O homem abriu a boca várias vezes sem, no entanto, conseguir falar.

– Vocês estão todos vivos? – perguntou o tenente.

O rosto do homem se turvou. Ele ergueu a cabeça.

– Andem! – disse Reinhold Gontard. – Venham depressa!

III

Por volta das duas horas, Susanne chegou junto dos dois homens. O padre virou-se para ela.

– Mais uma hora – disse ele – e chegaremos lá. Como está dona Anna?

– Acho que vamos conseguir sair a tempo. Ela terá que ser levada imediatamente para um hospital.

– Claro – concordou o padre.

– Não se esqueça de vestir o meu suéter antes de os outros entrarem, Faber – disse Susanne.

– É mesmo – respondeu este. – Vou vesti-lo já.

Foram para a outra ponta do abrigo e Susanne tirou o suéter pela cabeça. Usava uma fina blusa de seda por baixo. Faber abraçou-a e beijou-a. Suas mãos alisaram-lhe as costas.

– Qual é meu endereço? – perguntou ela, e Faber repetiu-o.

– Qual a maneira mais rápida de se chegar lá?

– De bonde. Vou até Hietzing. Depois pego o 60. – Faber descreveu o itinerário. Em seguida, puxou-a para si.

– Agora não – disse a moça.

– Sim...

– Mas nós não podemos...

– Susanne – disse Faber –, eu a amo. – Beijou-a novamente. As mãos da moça se abriram lentamente. O pulôver caiu no chão.

Gontard ainda estava trabalhando sozinho quando, cerca de uma hora mais tarde, a parede que separava as duas metades da passagem se abriu. Ele largou a pá e foi espiar pelo buraco. Viu o rosto estreito de um soldado. Sentiu o coração bater violentamente. Estava na hora! Gontard agarrou-se com as duas mãos à parede.

– Vocês estão todos vivos? – perguntou uma voz do outro lado do abrigo.

Gontard tentou falar. Engoliu algumas vezes com dificuldade. Depois disse com voz rouca:

– Andem! Venham depressa!

– Já vamos – respondeu o tenente. Deu um passo atrás. A pá atravessou a terra. Rapidamente dois homens aumentaram a abertura. Pedras caíram aos pés de Gontard. Ele se virou e encostou-se na parede. De repente, ocorreu-lhe uma ideia. Pegou a batina suja e vestiu-a depressa por cima da cabeça. Os outros que tinham ouvido o padre falar vieram correndo. Pararam diante do túnel. Dona Therese estava de mãos postas. Evi, de boca aberta. Faber vestira o guarda-pó de Schroeder. Todos olhavam mudos a abertura aumentar rapidamente com o trabalho das pás de seus libertadores. Só Anna Wagner gemeu alto uma vez. Cinco minutos mais tarde, o tenente conseguiu, espremendo-se e com a ajuda de Gontard, passar para dentro do abrigo. Trazia uma lanterna.

– Graças a Deus! – disse ele, quando conseguiu ficar em pé. – Chegamos a tempo.

Dona Therese soluçou duas vezes, mas logo emudeceu de novo. Schattenfroh olhou longamente para Faber.

– Seu rosto me é conhecido.

– Será? – disse Faber.

– Já nos vimos em algum lugar.

Faber deu de ombros.

– É possível.

– Esteve na Rússia?

— Não.

— Estranho — disse Schattenfroh. — Podia jurar que nós já nos encontramos alguma vez.

Evi se virou e foi correndo para junto da mãe.

— Senhor tenente — disse Gontard em voz alta. — Temos uma mulher grávida aqui no abrigo.

— Onde?

— Lá na cama.

Schattenfroh foi até lá. Gontard, que o seguiu, colocou, de passagem, a mão no ombro de Susanne. Em pé, diante da moça deitada, Schattenfroh iluminou-lhe rapidamente o rosto. Seus olhos estavam pequenos, sua testa úmida.

Ela arfava.

— Me levem para o hospital — sussurrou ela. — Mandem avisar a minha mãe. Ela deve ficar com a menina...

O tenente voltou correndo para a abertura, por onde agora entrava luz.

— Hellmer! — chamou ele. Uma voz respondeu. — Vá lá em cima e chame uma ambulância.

— Sim, senhor — respondeu o invisível Hellmer.

— Espere, aí tem um endereço...

Schattenfroh virou-se.

— Thaliastrasse, 45 — disse Susanne. — O nome é Juren, dona Martha Juren.

— Ouviu?

— Não — respondeu Hellmer, do outro lado da parede.

— Thaliastrasse, 45! — gritou o tenente. — Sra. Martha Juren. Anote o nome. Mande alguém lá para levar um recado. A filha dela está aqui no abrigo. Ela vai dar à luz! Precisamos de uma maca...

Susanne ouviu as botas de Hellmer se afastarem apressadamente. Schattenfroh voltou para junto de Anna Wagner.

— Daqui a quinze minutos uma ambulância virá apanhá-la.

— Obrigada — disse ela. Dois soldados entraram. O pessoal do outro lado continuava a trabalhar com as pás. O tenente virou-se.

— Entrou água aí?

— Entrou — respondeu Gontard. — O andar de baixo está cheio.

— De que vocês viveram?

— Tínhamos comida bastante.

— Graças a Deus — disse Schattenfroh mais uma vez. Não estava se sentindo bem. Por que estavam todos tão calados? Por que não choravam? Por que não riam? O que havia acontecido? Schattenfroh dirigiu-se ao padre.

— Então é o senhor?

— Como?

— O senhor então é o padre! Sabia que estava aí embaixo.

— Como sabia?

— Os vizinhos me contaram. Disseram que o senhor e uma senhora de idade usavam este abrigo regularmente.

— É — disse dona Therese Reimann —, sou eu.

Schattenfroh concordou.

— Quantos vocês eram, afinal? — Ele contou nos dedos. — Um, dois, três... seis ao todo.

— Não — disse Gontard —, éramos sete.

Schattenfroh virou-se rapidamente.

— Quem era o sétimo?

— Um soldado.

Schattenfroh teve um pressentimento funesto.

— E onde está ele?

— Ali — disse Gontard, apontando com o dedo.

— Onde?

— Debaixo do cobertor.

Schattenfroh parou e ficou olhando atento para Gontard.

— Ele está morto — explicou o padre. — Suicidou-se com um tiro. Esta noite.

— Foi? — fez Schattenfroh. Depois deixou o padre e atravessou o abrigo com a lanterna. Levantou o cobertor. Contemplou Schroeder por alguns segundos, depois arrancou o cobertor completamente e ajoelhou-se ao lado do morto. Seus olhos viram tudo. A pistola na mão dura, o furo manchado de sangue no casaco, o rosto sujo... até a cápsula ele viu! Os dois soldados que haviam entrado depois se aproximaram.

– Por que ele se suicidou? – perguntou um deles.

Schattenfroh não respondeu. Revistou cuidadosamente os bolsos de Schroeder. Não encontrou documentos. Apenas algum dinheiro, uma faca, cigarros e um lenço. O tenente contemplou as botas sujas de Schroeder, levantou-se e perguntou:

– Como aconteceu isso?

– Ontem à tarde – respondeu o padre – desmoronou parte da passagem. Estávamos todos muito deprimidos, mas o soldado... nós nem sabemos o nome dele... parece que a coisa o afetou mais seriamente. Antes, ele já quase não falava conosco. Dava a impressão de estar meio perturbado e muito infeliz.

– Isso mesmo – observou dona Therese –, parecia tão infeliz...

O tenente concordou, impaciente.

– Fomos dormir cedo. Tivéramos muito trabalho com a água que havia entrado e estávamos todos muito cansados...

– Sei – disse Schattenfroh. – E aí?

– ...Aí aconteceu tudo: de repente, ouvimos um tiro. Acordamos, fomos correndo ver e o encontramos assim como o senhor pode vê-lo agora. Ainda segurava a pistola na mão. Estava morto.

– Quando foi isso?

– Esta noite – respondeu Gontard. – Por volta de uma ou duas horas.

Schattenfroh dirigiu-se a um dos soldados.

– Diga ao sargento da patrulha que venha até aqui. E veja o que houve com a ambulância.

O soldado saiu pela abertura da parede. Lá fora ouviam-se duas vozes falando alto. Logo depois, entrou o segundo-sargento. Estava sem capacete e parecia já saber por que estava sendo chamado. Faber olhou para ele. Aquele rosto ele conhecia! Conhecia aquele homem. Logo depois, quando ele abriu a boca e Faber viu os dentes todos cariados, teve certeza de quem estava ali diante dele. Um frio correu-lhe pela espinha. Assim também era demais! Aquele era o mesmo soldado da patrulha que ele encontrara dois dias antes na Kaerntnerstrasse.

– Onde está o morto? – perguntou ele.

– Ali.

Schattenfroh conduziu-o até Schroeder.

– É o soldado – disse o sargento. – Não esperava encontrá-lo assim.

– Parece que foi suicídio mesmo. Deu um tiro no coração.

– É – respondeu o outro –, parece que foi. Tem algum documento no bolso?

– Nada – respondeu o tenente. – Apenas dinheiro, cigarro e coisas assim.

O sargento virou-se para os que estavam ao seu redor.

– Alguém esvaziou os bolsos do morto?

– Não – respondeu Gontard, rápido demais. – Nem tocamos nele.

O sargento olhou para ele, ajoelhou-se e ficou olhando a pistola na mão do morto. Evi veio da cama da mãe e cochichou com Susanne. O tenente olhou para ela, desconfiado.

– O que houve?

– Nada – respondeu Evi.

– Por que você não fala alto?

Susanne sorriu.

– A moça grávida quer falar comigo.

– Ah – fez Schattenfroh. Susanne foi ter com Anna Wagner, que pegou sua mão e segurou-a firme. Estavam a sós. Susanne se inclinou.

– Como estão as coisas?

– Até agora tudo bem – murmurou Susanne.

– Aqui está a chave da minha casa – disse Anna Wagner –, para poderem apanhar o terno e a roupa. Eu, daqui,

vou imediatamente para o hospital. Evi deve esperar pela minha mãe. Podem apanhar as coisas; estão todas no armário marrom grande. – Anna Wagner falava apressadamente.
– Está com as cartas?

Susanne disse que sim.

– Peça a minha mãe para levar a mala e a cadeirinha. Vá lá visitá-la. Conte o que houve, para ela depois poder contar para mim. Talvez eu possa ajudar de alguma maneira.

– Está bem – disse Susanne.

– Promete?

– Prometo.

O sargento que estivera confabulando com o tenente aproximou-se da cama.

– Desculpe – disse ele. – Tenho que anotar seu nome e endereço.

– Por quê?

– Decidimos chamar a polícia. Não sabemos quem é o morto. Ele não tem documentos. Antes que a senhora seja levada para o hospital, temos que saber quem é. A senhora tem algum documento?

– Tenho – respondeu Anna Wagner. Pegou a bolsa ao lado da cama e começou a procurar. – Aqui está.

– Obrigado – disse o sargento. Anotou o endereço numa caderneta. – É sua filha?

– É.

– O mesmo endereço?

Anna Wagner concordou.

– E a senhora?

Susanne Riemenschmied deu seu nome. Mostrou sua carteira de identidade. O sargento anotou também.

– É apenas uma formalidade, entende?

– Claro – disse Susanne. – Podemos ir para casa agora?

– Acho que sim. Amanhã talvez sejam convidados a prestar mais declarações. Mas parece que foi realmente suicídio.

– Foi, sim. Nós todos vimos...

– Viram? – perguntou o sargento.

– Quero dizer, ouvimos. Estávamos dormindo quando ele se matou. Ouvimos o tiro.

– É estranho ele não ter nenhum documento.

– Talvez estivesse sendo procurado.

– Talvez. Pode ser também que seja desertor. Isto ainda vamos descobrir.

– Mas não é muito difícil?

– É – disse o sargento. – Talvez não cheguemos a saber nunca quem ele é.

Susanne seguiu-o quando ele voltou para junto dos outros. O morto tinha sido coberto novamente. O sargento se dirigiu ao padre. Este tirou um documento do bolso...

– Senhor tenente – disse dona Therese –, eu moro aqui neste prédio, gostaria muito de saber o que sobrou das minhas coisas.

Schattenfroh ficou desconcertado.

– O prédio foi atingido.

– Não existe mais?

– Não sobrou muita coisa.

Dona Therese virou-se. O tenente tossiu.

– Os senhores podem ir assim que tivermos anotado os endereços.

Diante da abertura formou-se um burburinho. A ambulância havia chegado.

Um médico do pronto-socorro, à paisana, entrou pela galeria.

– Onde está a mulher?

– Lá na cama.

O médico dirigiu-se a ela e fez algumas perguntas.

– Rápido – disse ele, depois. – A maca!

Pela abertura, um soldado lhe entregou a maca com uma lona esticada por cima.

– A senhora consegue se levantar sozinha?

– Não sei – respondeu Anna Wagner.

– Então espere. – O médico olhou para Faber. Juntos colocaram a grávida na maca e a cobriram.

– De quem é esta criança?

– É minha filha – disse Anna Wagner. – Onde está a minha mãe?

– Deve estar chegando – respondeu um dos soldados. – Nós já a avisamos.

– Evi – disse Anna Wagner. – Seja boazinha e espere aqui até a vovó chegar.

Ela concordou com a cabeça. Fazia força para não chorar. Faber e o médico levantaram a maca.

– Cuidado – disse o tenente. Faber concordou e foram andando em direção à passagem. Passo a passo. Nem muito devagar, nem muito depressa. Havia uma pá no meio do caminho. Passaram por cima dela. Finalmente, conseguiram passar pela abertura. Anna Wagner estava deitada, imóvel, de olhos fechados.

– Cuidado – Faber ouviu um soldado dizer. – Cuidado, a abertura é baixa. Abaixem um pouco a maca! Pelo amor de Deus, tomem cuidado...

Dois civis se aproximaram, curiosos, olharam para Faber e ajudaram a puxar a maca para fora.

– Podemos entrar? – perguntou um deles.

– Não sei – disse Faber. – É melhor esperar mais um pouco.

O médico os seguiu. Um soldado segurando uma lanterna foi andando na frente, em direção à rua. Faber sentia o suor lhe escorrer em grandes gotas pela testa. Tropeçou. Suas mãos tremiam.

– Ora bolas! – xingou o médico, um homenzinho baixo e gordo com óculos brilhantes. – Por que logo o senhor tinha que carregar a maca? O senhor mal se aguenta em pé!

Faber deu um rápido sorriso.

– Estou bem. Só quero respirar um pouco de ar.

Evi alcançou-os e continuou muda ao lado de Faber.

Olhou uma vez para ele. Entendeu tudo. Havia pedras, cacos de vidros e pedaços de madeira na passagem. A ambulância estava na frente do prédio. O motorista veio ao encontro deles e pegou uma das extremidades da maca das mãos de Faber. Evi saiu para a rua.

– Você vai ficar aqui esperando por sua avó, não é, Evi? – disse o médico.

Faber continuou a andar devagar. Seu coração batia loucamente, seu rosto barbado estava sujo e abatido. O pulôver de Susanne lhe apertava o pescoço.

O médico entrou na ambulância.

"É agora que você tem que ir", disse Faber para si mesmo. "Agora!" Chegou até o portão. Na frente, havia um soldado com um fuzil. Do outro lado, um aglomerado de gente.

– O senhor não pode passar por aí – disse o guarda.

– Como?

– Ninguém pode sair por enquanto.

Faber sorriu, desesperado.

– Eu não quero passar. Só quero respirar um pouco de ar, se o senhor não tiver nada contra.

– Por mim... – disse o guarda, cuspindo na poça d'água.

Schattenfroh contou os nomes na sua lista e virou-se para dona Therese.

– Agora é a sua vez – disse ele. – Depois só falta aquele moço que ajudou a carregar a maca lá para cima.

Dona Therese deu seu nome.

– Tem qualquer documento de identidade?

– Mas eu moro aqui neste prédio!

– Minha senhora – disse Schattenfroh delicadamente, mas controlando-se –, eu gostaria de ver seus documentos.

– Pois não. – Dona Therese deu de ombros. – Claro, se faz questão. Os documentos estão lá na mala. – Atravessou devagar o abrigo. Sabia perfeitamente por que andava tão devagar. Era para ganhar tempo. Faber devia estar fugindo. Ajoelhou-se lentamente. Schattenfroh jogou o facho de luz de sua lanterna em cima da mala. – Obrigada – disse dona Therese. – O senhor sabia que tivemos que carregar toda esta bagagem aqui para cima quando a água começou a entrar? Foi uma trabalheira... – Levantou os olhos e percebeu que os outros a haviam seguido. – Quando a gente fica velha – continuou ela –, vai tomando apego a tudo. Qualquer coisinha nos traz alguma recordação... – Dona Therese calou-se um instante. – O que foi?

– Nada – disse Schattenfroh. Sua voz estava mudada. Seus olhos estavam fixos na mala. Dona Therese olhou na mesma direção. Viu, ao mesmo tempo que o padre, o furo redondo no tampo de couro. Susanne só o viu um pouco mais tarde.

– Não toque na mala – disse Schattenfroh, ajoelhando-se. Abriu o fecho e começou a remexer dentro.

Dona Therese pestanejou. Procurava pensar rápido. O padre deu um passo à frente. O silêncio era completo. Na outra extremidade do abrigo, os dois soldados da patrulha cochichavam com o superior. Schattenfroh segurava entre os dedos um objeto de metal; ergueu-o e olhou de um para outro.

– Sabem o que é isto?

– Não – disse Gontard com toda a calma, embora estivesse mentindo. Sabia perfeitamente, tanto quanto Susanne e dona Therese. Era a segunda bala da pistola de Faber, a bala com a qual havia sido furado o casaco. Ali estava ela, então, pensou o padre. Bem, em algum lugar ela tinha que estar. A força do acaso era infinita. Seria acaso, mesmo?

– Isto aqui é uma bala de pistola – explicou Schattenfroh, segurando-a debaixo do nariz de Gontard.

– Mas que coisa! – exclamou dona Therese, sacudindo, espantada e perplexa, a cabeça. – E como é que ela veio parar na minha mala?

– É o que eu também gostaria de saber – disse o tenente.

– Não adianta olhar para mim – disse Gontard –, porque eu não tenho a menor ideia.

– É uma pena – disse Schattenfroh. – É realmente uma pena! – Uma confusa sensação de ódio foi subindo dentro dele. Percebia que ali se passara alguma coisa obscura e misteriosa, da qual ele nada sabia. O tenente era uma pessoa calma e decente, e teria deixado inteiramente a cargo da polícia o exame desse estranho suicídio.

Mas o morto era um soldado. Os que ali estavam vivos eram civis. Um sentimento de solidariedade com o camarada desconhecido fez com que ficasse com raiva. Sem que soubesse qualquer coisa a respeito do morto, tornara-se seu amigo. Sem entender bem por quê, acreditava ter que vingar a morte do amigo. Não era um motivo vil, era um motivo honesto que o levava a se interessar pela bala encontrada na mala de dona Therese.

– Muito bem, o senhor então não sabe de nada – disse ele.

Gontard sacudiu a cabeça.

– Pense bem!

– Mesmo se vocês me virarem pelo avesso – disse Gontard, olhando para dona Therese. Temos que ganhar tempo, diziam seus olhos, tempo para que Faber possa fazer... O tenente não pode perceber que está faltando um.

Dona Therese bateu com a mão na testa.

– Meu Deus, como sou boba! Claro que sei de onde veio esta bala.

Schattenfroh iluminou-lhe o rosto. Dona Therese piscou um instante, mas logo o encarou, valente.

– A senhora sabe?

– Claro que sei! E o senhor também, reverendo, e a senhora, dona Susanne. Não se lembram da noite passada, quando dormimos lá embaixo?

Gontard, que não tinha a menor ideia do que ela estava falando, deu uma deixa.

– Mas claro!

– Lembram-se dos ratos? – disse ela, feliz como se estivesse contente por ter se lembrado.

Susanne sentou-se.

– Ora, por que eu não me lembrei logo? – tagarelava ela. – Às vezes a gente se comporta de modo tão ridículo... e o senhor já devia estar pensando que havia acontecido algum crime aqui, não é, tenente?

– O que houve com os ratos? – perguntou Schattenfroh. O facho de luz não se desviava do rosto pálido de dona

Therese. Ela mentia. Mentia para salvar Faber. Mentia até bem para alguém como ela, que a vida inteira havia considerado a mentira um pecado, e a abominava. Mentia maravilhosamente bem, com toda a convicção de um novato. Mentia tão bem que Schattenfroh perdeu parte de sua desconfiança, chegando quase a se convencer, novamente, de que aquele pobre-diabo de uniforme cáqui tivesse realmente se suicidado. Dona Therese falava sem parar.

– Nós não conseguíamos dormir, senhor tenente. Havia dois ratos lá embaixo, fazendo uma barulheira a noite inteira. Não dava para aguentar mais. Corriam de um lado para outro, davam pulos, arranhavam, assobiavam... O senhor alguma vez já ouviu um rato assobiar? Dá até arrepios. Finalmente, quando ninguém aguentava mais, o soldado, que Deus o tenha em paz – e dona Therese se benzeu rapidamente –, disse que ia dar um tiro neles.

Gontard olhou surpreso para a Therese. Que transformação, pensou ele. Que transformação!

– E ele acertou os ratos? – perguntou o tenente delicadamente.

– Infelizmente, não – disse dona Therese. – Fez uma barulheira infernal, mas errou. Uma das balas deve ter acertado a minha mala, a outra deve estar perdida lá embaixo no abrigo inundado. É só procurar bem – acrescentou ela maliciosamente.

– Sei – disse Schattenfroh. – E depois de todo o tiroteio conseguiram dormir, afinal?

– Imagine o senhor que conseguimos mesmo! O tiro deve ter assustado tanto os bichos que eles sumiram.

– Então foi isso – disse o tenente, desviando finalmente o facho de luz do rosto da velhinha. – Claro que vai ser muito fácil verificar quantas balas estão faltando no tambor.

Dona Therese continuou a encará-lo fixamente, enquanto um arrepio de prazer macabro lhe corria pelas costas estreitas.

– Deve ser fácil, sim – disse ela. Já havia até pensado nisso antes. Uma estava na mala. Outra no peito de Schroeder.

Outra ficara na Hungria. Uma ou até duas. A conta dava certo. Daria mesmo? Dona Therese fechou os olhos. "Deus misericordioso, não nos abandone agora!"

Faber tinha acabado de fumar o segundo cigarro e jogou a guimba na rua. O guarda deu um bocejo. A ambulância havia partido havia meia hora, e Evi continuava ao lado de Faber, esperando pela avó. Olhava para ele com expressão calma.

– Vamos descer?

Faber segurou-a.

– Não. Fique mais um pouco.

Ele sentiu que ela o puxava.

– Venha comigo.

Faber lançou um olhar para o soldado apático e disse:

– Bem, então vamos.

Chegando ao fim do primeiro lance, Evi parou.

– Você tem que ir embora!

– Não posso sair daqui enquanto o soldado estiver olhando.

– Pode, sim.

– Não, Evi.

– Olhe – sussurrou ela. – Lá no corredor tem uma porta de vidro quebrada, vi agora mesmo. Ela vai dar no pátio. Será que você não consegue passar dali para o prédio ao lado?

Faber aprumou-se. Lá de cima uma luz iluminava seus rostos sujos. Faber estendeu a mão para a menina.

– Adeus, Evi.

– Adeus – disse ela, abraçando-o. – Você volta?

– Vou visitar vocês em breve – respondeu ele. Evi Wagner suspirou com tristeza e, tropeçando no escuro, foi descendo para o abrigo. Faber virou-se e, esgueirando-se, subiu os poucos degraus. Vestia o guarda-pó claro de Schroeder. Encontrou a porta quebrada e passou para um quintal com escombros e vasos velhos. Um pequeno corredor escuro conduzia ao andar térreo do prédio vizinho.

Diante da entrada estava estacionado o caminhão cujo motor fazia funcionar a britadeira. Dois soldados estavam ocupados desmontando as últimas seções da mangueira. De mãos no bolso, Faber ficou encostado no muro, esperando. Esperou uns dez minutos. Depois, viu os dois homens subirem no carro. O motor roncou, as marchas foram engatadas, rangendo. Poeira entrou pelo corredor silencioso... Agora a rua estava livre. Faber passou pelo portão rebentado. A luz lhe doía nos olhos. O guarda diante da entrada do prédio vizinho conversava com uma senhora. Nada viu. Atravessando um monte de entulho, passando por fios rebentados, por pedaços de madeira, Faber seguiu pela Seilergasse, em direção à vala.

IV

Quando Evi voltou ao abrigo, lembrou-se de que precisava ter muito cuidado, ser muito esperta. Ao atravessar a abertura, o tenente olhou para ela.

– Onde está o moço que ajudou a levar sua mãe lá para cima?

Evi pensou rapidamente.

– Está lá fora com o guarda. Deve voltar já. Vai trazer a minha avó.

– Está bem – disse Schattenfroh, sentando-se num velho barril e puxando Evi para junto de si. – Quer dizer então que, daqui a pouco, você vai voltar para casa?

Evi concordou.

– Tomara que sim. Não gosto mais daqui.

– Eu posso imaginar. – Schattenfroh tirou alguns biscoitos do bolso e deu-os à menina. – Você deve ter se assustado um bocado na noite passada, não foi?

– Obrigada – disse Evi, pegando os biscoitos. – Me assustei, sim. Eu estava dormindo e de repente ouvi aquela barulheira e acordei. Aí o soldado estava lá no chão, morto.

– Como você sabe que ele estava morto?

– Porque ele não respirava mais.

– A pistola ainda estava na mão dele?

— Estava — respondeu Evi. — Foi com ela que ele se matou.

Schattenfroh olhou pensativo para Evi.

— Por que você acha que ele se suicidou?

— Não sei.

— Você não falou com ele?

— Morto não fala!

— E quando ele ainda estava vivo?

— Não. Só muito pouco. Ele nunca brincou comigo. — E lembrando-se da recomendação que lhe haviam feito, continuou: — Ele vivia sentado por aí sem falar com ninguém.

— Por isso você deve ter se assustado mais ainda.

— Hum! — fez Evi. — Me assustei, sim. O tiro foi horrível.

— Você nunca tinha ouvido um tiro de pistola antes?

— Não, foi a primeira vez.

Evi notou que os adultos se aproximaram, e teve a sensação de que o oficial ia lhe fazer aquela famosa pergunta da qual Faber falara.

— Foi a primeira vez?

— Claro que foi — disse Evi. Schattenfroh sacudiu a cabeça.

— E você esqueceu os ratos?

— Que ratos? — perguntou Evi. "É agora", pensou ela, "que ele vai começar a me perguntar coisas das quais eu não sei nada. Que bom terem me avisado antes!"

— Os ratos lá embaixo no abrigo! Os dois ratos que fizeram tanto barulho que não deixaram vocês dormirem — retrucou Schattenfroh.

— Eu não sei nada disso — disse Evi, decidida, e levantou os olhos.

— Ora, então você não se lembra mais? O soldado até atirou neles!

Evi arregalou os olhos. O que o oficial queria? Que perguntas estranhas eram aquelas?

— Ninguém atirou em rato nenhum — disse ela, perdida.

— Claro que atirou. Todos eles ouviram!

O olhar inquieto de Evi passou de um a outro, e todos olharam para ela, mudos. O que havia acontecido?

– E você não se lembra mais dos tiros?

– Não! – respondeu ela, quase chorando. – Eu não me lembro de nada!

– A menina está muito assustada – disse Gontard.

– O senhor tem que entender...

O resto da frase foi abafado por um grito.

Schattenfroh virou-se rápido e viu Kleinert, que havia descoberto o rosto de Schroeder e olhava para ele com uma expressão do maior terror.

– Schroeder! – gritava Kleinert. – Esse homem aí é Walter Schroeder!

O sargento pegou-o pelo braço.

– Quem é ele?

– É Schroeder! – exclamaram Kleinert e Niebes, em coro.

– Têm certeza?

– Certeza? – gritou Kleinert quase sem fôlego. – Trabalhei com ele por dez anos! Conheço-o como se fosse meu irmão... Esse homem é Walter Schroeder!

– Mas Schroeder era civil...?

– Claro...

– Como é que ele está usando uniforme?

– É porque... porque... – o rosto de Kleinert foi ficando cada vez mais vermelho. – Alguém deve ter vestido o uniforme nele.

– O soldado!... Havia um soldado aqui no abrigo!

O sargento largou Kleinert e pegou o caderninho de notas.

– Eu não entendo... – E ele se interrompeu. – Só havia três homens aqui no abrigo. Um deles está morto, o segundo é o senhor – ele apontou para Gontard – e... onde está o terceiro?

O tenente viu o padre passar o braço pelos ombros da moça.

– Onde está o terceiro?

– Não tenho a menor ideia – disse Gontard, baixinho.

Schattenfroh já estava saindo pela abertura. Os dois soldados da patrulha correram atrás dele.

– Ninguém sai do abrigo por enquanto! – ordenou o sargento.

Numa ridícula crise de nervos, dona Therese pegou uma xícara de cima do caixote e jogou-a no chão, gritando:

– Não grite conosco!

O sargento olhou espantado para ela, depois deu de ombros e ficou mudo, de costas para o túnel. Dona Therese soluçou algumas vezes, histérica.

– Desculpe. São os nervos... O que temos que fazer agora?

– Esperar – disse Gontard.

O guarda que estava na entrada do prédio se perfilou quando Schattenfroh se aproximou correndo.

– Onde está o homem que ficou esperando aqui?

– Aqui não tinha ninguém esperando.

– Tinha!

– Não, senhor!

Schattenfroh praguejou.

– Um homem com uma menina.

– Ah! Aquele... – O guarda empacou. – Não sei. Acho que desceu de novo.

– Não desceu, não! – Schattenfroh dirigiu-se a um dos presentes.

– Viu um rapaz de guarda-pó claro?

A pessoa a quem se endereçou olhou para ele com cara de idiota e continuou muda. O tenente saiu correndo. Passou pelo monte de escombros, desceu a Seilergasse. Um dos soldados foi pela direita, o outro saiu correndo pela Spiegelgasse. Schattenfroh deu um encontrão num homem que acabava de sair do prédio, tropeçou, aprumou-se de novo e continuou a correr. Parou junto à vala. A praça, a Stephansplatz, estava movimentada. A uns cem metros de distância viu o guarda-pó branco de Faber. Alguns pedestres o separavam dele. O tenente continuou a correr. Tinha perdido de vista os outros dois soldados. Faber atravessou a rua na altura do obelisco e voltou-se. Ao ver o tenente, começou a correr também.

– Espere! – gritou Schattenfroh, mas Faber não esperou. Corria a passos largos por entre os transeuntes. Seu guarda-pó esvoaçava como se fosse uma bandeira. O tenente arquejava. Viu Faber desaparecer na entrada de um prédio. Alguns segundos mais tarde, ele também já estava lá. Foi deslizando pela calçada de ladrilhos, parou junto à escada e ficou escutando. Ouviu passos apressados na escada. Subiu correndo. Subiu cinco andares. O sangue latejava em sua fronte. Estava sem fôlego quando chegou ao último andar. Um portão de ferro que conduzia ao sótão fechou-se violentamente à sua frente. Schattenfroh precipitou-se em direção a ele; abriu-o rapidamente e, de um salto, penetrou na penumbra do sótão. Encostado a uma viga, na sua frente, estava Faber. Ficou em pé talvez o tempo suficiente para contar até dez. Depois, seus joelhos fraquejaram e ele foi escorregando as costas contra a viga e acabou no chão. O suor lhe escorria pela testa. Seu rosto sujo estava lívido. Sorriu quando o tenente se sentou ao seu lado.

– Por que fugiu? – perguntou Schattenfroh, assim que conseguiu falar. Faber olhava em frente. Meteu a mão no bolso. O tenente a retirou.

– Quem é você?

Faber não respondeu.

– Quem é você? – repetiu o tenente em voz baixa.

– O que quer de mim, afinal?

– Quero saber seu nome.

– Walter Schroeder.

– Não é verdade.

Faber deu de ombros. Schattenfroh acreditou ouvir passos. Será que os dois soldados o haviam seguido? Ficou escutando. Tudo continuou em silêncio.

– Onde estão seus documentos?

– Eu já os apresentei ao sargento.

– Mostre-os mais uma vez – disse ele, sério.

Faber parou de sorrir. Meteu a mão no bolso e retirou a carteira de trabalho de Schroeder. O tenente abriu-a. Depois se levantou.

– Quem é você?

– Sou Walter Schroeder. Já lhe disse uma vez.

De repente, uma tristeza infinita se apoderou de Schattenfroh.

– Walter Schroeder está morto – disse ele lentamente.

Faber não respondeu. Por algum tempo, ambos ficaram mudos. Lá embaixo, na rua, um carro buzinou. Pela água-furtada entrava um sol fraco. Faber pegou um cigarro.

– O senhor tem fósforo?

Schattenfroh inclinou-se e, com um isqueiro, acendeu o cigarro de Faber.

Depois perguntou muito baixinho, como para que ninguém o ouvisse:

– Você matou Schroeder, não foi?

– Foi – disse Faber.

– E por quê?

– Não gostaria de dizer.

– Por favor!

– Não gostaria de dizer – insistiu Faber. Entregou a carteira ao tenente. – Aqui estão os papéis de Schroeder.

Schattenfroh olhou para ele, pensativo.

– Você tem os seus?

– Tenho – respondeu Faber. – No outro bolso. O senhor quer ver?

– Não – disse o tenente. – É óbvio que você é o soldado.

– Claro – concordou Faber.

– Você trocou de roupa com o morto?

– Troquei.

– Por quê?

– Porque sou desertor. Por isso vesti a roupa dele depois de matá-lo.

– Em que unidade serviu?

Faber respondeu.

– Quando desertou?

– Há três dias.

– Por quê?

– Também não gostaria de dizer.

O tenente assentiu. Sua tristeza aumentou.

– Os outros não têm nada a ver com o caso.

Schattenfroh olhou para o chão, perdido.

– Está armado?

– Não – respondeu Faber. – Pode me revistar.

O tenente sacudiu a cabeça.

– Eu tinha um revólver – disse Faber. – Foi com ele que matei Schroeder. Ficou lá ao lado do morto. Seus companheiros vão demorar muito?

– Nós nos perdemos – respondeu o tenente.

– Quer dizer que o senhor me seguiu sozinho?

– Foi – disse Schattenfroh. – Vim sozinho. Mas vão procurá-lo.

– Para quê? O senhor já não me prendeu?

– Eu não o prendi.

– Claro que não – disse Faber. – Não tem ninguém na minha frente. Eu estou sonhando.

– Pode me agredir – disse o tenente.

– E o senhor pode me fuzilar.

– E poderia mesmo. Agora eu sei por que me parecia conhecido.

– Por quê?

– Porque é soldado.

– Mas eu não o conheço.

– Nem eu a você. Mas você é soldado. Não sei se dá para entender.

– Claro que dá – disse Faber.

– Me diga uma coisa, você matou Schroeder para poder vestir as roupas dele?

Faber negou.

– E tinha que matá-lo?

– Tinha. Não havia outro jeito – disse Faber.

O tenente ficou pensando durante muito tempo. Chegou perto de uma das águas-furtadas e olhou para as casas em volta. O sol o ofuscou. Para o sul, uma imensa coluna de fumaça subia para o céu. Ele encostou a cabeça na esquadria rachada e fechou os olhos. Um minuto se passou. Outro. Quando o tenente se virou, tremia de frio.

Faber continuava sentado, encostado na viga.

– Vamos embora?

– Não – disse Schattenfroh. – Guarde seus papéis. Eu vou sozinho. Eu não o encontrei. Espere dez minutos e depois desapareça. Só Deus sabe até onde vai conseguir chegar.

O rosto de Faber estava imóvel. Ele estava mudo; petrificado.

– Entendeu?

– Perfeitamente – respondeu Faber. – O senhor pretende me salvar a vida.

– Bobagem – disse o tenente. – Eu só estou com medo.

– Medo?

– Sim, medo de estar praticando um ato infame. Já cometi muitos. Mas desta vez estou com medo.

– Não seria um ato infame – disse Faber. – Não do seu ponto de vista.

O tenente estendeu a mão e deixou-a cair novamente.

– Quem sabe?

Ao chegar ao portão de ferro virou-se mais uma vez:

– Não faça barulho.

Faber concordou. Jogou o cigarro no chão e apagou-o, pisando nele com o sapato e esfregando em movimentos circulares.

Quando Schattenfroh foi tateando o caminho de volta para o abrigo do prédio do Mercado Novo, colidiu com o sargento na escada escura.

– O senhor o encontrou?

– Não.

— Claro que não.

— E seu pessoal?

— Também não – respondeu o outro. – Eu já comuniquei à chefatura e dei uma descrição dele. Nossas patrulhas estão avisadas. Lá embaixo, no abrigo, estão trabalhando alguns funcionários do serviço de segurança. Onde é que o senhor esteve esse tempo todo?

— Corri atrás de um homem de guarda-pó branco e, quando finalmente o alcancei...

— ...era a pessoa errada!

— Exatamente – disse Schattenfroh, impassível. – Era a pessoa errada. – Passou pela abertura e entrou no abrigo, onde um homem à paisana dava instruções aos soterrados. Eles podiam ir para suas casas. Só não podiam sair da cidade. Caso o fugitivo aparecesse em casa de algum deles, deveriam avisar imediatamente a polícia. Finalmente, todos eles deveriam se apresentar na manhã seguinte às nove horas, para maiores esclarecimentos.

— Onde? – perguntou Gontard.

O funcionário deu o endereço. Depois viu o tenente e o cumprimentou.

— Nós agora temos que ir. Será que o senhor poderia ficar aqui até a chegada do médico?

Schattenfroh concordou. Sentiu os olhos do grupo fixos nele, num tom de súplica.

— Posso esperar, sim – disse ele.

Niebes, que vinha do canto extremo do abrigo, insistiu nervosamente com o homem à paisana.

— Era uma pasta grande de couro – Schattenfroh ouviu-o dizer –, cheia de projetos e desenhos. Ela tem que estar aqui.

— Ora bolas, mas onde?

— Talvez o assassino a tenha levado.

— Por que motivo teria levado a pasta?

— Por que motivo teria assassinado Schroeder?

— E essa gente aí... será que não existe um jeito de obrigá-los a dizer a verdade?

– É muito difícil – respondeu o outro. – Meus colegas já revistaram o abrigo todo e não acharam nada. No momento, também não posso fazer nada pelos senhores.

Niebes voltou com sua lanterna para a escuridão. Chamou Kleinert.

Quando o tenente levantou os olhos, o padre estava ao seu lado.

O grupo do serviço de investigação foi saindo. Pararam um instante junto ao corpo de Schroeder.

– Eu lhe agradeço – disse Gontard. Ambos fitavam os três homens ao lado do morto e falavam baixinho sem se olharem, ombro a ombro.

– Desta vez – disse Schattenfroh quase sem mover os lábios – ele conseguiu escapar. A cidade inteira deve estar procurando por ele agora.

– Acha que ele vai conseguir se salvar?

– Talvez, se tiver sorte.

– Quer dizer...

– A maioria das pessoas não tem sorte – disse Schattenfroh.

– E se o pegarem? – perguntou Susanne, que se aproximara.

– Será fuzilado – respondeu o tenente, aparentemente irritado pela presença de um terceiro.

– Nunca vou esquecer o que o senhor fez hoje – sussurrou a moça. Schattenfroh começou a se afastar devagar do grupo.

– Eu não fiz nada – disse ele friamente. – Me deixem em paz.

V

Meia hora mais tarde, Kleinert e Niebes desistiram definitivamente da tentativa de achar a pasta de Schroeder. Despediram-se. Tinham que participar o acontecido à direção da fábrica e tomar todas as medidas cabíveis, diziam eles. Queriam saber quem iria ser encarregado de investigar o caso.

— Não sei – respondeu o tenente –, talvez seja a polícia, mas é bem possível que sejam as forças armadas. É melhor o senhor ir pessoalmente à chefatura.

Ambos o cumprimentaram, tirando os chapéus, e partiram. O tenente colocou o lampião ao lado do morto e sentou-se numa cadeira. Sua sombra se projetava, gigantesca, na parede inteira.

— Os senhores podem ir – disse ele, cansado, para o grupo que ainda continuava no abrigo. – Temos seus endereços. O caso está praticamente encerrado. O culpado confessou.

— Ele não tem culpa nenhuma – disse Gontard baixinho, segurando a mão da moça.

— Talvez não – retrucou o tenente no mesmo tom de voz. – Eu não sei o que se passou aqui.

— É difícil explicar – disse Gontard.

Schattenfroh levantou a mão.

— Vocês não precisam me contar nada.

O padre balançou a cabeça.

— Mas gostaríamos que o senhor soubesse. O senhor deve saber. Aliás, é meu dever fazer o possível para que a verdade seja conhecida.

— Por quê?

— Para ajudar o incriminado.

O tenente olhou para suas botas.

— Dificilmente poderão ajudá-lo.

— Mas ele não tem culpa deste crime!

— Talvez não – respondeu Schattenfroh com tristeza. – Mas é desertor.

O padre se aproximou.

— O senhor ainda conseguiu falar com ele, não?

— Consegui – disse Schattenfroh, sem levantar os olhos.

— E aí?

— Ele partiu. Não o verão mais.

— Como?

— Ele sabe que se ficasse estaria pondo em risco a vida de todos vocês e a dele também.

– Ele... – e Susanne hesitou –, ele falou em mim?

– Não – disse o tenente. Levantou rapidamente os olhos. – Não seria melhor irem agora?

– Minhas coisas estão no abrigo – disse dona Therese.

– Podem ficar aqui. Amanhã é outro dia.

O padre colocou o casaco nos ombros de Susanne.

Schattenfroh ergueu-se e sua expressão dura se desanuviou ao estender a mão para Susanne.

– Ainda nos veremos – disse Gontard. Depois seguiu a moça. Dona Therese saiu por último. Evi já partira antes, com a avó.

Ao chegarem à rua, os três deram a volta na quadra, dirigindo-se ao prédio atingido. Não sobrara absolutamente nada da casa de dona Therese.

Algumas mulheres com roupas de trabalho e pano amarrado na cabeça reconheceram-na e vieram falar com ela. Ofereceram-se para ajudar. Disseram que havia um quarto à disposição, onde ela poderia ficar por enquanto. Dona Therese ouvia tudo, amável e em silêncio. Seus olhos não se desprendiam do prédio destruído.

Susanne e o padre estavam em pé no meio da praça. A moça olhava para o céu, que a oeste começava a se cobrir de nuvens vermelhas. Lágrimas continuavam a escorrer de seu rosto.

– Em que está pensando? – perguntou Gontard.

– Por que os colegas de Schroeder tiveram que aparecer para identificar o morto? Por que tudo por que passamos foi determinado pelo acaso e não pelo destino?

– O acaso é o destino – respondeu o padre. – É a lei que rege a nossa vida. Nada do que acontece é isento de sentido, tudo está predestinado.

– Schroeder acreditava nisso.

– Faber também. Usavam apenas palavras diferentes para dizer a mesma coisa. Eram tão parecidos um com o outro, como só extremos opostos podem ser. Como um rosto e sua máscara, uma chave e sua fechadura. – O padre passou o braço pelos ombros de Susanne. – Nós todos, no fundo, acreditamos na mesma coisa – disse ele. – Apenas encontramos denominações diferentes para as mesmas concepções, e seria necessário algum esforço para se perceber claramente essa circunstância. Faber atirou em Schroeder porque ele nos ameaçava. Tudo poderia ter sido diferente... e teria sido simples, tão simples... se nos tivéssemos mantido unidos. Se tivéssemos entendido que cada um de nós pensava estar agindo certo! Mas só conseguíamos ver os acontecimentos através de nossos próprios olhos. Schroeder percebia isso quando nos falava nos ensinamentos de Orígenes. Só que ele não se valia dessa sua percepção. Éramos sete naquele abrigo. Os motivos, porém, que nos levaram a agir não eram apenas sete. Eram tão múltiplos quanto a vida, e tão simples quanto a morte. Nossos olhos viam a mesma coisa; nossos ouvidos percebiam o mesmo. Nossos corações, no entanto, pulsavam de maneira diferente, nossas almas eram estranhas umas às outras. O que aconteceu depois, por nossa culpa, aliás, não se pode chamar de acaso. Não poderia ter sido diferente. Também no futuro as coisas não serão diferentes de agora. O que fazemos hoje produzirá frutos amanhã. São os frutos de nossos atos de ontem que nos afligem hoje.

Susanne sentou-se na beira do poço, onde estivera sentada havia dois dias em companhia de Faber. O padre ficou parado à sua frente.

– Temos que agir agora – disse ele. – Eu vivi de maneira errada e você também. Tentamos conquistar nossa felicidade através de mentiras. Tivemos muito medo e muito pouca coragem. Hoje somos infelizes, porque ontem fomos irresponsáveis. Nós mesmos somos culpados pela morte de Schroeder, pelo perigo em que Faber vive.

– Eu sei – disse Susanne.

– Vou buscá-la amanhã de manhã. Iremos juntos procurar as autoridades.

– Para quê?

– Para dizer a verdade – retrucou o padre. – Se Deus quiser. E sem medo.

Susanne olhou para ele, calada.

– Você tem que aprender a acreditar novamente, Susanne – disse ele. – Nisso Schroeder era superior a nós. Ele acreditava incondicionalmente numa causa, ruim, é bem verdade, mas acreditava nela. Por isso ele era forte numa época em que nós ainda hesitávamos, não sabíamos por que lutar. Éramos *contra* uma ideia, mas não lutávamos *a favor* de nenhuma.

– E o senhor acredita em quê?

– Eu acredito que a vida segue normas que muitos chamam de acaso. Acredito num desenvolvimento progressivo do mundo que poderá ser dirigido por nós também. Tanto para o bem quanto para o mal. Acredito na nossa capacidade de fazer as coisas certas com a mesma dedicação com que até agora fizemos o errado, embora achando que fosse certo.

– E o senhor acredita que Faber possa escapar?

– Talvez...

– Eu não acredito.

Gontard encarou-a.

– Por favor, entenda – disse ele –, há muito não se trata mais daquilo em que acreditamos, esperamos ou tememos. Trata-se agora exclusivamente de como nós agimos. De como os outros agem. Veja aquele tenente, por exemplo.

– Isso são apenas palavras – retrucou Susanne. – Elas não vão conseguir abrir prisões, nem desviar balas de canhões.

Gontard sacudiu a cabeça.

– Nossa desgraça está na nossa fraqueza. Desanimamos antes mesmo de termos feito qualquer coisa em favor de nossa causa. Seria tão fácil para você continuar seu caminho! Você tem o amor, que a torna mais forte do que todos os poderes da morte. Você tem o amor, e é mulher.

– Eu queria morrer – disse Susanne.

– Este é o maior sinal de fraqueza. Não se morre quando os outros necessitam de nós. A vida não nos foi dada como um presente, mas como uma missão.

– E por quê? Quem pôde tomar esta liberdade? Como pôde Deus não só nos colocar na vida sem o nosso desejo, mas ainda nos colocar diante de problemas insolúveis?

– Não foi Deus quem fez isso – respondeu o padre. – Foram os homens, nossos antepassados, assim como eles foram colocados no mundo pelos seus. Toda a humanidade e um desenvolvimento de milhares de anos foram necessários para que surgíssemos, eu e você. E por isso nós, tanto eu quanto você, temos também nossa parcela de responsabilidade nesta humanidade. Os fracos e os mártires nos dizem que o reino dos homens não é aqui nesta terra. A voz da consciência, porém, nos diz que este mundo, com todo o seu brilho e suas trevas, pertence ao homem e é obra dele. O homem não pode escapar ao mundo; tem que ser fiel a ele da maneira como ele foi criado, com todas as suas belezas e horrores. Só o homem poderá fazer com que o mundo volte a ser um dia o que dizem que ele já foi.

– Um nada? – perguntou Susanne.

– Um paraíso – retrucou Gontard.

Susanne levantou-se. Ao meter a mão no bolso, seus dedos tocaram num livro. Era a *Canção do amor e da morte*. Contemplou-o por um instante, depois rasgou-o ao meio e jogou os pedaços no poço.

– Isso já passou.

– Nada passou – respondeu Gontard. – Mas não nos adianta mais. Quer que a acompanhe até sua casa?

– Gostaria de ficar só.

– Tem certeza?

– Tenho. Até amanhã. Passe bem, reverendo. – Ela lhe estendeu a mão. Ele se inclinou e, levemente curvado, saiu andando pelo Mercado Novo. Sua batina se arrastava no chão. Susanne o acompanhou com os olhos até ele dobrar a esquina. Começou a esfriar. Ela foi andando também.

As lágrimas lhe corriam pela face, mas ela não sabia que estava chorando. Não sabia nada a respeito de si. As pessoas olhavam para ela, que andava pelas ruas suja, com os cabelos desgrenhados, a roupa amarrotada. Ninguém, no entanto, teve a coragem de lhe dirigir a palavra. A gola de seu casaco estava toda torta. Ela andava de mãos nos bolsos. Cansada e atordoada, avançava.

Atravessou a rua, entrou na Mariahilferstrasse. Escolhia o caminho mais longo para casa. Os últimos raios de sol iluminavam a cidade. Seu rosto estava molhado. As lágrimas formaram sulcos em seu rosto empoeirado. Ela seguia sempre em frente. Não parou nenhuma vez; não olhou para nada. Suas pernas doíam. No parque, alguns arbustos estavam cobertos de flores. Crianças brincavam. Aos gritos, uma atravessou na sua frente. Pelas seis horas Susanne chegou em casa. Atravessou o jardim, subiu os poucos degraus de sua casa, abriu a porta. Na caixa do correio havia alguns envelopes, um jornal e um bilhete. Ela não tocou em nada. O pequeno gato branco veio ao seu encontro e ficou se esfregando em suas pernas.

Susanne tirou o casaco dos ombros, entrou na cozinha e encheu uma tigela com leite. O bichano bebeu ávido, ronronando. No seu quarto, o rádio tocava. Ela havia esquecido de desligá-lo. Jogou-se na cama, com as pernas penduradas para fora. Seu cabelo estava ainda mais revolto. Ficou deitada de bruços, imóvel. Da rua, ouviam-se vozes de passantes. Em algum lugar ao longe, tocou a sineta do bonde. Ela pensava em Faber. Ele não poderia mais voltar. Isso era certo. A polícia estava à procura dele, e ela também devia estar sendo observada. Apesar disso, esperava por ele com toda a ânsia de sua alma.

Faber não veio. Estava sentado em uma pequena taberna nos subúrbios da cidade, rodeada de vinhedos sem fim, que desciam suaves pelas encostas, por onde já se estendiam as sombras do entardecer. Estava só. Na sua frente, um copo de vinho. Olhava pela janela para o mar de casas a seus pés. Já estava anoitecendo. Ele tinha que seguir. Seguir? Para onde?

Não conseguia mais pensar. Um imenso cansaço o invadiu. Ficou sentado ali, naquela sala comprida, que ia aos poucos escurecendo. Para onde? Não sabia. Para ele nada havia se modificado. Continuava a ser o caçado. Sua fuga ainda não havia chegado ao fim. E chegaria algum dia? Lembrou-se dos versos que Susanne recitara para ele, quando os dois estavam deitados no abrigo.

"Não sei quem sou,
Nem para onde vou.
De onde venho? Não sei, não.
Por que toda esta alegria, então?"

Susanne... Será que estaria esperando por ele àquela hora? Iria vê-la de novo algum dia? Ainda estava com o endereço no bolso. Pegou o papel... Se ele fosse preso, esse papel não poderia ser encontrado. Leu o endereço várias vezes até decorá-lo. Depois, picou-o em pedaços pequenos e jogou o papel no cinzeiro de vidro. O taberneiro entrou para perguntar se ele não queria que acendesse a luz.

– Não, obrigado – disse Faber.

O homem ligou um grande rádio preto, esperou até soarem os primeiros compassos de uma valsa lenta e saiu novamente. Faber apoiou a cabeça nos braços cruzados. Quando acordou eram nove horas. Estava com frio. O taberneiro, à sua frente, olhava pensativo para ele. A sala continuava vazia.

– Para onde vai? – perguntou ele. Era um homem alto e corpulento, de rosto vermelho e olhar melancólico. Sua camisa de lã estava aberta no peito.

– Para casa – respondeu Faber.

– Precisa de dinheiro?

– Não.

– Tem certeza?

– Tenho.

– Tome aqui – disse ele. Meteu a mão no bolso e colocou algumas notas em cima da mesa. – Vai precisar delas. Agora deve ir. É melhor seguir pela mata. Evite os grandes acessos. Existem patrulhas por toda parte.

Faber levantou-se.

– Por que isto?

– Estava aqui observando o senhor enquanto dormia – disse ele, empurrando o dinheiro para Faber.

– Eu falei dormindo?

O taberneiro concordou.

Por um momento, Faber ficou prestando atenção à música que saía do alto-falante. Uma voz feminina aveludada cantava uma canção muito popular na época, que falava no amor e na morte, mas principalmente na morte. Depois, meteu o dinheiro no bolso.

– O vinho já está pago – disse o taberneiro.

Faber sentiu as pernas pesadas como chumbo.

– Por que faz isso por mim? – perguntou ele, cansado. Seus olhos se encontraram por um segundo.

– Tenho pena do senhor – respondeu o outro. Ficou olhando para ele até seu vulto se perder no escuro, em meio à neblina que começava a cair. Depois, fechou a porta e ficou parado no meio da sala, imóvel. Um cachorro ganiu na rua. A canção do rádio foi ficando mais baixa e terminou. A voz impessoal de um locutor anunciou a posição dos aviões inimigos.

– Uma unidade de combate está se dirigindo para o oeste da Alemanha.

Unidade de combate em direção ao oeste da Alemanha. Eram vinte e uma horas e sete minutos. A canção voltou, agora bem alta. Um solo de saxofone interrompeu seu ritmo compassado. Depois, a voz suave terminou o refrão.

Coleção L&PM POCKET (ÚLTIMOS LANÇAMENTOS)

38. **Poirot e o mistério da arca espanhola & outras histórias** – Agatha Christie
39. **A última legião** – Valerio Massimo Manfredi
41. **Sol nascente** – Michael Crichton
42. **Duzentos ladrões** – Dalton Trevisan
43. **Os devaneios do caminhante solitário** – Rousseau
44. **Garfield, o rei da preguiça (10)** – Jim Davis
45. **Os magnatas** – Charles R. Morris
46. **Pulp** – Charles Bukowski
47. **Enquanto agonizo** – William Faulkner
48. **Aline: viciada em sexo (3)** – Adão Iturrusgarai
49. **A dama do cachorrinho** – Anton Tchékhov
50. **Tito Andrônico** – Shakespeare
51. **Antologia poética** – Anna Akhmátova
52. **O melhor de Hagar 6** – Dik e Chris Browne
53(12). **Michelangelo** – Nadine Sautel
54. **Dilbert (4)** – Scott Adams
55. **O jardim das cerejeiras** seguido de **Tio Vânia** – Tchékhov
56. **Geração Beat** – Claudio Willer
57. **Santos Dumont** – Alcy Cheuiche
58. **Budismo** – Claude B. Levenson
59. **Cleópatra** – Christian-Georges Schwentzel
60. **Revolução Francesa** – Frédéric Bluche, Stéphane Rials e Jean Tulard
61. **A crise de 1929** – Bernard Gazier
62. **Sigmund Freud** – Edson Sousa e Paulo Endo
63. **Império Romano** – Patrick Le Roux
64. **Cruzadas** – Cécile Morrisson
65. **O mistério do Trem Azul** – Agatha Christie
68. **Senso comum** – Thomas Paine
69. **O parque dos dinossauros** – Michael Crichton
70. **Trilogia da paixão** – Goethe
73. **Snoopy: No mundo da lua! (8)** – Charles Schulz
74. **Os Quatro Grandes** – Agatha Christie
75. **Um brinde de cianureto** – Agatha Christie
76. **Súplicas atendidas** – Truman Capote
79. **A viúva imortal** – Millôr Fernandes
80. **Cabala** – Roland Goetschel
81. **Capitalismo** – Claude Jessua
82. **Mitologia grega** – Pierre Grimal
83. **Economia: 100 palavras-chave** – Jean-Paul Betbèze
84. **Marxismo** – Henri Lefebvre
85. **Punição para a inocência** – Agatha Christie
86. **A extravagância do morto** – Agatha Christie
87(13). **Cézanne** – Bernard Fauconnier
88. **A identidade Bourne** – Robert Ludlum
89. **Da tranquilidade da alma** – Sêneca
90. **Um artista da fome** seguido de **Na colônia penal e outras histórias** – Kafka
91. **Histórias de fantasmas** – Charles Dickens
96. **O Uraguai** – Basílio da Gama
97. **A mão misteriosa** – Agatha Christie
98. **Testemunha ocular do crime** – Agatha Christie

799. **Crepúsculo dos ídolos** – Friedrich Nietzsche
802. **O grande golpe** – Dashiell Hammett
803. **Humor barra pesada** – Nani
804. **Vinho** – Jean-François Gautier
805. **Egito Antigo** – Sophie Desplancques
806(14). **Baudelaire** – Jean-Baptiste Baronian
807. **Caminho da sabedoria, caminho da paz** – Dalai Lama e Felizitas von Schönborn
808. **Senhor e servo e outras histórias** – Tolstói
809. **Os cadernos de Malte Laurids Brigge** – Rilke
810. **Dilbert (5)** – Scott Adams
811. **Big Sur** – Jack Kerouac
812. **Seguindo a correnteza** – Agatha Christie
813. **O álibi** – Sandra Brown
814. **Montanha-russa** – Martha Medeiros
815. **Coisas da vida** – Martha Medeiros
816. **A cantada infalível** seguido de **A mulher do centroavante** – David Coimbra
819. **Snoopy: Pausa para a soneca (9)** – Charles Schulz
820. **De pernas pro ar** – Eduardo Galeano
821. **Tragédias gregas** – Pascal Thiercy
822. **Existencialismo** – Jacques Colette
823. **Nietzsche** – Jean Granier
824. **Amar ou depender?** – Walter Riso
825. **Darmapada: A doutrina budista em versos**
826. **J'Accuse...! – a verdade em marcha** – Zola
827. **Os crimes ABC** – Agatha Christie
828. **Um gato entre os pombos** – Agatha Christie
831. **Dicionário de teatro** – Luiz Paulo Vasconcellos
832. **Cartas extraviadas** – Martha Medeiros
833. **A longa viagem de prazer** – J. J. Morosoli
834. **Receitas fáceis** – J. A. Pinheiro Machado
835(14). **Mais fatos & mitos** – Dr. Fernando Lucchese
836(15). **Boa viagem!** – Dr. Fernando Lucchese
837. **Aline: Finalmente nua!!! (4)** – Adão Iturrusgarai
838. **Mônica tem uma novidade!** – Mauricio de Sousa
839. **Cebolinha em apuros!** – Mauricio de Sousa
840. **Sócios no crime** – Agatha Christie
841. **Bocas do tempo** – Eduardo Galeano
842. **Orgulho e preconceito** – Jane Austen
843. **Impressionismo** – Dominique Lobstein
844. **Escrita chinesa** – Viviane Alleton
845. **Paris: uma história** – Yvan Combeau
846(15). **Van Gogh** – David Haziot
848. **Portal do destino** – Agatha Christie
849. **O futuro de uma ilusão** – Freud
850. **O mal-estar na cultura** – Freud
853. **Um crime adormecido** – Agatha Christie
854. **Satori em Paris** – Jack Kerouac
855. **Medo e delírio em Las Vegas** – Hunter Thompson
856. **Um negócio fracassado e outros contos de humor** – Tchékhov
857. **Mônica está de férias!** – Mauricio de Sousa
858. **De quem é esse coelho?** – Mauricio de Sousa
860. **O mistério Sittaford** – Agatha Christie

861. **Manhã transfigurada** – L. A. de Assis Brasil
862. **Alexandre, o Grande** – Pierre Briant
863. **Jesus** – Charles Perrot
864. **Islã** – Paul Balta
865. **Guerra da Secessão** – Farid Ameur
866. **Um rio que vem da Grécia** – Cláudio Moreno
868. **Assassinato na casa do pastor** – Agatha Christie
869. **Manual do líder** – Napoleão Bonaparte
870(16). **Billie Holiday** – Sylvia Fol
871. **Bidu arrasando!** – Mauricio de Sousa
872. **Desventuras em família** – Mauricio de Sousa
874. **E no final a morte** – Agatha Christie
875. **Guia prático do Português correto – vol. 4** – Cláudio Moreno
876. **Dilbert (6)** – Scott Adams
877(17). **Leonardo da Vinci** – Sophie Chauveau
878. **Bella Toscana** – Frances Mayes
879. **A arte da ficção** – David Lodge
880. **Striptiras (4)** – Laerte
881. **Skrotinhos** – Angeli
882. **Depois do funeral** – Agatha Christie
883. **Radicci 7** – Iotti
884. **Walden** – H. D. Thoreau
885. **Lincoln** – Allen C. Guelzo
886. **Primeira Guerra Mundial** – Michael Howard
887. **A linha de sombra** – Joseph Conrad
888. **O amor é um cão dos diabos** – Bukowski
890. **Despertar: uma vida de Buda** – Jack Kerouac
891(18). **Albert Einstein** – Laurent Seksik
892. **Hell's Angels** – Hunter Thompson
893. **Ausência na primavera** – Agatha Christie
894. **Dilbert (7)** – Scott Adams
895. **Ao sul de lugar nenhum** – Bukowski
896. **Maquiavel** – Quentin Skinner
897. **Sócrates** – C.C.W. Taylor
899. **O Natal de Poirot** – Agatha Christie
900. **As veias abertas da América Latina** – Eduardo Galeano
901. **Snoopy: Sempre alerta! (10)** – Charles Schulz
902. **Chico Bento: Plantando confusão** – Mauricio de Sousa
903. **Penadinho: Quem é morto sempre aparece** – Mauricio de Sousa
904. **A vida sexual da mulher feia** – Claudia Tajes
905. **100 segredos de liquidificador** – José Antonio Pinheiro Machado
906. **Sexo muito prazer 2** – Laura Meyer da Silva
907. **Os nascimentos** – Eduardo Galeano
908. **As caras e as máscaras** – Eduardo Galeano
909. **O século do vento** – Eduardo Galeano
910. **Poirot perde uma cliente** – Agatha Christie
911. **Cérebro** – Michael O'Shea
912. **O escaravelho de ouro e outras histórias** – Edgar Allan Poe
913. **Piadas para sempre (4)** – Visconde da Casa Verde
914. **100 receitas de massas light** – Helena Tonetto
915(19). **Oscar Wilde** – Daniel Salvatore Schiffer
916. **Uma breve história do mundo** – H. G. Wells
917. **A Casa do Penhasco** – Agatha Christie
919. **John M. Keynes** – Bernard Gazier
920(20). **Virginia Woolf** – Alexandra Lemasson
921. **Peter e Wendy** *seguido de* **Peter Pan en Kensington Gardens** – J. M. Barrie
922. **Aline: numas de colegial (5)** – Adão Iturrusgarai
923. **Uma dose mortal** – Agatha Christie
924. **Os trabalhos de Hércules** – Agatha Christie
926. **Kant** – Roger Scruton
927. **A inocência do Padre Brown** – G.K. Chesterton
928. **Casa Velha** – Machado de Assis
929. **Marcas de nascença** – Nancy Huston
930. **Aulete de bolso**
931. **Hora Zero** – Agatha Christie
932. **Morte na Mesopotâmia** – Agatha Christie
934. **Nem te conto, João** – Dalton Trevisan
935. **As aventuras de Huckleberry Finn** – Mark Twain
936(21). **Marilyn Monroe** – Anne Plantagenet
937. **China moderna** – Rana Mitter
938. **Dinossauros** – David Norman
939. **Louca por homem** – Claudia Tajes
940. **Amores de alto risco** – Walter Riso
941. **Jogo de damas** – David Coimbra
942. **Filha é filha** – Agatha Christie
943. **M ou N?** – Agatha Christie
945. **Bidu: diversão em dobro!** – Mauricio de Sousa
946. **Fogo** – Anaïs Nin
947. **Rum: diário de um jornalista bêbado** – Hunter Thompson
948. **Persuasão** – Jane Austen
949. **Lágrimas na chuva** – Sergio Faraco
950. **Mulheres** – Bukowski
951. **Um pressentimento funesto** – Agatha Christie
952. **Cartas na mesa** – Agatha Christie
954. **O lobo do mar** – Jack London
955. **Os gatos** – Patricia Highsmith
956(22). **Jesus** – Christiane Rancé
957. **História da medicina** – William Bynum
958. **O Morro dos Ventos Uivantes** – Emily Brontë
959. **A filosofia na era trágica dos gregos** – Nietzsche
960. **Os treze problemas** – Agatha Christie
961. **A massagista japonesa** – Moacyr Scliar
963. **Humor do miserê** – Nani
964. **Todo o mundo tem dúvida, inclusive você** – Édison de Oliveira
965. **A dama do Bar Nevada** – Sergio Faraco
969. **O psicopata americano** – Bret Easton Ellis
970. **Ensaios de amor** – Alain de Botton
971. **O grande Gatsby** – F. Scott Fitzgerald
972. **Por que não sou cristão** – Bertrand Russell
973. **A Casa Torta** – Agatha Christie
974. **Encontro com a morte** – Agatha Christie
975(23). **Rimbaud** – Jean-Baptiste Baronian
976. **Cartas na rua** – Bukowski
977. **Memória** – Jonathan K. Foster
978. **A abadia de Northanger** – Jane Austen

979. **As pernas de Úrsula** – Claudia Tajes
980. **Retrato inacabado** – Agatha Christie
981. **Solanin (1)** – Inio Asano
982. **Solanin (2)** – Inio Asano
983. **Aventuras de menino** – Mitsuru Adachi
984.(16).**Fatos & mitos sobre sua alimentação** – Dr. Fernando Lucchese
985. **Teoria quântica** – John Polkinghorne
986. **O eterno marido** – Fiódor Dostoiévski
987. **Um safado em Dublin** – J. P. Donleavy
988. **Mirinha** – Dalton Trevisan
989. **Akhenaton e Nefertiti** – Carmen Seganfredo e A. S. Franchini
990. **On the Road – o manuscrito original** – Jack Kerouac
991. **Relatividade** – Russell Stannard
992. **Abaixo de zero** – Bret Easton Ellis
993.(24).**Andy Warhol** – Mériam Korichi
995. **Os últimos casos de Miss Marple** – Agatha Christie
996. **Nico Demo** – Mauricio de Sousa
998. **Rousseau** – Robert Wokler
999. **Noite sem fim** – Agatha Christie
1000. **Diários de Andy Warhol (1)** – Editado por Pat Hackett
1001. **Diários de Andy Warhol (2)** – Editado por Pat Hackett
1002. **Cartier-Bresson: o olhar do século** – Pierre Assouline
1003. **As melhores histórias da mitologia: vol. 1** – A.S. Franchini e Carmen Seganfredo
1004. **As melhores histórias da mitologia: vol. 2** – A.S. Franchini e Carmen Seganfredo
1005. **Assassinato no beco** – Agatha Christie
1006. **Convite para um homicídio** – Agatha Christie
1008. **História da vida** – Michael J. Benton
1009. **Jung** – Anthony Stevens
1010. **Arsène Lupin, ladrão de casaca** – Maurice Leblanc
1011. **Dublinenses** – James Joyce
1012. **120 tirinhas da Turma da Mônica** – Mauricio de Sousa
1013. **Antologia poética** – Fernando Pessoa
1014. **A aventura de um cliente ilustre** *seguido de* **O último adeus de Sherlock Holmes** – Sir Arthur Conan Doyle
1015. **Cenas de Nova York** – Jack Kerouac
1016. **A corista** – Anton Tchékhov
1017. **O diabo** – Leon Tolstói
1018. **Fábulas chinesas** – Sérgio Capparelli e Márcia Schmaltz
1019. **O gato do Brasil** – Sir Arthur Conan Doyle
1020. **Missa do Galo** – Machado de Assis
1021. **O mistério de Marie Rogêt** – Edgar Allan Poe
1022. **A mulher mais linda da cidade** – Bukowski
1023. **O retrato** – Nicolai Gogol
1024. **O conflito** – Agatha Christie
1025. **Os primeiros casos de Poirot** – Agatha Christie
1027.(25).**Beethoven** – Bernard Fauconnier
1028. **Platão** – Julia Annas
1029. **Cleo e Daniel** – Roberto Freire
1030. **Til** – José de Alencar
1031. **Viagens na minha terra** – Almeida Garrett
1032. **Profissões para mulheres e outros artigos feministas** – Virginia Woolf
1033. **Mrs. Dalloway** – Virginia Woolf
1034. **O cão da morte** – Agatha Christie
1035. **Tragédia em três atos** – Agatha Christie
1037. **O fantasma da Ópera** – Gaston Leroux
1038. **Evolução** – Brian e Deborah Charlesworth
1039. **Medida por medida** – Shakespeare
1040. **Razão e sentimento** – Jane Austen
1041. **A obra-prima ignorada** *seguido de* **Um episódio durante o Terror** – Balzac
1042. **A fugitiva** – Anaïs Nin
1043. **As grandes histórias da mitologia greco-romana** – A. S. Franchini
1044. **O corno de si mesmo & outras historietas** – Marquês de Sade
1045. **Da felicidade** *seguido de* **Da vida retirada** – Sêneca
1046. **O horror em Red Hook e outras histórias** – H. P. Lovecraft
1047. **Noite em claro** – Martha Medeiros
1048. **Poemas clássicos chineses** – Li Bai, Du Fu e Wang Wei
1049. **A terceira moça** – Agatha Christie
1050. **Um destino ignorado** – Agatha Christie
1051.(26).**Buda** – Sophie Royer
1052. **Guerra Fria** – Robert J. McMahon
1053. **Simons's Cat: as aventuras de um gato travesso e comilão – vol. 1** – Simon Tofield
1054. **Simons's Cat: as aventuras de um gato travesso e comilão – vol. 2** – Simon Tofield
1055. **Só as mulheres e as baratas sobreviverão** – Claudia Tajes
1057. **Pré-história** – Chris Gosden
1058. **Pintou sujeira!** – Mauricio de Sousa
1059. **Contos de Mamãe Gansa** – Charles Perrault
1060. **A interpretação dos sonhos: vol. 1** – Freud
1061. **A interpretação dos sonhos: vol. 2** – Freud
1062. **Frufru Rataplã Dolores** – Dalton Trevisan
1063. **As melhores histórias da mitologia egípcia** – Carmem Seganfredo e A.S. Franchini
1064. **Infância. Adolescência. Juventude** – Tolstói
1065. **As consolações da filosofia** – Alain de Botton
1066. **Diários de Jack Kerouac – 1947-1954**
1067. **Revolução Francesa – vol. 1** – Max Gallo
1068. **Revolução Francesa – vol. 2** – Max Gallo
1069. **O detetive Parker Pyne** – Agatha Christie
1070. **Memórias do esquecimento** – Flávio Tavares
1071. **Drogas** – Leslie Iversen
1072. **Manual de ecologia (vol.2)** – J. Lutzenberger
1073. **Como andar no labirinto** – Affonso Romano de Sant'Anna
1074. **A orquídea e o serial killer** – Juremir Machado da Silva

1075. **Amor nos tempos de fúria** – Lawrence Ferlinghetti
1076. **A aventura do pudim de Natal** – Agatha Christie
1078. **Amores que matam** – Patricia Faur
1079. **Histórias de pescador** – Mauricio de Sousa
1080. **Pedaços de um caderno manchado de vinho** – Bukowski
1081. **A ferro e fogo: tempo de solidão (vol.1)** – Josué Guimarães
1082. **A ferro e fogo: tempo de guerra (vol.2)** – Josué Guimarães
1084(17). **Desembarcando o Alzheimer** – Dr. Fernando Lucchese e Dra. Ana Hartmann
1085. **A maldição do espelho** – Agatha Christie
1086. **Uma breve história da filosofia** – Nigel Warburton
1088. **Heróis da História** – Will Durant
1089. **Concerto campestre** – L. A. de Assis Brasil
1090. **Morte nas nuvens** – Agatha Christie
1092. **Aventura em Bagdá** – Agatha Christie
1093. **O cavalo amarelo** – Agatha Christie
1094. **O método de interpretação dos sonhos** – Freud
1095. **Sonetos de amor e desamor** – Vários
1096. **120 tirinhas do Dilbert** – Scott Adams
1097. **200 fábulas de Esopo**
1098. **O curioso caso de Benjamin Button** – F. Scott Fitzgerald
1099. **Piadas para sempre: uma antologia para morrer de rir** – Visconde da Casa Verde
1100. **Hamlet (Mangá)** – Shakespeare
1101. **A arte da guerra (Mangá)** – Sun Tzu
1104. **As melhores histórias da Bíblia (vol.1)** – A. S. Franchini e Carmen Seganfredo
1105. **As melhores histórias da Bíblia (vol.2)** – A. S. Franchini e Carmen Seganfredo
1106. **Psicologia das massas e análise do eu** – Freud
1107. **Guerra Civil Espanhola** – Helen Graham
1108. **A autoestrada do sul e outras histórias** – Julio Cortázar
1109. **O mistério dos sete relógios** – Agatha Christie
1110. **Peanuts: Ninguém gosta de mim... (amor)** – Charles Schulz
1111. **Cadê o bolo?** – Mauricio de Sousa
1112. **O filósofo ignorante** – Voltaire
1113. **Totem e tabu** – Freud
1114. **Filosofia pré-socrática** – Catherine Osborne
1115. **Desejo de status** – Alain de Botton
1118. **Passageiro para Frankfurt** – Agatha Christie
1120. **Kill All Enemies** – Melvin Burgess
1121. **A morte da sra. McGinty** – Agatha Christie
1122. **Revolução Russa** – S. A. Smith
1123. **Até você, Capitu?** – Dalton Trevisan
1124. **O grande Gatsby (Mangá)** – F. S. Fitzgerald
1125. **Assim falou Zaratustra (Mangá)** – Nietzsche
1126. **Peanuts: É para isso que servem os amigos (amizade)** – Charles Schulz
1127(27). **Nietzsche** – Dorian Astor
1128. **Bidu: Hora do banho** – Mauricio de Sousa
1129. **O melhor do Macanudo Taurino** – Santiago
1130. **Radicci 30 anos** – Iotti
1131. **Show de sabores** – J.A. Pinheiro Machado
1132. **O prazer das palavras** – vol. 3 – Cláudio Moreno
1133. **Morte na praia** – Agatha Christie
1134. **O fardo** – Agatha Christie
1135. **Manifesto do Partido Comunista (Mangá)** – Marx & Engels
1136. **A metamorfose (Mangá)** – Franz Kafka
1137. **Por que você não se casou... ainda** – Tracy McMillan
1138. **Textos autobiográficos** – Bukowski
1139. **A importância de ser prudente** – Oscar Wilde
1140. **Sobre a vontade na natureza** – Arthur Schopenhauer
1141. **Dilbert (8)** – Scott Adams
1142. **Entre dois amores** – Agatha Christie
1143. **Cipreste triste** – Agatha Christie
1144. **Alguém viu uma assombração?** – Mauricio de Sousa
1145. **Mandela** – Elleke Boehmer
1146. **Retrato do artista quando jovem** – James Joyce
1147. **Zadig ou o destino** – Voltaire
1148. **O contrato social (Mangá)** – J.-J. Rousseau
1149. **Garfield fenomenal** – Jim Davis
1150. **A queda da América** – Allen Ginsberg
1151. **Música na noite & outros ensaios** – Aldous Huxley
1152. **Poesias inéditas & Poemas dramáticos** – Fernando Pessoa
1153. **Peanuts: Felicidade é...** – Charles M. Schulz
1154. **Mate-me por favor** – Legs McNeil e Gillian McCain
1155. **Assassinato no Expresso Oriente** – Agatha Christie
1156. **Um punhado de centeio** – Agatha Christie
1157. **A interpretação dos sonhos (Mangá)** – Freud
1158. **Peanuts: Você não entende o sentido da vida** – Charles M. Schulz
1159. **A dinastia Rothschild** – Herbert R. Lottman
1160. **A Mansão Hollow** – Agatha Christie
1161. **Nas montanhas da loucura** – H.P. Lovecraft
1162(28). **Napoleão Bonaparte** – Pascale Fautrier
1163. **Um corpo na biblioteca** – Agatha Christie
1164. **Inovação** – Mark Dodgson e David Gann
1165. **O que toda mulher deve saber sobre os homens: a afetividade masculina** – Walter Riso
1166. **O amor está no ar** – Mauricio de Sousa
1167. **Testemunha de acusação & outras histórias** – Agatha Christie
1168. **Etiqueta de bolso** – Celia Ribeiro
1169. **Poesia reunida (volume 3)** – Affonso Romano de Sant'Anna
1170. **Emma** – Jane Austen
1171. **Que seja em segredo** – Ana Miranda
1172. **Garfield sem apetite** – Jim Davis
1173. **Garfield: Foi mal...** – Jim Davis

1174. **Os irmãos Karamázov (Mangá)** – Dostoiévski
1175. **O Pequeno Príncipe** – Antoine de Saint-Exupéry
1176. **Peanuts: Ninguém mais tem o espírito aventureiro** – Charles M. Schulz
1177. **Assim falou Zaratustra** – Nietzsche
1178. **Morte no Nilo** – Agatha Christie
1179. **Ê, soneca boa** – Mauricio de Sousa
1180. **Garfield a todo o vapor** – Jim Davis
1181. **Em busca do tempo perdido (Mangá)** – Proust
1182. **Cai o pano: o último caso de Poirot** – Agatha Christie
1183. **Livro para colorir e relaxar** – Livro 1
1184. **Para colorir sem parar**
1185. **Os elefantes não esquecem** – Agatha Christie
1186. **Teoria da relatividade** – Albert Einstein
1187. **Compêndio de psicanálise** – Freud
1188. **Visões de Gerard** – Jack Kerouac
1189. **Fim de verão** – Mohiro Kitoh
1190. **Procurando diversão** – Mauricio de Sousa
1191. **E não sobrou nenhum e outras peças** – Agatha Christie
1192. **Ansiedade** – Daniel Freeman & Jason Freeman
1193. **Garfield: pausa para o almoço** – Jim Davis
1194. **Contos do dia e da noite** – Guy de Maupassant
1195. **O melhor de Hagar 7** – Dik Browne
1196(29). **Lou Andreas-Salomé** – Dorian Astor
1197(30). **Pasolini** – René de Ceccatty
1198. **O caso do Hotel Bertram** – Agatha Christie
1199. **Crônicas de motel** – Sam Shepard
1200. **Pequena filosofia da paz interior** – Catherine Rambert
1201. **Os sertões** – Euclides da Cunha
1202. **Treze à mesa** – Agatha Christie
1203. **Bíblia** – John Riches
1204. **Anjos** – David Albert Jones
1205. **As tirinhas do Guri de Uruguaiana 1** – Jair Kobe
1206. **Entre aspas (vol.1)** – Fernando Eichenberg
1207. **Escrita** – Andrew Robinson
1208. **O spleen de Paris: pequenos poemas em prosa** – Charles Baudelaire
1209. **Satíricon** – Petrônio
1210. **O avarento** – Molière
1211. **Queimando na água, afogando-se na chama** – Bukowski
1212. **Miscelânea septuagenária: contos e poemas** – Bukowski
1213. **Que filosofar é aprender a morrer e outros ensaios** – Montaigne
1214. **Da amizade e outros ensaios** – Montaigne
1215. **O medo à espreita e outras histórias** – H.P. Lovecraft
1216. **A obra de arte na era de sua reprodutibilidade técnica** – Walter Benjamin
1217. **Sobre a liberdade** – John Stuart Mill
1218. **O segredo de Chimneys** – Agatha Christie
1219. **Morte na rua Hickory** – Agatha Christie
1220. **Ulisses (Mangá)** – James Joyce
1221. **Ateísmo** – Julian Baggini
1222. **Os melhores contos de Katherine Mansfield** – Katherine Mansfied
1223(31). **Martin Luther King** – Alain Foix
1224. **Millôr Definitivo: uma antologia de *A Bíblia do Caos*** – Millôr Fernandes
1225. **O Clube das Terças-Feiras e outras histórias** – Agatha Christie
1226. **Por que sou tão sábio** – Nietzsche
1227. **Sobre a mentira** – Platão
1228. **Sobre a leitura *seguido do* Depoimento de Céleste Albaret** – Proust
1229. **O homem do terno marrom** – Agatha Christie
1230(32). **Jimi Hendrix** – Franck Médioni
1231. **Amor e amizade e outras histórias** – Jane Austen
1232. **Lady Susan, Os Watson e Sanditon** – Jane Austen
1233. **Uma breve história da ciência** – William Bynum
1234. **Macunaíma: o herói sem nenhum caráter** – Mário de Andrade
1235. **A máquina do tempo** – H.G. Wells
1236. **O homem invisível** – H.G. Wells
1237. **Os 36 estratagemas: manual secreto da arte da guerra** – Anônimo
1238. **A mina de ouro e outras histórias** – Agatha Christie
1239. **Pic** – Jack Kerouac
1240. **O habitante da escuridão e outros contos** – H.P. Lovecraft
1241. **O chamado de Cthulhu e outros contos** – H.P. Lovecraft
1242. **O melhor de Meu reino por um cavalo!** – Edição de Ivan Pinheiro Machado
1243. **A guerra dos mundos** – H.G. Wells
1244. **O caso da criada perfeita e outras histórias** – Agatha Christie
1245. **Morte por afogamento e outras histórias** – Agatha Christie
1246. **Assassinato no Comitê Central** – Manuel Vázquez Montalbán
1247. **O papai é pop** – Marcos Piangers
1248. **O papai é pop 2** – Marcos Piangers
1249. **A mamãe é rock** – Ana Cardoso
1250. **Paris boêmia** – Dan Franck
1251. **Paris libertária** – Dan Franck
1252. **Paris ocupada** – Dan Franck
1253. **Uma anedota infame** – Dostoiévski
1254. **O último dia de um condenado** – Victor Hugo
1255. **Nem só de caviar vive o homem** – J.M. Simmel
1256. **Amanhã é outro dia** – J.M. Simmel

IMPRESSÃO:

Santa Maria - RS - Fone/Fax: (55) 3220.4500
www.pallotti.com.br